LE 3e HÉMISPHÈRE

Les Éditions **Nisha et caetera** sont éditées par

les Éditions de **l'Opportun**

16, rue Dupetit-Thouars

75003 Paris

www.editionsopportun.com

Direction éditoriale : Stéphane Chabenat

Conception graphique et mise en pages : Izibook

Conception couverture : olo.éditions

NATASHA CORNU

LE 3e HÉMISPHÈRE

Tome 1 – Le Canalyseur

Chapitre 1

Nouvelle vie, nouveau rôle, nouveau masque…

Siobhan se répète allègrement cette formule en se rinçant le visage. Amoureuse, mariée, propriétaire d'une jolie petite maison avec deux chiens avant ses trente ans.

Que demander de plus, ma vie est… parfaite!

Mécaniquement, Siobhan avale deux petits cachets blancs avant de vérifier son portable. Pas de nouveau message. La jeune femme pousse un long soupir de soulagement presque inaudible. Elle s'isole de plus en plus du monde extérieur, au grand désespoir de son époux. Si seulement elle parvenait à faire la part des choses, si seulement le silence pouvait prendre contenance autour d'elle.

Il y a bien des moyens de l'obtenir ce silence!

Siobhan plisse les yeux d'irritation. À force de se répéter mille et une formules presque comme des incantations, elle est parvenue à se parer d'un masque couvrant et parfaitement élastique. Mais à faire semblant d'être aux yeux des autres ce qu'ils ont envie de voir, elle a fini par entendre des voix. Elle se rassure en pensant qu'il s'agit de son inconscient.

Va voir s'ils n'ont pas une place en psy, tu t'y sentirais comme à la maison! se jette-t-elle à elle-même.

Mais aujourd'hui est un mauvais jour, Siobhan le sait. Elle va sortir, le paquet de cachets diminue à vue d'œil. L'air matinal de l'hiver a quelque chose de doux, la morsure du vent froid est presque réconfortante. Les mains enfoncées dans les poches, les écouteurs dans les oreilles, elle marche en prenant grand soin de choisir les plus petites rues et d'éviter les grandes artères. Elle réussit à éviter un boulevard et parvient à la petite pharmacie. Elle s'arrête un instant, prenant le temps de respirer. Jil Is Lucky chante dans ses oreilles: « *Cause the morning always comes to kill the dream…* »

C'est parti…

Tu ne tiendras pas! Le bourdonnement est déjà là!

Quand les portes automatiques s'ouvrent, elle les voit clairement, ils émanent des clients et de la femme au guichet. Ils planent, sinueux et denses, ils engloutissent le soulagement que les corps tentent de s'administrer eux-mêmes, comme la confiance ou l'énergie. Une vieille dame est très inquiète de voir que son médicament ne sera disponible que le lendemain. Elle émet trop de Parasites : solitude, stress, angoisse, douleurs physiques.

Siobhan prend cette rafale avec beaucoup de distance, le stress, la nervosité et l'agacement ne sont pas les plus durs à exterminer. Le reste en revanche… Ce qui est le plus compliqué avec les Parasites, c'est de faire semblant. Semblant qu'ils ne flottent pas partout, semblant que tout est normal. Se convaincre que sa respiration est posée, que les nerfs ne tirent et ne la brûlent pas. Que tous ces Parasites ne rentrent pas dans sa tête et ne torturent pas ses terminaisons nerveuses.

Une mère vient chercher le vaccin de son nourrisson et la pharmacienne tarde à trouver le produit dans les rayonnages arrière.

De grosses gouttes coulent dans le cou de Siobhan. Un, deux, trois pas et elle plaque l'ordonnance sur le comptoir.

— Bonjour, je viens pour un renouvellement.

Le dos voûté, le corps tremblant, son sac à la main : elle tente de se calmer un peu.

Et voilà j'ai mal au bide !

Les Parasites tapent encore. Quand Siobhan les croisent c'est toujours la même chose. Elle a essayé plusieurs fois de les visualiser dans sa tête et est arrivée à une image très simple. Ils se comportent un peu comme des mouches qui se prendraient dans une toile d'araignée. Et Siobhan, elle, digère les Parasites.

L'accueil de ses chiens, lui, est simple, c'est ça qui est bien avec eux. Les animaux sont simples, ils ont la simplicité d'être heureux. Elle se pose dans son canapé et s'endort secouée de spasmes.

Son mari Peter est un homme bien, il est attentionné et très prévenant. Nombre de leurs amis disent toujours de lui qu'il est parfait et qu'une femme ne peut être qu'heureuse avec lui. Mais même si Siobhan est une femme comblée, elle n'est jamais parvenue à s'épanouir. Ce soir-là, en rentrant du travail, son mari trouve une maison rangée, un repas bien chaud et une femme souriante. Il ne saura ni les vertiges, ni les mains qui tirent, ni le mal de tête qui lui scinde la boîte crânienne en deux. Elle l'aime trop, elle ne lui parle pas du plasma sombre et âcre dont le goût lui reste dans la bouche, des heures durant. Elle fait tout pour que les Parasites qui planent autour de son cher et tendre soient de moins en moins nombreux.

Alors tu le fais par amour ou par égoïsme? Tu ne crois pas qu'il a le droit de savoir qu'il a épousé une cinglée?

La ferme! Comment tu veux qu'il comprenne, moi-même je ne comprends pas!

Elle avale deux doses de codéine, en sachant pertinemment que c'est en vain. Tandis qu'elle enfonce les cachets dans sa gorge, elle entend son mari lui dire depuis la chambre qu'il l'attend et qu'elle lui a beaucoup manqué…

*

Lui est assis dans sa voiture en face de la maison, une boisson énergisante dans la main. Il n'a pas besoin d'entrer pour en être sûr, elle est bien là ! C'est comme un battement de cœur, presque inaudible, mais pas pour lui.

Elle aurait d'ores et déjà dû tanguer et prendre part au Peson. Ni Béotien, ni suicidée… Incompréhensible ! Pas de crime, pas d'internement… Et ça il n'y comprend rien. Un miracle ? Non, il n'y croit pas. Un code génétique défectueux ? Hum… Après tout, aucune importance, il doit la ramener. Et peut-être que les autres sauront comment l'utiliser pour que le Peson prenne enfin une couleur plus tranchée.

Quand la *Cinquième Symphonie* de Beethoven résonne dans l'habitacle, il est si loin dans ses pensées qu'il tressaute. Se tenant le cœur, il fouille sa veste et décroche son portable. La voix féminine qui sort du combiné est calme et familière.

— Es-tu sur la cible ?

— Affirmatif.

— Rapport sensitif ?

— Individu sain, libre arbitre actif. Sans doute en phase d'absorption, je suis particulièrement réceptif.

Il tourne ses yeux vers la fenêtre où l'aura est la plus forte.

— Tu peux procéder au Rapatriement.

— En revanche, nous aurions besoin d'un Physionome.

— C'est prévu, il arrivera d'ici trois heures. Arrête d'essayer de gagner du temps Gabriel, et fais ton job !

La tonalité dans le téléphone fait comprendre au jeune homme qu'il est livré à lui-même. Ce n'est pas qu'il ait peur. En fait si, il est mort de trouille : un Canalyseur… Il a appris à résister à de petites attaques mais merde ! Si ça vrille il ne s'en sortira pas… Gabriel peste intérieurement : qu'ils aient choisi d'envoyer un Architecte et pas un Traqueur, c'est de la folie ! Soudain, un silence, le battement sourd s'est stoppé. C'est l'heure ! Il finit d'une traite sa canette avant de la poser dans le porte-gobelet et sort de sa voiture.

Dans l'obscurité, la rue est déserte et silencieuse, même la lune est voilée. Gabriel se redresse, il prend une grande inspiration et plonge en lui-même. Au bout de quelques secondes il Souffle un air velouté et suave vers la petite maison. Ce dernier prend une grande expansion, s'étire et vient se déposer sur la bâtisse. Il prend une autre inspiration et cette fois il pose un Souffle chaud et délicat qu'il scelle avec une dalle de tranquillité. Mais il y a tant de choses à couvrir ! Il pousse encore quelques Souffles vers la maison jusqu'à ce qu'il soit pleinement satisfait.

*

Siobhan se réveille brusquement avec une étrange sensation, il y a quelque chose de bon? Et ça c'est alarmant… L'espace ambiant n'est plus aussi amer, il est… sucré? Un trop-plein de paix, de calme et de quiétude vient de s'engouffrer dans son monde habituellement régi par le chaos. Un peu paniquée elle cherche: oui les Parasites sont toujours dans sa tête. Mais seulement rien d'autre n'entre, uniquement ceux qui sont déjà là. Elle vérifie que son mari va bien. Peter dort paisiblement près d'elle et elle ne capte pas ses Parasites.

Je suis réveillée là?

Sans doute que tu perds la tête.

Siobhan a la gorge sèche: tout ce sucre! Elle sort doucement de son lit en prenant soin de ne pas réveiller Peter. Le contact du sol la fait frissonner, mais c'est pieds nus qu'elle se dirige vers la salle de bains.

C'est fou ce qu'il fait froid!

Elle se penche pour boire au filet d'eau qui sort du robinet chromé du lavabo. En se penchant elle sent sur ses épaules un courant d'air glacé, elle se redresse brusquement.

Une fenêtre est ouverte?

Pas le temps de crier, ni même d'y penser, il est déjà tout contre elle. Une main sur la bouche, l'autre lui bloquant les bras. Elle écoute, muette, le cœur qui bat contre son dos et qui lui semble étrangement neutre.

Pas de Parasites?

Elle ne peut pas voir grand-chose de lui, il lui maintient la tête trop en l'air. L'intrus chuchote tout doucement à son oreille, derrière ce chuchotement elle devine une voix de baryton.

— Ne bouge pas ! Je ne te ferais aucun mal si tu ne Projettes pas. Je suis Architecte, je suis entraîné, tout va bien se passer.

Un malade ! Il te va si bien !

Te marre pas trop toi ! Moi aussi je suis entraînée depuis le temps : à fuir !

Brusquement Siobhan jette sa tête en arrière décochant un coup de boule dans le nez de l'homme. Elle se précipite dans le couloir pour aller chercher de l'aide, et agrippe la poignée de la porte d'entrée. Fermée ?!

— Merde ! Peter ! Peter !

Le plancher grince, il est juste là. Elle se retourne et fait maintenant face à son agresseur. L'homme doit faire un peu moins d'un mètre quatre-vingt-dix, ni costaud ni fluet, un visage aux traits cireux et anguleux, des cheveux châtains en bataille. Mais ça, elle ne le voit pas. Ce qu'elle voit, ce sont ses yeux.

Il existe dans le monde des yeux de toutes tailles, de toutes formes et de toutes couleurs. Mais parmi ceux-là il y en a qui vous dévorent et vous avalent totalement. Mais ce n'est pas de l'admiration qu'on peut lire en Siobhan, ni de la peur, mais de l'incompréhension.

Tout ce sucre ! Cet air flamboyant, cette pression de l'air lui fait même oublier de respirer. La tête lui tourne lorsqu'il lui semble voir des poussières d'or dans les yeux de l'intrus.

Il s'approche, le nez sanguinolent, mains levées, paumes ouvertes, en signe de paix.

Mouais, on ne me la fait pas à moi…

— Je t'ai dit que je ne te ferais aucun mal ! Écoute-moi, je sais que tu as peur, mais je vais t'expliquer si tu veux bien.

Siobhan fait signe de se calmer et se rapproche doucement de l'homme avant de lui décocher un coup de pied dans les parties. Ce dernier tombe à genoux et crache un juron.

Pourquoi Peter et les chiens ne se réveillent pas ?

Les bruits de pas sont trop près et plus menaçants, la porte de la chambre est fermée.

— Peter, au secours ! Ouvre-moi !

Rien, le silence.

Elle repart en arrière et tente de s'enfermer dans le bureau mais un bras d'acier saisit la porte avant qu'elle ne se referme et l'ouvre dans une volée qui projette la jeune femme en arrière. Elle tente de se relever mais il est déjà sur elle et lui inflige une gifle magistrale, si violente qu'elle retombe brutalement sur le plancher, face contre terre.

L'impact est fulgurant et la douleur sans appel, sa tête bourdonne, le sang pulse à ses tempes.

Relève-toi Siobhan!

Ta gueule!

Prenant appui sur ses coudes, elle se retourne vers l'homme qui est penché au-dessus d'elle. Elle jette son coude dans son nez déjà douloureux. Il ne se laisse pas aller cette fois et abat sur le visage de Siobhan non pas une claque mais un poing serré. Le sang jaillit de son arcade et coule devant ses yeux. Avec la douleur, les Parasites reviennent et leur agressivité la déchire en deux. Elle rampe sur quelques mètres, et reçoit un coup de talon entre les omoplates. Elle hoquète de douleur, mais un second coup de pied l'atteint au visage.

Cette fois tout devient noir et les Parasites se taisent.

Gabriel regarde le Canalyseur face contre terre, inerte. Il la retourne pour qu'elle ne s'étouffe pas dans son sang. Il secoue la tête de gauche à droite, ça ne devait pas se passer comme ça. Il regarde autour de lui, quel bazar!

Il porte sa main à son propre nez, rien de trop grave apparemment, une chance qu'elle n'ait pas Projeté. Il déchire un bout de sa manche et l'appuie pour faire un point de pression sur son nez.

Gabriel prend son téléphone dans sa poche et se laisse glisser le long du mur. Il compose le numéro sur l'écran. Pas besoin de laisser sonner bien longtemps.

— Gabriel?

— Je l'ai, mais ce fut assez complexe.

— À quel point ?

— Juste un peu de ménage à faire. Et quelques bleus.

— OK je prends note. Reviens Gabriel.

Gabriel lance un dernier effluve de bonheur coloré de sucre sur la maison avant de charger Siobhan sur son épaule à la manière d'un sac de grains. Puis il sort par la même fenêtre par laquelle il est entré. Quand elle saura, il n'y aura aucun retour possible. En fait il n'y a déjà plus de retour possible.

Saisissant les clefs de sa voiture, il presse le bouton d'ouverture centralisée. Les phares de sa Infiniti éclairent l'obscurité de la rue comme un signe de son véhicule lui disant : « OK, c'est bon, si tu me vois : c'est que tu n'es pas mort dans cette baraque ! »

Il charge la jeune femme sur la banquette arrière. Et puis, réfléchissant une seconde, il lui semble plus judicieux de l'installer à l'avant. Ce n'est pas tant que le corps d'une femme inconsciente sur le siège arrière puisse éveiller des soupçons – les vitres sont teintées sur sa FX50 – mais plutôt qu'en cas d'altercation surprise avec les Béotiens, il vaudrait mieux qu'elle ne soit pas ballottée dans tous les sens. Il la place tant bien que mal à l'avant. Il doit la ramener intacte, déjà qu'il l'a bien amochée… Gabriel passe côté conducteur, verrouille la voiture de l'intérieur et démarre. Il file maintenant vers le Dôme, sans doute trop vite… À la radio, ils passent « *I can't dance* » de Genesis, Gabriel monte le son. Maintenant qu'elle est là, il a du mal à se concentrer.

Le battement extensif provoque un tel brouhaha que son HEMI se brouille. Se brouille complètement…

*

Je suis épuisée… Il m'a tuée. C'est sûrement ça: il a frappé si fort qu'il m'a tuée! Mon tendre Peter va trouver mon corps au réveil dans une flaque de sang que mes chiens seront en train de laper. Nom de Dieu! Mon dos me fait un mal fou et chaque respiration… C'est l'enfer, mon thorax se brise…

Dis-moi Siobhan, tu peux m'expliquer depuis quand les morts se plaignent d'avoir mal?

Va te faire… Attends… Pour une fois tu dis quelque chose de sensé!

Enfin, il aurait peut-être mieux valu que tu crèves. Moi ce que j'en dis…

Siobhan tend l'oreille et tente d'analyser la situation, trop inquiète d'ouvrir les yeux et de tomber nez à nez avec son agresseur. Elle se concentre, tentant de ne pas céder à la panique.

Tu parles!

Elle repose sur un sol froid, même glacé, et lisse, qui peut être du métal. Elle le sent dans son dos contre sa peau nue.

Je suis nue. Qu'est-ce que ce taré a bien pu faire de moi?

Elle devine qu'il y a beaucoup de lumière, au vu du halo qu'elle discerne derrière ses paupières. Une forte odeur de désinfectant emplit la pièce. Elle sent des choses collées sur son corps, et quelque chose qui ressemble à une aiguille dans la main.

Donc, soit je suis dans le repaire d'un psychopathe qui va me découper, soit je suis à l'hôpital.

Elle n'a pas le temps de se demander si elle doit ouvrir les yeux ou non, un bruit de porte qui tourne sur ses gonds résonne dans la pièce. Elle se referme, et deux bruits de pas entrent. L'un net, clair et soutenu, l'autre plus léger mais plus bruyant, sans doute une paire de talons hauts. Les bruits de pas s'étaient stoppés proches de Siobhan qui, à présent, ose à peine respirer.

— Arrête de paniquer Svetlana, tout est sous contrôle !

La voix de l'homme qui venait de parler était calme et apaisante.

— Sous contrôle ? Non mais tu te fiches de moi ! Jimbo, depuis quand un Canalyseur est sous contrôle ? Si elle Projette tu vas faire quoi ?

— Regarde-la, tu crois vraiment qu'elle est en état de Projeter ? Et si elle en était capable, je doute que Gabriel aurait pu la ramener. Il est juste revenu avec un petit bout de cartilage cassé, et elle, regarde-la ! Très sincèrement, je ne vois pas comment, en plein centre du Dôme, au Palier Sept et à la vue de son état, elle pourrait causer des désagréments.

Les voix s'arrêtent et marquent une pause. Et la femme reprend plus calmement.

— Tu as déjà vu un Canalyseur qui ne soit pas Béotien ?

— Non jamais, mais ça ne serait pas la première fois que…

— Arrête Jimbo ! On n'est plus à l'époque de l'Ordre Du Perfectionnement ! Le Peson n'est plus ce qu'il était !

— Cesse de t'énerver, veux-tu ? Tu brouilles mes appareils de surveillance de son HEMI ! Allez, je dois changer sa perfusion, avec tes angoisses je suis en retard. Au moins comme ça elle dort.

Une injection ?

Aussi vite qu'un chat bondit sur sa proie, Siobhan ouvre les yeux et saute de la table où elle était allongée, cassant au passage l'aiguille de la perfusion et arrache les câbles des capteurs placés sur son front et sa poitrine. Elle s'accroupit dans un coin de la pièce, davantage à la manière d'un animal que d'un être humain. Elle se mord la lèvre de douleur en arrachant d'un coup sec le reste de la longue aiguille de sa perfusion.

Étrange aiguille : la partie sous-cutanée ressemblant plus à un grappin qu'à une aiguille, arrachant au passage un ou deux vaisseaux sanguins et un morceau de chair.

En quelques secondes, elle fait un point sur ce qui l'entoure. Une pièce blanche aux murs couverts de bâches transparentes, une table médicale en son centre, trois appareils à côté et un chariot sur lequel sont posées une perfusion et une seringue d'un éclat argenté qui projettent au plafond une lumière lactescente. De l'autre côté de la pièce les deux protagonistes. La femme blonde en tailleur semble effrayée et se tient derrière l'homme. Cet homme est grand, vraiment grand, un peu moins de deux mètres. Ses yeux semblent bleus mais la teinte en est irrégulière et ses cheveux poivre et sel sont parfaitement coiffés. Il porte un de ces ensembles verts jetables que l'on trouve dans les hôpitaux.

— Bonjour Siobhan, ne t'inquiète pas, tout va bien!

La voix se veut rassurante. D'un même mouvement ils font quatre pas en arrière se retrouvant contre le mur plastifié. La femme appuie sur un interrupteur bleu qui se met alors à clignoter en silence.

Une alarme! Siobhan si tu veux te tirer, c'est maintenant!

Siobhan s'élance à travers les bâches, elle pousse deux lourdes portes battantes et se retrouve dans un couloir. Ici l'alarme n'est pas silencieuse, elle sonne, et pas qu'un peu: le son est assourdissant. Elle pousse ses jambes dans le couloir immaculé aussi loin qu'elle le peut, se maudissant de ne pas avoir pris le temps de courir les week-ends. Les bruits de pas qu'elle perçoit derrière elle lui indiquent que le nombre de personnes qui la poursuit est largement supérieur à deux. Elle doit se cacher, ils vont finir par la rattraper.

Elle tourne au coin d'un couloir et pousse une seconde porte. Elle se cache au fond de la salle qui comporte plusieurs lits séparés par des rideaux.

La jeune femme se recroqueville autant que possible derrière un lit, tremblante. Tandis que ses pieds, qu'elle tente de tenir contre elle, glissent dans le sang qui coule de sa main.

Je vais me réveiller. C'est un cauchemar.

Respire Siobhan.

Ça sent le sucre…

Lorsque Siobhan réalise ce qu'il se passe, une ombre s'élève derrière le rideau blanc. Fuir encore ? Pour aller où ? Se battre ? Elle n'en a plus la force. Elle replie plus fort ses jambes contre sa poitrine et cache son visage dans ses genoux.

En tirant le rideau, Gabriel n'en croit pas ses yeux : elle est là ! Blottie derrière le lit, nue, tremblante et blessée. Il hésite un instant et, saisissant un drap du lit, il s'accroupit devant elle et le dépose sur ses épaules.

Siobhan relève la tête pour se retrouver nez à nez avec son agresseur et replonge de nouveau dans ses étranges yeux dorés. Son visage est marqué d'un large bleu qui s'étend de son nez à son œil droit. À voir ce visage se teinter de violet et de noir, elle se prépare à ressentir les habituels Parasites.

Mais rien ne vient, ni tiraillement, ni brûlure, ni choc électrique et maintenant qu'elle y pense, le silence est total. Une quiétude pour le moins inquiétante. Un incroyable vide, si grand que Siobhan se sent perdue, plus de larmes, plus de cris, le silence, un silence de mort. Elle ne lâche pas des yeux l'homme qui se tient devant elle.

Derrière ses iris, lui, chasse le moindre signe d'agressivité ou de déferlante. Les deux êtres se toisent quelques minutes qui paraissent une éternité. Il n'y a pas de tension mais plutôt une atmosphère humide et fraîche, l'un suspicieux et l'autre effrayé. Finalement le vacarme causé par l'entrée d'une dizaine de personnes dans la salle de repos rompt le silence.

— Elle est ici, dit doucement Gabriel.

Siobhan voit le grand médecin qui passe devant les autres et vient s'agenouiller devant elle à son tour.

Jimbo je crois ?

— Tu veux qu'ils s'en aillent ?

Elle regarde Jimbo, elle cherche au fond de ses yeux bleus une mauvaise intention, une raison de ne pas lui faire confiance. Mais elle a beau chercher de toutes ses forces, Siobhan ne trouve rien de tel. En revanche elle comprend pourquoi les yeux de Jimbo sont si étranges : dans l'iris azuré de l'homme sont venues se fixer de fines poussières d'argent qui donnent d'inhabituels reflets.

— Siobhan est-ce que tu veux qu'ils s'en aillent ?

— Jimbo ce n'est pas prudent ! lance Svetlana sans quitter Siobhan du regard.

— C'est moi son Praticien, tu l'as oublié ? réplique-t-il sèchement. Et si tu dois t'opposer à une de mes décisions, je te suggère de t'adresser d'abord au Palier Un !

Jimbo pose un regard insistant sur Siobhan lui signalant qu'il attend une réponse de sa part. Dans un effort qui lui paraît surhumain, elle lui fait un petit signe d'acquiescement.

— Bien. Allez, sortez !

Les hommes et les femmes présents quittent la pièce. Le regard assassin que Svetlana lance à Siobhan n'échappe à personne et Jimbo laisse glisser entre ses dents un son de désapprobation.

La fureur de Svetlana est causée par la peur, Jimbo le sait bien. Depuis sa dernière rencontre avec les Béotiens elle n'est plus tout à fait la même. Jimbo se dit qu'il faudrait peut-être en référer au Palier Deux.

Gabriel, en revanche, n'a pas bougé d'un centimètre et n'a pas lâché la jeune femme des yeux, tentant de tisser autour d'elle une toile de tranquillité et de confiance. Mais sa toile se heurte à une bulle sombre autour du Canalyseur.

— Gabriel, va lui chercher des vêtements s'il te plaît et ramène-moi des compresses, du désinfectant, aiguilles et boîte de suture.

La voix de Jimbo dissipe la brume qui enveloppait l'Architecte.

Aïe ! Maudis Parasites fichez-moi la paix !

Gabriel cligne des yeux, se lève presque mécaniquement. Siobhan le voit disparaître derrière un rideau puis entend la porte claquer.

— Bonjour Siobhan. Je suis Jimbo. Je me doute que tout cela doit être vraiment très effrayant. Je suis certain que tu te poses beaucoup de questions et que c'est un peu la panique dans ta tête, mais là je veux juste te soigner.

Elle ne dit rien. Elle semble perdue, ses yeux paraissent fixer le vide jusqu'à ce que Gabriel refasse son apparition. À sa vue elle tressaute instantanément.

Gabriel pousse un fauteuil roulant dans lequel il a placé tout le matériel médical et quelques vêtements. L'Architecte s'approche et Siobhan se rétracte sur elle-même, malgré le regard réconfortant de Jimbo. Il prend avec beaucoup d'application la pile de tissu bleu et la tend au Praticien.

— Merci Gabriel, tu peux y aller.

Le jeune homme hésite une fraction de seconde, mais sort sans opposer la moindre résistance. Au claquement de la porte Siobhan sursaute et se retrouve de nouveau plongée dans les grands yeux bleus.

— Bon, Siobhan écoute-moi, je te laisse t'habiller et après je soigne cette vilaine plaie.

Il pose les vêtements devant la jeune femme et le grand Jimbo se lève de toute sa hauteur. À cet instant elle remarque que sa démarche est assez gauche. Après tout, ce n'est pas toujours facile de se déplacer dans un corps pareil. Il passe le rideau blanc et le tire derrière lui.

Siobhan ne quitte pas le morceau de tissu des yeux, en dessous elle peut voir les pieds du Praticien. Elle attrape les vêtements et, chancelante, elle se lève, le sang qui coule depuis tout à l'heure forme maintenant une grande flaque sous ses pieds et elle manque de glisser.

Je tremble trop, je n'y arriverai pas.

Alors, la jeune femme se rapproche un peu plus du mur, de façon à pouvoir s'habiller à même le sol sans baigner dans son propre sang. Elle enfile d'abord le tee-shirt et le pantalon avant de se rendre compte qu'il s'agit d'un ensemble de chirurgie ; à cette constatation elle frissonne avant de nouer le cordon de serrage du pantalon.

— Tout va bien Siobhan ? Je peux ?

Les pieds derrière le rideau changent de direction et ce dernier s'écarte. Siobhan tente de se relever mais rien n'y fait, ses jambes qui répondaient si bien tout à l'heure sont épuisées.

Jimbo s'accroupit et lui parle de sa voix si calme.

— Tu as le choix, soit je te ramène là-bas et je te fais une injection pour une anesthésie, soit je te recouds ici mais à vif. À toi de voir.

Elle réfléchit un instant et se rend compte qu'une piqûre serait risquée, qui sait ce qu'il pourrait bien mettre dedans après tout.

Elle lance alors un petit :

— Pas de piqûre !

Mon Dieu ! Le son qui est sorti de sa gorge est si fluet et si faible qu'elle ne reconnaît même pas sa voix. Jimbo acquiesce d'un coup de tête et se met aussitôt au travail. La jeune femme serre les dents aussi fort que possible et prend sur elle pour ne pas gémir.

— Écoute-moi Siobhan, il faudrait que tu parles. C'est bien plus compliqué de te venir en aide si tu te terres dans le mutisme. Et je doute que ce silence soit toléré au Palier Un. Il faut que tu me fasses confiance. Je répondrai à autant de tes questions que je pourrais, dès que tu seras en état de bien comprendre mes réponses.

La jeune femme le regarde, hésitante.

— J'avais pourtant bien demandé à Gabriel d'y aller doucement. Malheureusement il est plutôt sanguin et ne reçoit pas ses ordres de moi.

Sanguin c'est pas le mot, j'aurais dis… violent !

— Où… où suis-je ? articule-t-elle avec difficulté.

— Tu es au Palier Sept du Dôme.

— Je ne comprends rien du tout…

Jimbo marque un temps d'arrêt et continue sa suture.

— Ne t'en fais pas, tout te sera expliqué, malheureusement ce n'est pas de mon ressort. Tu sais, ça fait des centaines d'années qu'on n'avait pas revu quelqu'un comme toi. Bien avant que le Peson ne soit éprouvé à ce point…

Sa voix se brise et une brusque et violente rafale de Parasites bondit, atteignant Siobhan de plein fouet, tirant sur sa peau et ses nerfs, balançant de furieux coups de pied dans son estomac.

— Je te demande de m'excuser, je n'aurais pas dû, tu es si fatiguée. J'imagine que c'est terriblement douloureux.

Les yeux de Siobhan s'écarquillent.

Attends, il parle de quoi là ? Des points de suture ou des Parasites ?

Jimbo reprend en achevant ses points de suture.

— Moi aussi j'ai ma petite particularité. Comme Svetlana ou Gabriel.

— Vous êtes comme moi ?

— Non Siobhan, dans le Dôme personne n'est comme toi. Je te l'ai dit ce n'est pas à moi de t'expliquer tout ça. Je vais te conduire à ton Alcôve. Hop, on se lève !

Jimbo, prenant appui sur ses cuisses, se redresse de sa taille de géant, ôte ses gants en latex et les jette dans la poubelle. Il attrape Siobhan par le bras et l'aide à se relever, la soutenant jusqu'au fauteuil.

Les couloirs autour défilent, les portes, toutes closes, font barrage à la curiosité de la jeune femme. Dans toute cette blancheur, elle pourrait se croire au paradis si les bourdonnements des Parasites n'avaient pas repris. Pourtant personne dans les couloirs, rien qui ne bouge.

Elle se retrouve en face de deux portes faites de métal ou alors de liquide. Impossible de le dire. On dirait pourtant un ascenseur, mais sans bouton d'appel. Oui c'est bien ça. Ils y pénètrent et les portes s'effacent. Pas un seul bouton, ni affichage à l'intérieur non plus.

Alors comment savoir où tu vas?

Chapitre 2

Gabriel arpente les longs couloirs, l'air sombre, il sait déjà qu'il va se faire passer un savon. Cette fille ne va leur apporter que des emmerdes, c'est assez clair, pas faute de l'avoir répété. Ce qu'il a pu être bête en pensant que c'était une promotion. Il aurait dû davantage se méfier.

Quand il était entré dans le bureau de Paul, il y a quelques semaines, le directeur des Traqueurs l'avait fait asseoir. Il n'avait jamais vraiment apprécié l'énergumène. Toujours pédant et sûr de lui, mais la curiosité l'avait poussé jusque dans le grand fauteuil où il avait pris place.

— Bonjour Gabriel, comment vas-tu ?

— Je rate une séance de cinéma mais à part ça tout roule.

— Dis-moi Gabriel, où te places-tu chez les Hémisphèriens ?

— Je me place là où je peux, peut-être sur ton siège un jour.

Le Traqueur avait marqué une pause avant d'afficher un sourire carnassier.

— Ton insolence m'a toujours particulièrement insupporté, tu ne respectes rien Gabriel, tu n'écoutes personne. Ou peut-être cet abruti altruiste de Jimbo. Mais heureusement, aujourd'hui nous avons trouvé le moyen de mettre tout ceci à profit et, par la même occasion, de te faire monter au niveau supérieur puisque c'est ce que tu demandes.

— Je t'écoute, mais fais vite s'il te plaît, je pourrais peut-être avoir la séance suivante.

— Que dirais-tu d'être le premier Architecte à chasser avec mes Traqueurs ?

Gabriel s'était stoppé net, lui, un Traqueur ?

— Tu devras faire tes preuves pour cela, une première mission solo.

— Ce n'est pas habituel.

— Un Architecte qui monte en grade non plus ! Tu devras aller récupérer un nouvel élément et le ramener, entier. La cible te sera communiquée le matin du Rapatriement.

— Bien, j'attends le dossier. Mais là je te laisse, j'ai un rencard.

Il était sorti du bureau, toujours l'air nonchalant. Une fois la porte fermée, il s'était renfrogné : tout cela ne sentait pas bon, mais vraiment pas bon…

Gabriel se dit qu'il aurait dû le sentir venir, finalement… Il regarde sa montre, il a encore un peu de temps. Il pose sa main sur la poignée et pousse la porte de son Alcôve. Il s'agit d'une petite chambre modeste composée d'un lit, d'un bureau, d'une armoire et d'une petite salle de bains attenante. Les murs devaient être blancs, avant, mais cela fait déjà longtemps que Gabriel les a recouverts de tout ce qu'il a pu faire rentrer dans le Dôme. Ainsi l'Alcôve était un patchwork de papier peint, de photos, de marqueur appliqué consciencieusement sur les murs. Gabriel ôte son pull et le jette sur la chaise de bureau avant de s'écrouler sur son lit.

Pourquoi n'avait-il pas écouté Jimbo ?

— Gabriel, je ne la sens pas cette histoire. Tu sais bien que Paul serait prêt à tout pour te donner une bonne leçon.

— Jimbo, sérieusement, c'est ma chance. Je ne vais pas rester à servir d'antidouleur au Palier Sept toute ma vie.

— T'ai-je déjà donné à te plaindre ?

— Jimbo, tu as toujours été génial avec moi, sérieusement je ne sais pas ce que je serais devenu sans toi. Tu as été un vrai père mais comprends-moi, j'ai besoin de bouger.

Jimbo n'avait rien répondu et avait continué à s'occuper de Dave qui était allongé sur la table.

Gabriel se demande pourquoi il n'avait pas fait demi-tour quand il avait reçu l'ordre de mission, trop fier pour laisser transparaître son hésitation. Il avait été berné. Gabriel décide de prendre une bonne douche, histoire de s'éclaircir les idées. L'eau chaude qui coule dans son dos et sur son visage lui fait l'effet d'une caresse rassurante. Il sort de la douche et essuie le miroir couvert de buée. Il observe de près les marques laissées par la mission ; le bleu laisse paraître une jolie déclinaison du noir au violacé. Sa jolie gueule est maintenant celle d'un Traqueur. Finalement tout se passera peut-être bien…

Gabriel laisse tomber sa serviette et fait courir ses doigts le long d'une large cicatrice blanche qui s'étend du milieu de sa cuisse jusqu'au milieu de son dos. Il enfile un tee-shirt gris, un jean et sort de l'Alcôve. Alors qu'il allait prendre l'ascenseur, il entend une voix derrière lui.

— Gabriel ! Attends !

Il se retourne. Lila trotte dans sa direction, ses longs cheveux châtains tressés balancent de gauche à droite.

— Salut Lila.

— Merde, Gabriel, c'est quoi cette gueule ?

— C'est la mienne, quoi elle ne te plaît plus ?

— Je ne te comprends pas Gabriel, tu n'es pas à ta place, ce n'est pas ton combat ! Tu te rends compte que Jimbo était mort de trouille ?

— Ouais je sais.

— Arrête de dire « je sais » comme ça, tout le temps. Reste à ta place et fais les choses correctement, c'est pourtant pas bien compliqué.

— Écoute Lila, laisse tomber. Si toi tu peux te contenter de ça, grand bien te fasse, mais j'en peux plus moi, faut que je bouge ! Je vais devenir fou si je passe une semaine de plus au Sept !

Lila croise les bras et marque une pause.

— Elle est réelle ?

— Oui bien réelle ! dit Gabriel en se touchant le nez.

— Et ?

— Et rien du tout. Comme prévu, une vraie désaxée, une source d'ennuis sans fin. On aurait dû faire tout de suite ce qu'il fallait. Bon Lila, je dois y aller j'ai un rencard avec Paul. À croire qu'il ne peut plus se passer de moi.

— OK. Dis Gabriel… pour une fois, essaie de ne pas être trop… toi !

Lila repart dans la direction opposée, laissant Gabriel passer dans l'autre Palier, seul.

*

Siobhan se blottit sous les couvertures au fond du lit. Elle regarde son Alcôve, les murs sont blancs, la pièce est petite mais elle trouve ça rassurant. Jimbo lui sourit, elle se demande quel âge il peut bien avoir.

Quarante ans?

Le Praticien lui dit quelque chose mais elle est trop fatiguée pour comprendre ou pour écouter. Il reprend le fauteuil roulant et quitte l'Alcôve d'un pas léger. Siobhan se retrouve seule et il ne lui faut pas plus de cinq minutes pour sombrer dans un sommeil profond.

Face à elle, un grand mur de pierre, si haut qu'elle n'en voit pas la fin. De chaque côté du mur, il y a deux rues parfaitement identiques. Siobhan prend celle de gauche, mais au bout de six ou sept pas, une douleur fulminante causée par des Parasites la force à reculer jusqu'à son point de départ. C'est sans doute le mauvais chemin, elle décide d'emprunter l'autre. Et, cette fois, c'est un peu plus loin que son corps semble se scinder en deux. Elle court encore une fois jusqu'au mur mais les Parasites semblent rester accrochés à ses talons. Elle hurle, s'accroupit contre le mur, la tête dans les mains. Des feuilles orangées tombent du ciel et sur le mur, dans un bruit de craquement terrifiant. Brusquement, le sol se met à trembler et Siobhan voit son corps partir en lambeaux, elle hurle aussi fort que le permettent ses cordes vocales.

*

Gabriel prend une grande respiration et frappe trois fois sur la porte en chêne.

— Entre !

Paul est calmement en train de fumer un cigarillo derrière son bureau, dans son grand fauteuil de cuir. Gabriel ne connaissait pas d'homme plus attaché à un stéréotype. Il ignorait que Paul fumait, c'est pourtant mauvais pour l'odorat. Après tout, pensa-t-il, il ne s'aventure plus sur le terrain depuis de longues années.

— Assieds-toi, je t'en prie. Fais-moi ton rapport !

— Et bien, la cible fut assez difficile à contrôler mais elle a été ramenée. Nous avons mis en place un Physionome qui joue son rôle auprès de ses proches.

— Et tu as dû faire appel à une équipe pour nettoyer tout ça…

— Un peu de casse matérielle, rien de bien grave.

— Et la cible s'est retrouvée au Palier Sept dès son arrivée grâce à toi…

— Je l'ai Rapatriée. J'ai rempli ma mission.

— Gabriel tu m'as… surpris ! Toute cette violence de la part d'un Architecte… C'est un talent peu répandu chez les tiens vois-tu ?

Gabriel lève un sourcil méfiant.

— Tu pourrais nous rendre encore un service avant de pouvoir passer Traqueur. Un seul. Et je te donnerai les missions avec mes Traqueurs de l'intervalle dix à vingt.

Le jeune homme réfléchit à toute vitesse. Et si c'est encore une embrouille ? Jimbo lui conseillerait de dire stop, toujours. Mais cela fait longtemps que Gabriel n'écoute plus tous les conseils de Jimbo.

— Je t'écoute, Paul.

— Bien, nous voudrions que tu surveilles ce Canalyseur pour nous. Mais entendons-nous bien, quand je dis *pour nous*, je veux dire *juste* pour nous ! Le Cercle ne devra rien savoir, tu ne feras tes rapports qu'à moi et…

— Mais pourquoi…

— … ne poser aucune question. Nous t'expliquerons tout plus tard. C'est à toi de m'accorder ta confiance et de me montrer qu'un jour, je pourrai te donner la mienne. Tu seras affilié à elle comme Guide. Nous avons déjà pris les dispositions auprès des personnes compétentes. Tu seras donc convoqué dans quelques jours, n'en sois pas étonné. Mais n'oublie pas d'adopter la bonne atittude, n'aie pas l'air trop heureux de cette mission de nounou qui te sera attribuée par le Cercle ! Rien de tout ceci ne doit sembler avoir été orchestré par quelqu'un d'autre que le Cercle lui-même. Ai-je été suffisamment clair ?

— Il me semble que oui, Paul.

— Excellent. Maintenant excuse-moi mais j'ai un autre rendez-vous.

Gabriel se retourne et voit Dave derrière lui. Il ne l'a même pas entendu entrer, il se déplace toujours comme un fauve. Dave n'est pas la personne la plus recommandable, même parmi les Traqueurs. Sa peau elle-même en témoigne, la moitié de son visage est largement balafrée ainsi que son cou. Ayant suffisamment de fois assisté Jimbo pendant qu'il le soignait, Gabriel connaît aussi toutes les cicatrices que l'on ne peut pas voir. Dave jette un regard dédaigneux à Gabriel qui, lui, hors de vue de Paul, ne peut s'empêcher de lui adresser un majeur tendu avant de sortir.

*

Jimbo marche en direction des bureaux. En apercevant Svetlana, il marque une pause, soufflé par la beauté de l'image qui s'offre à lui. Ses longs cheveux blonds sont baignés dans la lumière des néons, les rendant presque argentés. Son uniforme souligne merveilleusement son corps parfait, de ses mollets à ses épaules, tandis qu'elle parcourt un dossier. Jimbo se dit qu'elle n'a pas tant changé avec les années, elle semble avoir vingt ans. Il pousse la porte vitrée, avec un sourire timide sur les lèvres, la gêne d'un enfant sur le visage.

— Salut 'Lana.

— Alors Jimbo, tu viens me faire la morale ?

— Non, pas du tout. Plutôt voir comment tu vas.

— Je me sens plus calme.

— Tu sais, le jour de ton Rapatriement, tu m'as demandé si je venais pour te sauver.

— Hum… Et tu m'as répondu oui.

— Je suis désolé de t'avoir menti. J'étais plus jeune en ce temps-là, je ne me rendais pas encore compte de l'étendue des choses. J'étais en formation. Je t'ai soignée tant de fois sans que tu n'en gardes aucune séquelle que je m'étais mis à croire que je pouvais vraiment te guérir de tout. J'avais oublié que les dégâts ne sont pas toujours visibles, même pour moi.

— J'étais une enfant, Jimbo ! À seize ans on parle pour ne rien dire, et on exige des autres ce que l'on n'oserait même pas exiger de soi-même.

Elle se tourne vers lui et Jimbo se sent plus petit dans sa blouse. Elle passe quelques doigts dans ses cheveux avec un sourire tendre.

— Toi aussi tu étais plus jeune, pas de cheveux gris qui se cachaient dans cette tignasse.

— Je n'avais que vingt-neuf ans, et puis, toutes tes missions m'ont fait me faire beaucoup de soucis. Je te dois cette tignasse bicolore !

— Alors comme ça Gabriel veut devenir Traqueur ?

— Oui, à croire qu'il a l'intention de marcher sur tes traces. Il t'a toujours vue comme une grande sœur.

— Non Jimbo, Gabriel cherche sa place. Il n'a rien d'un Traqueur, il est trop sanguin, trop têtu. Et puis, seuls les Pisteurs deviennent Traqueurs.

— Il a une place avec moi.

— Je sais Jimbo. Il te sert de morphine. Il n'en peut peut-être plus de ça. Quand il comprendra qu'il ne deviendra pas Traqueur, tu crois que tu pourrais tenter de lui trouver une autre place ? Il y a d'autres Architectes, même s'ils sont moins talentueux.

— Oui sans doute, je vais y penser.

Svetlana tourne les talons et ouvre les portes vitrées avant de s'arrêter.

— Jimbo ? Juste une question. Pourquoi tu m'appelles par mon prénom quand il y a du monde ?

— Je ne sais pas. Je me dis que c'est plus professionnel.

— Hum, hum. Bonne soirée Jimbo.

— Bonne soirée 'Lana.

*

Siobhan se réveille en sursaut, trempée de sueur. Il lui faut quelques minutes avant de se souvenir de la pièce où elle se trouve.

J'espérais que ça aussi c'était un cauchemar.

Ta vie est un cauchemar.

Elle essuie son front du revers de la main et passe ses jambes à l'extérieur du lit en espérant qu'elles supporteront de nouveau son poids. Elle lève la tête et regarde davantage autour d'elle. La pièce est vraiment blanche, seuls les meubles en bois clair sortent légèrement du lot. Sur le bureau, deux serviettes de bain, quelques vêtements, ainsi qu'une étrange trousse de toilette. Sous le bureau, une paire de baskets noires. Siobhan pousse sur ses bras pour se relever et, même si elle les sent fragiles, ses jambes tiennent le coup. Elle se rapproche de la pile de vêtements, deux jeans, quatre tee-shirts gris et des sous-vêtements en lycra. Elle tourne la tête et voit une embrasure sans porte. Elle s'avance pour y découvrir une petite salle de bains avec une douche et un lavabo. Elle fait demi-tour et prend une serviette, ce sera sans doute un soulagement. Après avoir ôté la tenue bleue, elle ouvre le mitigeur et laisse couler l'eau sur sa main.

Aïe !

Siobhan avait oublié cette blessure, mais elle ne peut résister à la chaleur de l'eau et se glisse sous la pomme de douche. Elle laisse l'eau la débarrasser de ses angoisses et ferme les yeux pour savourer ce moment. Après s'être lavée minutieusement, elle sort de la douche, se sèche et regagne la chambre, inquiète de devoir remettre l'ensemble de chirurgie au cas où les pantalons ne seraient pas à sa taille. Heureusement, tout lui convient, elle natte ses cheveux avant de chercher un élastique dans la trousse de toilette.

Bingo !

Elle se regarde dans le miroir lorsque, soudain, elle est comme prise d'un sursaut de conscience.

Oh merde Peter !

Mettant ses chaussures à la vitesse de l'éclair, elle sort de la pièce. Elle se retrouve de nouveau dans un couloir blanc. Elle se met à chercher l'ascenseur par lequel elle est arrivée, il doit bien y avoir une sortie. Elle tourne à gauche, à droite, de nouveau à droite, à gauche puis à droite.

Mon Dieu, je suis paumée, tout se ressemble.

Au bout du couloir suivant, elle aperçoit trois personnes marchant dans sa direction mais n'a nulle part où se cacher. Cette fois, pas de poursuite, les trois protagonistes passent devant elle en lui adressant un bonjour poli. Elle marque une pause et reprend son chemin, continuant de se perdre dans les couloirs sans fin. Elle croise le chemin de deux autres personnes, une jeune femme et une petite fille.

Je ne vais pas continuer à tourner en rond comme ça pendant des heures !

Elle décide d'aller à leur rencontre.

— Bonjour.

— Bonjour ! dit l'enfant d'un ton enjoué.

— On peut vous aider ? demande la jeune femme aux cheveux châtains avec un grand sourire.

— Je… je cherche Jimbo.

— Jimbo ? Il est au Palier Sept sans doute.

— Je me suis perdue, vous pouvez m'y emmener ?

La jeune femme lâche la main de la petite fille.

— Tia, s'il te plaît va dans la salle commune, d'accord ?

La petite fille part, non sans lancer un sourire à Siobhan. La jeune femme attend qu'elle soit hors de vue pour recommencer à parler avec un ton beaucoup plus dur.

— Jimbo ne t'avait pas dit de rester dans ton Alcôve ?

— Euh… je ne sais pas.

— Bon, viens avec moi !

En suivant la jeune femme, Siobhan capte quelque chose de familier.

Du sucre…

— Tu tournes en rond depuis combien de temps ?

— Quelques minutes je crois.

— Tant que tu ne seras pas dans la base de données, tu ne pourras pas changer de Palier seule.

— Je peux téléphoner ? Je voudrais appeler mon mari.

— Non, pas pour le moment.

La jeune femme pousse une porte parmi des dizaines identiques, derrière cette dernière se trouve l'ascenseur liquide que Siobhan avait vu plus tôt. Elle pénètre dans ce fluide avec moins d'angoisse que précédemment. Sa guide la regarde fixement.

— Je suis Lila, une Architecte.

— Je m'appelle Siobhan.

— Je sais.

Siobhan voit des couloirs blancs identiques apparaître hors de l'ascenseur, elle suit Lila qui en descend.

— C'est Gabriel qui t'a abîmée comme ça ?

— Hum.

— Gabriel est quelqu'un de très bien. Tu as dû chercher la merde. Mais ne t'en fais pas, Jimbo est un artiste, il n'en paraîtra plus rien d'ici peu. En revanche, si tu te permets de frapper de nouveau Gabriel, je te le ferais payer cher. Compris ?

Siobhan acquiesce. Lila frappe et ouvre une porte. Derrière, Jimbo est assis à un bureau, penché sur des clichés médicaux, l'air très absorbé.

— Jimbo ?

— Lila ! Siobhan ! Pourquoi tu ne m'as pas sonné avec le boîtier à ton réveil ? Ce n'est pas grave. Au moins vous avez fait connaissance. Lila, tu manges avec nous ?

— Non merci, Jimbo. Je ne préfère pas.

Lila part en claquant la porte derrière elle.

— Bon, et bien nous mangerons tous les deux.

— Je peux téléphoner ?

— Non Siobhan, je suis sincèrement désolé. Tu t'inquiètes pour ton mari ? Ne t'en fais pas, on s'occupe de tout. Il ne s'est même pas rendu compte que tu étais partie. Quelqu'un a pris ta place pour un temps, il ne voit pas la différence.

— Je ne peux pas rentrer ?

— Nous pouvons t'aider Siobhan, pour ce qui te gêne depuis tant d'années.

— Pour les Parasites ?

— Les Parasites ? Tu appelles ça comme ça ? Et ça te fait quoi ? Tu ressens quoi et dans quelle partie du corps ?

Siobhan ne répond pas, à la fois interloquée et gênée par les questions.

— Excuse-moi, c'est juste que je n'ai jamais rencontré quelqu'un comme toi. Nous aurons tout le temps d'en reparler. Mais reste, prends ça comme un traitement, nous allons t'aider et peut-être que, quand tu partiras, tu te sentiras mieux.

— Un peu comme une cure ?

— Oui ça me paraît pas mal comme comparaison. Bon, je vais m'occuper de te rentrer dans la base d'accord ? Comme ça tu pourras venir seule la prochaine fois. Après, nous irons dîner, tu dois commencer à être affamée.

*

Dans le brouhaha du réfectoire, Gabriel avale son steak de soja. Lila, à ses côtés surveille les alentours. Brusquement, Gabriel sent un battement expansif qu'il commence à bien connaître.

— Les voilà ! dit la jeune femme.

Jimbo et Siobhan entrent dans la grande salle, un plateau dans les mains. Nombreux sont les visages qui les observent. Le brouhaha général cesse un instant avant de reprendre comme si de rien n'était. Siobhan ne voit pas les regards en coin, elle ignore également que les sujets de conversations ont changé. Elle est trop concentrée à marcher dans les pas de Jimbo, qu'elle trouve de plus en plus rassurant. Elle s'y accroche comme à une bouée de sauvetage. Jimbo la mène jusqu'à la seule table qu'elle redoutait. Gabriel ne lève même pas la tête quand ils prennent place, Lila se rapproche de la petite fille de tout à l'heure, comme un bouclier.

— Svetlana n'est pas là ? demande Jimbo.

— Non elle a préféré rester avec les Traqueurs aujourd'hui ! répond Lila.

L'Architecte aux iris dorés prend un air mauvais :

— On se demande pourquoi !

Jimbo fronce les sourcils, agacé :

— Gabriel ça suffit ! Siobhan, je te présente Tia. Tia est notre petit soleil. À sept ans, elle a déjà beaucoup de talent, mais il y a encore un peu de travail.

— Bonjour Tia.

— Rebonjour Siobhan ! Tu es quoi toi ? Je t'avais jamais vue avant.

— C'est parce que Siobhan vient d'arriver ! dit Jimbo en avalant un gros morceau de pain.

— Siobhan est un Canalyseur ma puce. Tu sais, ce sont des mauvaises personnes les Canalyseurs, c'est elle qui a fait mal à Gabriel. Mais ne t'inquiète pas, je ne laisserai plus Siobhan faire de mal à Gabriel, lâche Lila sans quitter la nouvelle venue des yeux.

— Tu as raison Lila, fous lui la trouille à cette gosse !

— Gabriel, ça sert à rien de lui mentir.

— Parce que lui foutre la trouille c'est plus utile peut-être ? Et puis je suis assez grand, il me semble, pour me défendre tout seul.

— Ça se voit !

— Tu vois, c'est à cause de ce genre de comportement que je t'ai juste baisée.

Putain, j'ai mal !

Lila se referme aussitôt, les yeux plantés dans son assiette. Jimbo fronce les sourcils et s'adresse à Gabriel d'un air dur.

— Gabriel tu vas trop loin.

— De toute façon, j'ai fini de manger. Au fait Siobhan, j'espère qu'être un monstre de foire ne te pose pas de problème.

Sur ce, il quitte la table, pose son plateau sur un tapis roulant et sort du réfectoire, laissant les autres dans un malaise ambiant. En regardant la petite Tia, Siobhan trouve une force insoupçonnée pour parler.

— Ne t'inquiète pas Tia, je ne vais pas te faire de mal, ni à toi, ni à personne ici.

La petite fille retrouve alors son superbe sourire. Lila marmonne quelque chose, l'air sombre.

— Allez, Tia c'est l'heure d'aller se coucher.

— D'accord, bonne nuit Jimbo. Bonne nuit Siobhan.

— Bonne nuit ma puce.

— Bonne nuit Tia.

Siobhan est de nouveau seule avec Jimbo.

— Ça lui passera. Lila n'a pas trop apprécié que tu touches au visage de Gabriel, elle est plutôt du genre possessive avec lui.

— J'avais cru comprendre.

— Le repas a l'air de te dénouer la gorge. Alors je pense pouvoir répondre à quelques-unes de tes questions. Pas toutes, mais certaines.

Par où commencer ?

L'image de Tia apparaît dans sa tête.

— Tia, Lila c'est sa mère ?

— Non. Tia a été trouvée en orphelinat, il y a de ça six mois. Elle est née sous X, nous ne pouvions la laisser seule, elle est des nôtres.

— Parce que c'est une Architecte.

— Je suppose que tu me demandes ce qu'est un Architecte.

— Oui.

— Je devrais commencer par t'expliquer ce qu'est un HEMI.

Le réfectoire se vide petit à petit.

— Tu sais que le cerveau humain est composé de deux hémisphères. Ces hémisphères renferment toutes les capacités qui permettent de vivre. Mais il existe des personnes, comme Tia ou comme toi, qui possèdent un troisième hémisphère. Ici, il n'y a que des gens avec un troisième hémisphère. Ce dernier n'est actuellement pas détectable, ni par les scanners, les IRM ou les gamma-caméras du monde médical. Il se fond totalement dans le reste du cerveau. Nous nous plaisons depuis des années à appeler ce troisième hémisphère notre HEMI. C'est cet HEMI qui nous permet de faire certaines choses que d'autres ne peuvent pas faire.

— Comme quoi ?

— J'y viens. Les Architectes sont des créateurs d'ambiance, d'émotions et de sentiments. Ils sont capables de faire ressentir aux autres de la joie, de la sécurité, du bonheur et ainsi d'un peu contrôler les émotions des autres. Ils sont également capables d'empêcher un cerveau d'analyser une douleur. C'est leur principal rôle ici. Gabriel m'assiste régulièrement dans mes soins.

— Et Tia peut déjà faire ça ?

— Elle ne peut pas encore bloquer les douleurs physiques mais elle peut déjà passer quelques émotions.

— Le sucre ?

— Oui c'est la première sensation qu'on ressent lorsqu'un Architecte se sert de son HEMI.

— Je l'ai ressentie dans ma chambre la première fois, puis dans la pièce avec tous les lits. Et quand j'ai croisé Lila et Tia dans le couloir.

— C'était Lila. Tia est encore trop petite. Elle a sûrement commencé à Souffler quand elle a compris qui tu étais.

— Souffler ?

— C'est comme ça que les Architectes décrivent la mise en action de leur HEMI.

Siobhan quitte les yeux bleus de Jimbo et regarde autour d'elle, la grande salle est maintenant vide.

— Et vous, vous êtes quoi ?

— Je suis un Praticien. Je suis capable de visualiser les blessures physiques des corps sans même les examiner mais aussi celles des HEMI.

— En gros vous êtes médecin spécialisé.

— Oui, et les journées ne sont pas de tout repos. Nous sommes peu de Praticiens mais il y a beaucoup de patients. Mais ce serait trop long à t'expliquer et tu as besoin de repos. Allez, je te ramène dans ton Alcôve.

Siobhan, à l'idée de se coucher, sent brusquement la fatigue tomber sur ses épaules. Elle attrape son plateau et, tout en suivant Jimbo, le dépose sur le tapis roulant.

Arrivée à son Alcôve, elle souhaite une bonne nuit à Jimbo avant de fermer la porte. Elle ôte ses vêtements et se glisse dans son lit. Peter lui manque terriblement.

Pauvre Peter !

Tu l'as abandonné.

Non, je reviendrai, il n'en saura rien. C'est ce qu'on m'a dit.

Et si c'était un mensonge ? Et s'ils ne pouvaient pas t'aider ?

Tais-toi !

Il t'a tant donné et toi tu l'abandonnes.

Je t'en prie tais-toi !

Ils ne pourront pas te soigner, personne ne peut te soigner.

Tais-toi, tais-toi, tais-toi…

Chapitre 3

Les jours qui suivent se ressemblent tous. Siobhan ne quitte sa chambre que pour aller manger et seulement lorsque Jimbo s'y trouve. Dans le cas contraire, elle rebrousse chemin en attendant l'heure du repas suivant. Elle passe la plupart de son temps à lire les livres que Jimbo lui prête. Ce dernier n'a plus répondu à aucune de ses questions. Heureusement, elle commence à voir son Alcôve comme un refuge et à s'y sentir bien. Cette monotonie est soudain brisée par trois coups secs retentissants. Siobhan se lève et s'approche de la porte, sans l'ouvrir.

— Jimbo ?

— Non, je m'appelle Erwan, je viens te chercher, le Cercle te convoque. Tu peux sortir ?

Siobhan hésite à ouvrir, mais elle sent que cette question n'en est pas vraiment une. C'est à contrecœur qu'elle tourne alors le verrou et ouvre la porte. Elle se trouve nez à nez avec un homme blond d'une trentaine d'années en costume noir, chemise noire et cravate noire.

Bordel, on dirait un agent secret !

— Allez presse-toi, le Cercle apprécie la ponctualité.

Aïe ! Aïe ! Aïe !

Il se met en route et la jeune femme lui emboîte le pas, la boule au ventre. Elle a plusieurs fois, dans les couloirs ou au réfectoire, entendu parler du fameux Cercle. C'est un mot qui revient régulièrement dans les conversations, mais elle ignore toujours de quoi il s'agit. Après dix minutes d'ascenseur et de couloirs sans fin, elle arrive devant deux grandes portes en bois de bouleau. Erwan lui indique la direction de la porte.

— Je te laisse ici.

— Je vous remercie.

Erwan lui adresse une moue désapprobatrice. Jimbo avait été très clair, le vouvoiement est proscrit d'après de vieilles règles, elles-mêmes oubliées depuis longtemps. Siobhan se corrige immédiatement.

— Je te remercie.

L'homme en noir repart, la laissant seule devant ces immenses portes. Elle voit cette solitude comme un soulagement : les Parasites émis par le jeune homme sont très agressifs. Siobhan avait peur de laisser échapper un gémissement ou un juron.

Elle pose sa main contre la porte de droite, prend une grande respiration et la franchit. Elle arrive dans une salle blanche où les murs sont pour la plupart couverts de jasmin. Au centre de la pièce, une immense table en bois brut formant un arc de cercle. Onze personnes y siègent, six femmes et cinq hommes, installés en alternance. Un douzième siège est vide. Les Parasites volent au-dessus d'eux mais ils restent supportables.

Je tiendrai le choc.

— Avance Siobhan, je t'en prie, dit une femme.

Siobhan fait quelques pas et se retrouve au milieu de ce Conseil. Un homme d'une cinquantaine d'années se lève.

— Bonjour Siobhan. Nous sommes le Cercle et tu nous vois tous ravis de cette rencontre, tu as l'air en forme. Ton Praticien s'est-il bien occupé de ton HEMI ?

— Euh… oui Jimbo s'est bien occupé de moi.

— Très bien. Si tu es d'accord, d'ici trois jours, il commencera à étudier ton HEMI plus en profondeur. Nous nous doutons que tu dois avoir mille et une questions. Nous avons demandé à Jimbo de ne pas te répondre. Il a beaucoup de travail et nous préférerions te confier à quelqu'un à plein temps. Il t'accompagnera dans ta formation et répondra à toutes tes questions.

— Vous n'allez pas y répondre ?

— Nous sommes assez occupés Siobhan, ne le prends pas mal. Mais les Hémisphèriens traversent une période complexe et nous avons beaucoup à faire tu comprends ?

Non pas du tout!

— Oui.

— Es-tu d'accord pour que Jimbo reste ton Praticien ?

— Oui.

— Tu as besoin de quelque chose pour ton Alcôve ? Livres ? Couvertures ? Papiers et stylos ?

Siobhan réfléchit un instant. Elle sait, de par Jimbo, qu'elle ne peut pas écrire à Peter. Alors elle répond du tac au tac :

— De la musique. Un poste avec quelques CD ?

— Pas de soucis.

— Merci.

— Bien. Gabriel, entre !

Les portes s'ouvrent simultanément et Siobhan voit son ravisseur entrer, la tête haute et le dos droit. Habillé d'une chemise noire, il lui semble encore plus impressionnant. Le bleu sur son visage a presque disparu, il n'en reste que quelques taches vertes et jaunes. Son nez, quant à lui, a complètement dégonflé.

Gabriel ne lui adresse pas un regard et se pose à côté d'elle, face à l'homme qui a donné l'ordre d'entrer.

— Gabriel va te guider, t'accompagner continuellement. Il va bien s'occuper de toi.

L'homme se rassied sur sa chaise mettant fin à l'entretien.

C'est une blague ?

Tu as pensé au fait que tu allais devoir affronter Lila ?

Gabriel pose sa main sur l'épaule de Siobhan, lui arrachant un sursaut. Elle le suit vers la sortie, s'arrête devant la porte et se retourne en lançant un au revoir au Cercle qui lui rend d'une seule et même voix.

Gabriel referme la porte derrière eux.

— Écoute-moi bien, je suis aussi mécontent que toi d'être ta nounou. Mais c'est comme ça alors je te conseille de filer droit et tout se passera bien, compris ?

— Oui.

— Bon très bien, il est encore tôt, un tour dans la salle commune ça te va ?

— Je… je ne sais pas, je n'y suis pas encore allée.

— Alors suis-moi.

La salle commune se situe au Palier Quatre, tout comme le réfectoire. En y pénétrant Siobhan n'est pas certaine que « commune » soit le bon adjectif. Cette pièce immense et aux tons sable est constituée d'une multitude de petits salons séparés par de grands rideaux bruns. Ces salons sont composés de quatre canapés deux places et d'une petite table au centre. Sur la droite une vingtaine de frigos contenant plusieurs boissons en libre accès. Gabriel n'hésite pas et se dirige vers les réfrigérateurs, prend deux boissons énergisantes et fait signe à Siobhan de le suivre vers un des salons.

Ça ne me plaît pas du tout.

Elle se pose sur un canapé et entend Gabriel fermer le rideau derrière elle. Il dépose les deux canettes sur la table et s'affale dans le canapé en face d'elle. Sur son visage Gabriel laisse apparaître une attitude décontractée avec un large sourire et ouvre sa canette.

— Alors ? Tu te plais ici ?

— Pas vraiment, non. Les gens m'évitent soigneusement.

— Rien d'étonnant, tu es un monstre ! dit le jeune homme en désignant son visage.

— C'est moi le monstre ? C'est toi qui t'introduis chez les gens.

— Oui mais moi je ne suis pas un Canalyseur.

— On n'arrête pas de me dire ça mais je ne sais même pas ce que c'est.

— Non, pas maintenant, j'ai trop faim pour t'expliquer !

— Mais le Cercle a dit que…

— … que je devais répondre à toutes tes questions. Et je le ferai. Mais pour le moment, bois !

Siobhan attrape sa canette, l'ouvre et en prend une gorgée. Elle manque de s'étouffer sous le rire moqueur de Gabriel.

— Bah alors ? Tu ne sais pas boire ?

Vexée, Siobhan décide d'attaquer avec une question gênante.

— Il s'est passé quoi entre Lila et toi ?

— Toutes les questions, hein ?

— Hum, hum.

— Comme tu veux. Eh bien Lila est une chouette fille, j'avais été clair avec elle dès le départ. Mais elle n'a pas voulu le voir ainsi. Au bout d'un certain temps, elle a tenté de Souffler sur moi, pour être certaine que je ne me lasse pas de nos rapports, pensant stupidement que je ne le verrais pas. Alors, par pure vengeance, je l'ai sautée et au moment le plus opportun je lui ai Soufflé un sentiment de honte immense.

— C'est horrible !

— Oui, mais c'était il y a déjà deux ans. On arrive à se reparler aujourd'hui. Enfin, tant que tu n'es pas là. Au cas où tu ne l'aurais pas compris, elle ne t'aime pas trop.

— J'avais remarqué.

— Tu as de la chance, elle opère avec Jimbo ce midi. On ne la croisera pas. En revanche, ce soir fais-toi toute petite.

Siobhan ne dit rien, elle observe plus en détail le visage qui lui fait face. Les traits de Gabriel sont anguleux, sur le sommet de son crâne se trouve une épaisse touffe de cheveux châtains en bataille. Mais ce que l'on voit au premier abord chez Gabriel, ce sont ses yeux si particuliers. Elle les distingue mieux maintenant : deux iris verts assez sombres parsemés de petites taches dorées.

Syndrôme de Stockholm?

Tu vas me lâcher, oui ?!

— Arrête d'avoir des idées noires, ça me stresse ! lui lance l'Architecte.

— Tu captes les Parasites ?

— Les quoi ? Tu fais une drôle de tête, et venant de toi, ça m'angoisse ! Et puis j'ai pas mal de difficultés à Souffler quand tu es là. J'y parviens mais c'est… problématique. Du coup je n'essaie même plus.

— Désolée.

— Au moins ça change. J'aime bien le changement.

Brusquement le rideau s'écarte et laisse apparaître un visage que Siobhan ne connaît pas, mais qui fait se dresser tous les poils de son corps. Il vient d'amener plus de Parasites que Siobhan n'en avait jamais vus en une seule personne. Instantanément le corps de la jeune femme devient un enfer.

— Gabriel tu es là. Je te dérange peut-être ?

— Tu sais bien que tu déranges toujours Dave.

L'homme aux cicatrices se laisse tomber à côté de Siobhan.

— Je voulais dire bonjour et me présenter à la petite nouvelle.

Dave passe un bras derrière Siobhan et respire son odeur. Elle tente de s'écarter, en vain : il a trop de poigne. Mais Gabriel s'est déjà levé.

— Dave je crois que tu devrais y aller.

— Tu crois ? Non, on commence juste à faire connaissance !

— Dave dégage !

Ce dernier se lève de toute sa hauteur face à Gabriel.

— Tu crois pouvoir faire quoi l'Architecte ?

— Pas grand-chose, mais avant, j'aurai le temps de décorer l'autre côté de ta face. Et je pense que Paul sera ravi de savoir que tu taquines son précieux Canalyseur.

Les deux hommes se toisent. Puis Dave murmure si bas que Siobhan ne l'entend pas.

— Je préfère ta si précieuse Svetlana…

Dave s'éloigne et, avant de repasser le rideau, il lance un regard à Siobhan.

— On sera amenés à se recroiser.

Gabriel referme soigneusement le rideau et se rassied.

— Ne fais pas attention à lui.

— Merci en tout cas.

— Je t'arrête tout de suite, je ne l'ai pas fait pour toi. Je l'ai fait parce que Dave est un chien de chasse stupide et que je ne peux pas l'encadrer.

— Et Dave est… euh… c'est quoi son rôle ici ?

— Son HEMI est celui d'un Pisteur, il est donc devenu Traqueur.

Le silence de Siobhan encourage Gabriel à développer.

— Je pensais qu'on t'avait dit plus de choses. Je vais vraiment avoir du boulot. Alors, un Pisteur a la très désagréable capacité de pouvoir repérer à l'aide de son odorat les HEMI. Certains des Pisteurs deviennent des Recruteurs et se déplacent pour aller chercher de nouveaux HEMI.

— Comme ce que tu as fais avec moi ? Tu es un Recruteur ?

— Non c'était exceptionnel. Normalement je travaille avec Jimbo.

— Ah oui. Il me l'avait dit.

— Et donc les autres Pisteurs, eux, deviennent des Traqueurs. Ils s'occupent des Rapatriements difficiles et prennent en chasse les Béotiens.

— Les quoi ?

— Avant d'en arriver là mieux vaut que tu sois bien au point sur le reste. De toute façon ça va être l'heure d'aller déjeuner.

*

— Allez Lila ! Tu vas y arriver. Concentre-toi !

— Je n'arrive pas à l'isoler Jimbo.

— Lila on va le perdre !

Lila prend de grandes inspirations et son esprit Souffle de toutes ses forces. Elle ignorait que travailler avec Jimbo eut été aussi dur. Elle sait qu'il a toujours les cas les plus graves, mais jusque-là son HEMI avait toujours été à la hauteur. Lila ferme les yeux et visualise son voile. Elle le tisse lentement à la manière d'un filet et resserre peu à peu les mailles. Plus ce sera serré, moins la douleur passera dans la femme rousse qui hurle sur la table d'opération de Jimbo.

Elle saisit son tissage et le Souffle doucement tout contre la pauvre femme. Enfin les cris s'épuisent.

— Bien joué Lila, mais ne lâche rien. Si ton Souffle se brise, pour elle, le cauchemar recommencera.

— Je sais bien, je reste concentrée.

Durant les deux heures qui suivirent, Lila ne laissa pas le tissu se déchirer, laissant à Jimbo tout le temps dont il avait besoin. Quand il pose ses instruments dans un bac d'alcool, elle sent que plus rien n'attaque son voile de douceur. Elle aide Jimbo à transférer la patiente sur un lit, ils la glissent sous d'épaisses couvertures et l'amènent en salle de réveil. Avant de la laisser, elle Souffle en direction de la jeune femme un dernier voile de bien-être.

— Merci Lila.

— Pas de soucis Jimbo.

— Alors cette première opération en ma compagnie ?

— Intense. Gabriel fait ça tous les jours ?

— Quand c'est nécessaire. Tu crois que tu pourrais le remplacer pendant quelque temps ? Si ça te plaît et que tout se passe bien, ça pourrait devenir permanent !

— Je veux bien remplacer Gabriel quelque temps. Mais pour ce qui est du définitif… je préfère voir avec lui. Je ne désespère pas qu'il retrouve la raison et veuille revenir à sa place.

Jimbo lui lance un sourire gêné.

— Je sais bien que ce que Gabriel a fait est inexcusable. Mais rassure-moi, tu ne diras rien au Cercle ?

— Non. Je connais le sort qui lui serait réservé.

— Tu sais, quand il est arrivé ici, j'ai tout de suite compris qu'il ne serait pas exactement ce que les Hémisphèriens attendent d'un des leurs. Mais ce n'était qu'un gosse, déjà bien abîmé. Je lui ai laissé sa chance. Tu penses que j'ai fait erreur ?

— Oui. Mais je te remercie d'avoir fait cet écart.

Lila sourit à Jimbo qui lui rend son sourire.

— Alors Tia fait des progrès ?

— Oui elle avance bien. Elle sera une excellente Architecte.

— Elle voit en toi une mère.

— Je préfère lui dire que je suis comme une sœur, mais elle n'apprécie pas.

— Elle a du caractère, elle ressemble beaucoup à celle que tu étais petite. Tu ne voulais rien d'autre que ce que toi seule avais décidé. C'est ton intégrité qui a plu au Cercle.

— Comme pour nous tous.

*

— Une sieste ? Sérieusement ?

— Oui, les repas m'épuisent. Je suis désolée. Mais comme ça tu pourras avoir du temps libre.

— Non je n'ai pas le droit de te lâcher d'une semelle. Mais bon, si mamie a besoin de se reposer.

Siobhan baisse les yeux, vexée, mais soulagée. Ces repas dans le réfectoire la mènent trop près des Traqueurs et tous leurs Parasites deviennent vite intolérables. Le sommeil est le seul moyen de les sentir s'enfoncer très loin dans son esprit. En se rendant aux Alcôves elle ne pipa mot à Gabriel, ce qui n'eut pas l'air de le gêner. Ce qui le gêne davantage, ce sont tous les regards, ceux qu'il croise dans les couloirs. Les regards méfiants, insistants, qu'il tente de dissoudre en Soufflant des toiles de douceur et de chaleur. Arrivés à l'Alcôve, Siobhan rentre et tente de fermer la porte, un bras vient la bloquer. Elle sursaute et recule : des images resurgissent devant ses yeux.

— Pas d'une semelle j'ai dit.

Gabriel rentre dans la chambre et ferme la porte derrière lui. Siobhan ne bouge pas tandis que le jeune homme se pose sur la chaise du bureau, la tournant face au lit, son visage est fermé et dur. Elle le regarde, inquiète, mais est si fatiguée qu'elle a du mal à garder les yeux ouverts.

Si tu dors il va de nouveau te mettre une raclée.

Hum…

S'avouant vaincue, elle se laisse glisser sous les draps et s'endort en quelques minutes. Sans qu'elle le sache, Gabriel plonge à l'intérieur de lui-même et confectionne une fine étoffe apaisante avant de la Souffler sur le lit.

Gabriel regarde le Canalyseur dormir durant un quart d'heure. Lorsqu'il est certain qu'elle se trouve dans un sommeil profond, il se lève et se dirige vers le lit. L'Architecte s'assied près de la jeune femme et l'observe. Gabriel cherche un signe de monstruosité, une trace même infime de violence profonde. Qu'est-ce qui peut bien distinguer les Béotiens des Hémisphèriens ? Est-ce juste une question d'HEMI, est-ce déjà inscrit dans notre code génétique ? Cette femme est banale, pas laide mais pas belle non plus. Très commune : une petite brune, aux yeux noirs avec quelques formes, une poitrine généreuse, la peau claire sans être diaphane. On en fait des milliers comme ça. Alors pourquoi ? Pourquoi serait-elle spéciale ?

Siobhan est au milieu d'un champ sous un arbre. En face d'elle, deux silhouettes sans visage, l'une encapuchonnée de blanc, l'autre de noir. Siobhan regarde l'arbre au-dessus d'eux, il est immense, ses feuilles sont orangées, rouges et or. Les deux hommes lui tendent un panier couvert d'un linge assorti à leurs longs manteaux. Soudain, Siobhan sent son ventre se tordre et crier famine. Elle tend la main en direction du panier couvert de blanc, dedans se trouvent des pommes vertes, elle en prend une, et la porte à sa bouche. Mais au moment de la croquer, la pomme pourrit et se nécrose. Siobhan la lâche et tend son autre main vers le panier couvert de noir. À l'intérieur : des pommes rouges, la jeune femme en prend une et la porte à ses lèvres. Comme pour la première, la pomme pourrit et se nécrose. Siobhan la laisse tomber sur le sol. Brusquement le vent se lève, le blé du champ plie sous son assaut et les feuilles de l'arbre se détachent des branches. Elle commence à tournoyer autour de Siobhan et des deux silhouettes. Siobhan les regarde et tombe à genoux, écrasée par des milliers de Parasites. Ils la brûlent, l'étouffent, brisent ses os et font bouillir son sang. Siobhan hurle et se roule en boule.

Le cri que pousse le Canalyseur à son réveil fait sursauter Gabriel qui bondit de la chaise et se jette à côté d'elle.

— Hé, doucement, doucement ! C'est bon, c'est rien, ça va.

La jeune femme transpire et chaque parcelle de son corps tremble. Gabriel, accroupi à côté d'elle, tente de Souffler autant qu'il le peut. Mais rien n'y fait, les tremblements ne cessent pas, et elle semble ne pas le voir.

— Bordel !

Gabriel la prend à bout de bras et se précipite sous la douche. Il rentre à l'intérieur et ouvre l'eau glacée. Il continue de Souffler autant qu'il peut, mais les tremblements ne cessent pas, son regard est vide. Et l'eau froide n'aidant pas, la jeune femme commence à peser sur ses bras. Avec une infinie précaution, il laisse ses jambes tomber au sol et la tient contre lui pour qu'elle ne tombe pas. Lentement, il sent son cœur ralentir, ses tremblements diminuer. Gabriel ne la lâche pas, c'est son cœur maintenant qui bat à tout rompre, pris par la peur. Il prend une grande respiration et coupe le robinet de sa main gauche. Il l'aide à s'asseoir dans le bac de douche tandis que son cœur tape dans son torse.

— Bouge pas, OK ? Je vais chercher de quoi te sécher.

Gabriel attrape une serviette sur le bureau, des vêtements et retourne dans la salle de bains. Il pose le tout sur le bord du lavabo, et s'accroupit face à Siobhan. Il la regarde, elle semble avoir repris légèrement conscience.

— Sèche-toi et habille-toi ! Tu vas tomber malade.

Gabriel se laisse tomber sur le lit et place sa tête entre ses mains. Jamais rien n'avait résisté autant à son HEMI, il avait envoyé tellement de force à tenter de la calmer que des points noirs volaient devant ses yeux. Si le premier jour se passe ainsi, comment seront les suivants ? La peur commence à s'effacer, laissant place à la colère. Gabriel tente de la contenir. Mais elle bout, cette colère, elle a toujours été difficile à contrôler. Il expire et inspire lentement. Son rythme cardiaque diminue jusqu'à ce qu'elle rentre dans la chambre. Gabriel explose et se jette sur elle, la saisissant à la gorge en la plaquant contre le mur.

— Putain, qu'est-ce qui ne va pas chez toi ? Tu veux me tuer, tu veux tuer tout le monde ici ? Je ne vois pas ce qui me retient de t'étrangler là, maintenant.

— Je suis… désolée !

Siobhan a du mal à articuler et tente de se défaire des mains de Gabriel.

— Désolée ? C'est la meilleure celle-là ! Tu ne te contrôles pas, tu ne gères rien. Il y a bien longtemps qu'ils auraient dû t'éliminer. Et si je réparais cette erreur ?

Gabriel fixe Siobhan dans les yeux. Il voit son propre reflet, et l'image qu'il y voit lui fait comme un flash. Il la lâche. Elle tombe au sol, se tenant la gorge et toussant.

— Ne me fais pas regretter de ne pas t'avoir brisé la nuque. Qu'est-ce qu'il s'est passé ? C'est dangereux, toi plus que quiconque tu n'as pas le droit de perdre le contrôle. Tu le sais ça ?

Siobhan explose et fond en larmes.

— Non ! Non je ne sais pas, je ne comprends pas ! Je ne sais pas ce qu'est cet endroit, je ne sais pas pourquoi je suis restée, ni ce que c'est qu'un Canalyseur. Je ne sais pas pourquoi vous avez peur. Je ne comprends pas !

Gabriel s'arrête et cesse soudain de respirer tandis que son cœur s'emballe de nouveau.

*

— 'Lana, attends !

Jimbo trottine dans le couloir. Il finit par rattraper la jolie blonde.

— Salut Jimbo.

— Salut 'Lana. Tu as un moment ?

— Oui, tout va bien ?

— C'est à toi de me le dire. Tu dînes avec les Traqueurs depuis des jours, je voudrais comprendre.

— Jimbo, ce sont d'anciens collègues, c'est normal.

— Tu ne penses pas à repasser chez les Traqueurs, dis ?

— Non. Pas pour le moment en tout cas.

— Pourquoi ?

— Trois ans que je me cache, Jimbo, et avec les derniers éléments, je ne veux pas passer pour un déserteur.

— Tu as déjà beaucoup donné de ta personne ‘Lana. D’autres ont repris le flambeau depuis.

— De toute façon, ce n’est pas à l’ordre du jour pour l’instant.

Svetlana se met sur la pointe des pieds et dépose un petit baiser sur la joue du grand homme avant de tourner les talons.

— Bonne journée Jimbo.

*

Gabriel essaie de rassembler ses esprits.

— Nous avons toujours existé. D’aussi loin que mémoires d’hommes se souviennent, on trouve des traces de notre existence dans bon nombre d’événements historiques ou de légendes. Dans les légendes scandinaves par exemple, les mythologies grecques et romaines ou encore dans les religions actuelles. Nous avons joué un rôle déterminant dans toutes les batailles, les prises de décisions importantes ou les grands moments historiques. Nombre de personnages ou de créatures mythologiques étaient des possesseurs d’HEMI. Le Púca du folklore irlandais est sans doute inspiré des Physionomes. Les Jiangshi, en Chine étaient, selon toute vraisemblance, des Pisteurs. Le Dôme lui-même a plusieurs fois été évoqué dans les récits comme l’Atlantide ou, plus fidèlement, Yggdrasil dont parlent les populations nordiques. Yggdrasil est un arbre contenant neuf royaumes, empilés les uns sur les autres.

— Les Neuf Paliers ?

— Hum, hum. Autrefois, dans le Dôme, les HEMI vivaient en harmonie sous la protection des douze membres du Cercle tentant de préserver ce que nous appelons le Peson.

— Le Peson ?

— Le Peson est l'équilibre parfait. Un équilibre entre chaud et froid, sec et humide entre toutes choses. Si tu préfères, c'est ce qui fait que tout tourne rond. Le monde, à cette époque, était chaque jour plus beau, plus paisible.

Gabriel marque une petite pause et fixe Siobhan un instant avant de reprendre son récit.

— Mais un jour un membre du Cercle perdit la fusion avec les siens. Cet homme était un Canalyseur, il s'appelait Arthaud… Arthaud devint fou et, ralliant d'autres à sa cause, tenta de renverser le Cercle. Il tua cinq de ses frères. Les autres parvinrent à le repousser mais les pertes furent nombreuses.

— Combien ?

— Plusieurs centaines… Arthaud et ses comparses, eux, furent bannis du Dôme à jamais et son siège dans la salle du Cercle est resté vide jusqu'à aujourd'hui. Durant plusieurs centaines d'années, le Dôme n'eut aucune nouvelle d'eux. Mais un jour, les enfants des disciples d'Arthaud ont pris confiance et ont commencé à tenter de détruire le Peson. C'est à ce moment que deux camps sont nés : les Hémisphèriens et les Béotiens.

— Arthaud était un Canalyseur, comme moi. C'est pour ça que tu me détestes, que tout le monde me déteste ?

— Pas pour ce que tu es, mais pour ce que tu peux faire.

— Projeter ? Je ne sais même pas ce que c'est !

— L'HEMI d'un Canalyseur capte les émotions et les sensations négatives des autres.

— Mes Parasites ?

— Oui, Jimbo m'a dit que tu appelles ça ainsi. Toutes ces mauvaises pensées sont difficiles à supporter d'après ce que j'ai compris ?

Siobhan baisse la tête, ne pouvant plus regarder l'Architecte dans les yeux. Son regard inquisiteur la met mal à l'aise. Elle s'est toujours sentie comme un monstre, mais sous ces yeux dorés, sa honte grandit davantage.

— Le problème, c'est qu'en plus de les capter, un Canalyseur stocke ces émotions négatives. Il y a peu de Canalyseurs et ils ne vivent pas bien vieux, la douleur de ce que retient leur HEMI les rend fou. Ils se suicident généralement entre leur quatorzième et seizième année. Certains tiennent mieux que les autres et passent du côté des Béotiens et c'est là que les Hémisphèriens les Écartent…

— Les Écartent ?

La voix de Siobhan s'étrangle dans sa gorge.

— En tuant une seule personne, nous évitons de mettre en danger des milliers de vies ! Les Canalyseurs sont incontrôlables, comme toi ! Leur HEMI fait souffrir leur corps en gardant tout ce qui est canalisé, mais ils peuvent vider ce qu'ils ont accumulé en Projetant. La Projection est décrite dans nos vieux livres comme un tsunami d'énergie qui tue tout ce qu'il rencontre. C'est un concentré puissant qui peut cramer les nerfs à faire hurler de douleur. Mais aussi faire exploser les organes ou griller la peau. Bref un Canalyseur tue.

Un monstre! Tu es un monstre! Tu es un monstre!

Je suis un monstre ?

— Mais je ne sais pas faire cette chose.

— C'est un instinct, ça ne s'apprend pas. Tout à l'heure tu as fait une telle crise de panique que j'ai cru que tu allais perdre le contrôle.

Le sucre…

— Tout le monde est inquiet ! Ne leur en veux pas, ils ont raison de se méfier. Tu comprends mieux ?

— Oui, je crois avoir compris les grandes lignes.

— Jimbo était un des rares à entrevoir un espoir que tu ne sois pas trop barge. Le bon cœur de Jimbo est sa plus grande faiblesse. Il en a déjà payé le prix de nombreuses fois. Je voudrais qu'il ne soit pas trop déçu, alors je ne veux plus voir d'autre perte de contrôle comme tout à l'heure. Sinon crois-moi, je t'assommerai… Je ne tiens pas à ce que tu fasses le moindre mal aux miens. Je sais que Lila t'a menacée. Elle est courageuse mais elle n'en serait pas capable. Mais je ne suis pas Jimbo ou Lila : si tu dérapes, crois-moi je te retrouverai et je te tuerai après avoir brisé chacun de tes os un par un. Compris ?

Siobhan dit oui de la tête.

On va s'amuser…

J'aurais dû le laisser m'étrangler.

Chapitre 4

Quelle angoisse ! Mais quelle angoisse !

Dis-toi que maintenant tout ce que tu récupères ce sont des cartouches.

Arrête je t'en prie !

— Allez avance !

Siobhan marche, cachée derrière Gabriel, elle sait que Lila sera à table avec eux ce soir. Cette perspective ne la réjouit pas du tout, elle a eu sa dose d'émotions fortes pour la journée. Les autres se retournent toujours sur son passage et le goût de sucre lui donne à chaque fois terriblement soif. Jimbo leur fait un signe de la main depuis le fond de la salle. En marchant vers eux, Siobhan sent un regard insistant sur sa nuque mais n'ose pas se retourner. Tia est là, son joli sourire tourné vers Gabriel, Lila aussi, les yeux écarquillés et les joues rouges.

— Salut. Désolé d'être en retard.

— Pas de soucis, Gabriel. Tu nous expliques? demande le Praticien en désignant Siobhan.

— Oui Gabriel, tu nous expliques?

Lila est rouge comme une pivoine. Elle ne lâche pas Gabriel des yeux.

— Je suis sa nounou. Le Cercle doit vraiment me détester.

— Ils t'ont désigné, toi, comme son Guide?

— Ouais, Jimbo tu devrais être fier de moi.

— Gabriel… pourquoi toi particulièrement? Guide est une fonction importante! Jimbo lève un sourcil.

— Ch'ais pas! articule Gabriel en avalant un énorme morceau de crêpe.

— Et toi ça te va? dit Jimbo.

— Non, ab'cholument pas mais c'est pas comme si j'avais l'choix!

— Je parlais à Siobhan!

Cette dernière lève la tête de son assiette, elle espérait qu'on l'avait oubliée.

Et non!

— Je… oui.

— C'est quoi ces bleus sur ton cou?

La jeune femme porte sa main à sa gorge.

— Je suis tombée contre le pommeau de douche.

— Certaine?

— Oui Jimbo. Pas de problème!

Lila avait changé de cible et jetait maintenant un regard noir à Siobhan. Ce qui avait l'air d'amuser Gabriel.

— Bon, et bien si ça va à tout le monde… Alors encore deux jours et j'aurai enfin du temps pour m'occuper de toi et de ton HEMI si particulier.

— Pourquoi Jimbo? Elle a mal Siobhan?

— Non, Tia, ma puce. C'est juste que je voudrais en savoir un peu plus sur notre nouvelle amie.

Le reste du repas se passe dans le calme et Siobhan ne dit mot. Gabriel la raccompagne jusqu'à sa chambre et Lila prend grand soin de venir avec eux après avoir confié Tia à Jimbo. Il la laisse à la porte de sa chambre, l'enferme à double tour en lui disant d'être prête pour dix heures le lendemain matin. Pour bonne nuit elle n'eut qu'un sifflement désapprobateur de Lila.

En retournant à son Alcôve, Gabriel sent bien qu'il ne pourra pas faire autrement que de subir l'interrogatoire de Lila. Il voit qu'elle fulmine, mais il s'est interdit de Souffler à nouveau sur elle, il y a longtemps.

— Bon, Gabriel tu m'expliques s'il te plaît?

— Y a rien à expliquer.

— Tu n'as jamais accepté aussi rapidement une situation qui ne te convenait pas.

— Et bah, peut-être qu'elle me convient cette situation !

— Tu développes ?!

— Je ne m'ennuie pas, ça me change…

— Tu vas la sauter ?

— Arrête Lila ! D'abord c'est pas mon genre, et ensuite je suis pas débile à ce point. J'veux pas crever !

Le jeune homme avait haussé le ton.

— Bon et c'était quoi cette marque sur son cou ?

— C'est rien du tout.

— Tu mens.

— Bon Lila tu commences à me gonfler !

Ceci met fin à leur conversation. Lila rentre dans son Alcôve et Gabriel dans la sienne. Aucun des deux ne parvient à dormir cette nuit-là.

*

Siobhan garde les yeux fixés sur sa canette bien au fond du canapé. Tout est bon pour éviter le regard assassin de Lila, assise en face d'elle. Gabriel a choisi de ne pas s'asseoir à côté de cette dernière, il se tient donc sur un autre canapé à la gauche de Siobhan.

Gabriel parle à Lila de la définition d'un classique du rock en musique, mais le Canalyseur voit bien que la jeune femme ne l'écoute qu'à moitié, elle ne la quitte pas des yeux une seconde. Siobhan n'arrive pas à savoir s'il s'agit de rage, de peur ou même de colère.

— … et donc non je ne suis pas d'accord pour dire que les Red Hot soient un… Svetlana !

Aïe ! Ma tête !

Siobhan regarde la femme qui vient d'entrer, une bouteille d'eau plate à la main, et la reconnaît instantanément : c'est la jeune femme qui était présente à son réveil. Elle passe le rideau et vient s'asseoir sur le dernier canapé libre.

— Salut Gabriel, salut Lila. Bonjour Siobhan.

— Bonjour…euh.

Mais c'est pas possible d'avoir une aussi mauvaise mémoire !

— Svetlana ! dit Lila d'un ton cassant.

— Svetlana, répète Siobhan comme pour l'ancrer dans sa mémoire.

— Dis-moi Svetlana, que nous vaut l'honneur de te voir ? Tes petits copains t'ont lâchée ?

— Commence pas Gabriel !

— Ça va j'te taquine ! Mais ça m'a manqué de ne pas t'avoir plus souvent avec nous.

— Désolée, j'avais du temps à rattraper avec mes anciens collègues.

Siobhan pose un regard interrogateur sur Gabriel et celui-ci décide de lui répondre.

— Svetlana est une Pisteuse. Autrefois elle était un Traqueur, aujourd'hui c'est un Recruteur.

— Pourquoi avoir changé ?

Le silence de gêne qui suit la question de Siobhan finit de la convaincre de réfléchir plus longtemps avant de parler. Lila fixe ses pieds tandis que Gabriel boit en silence son habituel soda. Svetlana toise le Canalyseur avec ses yeux bleus, l'air impassible, c'est elle qui rompt le silence.

— Le travail de Traqueur n'est pas chose aisée. C'est souvent dangereux et épuisant. Les Béotiens ont fini par faire plus de dégâts que je ne pouvais le supporter.

— Je n'aurais pas dû demander, je suis désolée.

— Je connais bien les Béotiens et leurs méthodes, on m'a appris à chasser les gens comme toi. Alors autant te le dire franchement : je suis de ceux qui voulaient qu'on t'élimine.

— Pas touche Svetlana, c'est ma protégée pour le moment.

Le ton de Gabriel s'était fait sec et avait claqué dans l'air comme un fouet.

— Oui j'ai appris ça. Malheureusement pour moi, Jimbo t'aime bien, je crois qu'il te voit comme une curiosité médicale fantastique. Donc allons-y ! Alors comment te sens-tu dans ton nouveau chez-toi ?

Comment veux-tu que je me sente quand tout le monde m'agresse ?!

Tu devrais lui en mettre une.

C'est horrible. Oh ma tête ! Qu'est-ce qu'elle me fait mal ! C'est elle qui fait ça ?

— J'essaie de comprendre un maximum de choses. Je dois dire que je suis un peu déboussolée.

— On est tous passés par là, répond la jolie bonde.

— Dis Svetlana, on n'est pas d'accord avec Lila : les Red Hot pour toi c'est un classique du rock ou pas ?

La salle est soudainement plongée dans l'obscurité la plus totale. Un signal strident se met à sonner tandis que des flèches rouges lumineuses clignotent au sol. Le temps d'une seconde Lila, Svetlana, et Gabriel affichent un regard terrifié.

— Je vais chercher Tia !

Lila sort avant même que ses camarades n'aient pu bouger.

— Gabriel… ils viennent peut-être pour elle.

— Je sais. Toi ! Viens avec moi ! dit-il en attrapant Siobhan par le bras.

Siobhan suit Gabriel qui ne lui lâche pas le poignet. Il connaît les couloirs et les chemins par cœur, heureusement d'ailleurs : les flèches rouges n'éclairent pas grand-chose. Elle comprend en voyant les portes des Alcôves qu'elle vient d'arriver au Palier Six.

Brusquement Gabriel leur fait passer une porte, la jeune femme toujours sur ses talons. Le jeune homme lâche la main de Siobhan qui s'écroule au sol la tête dans les mains en hurlant.

Faites que ça cesse !

Le jeune homme se retourne et voit le Canalyseur roulée en boule secouée de spasmes. Gabriel l'aide à se relever difficilement et la traîne au pas de course dans la salle de bains. Il l'aide à s'asseoir dans la douche et ouvre le robinet d'eau froide à fond. Siobhan ne la sent même pas. Elle se tient toujours la tête, hurle et pleure. Gabriel tente malgré ses cris de se concentrer, il plonge en lui et commence à Souffler vers la jeune femme. Mais il se heurte à une véritable chape de plomb. Il essaye encore. Encore. Encore. Encore. Rien n'y fait, il ne passe pas l'obstacle invisible.

Il s'avance alors vers le Canalyseur et attrape sa tête dans ses deux mains lui relevant le visage. Les pupilles de la jeune femme sont dilatées et son corps se contracte de douleur sans arrêt.

Pitié, je n'en peux plus !

— Je t'en prie, je t'en prie, fais que ça s'arrête !

— Allez, reste avec moi Siobhan. Déconne pas !

La jeune femme hurle de plus belle et l'air se met à vibrer. Gabriel s'écroule de douleur au milieu de la salle de bains. Cette douleur, Gabriel ne l'a jamais ressentie, son sang bout littéralement !

— Arrête Siobhan ! Arrête ! Tu vas me tuer.

Continue Siobhan !

Stop ! Stop ! Je vous en supplie !

— Laissez-moi tranquille !

Gabriel hurle plus fort.

— Siobhan tu vas tous nous tuer. Tu vas tuer Tia !

Le visage de la petite Tia s'ancre dans l'esprit de Siobhan. Elle se concentre et parvient à reprendre quelque peu conscience : elle s'assied sur ses tibias.

— Gabriel fait que ça s'arrête je t'en prie !

Avec ses dernières forces, Gabriel abat son poing dans le foie de la jeune femme.

*

Siobhan ouvre les yeux avec difficulté, elle voit un plafond couvert d'une multitude de papiers foncés. Tout est redevenu calme, plus d'alarme, plus de clignotement rouge, plus ou peu de Parasites. À la place, la jeune femme entend la chanson « The Sound of Silence ». Siobhan tente de se redresser lorsqu'une main ferme lui vient en aide. Elle ouvre les yeux et Gabriel place un oreiller derrière son dos.

— Tu reviens parmi nous ?

Siobhan ne répond pas. Elle observe le décor qui s'offre à elle et constate qu'elle n'est pas dans son Alcôve.

Elle se met à fouiller dans sa mémoire, et retrace peu à peu les événements qui l'ont conduite là…

— Merci.

— Je te demande pardon ?

— C'était quoi ?

Le regard de Gabriel devient sombre.

— Des Béotiens.

— Ici ? Ils viennent souvent ?

— Non pas très souvent. Quoique, ces derniers mois ils nous rendent visite plus qu'on ne le voudrait. Ce sont eux, enfin ce qu'ils renvoient, qui t'ont mise dans cet état.

Siobhan n'avait jamais ressenti telle douleur et, pendant que Simon & Garfunkel chantaient « *In restless dreams I walked alone…* », elle prit conscience de ce qui poussait Gabriel à être si dur lorsqu'il les évoquait. Le jeune homme prend un verre d'eau sur la table de nuit et lui tend. Elle le saisit et le descend d'une traite, l'eau fraîche lui rappelle cet instant sous la douche glacée où l'Architecte s'est écroulé en hurlant. Elle le regarde, il semble encore choqué de ce qu'il s'est passé.

— Je suis désolée.

— Tu es un monstre tu sais…

— …

— … mais un monstre qui n'a blessé que moi et pour ça je te remercie.

— C'est moi qui…

— Ouais, c'est ça la Projection. Et on m'avait pas menti c'est impressionnant.

— Tant que ça ?

Gabriel déboutonne sa chemise et laisse apparaître son dos. La jeune femme porte sa main à sa bouche. Le dos est maculé de cercles noirs et de veines rouges éclatées qui se distinguent sans difficulté sous la peau. Siobhan voit également une large cicatrice blanche qu'elle devine plus ancienne.

— Quelle horreur !

— Il vaudrait mieux que tout cela reste entre nous. Sinon, je ne donne pas cher de ta peau…

« *And the sign said : the words of the prophets are written on the subway wall* ». Gabriel remet sa chemise et coupe le poste de musique posé sur son bureau.

— Non pas que je sois ravi de te garder en vie mais plutôt que je ne veux pas que cette histoire entache ma carrière. Alors on est d'accord ?

— On est d'accord.

— Allez lève-toi ! On va avoir besoin de nous au Neuf, et puis ce sera pour toi l'occasion de voir un peu ce que les Béotiens sont capables de faire.

Siobhan sort du lit toute courbaturée, encore trempée de sa douche froide. Les longs couloirs du Palier Six sont vides, tout est très calme. En prenant un ascenseur qui les fait remonter vers le Palier Neuf, Siobhan sent bien que ce qu'elle va voir risque de ne pas lui plaire.

— N'oublie pas de bien respirer surtout!

Lorsque les portes s'ouvrent Siobhan ne réalise pas immédiatement que plusieurs corps gisent encore au sol. Ce qui la frappe d'abord c'est le fort goût de sucre, ensuite vient l'agitation dans la salle. Des centaines de personnes courent partout, des brancards sur lesquels de grands sacs noirs et hermétiques se trouvent et d'autres qui disparaissent dans les ascenseurs. La pièce tout autour a quelque chose de très different de ce qu'elle a pu voir du Dôme: c'est une immense grotte de pierre calcaire. Quelques néons éclairent la pièce de façon assez sommaire, et sa grande superficie accentue par résonance le brouhaha ambiant. Ce n'est qu'en faisant quelques pas qu'elle prend conscience de ce qui l'entoure. Les morts encore au sol doivent être une dizaine, certains dont les yeux ont littéralement disparu, d'autres pour qui une large trace de sang remonte jusqu'à leurs narines. L'un d'entre eux a même les veines tranchées dans le sens du prolongement de son bras. Siobhan manque de vomir lorsqu'elle réalise que certains corps sont reliés à un amas gluant et suintant de chair et d'os qui devait être un crâne.

Oh mon Dieu! C'est monstrueux!

— Gabriel! Siobhan!

Les jeunes se retournent et aperçoivent Jimbo à pied d'œuvre pour s'occuper d'une jeune femme sur un brancard. À ses côtés, Lila semble très concentrée, elle ne lâche pas la jeune femme des yeux. Siobhan et Gabriel courent vers eux.

— Putain de merde ! T'étais où Gabriel ? On a besoin de toi ici ! Tu crois que tes frères et tes sœurs peuvent se passer d'un Architecte supplémentaire ?

— C'est pas toi qui traîne une bombe à retardement !

— Elle pouvait très bien rester dans son Alcôve !

— Oh la ferme Jimbo ! C'est bon Lila je prends le relais !

— Non, Lila reste avec moi, elle fait du très bon travail ! Va voir si tu peux aider au portail !

— OK j'y vais. Toi tu restes là ! lance-t-il à Siobhan.

Elle l'observe s'éloigner en courant et disparaître dans un couloir. Quand elle regarde à côté d'elle, Jimbo et Lila ne sont plus là. Elle les voit eux aussi disparaître au loin dans un ascenseur. Elle se retrouve seule au milieu de cette scène de guerre ne sachant ni quoi faire ni où se mettre. Elle s'appuie contre une paroi et n'ose plus bouger.

Les gens continuent à s'agiter, à crier, une heure durant. Soudain, un visage balafré et familier apparaît devant Siobhan : Dave.

Le jeune homme, couvert de poussière, a la main gauche enroulée dans un bandage ensanglanté. Derrière lui se tiennent un homme et une femme que Siobhan suppose être des Traqueurs.

Aïe ! Oh pas encore !

Il me plaît celui-là.

— Alors la nouvelle, ça te plaît ce que tu vois ?

Siobhan ne répond pas.

— T'as pas encore gerbé ? Tu dois avoir le cœur bien accroché.

— Bonjour Dave.

— Vous avez entendu ? dit-il en se retournant vers ses comparses. Elle m'a dit bonjour ! Tu crois que c'est un bon jour ? T'es culottée ! Et ça, ça me plaît…

Dave appuie sa main valide sur la paroi à côté du visage de Siobhan.

— Qu'est-ce que tu fais là, toute seule ? Ton chien de garde n'est pas là ? Bah alors, t'as perdu ta langue ? Viens avec nous, on va te présenter du monde.

Le Traqueur attrape la main de Siobhan avec force sous le rire des autres Traqueurs et l'entraîne à travers la salle en direction d'un sac noir.

— Voila, je te présente Aaron !

La jeune femme baisse les yeux et découvre avec horreur qu'à ses pieds, derrière le sac, se trouve un corps dont la tête n'a même plus de structure. Elle tente de s'éloigner mais Dave la tient fermement.

— Aaron est un ami. Quoi ? Il ne te plaît pas ? Pourtant je suis sûr qu'il doit être content de te rencontrer. Attention, il est en train de tacher tes chaussures !

Siobhan se rend alors compte que le liquide qui colle à ses talons doit être en vérité ce qu'il reste du crâne du pauvre homme. Les deux autres Traqueurs rient en voyant son effroi. Brusquement Dave la pousse au sol.

— Bon, tu comprends bien qu'on ne peut pas laisser notre ami Aaron se mettre hors de lui comme ça. Il va falloir ramasser les morceaux et tout mettre dans le sac. Commence par la tête !

Siobhan le regarde, incrédule.

— Allez le Canalyseur ! Quand on salit on nettoie.

Il s'accroupit à côté d'elle et, attrapant les mains de la jeune femme, les plonge dans l'amas de sang, de chair et d'os. L'odeur de chair donne un haut-le-cœur au Canalyseur.

— Allez ! Dans le sac !

Terrifiée, Siobhan, tentant de garder un maximum de matière dans les mains, glisse jusqu'au sac sous les rires des trois Traqueurs. De grosses larmes commencent à rouler sur ses joues. Elle reproduit le geste plusieurs fois avant d'apercevoir devant elle une paire d'escarpins noirs. Elle relève la tête, Svetlana se tient là, bien droite.

— Lève-toi ! lui ordonne-t-elle.

— Oh Svetlana non ! On s'amusait bien !

— Suis-moi !

La jolie blonde tourne le dos à Dave et sa bande, et Siobhan ne se fait pas prier pour lui emboîter le pas. Derrière elle, elle entend encore les rires des trois Traqueurs. Elles prennent un ascenseur et s'arrêtent au Palier Sept. Svetlana la fait rentrer dans une petite salle d'examens médicaux.

— Lave-toi les mains, reste pas comme ça ! dit-elle en lui indiquant un lavabo.

Siobhan plonge ses mains sous l'eau qui se teinte bientôt de rouge.

— Dave est un excellent Traqueur, mais c'est un imbécile. Ne le laisse pas te persécuter ainsi. Attention il t'en reste sous les ongles ! Les Traqueurs ne sont pas tous comme ça. Mais méfie-toi de Dave, je ne serai peut-être pas là la prochaine fois.

— Merci… dit Siobhan en essayant de retirer le sang coagulé sous ses ongles.

— C'est normal. Bon allez, on va aller voir si Jimbo et Lila ont besoin d'aide.

*

— Combien de camarades avons-nous perdu Shauna ?

— Quatorze. Chez les Hémisphèriens les pertes sont d'une vingtaine.

— Quelle tristesse de devoir tuer nos frères… Alors ? Tu l'as senti ?

—Non, pas parmi les troupes rencontrées. Ils doivent le garder bien caché dans les Paliers les plus bas.

Nous avons donc pris la décision de mettre en place une exploration afin d'obtenir une identification.

— Qui s'en occupe ?

— Jared.

— Espérons qu'il sera à la hauteur. Faisons confiance à notre frère. Il nous faut cette information ! Nous ne laisserons pas l'un des nôtres se faire brider comme un esclave ! C'est du bon travail. Va faire soigner tes plaies, j'aurai besoin de toi dans ta meilleure forme.

— Merci Melaine !

La jeune femme sort de la pièce, laissant l'homme seul. Melaine fait tourner son fauteuil vers les grandes baies vitrées et se lève, les mains dans les poches. Sous ses pieds la ville s'étend. Le soleil se couche derrière l'horizon baignant le paysage dans une belle lumière jaune orangée. Mais le jeune homme ne le voit pas, il scrute les anonymes qui passent sur la grande dalle piétonne. Son attention se porte sur un homme d'une cinquantaine d'années en parka kaki. L'homme marche main dans la main avec celle que le jeune homme suppose être sa compagne. Melaine le cible, le fouille et localise son artère coronaire. L'homme porte sa main droite à sa poitrine et s'écroule sous les yeux de la femme à ses côtés. Elle crie et saisit son portable mais l'homme ne se relèvera pas.

— Tu es là Canalyseur. Si près, si près…

*

Arrivé au Palier Sept, l'agitation générale est de retour. Plusieurs Praticiens en tenue opératoire entrent et sortent des salles. Les deux femmes tournent à un angle et passent une porte. À l'intérieur de la salle, Jimbo est en train de terminer de suturer une plaie. En face de lui, séparée par un corps, se trouve Lila. L'Architecte semble très concentrée et de grosses gouttes coulent sur son front. Svetlana attrape une petite serviette éponge posée sur un chariot métallique dans le fond de la salle et essuie le visage de Lila. Cette dernière ne semble pas la voir.

Jimbo coupe le fil noir métallique et jette ses outils dans un bac en inox. Le Praticien pose ensuite un large pansement sur la plaie qui s'étend sur toute la longueur du tibia.

— C'est bon Lila tu peux Souffler une dernière fois pour qu'elle dorme et te détendre un peu. Svetlana, tu peux m'aider ?

La jolie blonde attrape un brancard resté sur le côté et aide Jimbo à transférer la patiente sur ce dernier. Les deux amis sortent de la pièce en poussant le brancard avec délicatesse. L'Architecte respire de façon saccadée et s'appuie contre un mur. Elle semble exténuée, comme si elle avait couru un marathon. Craignant qu'elle ne tourne de l'œil Siobhan sort de la pièce et prend une chaise qu'elle avait failli heurter dans le couloir.

Elle va t'en mettre une.

S'approchant prudemment, Siobhan pose la chaise près de Lila. La jeune femme regarde le Canalyseur et s'assied lourdement. Siobhan s'assied par terre, à la droite de la chaise.

— Elle va s'en sortir ?

— Aucune idée… Ses blessures sont graves.

— C'est un Canalyseur qui a fait ça ?

Lila se stoppe et dévisage Siobhan. Elle hésite à répondre à la question.

— Non. Plutôt un Traqueur aidé par un Brouilleur et un cran d'arrêt.

Siobhan a envie de demander ce qu'est un Brouilleur mais se retient.

— Elle s'appelle comment ?

— Helene. C'est une Nourrice, elle ne devait pas être là. Elle rentrait d'une mission. Elle était au mauvais endroit, au mauvais moment. Elle n'avait aucune chance… Le petit garçon qu'elle avait avec elle, lui, n'a pas survécu.

Siobhan baisse la tête. Elle n'ose plus parler.

— Tu ne devais pas être avec Gabriel ? S'il ne te trouve pas il va s'inquiéter. Allez viens !

*

Quand Gabriel voit Lila et Siobhan au bout d'un couloir, il est stupéfait. Pour lui, c'est la quatrième dimension. Il s'élance vers elles.

— Tu étais où ? Je t'avais dit de ne pas bouger ! fulmine-t-il.

— Je… j'étais avec Svetlana.

Le jeune homme semble agacé.

— Ça va aller pour Helene ?

— On en saura plus dans les prochaines heures. Et toi, tu as pu en sauver quelques-uns ?

— Non. Tout ce que j'ai pu faire, c'est aider les survivants à partir sans douleurs.

— Combien ?

— *A priori* vingt-trois morts. Mais beaucoup de corps ne sont pas identifiables. Allez, montons au Quatre, on ne peut rien faire de plus pour le moment. Attendons des nouvelles par Jimbo. Et puis Tia doit être inquiète pour nous.

En suivant les deux Architectes, Siobhan se concentre pour contrôler son corps qui tremble. Elle se rend compte qu'en acceptant de rester ici, elle a pris part à quelque chose de beaucoup plus grand que ce qu'elle pensait.

C'est une guerre. Une putain de guerre…

Chapitre 5

Quand Jimbo entre dans la salle commune suivi de Svetlana, il a les yeux rougis et le teint gris. Son arrivée réveille Lila qui s'était endormie sur le canapé. Elle se redresse les yeux encore collés.

— Helene n'a pas survécu.

Jimbo se laisse tomber sur la banquette. Son visage est marqué par la douleur et la fatigue de ces dernières heures. Svetlana s'assied à côté de lui et annonce la nouvelle tandis que Gabriel et Lila retiennent leur souffle.

— Nous avons compté vingt-six morts. C'est la plus grosse attaque que nous ayons subie dans l'enceinte du Dôme ces dernières années.

— Ils sont de plus en plus confiants, ils nous acculent. Ça doit être pour toi qu'ils font ça…

Siobhan baisse les yeux, les mots de Gabriel lui brûlent la peau. Jimbo tente de la consoler.

— Ce n'est pas de ta faute. Ce conflit est plus vieux et plus grand que toi. Mais, tu comprends, pour eux tu es une arme. C'est pour ça que demain nous allons commencer à étudier ton HEMI. Si nous parvenons à le comprendre, nous pourrons t'aider à le contrôler.

— Et du coup je deviendrais… une arme ?

Un silence gêné ponctue les mots de Siobhan. Jimbo se mord la lèvre et lance une réponse floue :

— Tout dépendra de ce que nous trouverons et de ce que nous pourrons faire. Ce sera complexe et sans doute très éprouvant. Après, à toi de voir si tu t'en sens capable.

— Je ne sais pas.

— Tu ne sais pas ?!

Aïe !

Elle commence à me gaver cette conne. On commence par elle ?

— Lila arrête !

— Non Svetlana, je n'arrête pas ! Tu ne sais pas ? Tu crois qu'ils avaient le droit d'avoir des doutes ceux qui sont morts ? Tu crois qu'ils pouvaient se permettre de se retourner contre ceux qui ont tout fait pour nous protéger, pour te protéger ? Non, ils n'avaient pas ce luxe ! Tu préfères attendre qu'il y ait encore des victimes ? D'autres enfants morts ?

Gabriel pose sa main sur le bras de Lila, la troublant suffisamment pour qu'elle se taise. La jeune Architecte se rassied.

— Elle va y arriver, Lila, ne t'inquiète pas ! N'est-ce pas ?

Gabriel tourne la tête en direction de Siobhan et le goût de sucre lui saute à la gorge. Elle se sent de nouveau emprisonnée par les iris dorés du jeune homme. Il lui est impossible de saisir l'émotion qu'il veut lui transmettre mais, pour la première fois, il ne la regarde pas avec dureté. Elle est tellement obnubilée par ce regard qu'elle ne voit pas que les autres la fixent attendant une réponse.

— Je vais essayer…

*

— Ouvre !

Lorsqu'elle entend Gabriel tambouriner comme un fou à la porte, Siobhan se dit qu'elle dort depuis moins de deux heures. Elle se lève, les yeux mi-clos et va ouvrir. Gabriel rentre précipitamment dans l'Alcôve. Il ferme la porte derrière lui et se met à faire le tour de la pièce, regardant sous le lit, dans la salle de bains. Siobhan le regarde s'agiter et ose poser une question :

— Qu'est-ce qu'il se passe ?

— On a un problème.

Le visage de Gabriel est de nouveau dur et fermé. Quand Siobhan sent la peur fourmiller dans son ventre, elle se dit qu'elle devrait sans doute commencer à s'habituer.

— Un problème ?

— Douche-toi et habille-toi ! Après je t'explique.

Siobhan attrape les vêtements sur la table de nuit et file dans la salle de bains. La voix de l'Architecte résonne dans la pièce.

— Un Béotien Physionome a pénétré dans le Dôme. L'HEMI d'un Physionome est capable de convaincre ton cerveau que son apparence est tout autre. Il suggère à ton cerveau le visage de son choix et peut ainsi se faire passer pour n'importe qui.

— Attends, c'est pour ça que Peter ne sait pas que je suis partie ?

— Exact. Mais là un Physionome a profité de l'affrontement pour prendre la place de l'un d'entre nous. Certains corps n'étaient pas identifiables, nous ne savons donc pas exactement qui est mort et qui est vivant. Ce Physionome a pris la place de quelqu'un qui est mort au combat. Les Traqueurs vont tenter de le trouver parmi nous.

Siobhan sort de la salle d'eau les cheveux attachés en un chignon serré, un tee-shirt gris sur le dos.

— Allez, on y va !

Marchant dans le couloir, Siobhan continue d'écouter religieusement Gabriel.

— Les Traqueurs se sont organisés, nous allons passer des entretiens individuels. Alors surtout respire bien à fond. OK?

— On passe avec qui ?

— Aucune idée, la liste est affichée à l'entrée du Palier Deux.

Les deux Hémisphèriens montent dans l'ascenseur.

— Le Palier Deux est le Palier des Pisteurs. C'est le centre névralgique du repérage, du Recrutement et de la chasse.

En sortant de l'ascenseur Siobhan est surprise de se retrouver dans une petite pièce face à trois portes. Ils passent la porte de gauche et le décor qui s'offre aux yeux du Canalyseur tranche avec tout ce qu'elle a pu voir du Dôme jusqu'ici.

Encore un couloir, mais cette fois les murs sont sombres et la lumière tamisée. Les portes sont épaisses, en bois verni et, sur chacune d'elles, un numéro est gravé. En atteignant le bout du couloir, Siobhan arrive dans une grande pièce ronde, toujours aussi sombre. D'autres Hémisphèriens sont présents et une dizaine de Traqueurs, adossés aux murs à intervalles réguliers, semblent aux aguets. Des listes sont accrochées aux murs, des dizaines et des dizaines. C'est seulement à cet instant que Siobhan réalise combien les Hémisphèriens sont nombreux.

— Nous sommes classés par ordre alphabétique. Cherche ton nom.

Siobhan se dirige un peu au hasard vers une liste. Elle parcourt les listes de prénoms, c'est au bout de la trentième qu'elle trouve le sien. Elle suit des yeux la ligne de pointillés et un autre prénom apparaît : Dave, numéro un.

Évidemment…

Elle rejoint Gabriel, l'air sombre.

— Alors ?

— Dave…

— Merde ! Il t'a dans le collimateur depuis l'autre fois. Ce connard va rien lâcher, reste calme et parle un minimum, ça limitera les dégâts.

— Il va se passer quoi au juste ?

— Il va te poser des questions et pister ton HEMI.

— C'est fréquent ce genre de choses ?

— Non pas trop, mais ça arrive. On se méfie de plus en plus. Surtout si le Physionome a été branché par une sangsue.

— Une sangsue ?

— Un Chroniqueur. On les appelle comme ça. Encore un autre type d'HEMI. Ils sont capables, par contact, de se connecter aux ondes cérébrales de la cible et de s'y brancher à volonté dans un certain périmètre. Ils sont donc continuellement dans la tête de leur proie.

De véritables taupes sans être présents ! Alors si une de ces sangsues s'est connectée au Physionome, elle voit tout en ce moment dans le Dôme et rapporte les informations détaillées aux autres Béotiens.

— Il y a des Physionomes parmi les Hémisphèriens ?

— Oui bien sûr mais ils sont tous en mission, personne dans le Dôme. En même temps, chez nous, ils ne sont pas très nombreux.

— Qu'est-ce qu'ils sont venus chercher ?

— Je ne sais pas. Des plans du Dôme, des informations…

— Moi ?

— …

— C'est ce que Lila m'a fait comprendre.

— Ne t'en fais pas, ils vont le trouver. Quand on sera tous passés devant les Traqueurs, on sera fixés.

— Comment ça pourrait être moi ? Tu ne me quittes jamais !

— Oui, mais ça c'est notre parole contre la leur. Rien ne prouve que nous ne sommes pas tous les deux des Physionomes. Bouge-toi, il faut y aller !

Gabriel la conduit en arrière : retour dans le couloir, plusieurs personnes attendent devant les portes. Ils remontent toute la longueur du couloir et s'arrêtent devant la porte numéro une. Un homme et une femme, vêtus de blanc, attendent devant et Siobhan manque de rendre son repas sur le sol.

Oh, c'est pas vrai…

Pas mal… Il dégage quelque chose tu ne trouves pas ?

S'il te plaît, pas maintenant !

L'homme, âgé d'une vingtaine d'années, a les cheveux bruns et des yeux très bleus et sombres. La femme, elle, plus âgée, la trentaine, a les cheveux châtains et les yeux foncés. Ils émettent un bourdonnement de Parasites tel que Siobhan ne réalise pas tout de suite que Gabriel Souffle sur elle.

— Je te laisse. Un peu de courage, on se retrouve dans la salle commune.

Siobhan, appuyée contre le mur, le voit sortir du couloir, et disparaître derrière la porte qui mène à l'ascenseur. La tête lui tourne, elle manque de trébucher en faisant un pas en avant mais une main la rattrape. Elle relève la tête et se retrouve nez à nez avec la jeune femme.

— Hé, reste avec nous hein ? Tout va bien ?

— Oui, merci.

La jeune femme l'aide à s'asseoir en lui lançant un beau sourire.

— Je suis Hava. Et voici Anton. Toi, tu dois être Siobhan.

La porte numéro une s'ouvre et Anton s'y engouffre, sans un regard derrière. Hava s'assied à côté de Siobhan.

— Par terre c'est pas mal aussi. Tu es blanche comme un linge, c'est moi qui te fais peur ?

— Non.

Ce « non », avait l'air d'avoir complètement désarçonné Hava.

— Pourquoi, je devrais ?

— Non, pas du tout. Je ne pensais pas que ce serait Dave qui s'occuperait de ton cas.

— Tu me connais ?

— Tout le monde te connaît ici. Pas cool de marcher et d'être continuellement fuie ou détestée hein ? Je connais ça. Tu verras, on s'y fait.

— Je commence à m'habituer.

— Et bientôt tu t'en moqueras. Tu n'as pas l'air bien.

— Je peux dormir un peu ?

— Oui, vas-y, je te réveillerai quand ce sera ton tour.

*

— Alors Gabriel, tu t'en sors de ce rôle de Nourrice ?

— Pas de problème.

Paul ouvre le minibar, prend une boisson énergisante et se pose dans son fauteuil en la déposant devant Gabriel.

— Cesse donc de Souffler, le sucre me donne la nausée. Je suis encore capable de te Pister et de voir que tu es un Architecte. Raconte-moi plutôt ta journée d'hier avec notre Canalyseur.

— Mouvementée. Entre l'attaque et une intégration, c'est pas évident.

— Tu en penses quoi ?

— Je la trouve instable, mais ça c'est pas très étonnant.

— Non en effet.

— Je lui ai expliqué pas mal de choses, je prends le temps, elle est déjà âgée pour une nouvelle recrue. Mais je me suis fait surprendre, elle n'est pas entièrement mauvaise pour un monstre.

— Bien. Elle commence les examens demain avec Jimbo ?

— Oui, et je pense que ce sera musclé.

— Je voudrais un rapport tous les deux jours. C'est possible ?

— Oui, je trouverai un moment. Mais j'ai quelques questions.

— Bien, je crois que je peux répondre à quelques-unes.

— Pourquoi le Cercle ne doit-il pas être au courant ?

Paul réajuste sa cravate.

— Eh bien, nous pensons depuis un certains temps que le Cercle n'est plus si impartial que ça. Nous craignons une nouvelle rupture.

— Un Béotien dans le Cercle ?

— Non. Pas pour le moment. Mais nous avons des soupçons. Nous voulons nous assurer que Siobhan n'est pas un danger et ne sera pas livrée à l'autre camp. Ou encore, qu'elle ne sera pas exécutée gratuitement. Son HEMI offre de grandes possibilités et nous voulons le préserver.

— Nous ?

— Voilà une question à laquelle je ne peux pas répondre pour le moment. Mais si tu en as d'autres je t'en prie.

— Quand vais-je passer au rang de Traqueur ?

— Eh bien disons quand notre Canalyseur sera en état de marche. Autre chose ?

Gabriel réfléchit un moment et hésite à poser la question qui lui vient à l'esprit. Finalement il se lance :

— Il ne lui sera fait aucun mal ?

Paul lève un sourcil et laisse apparaître sur son visage un sourire moqueur.

— Tu te préoccupes de son bien-être maintenant ? Tu serais donc bien un Architecte comme les autres.

— Je t'arrête tout de suite, Paul ! Son bien-être, je m'en fous. Elle peut aussi bien être enfermée, interrogée, ou même découpée pour disséquer son HEMI, c'est pas mon problème. En revanche j'aime bien savoir où je vais.

— Tu me rassures. Non, pour le moment, le but n'est pas de l'abîmer. As-tu d'autres questions ?

L'idée de demander à Paul que Dave laisse Siobhan en paix effleure l'esprit de l'Architecte, mais il se ravise. Pas très malin de mettre en porte-à-faux son Traqueur favori. Gabriel a besoin de ce job, depuis le temps, hors de question de laisser passer cette chance.

— Non.

— Bien. Tu peux y aller.

*

— Siobhan ! Allez réveille-toi, c'est ton tour.

Quand le Canalyseur ouvre les yeux, le jeune homme dont elle a déjà oublié le nom sort du bureau et Hava la remet debout.

Siobhan reprend ses esprits et se dirige vers la porte de façon mécanique. La pièce dans laquelle elle pénètre est assez simple, un bureau en acier sur lequel trône un ordinateur, un fauteuil et, à l'avant du bureau, une chaise métallique. Les murs, eux, sont couverts d'une peinture grenat très étouffante.

— Ferme la porte et assieds-toi.

Aïe !

Siobhan se tend en entendant la voix de Dave et pousse la porte derrière elle. Elle se dirige vers la chaise et se laisse glisser dessus sans un bruit.

— Comment vas-tu depuis hier ?

La jeune femme garde le silence, happée par l'angoisse.

— Bon, on va commencer. J'aurais quelques questions à te poser et puis je passerai au Pistage. Prénom ?

— Siobhan.

— De quel type est ton HEMI ?

— Euh... Canalyseur.

— Depuis quand es-tu arrivée au Dôme ?

Siobhan réfléchit, et se rend compte qu'elle ne sait même plus depuis combien de temps elle est là.

— Je...je ne sais pas.

— Hiérarchie ou affiliation ?

— De quoi ? Et bah... aucune...

Dave affiche soudain un sourire malsain, trop heureux de constater un manque de réponse de Siobhan. Le Canalyseur, quant à elle, comprend qu'elle a commis une erreur et sent son estomac se tordre. Le jeune homme se lève et se dirige vers la jeune femme.

— Lève-toi !

La jeune femme obéit et, tremblante, s'extirpe de la chaise où elle s'était enfoncée. Tel un prédateur, le corps imposant de Dave se met à tourner, en larges cercles, autour de Siobhan.

— Nous avons un problème Siobhan. Tu comprends, tu n'as pas de poste auquel te rattacher, personne pour témoigner pour toi.

— Il y a Gabriel !

Brusquement le Traqueur attrape le menton de Siobhan qui se retrouve nez à nez avec la large cicatrice.

— Je n'ai pas la moindre confiance en Gabriel. Sa parole n'a aucune valeur pour moi. Mais tu as de la chance Siobhan, j'ai demandé à m'occuper moi-même de ton Pistage. Je vais tout faire pour qu'on te laisse en paix. Mais il me faut des preuves.

Sans crier gare, Dave place son visage dans le cou de Siobhan et prend une grande inspiration.

— Quel parfum très particulier ! C'est envoûtant et intrigant. Comment un corps aussi petit peut-il contenir tant de violence ?

Le Traqueur, qui tient maintenant la jeune femme par la nuque, lui caresse le visage tout en continuant à lui parler. Il est si près que Siobhan pense qu'elle va s'évanouir, ses jambes tremblent.

— C'est fascinant. Des années et des années que l'on te surveille, que l'on t'observe. J'ai Traqué des dizaines de fois ton HEMI. Je ne me suis jamais habitué à cet effluve. Dis-moi, qu'est-ce que tu ressens ? Comment ça fonctionne ? Explique-moi !

— C'est douloureux…

— Douloureux ? La douleur est une vieille amie pour tous les Traqueurs mais je trouve ça ironique qu'un HEMI causant de la douleur aux autres s'en inflige tout seul. Regarde-moi, je suis couvert de cicatrices mais je n'ai jamais vraiment combattu de Canalyseurs. En tout cas pas de Canalyseur de plus de quinze ans. Alors toi je n'ose pas imaginer ce que tu pourrais faire…

— Je ne ferais rien.

— C'est bien dommage.

— Gabriel m'a expliqué que j'étais…

… un monstre !

— Que tu étais ?

— … un danger. Mais je ne veux faire de mal à personne !

— Gabriel est un idiot !

Dave s'éloigne légèrement de Siobhan et se remet à tourner comme un loup.

— Gabriel n'est qu'un idiot d'Architecte. Ce sont des faibles, de bonnes âmes, des moutons. Ils n'ont pas conscience de la violence du combat que nous menons. Gabriel est le pire de tous, le Cercle ne voit rien mais je ne suis pas stupide. Sans Jimbo, cela fait longtemps qu'il aurait été Écarté. Même parmi les siens il n'a pas sa place. Depuis que tu es arrivée, tu t'en es sûrement rendu compte, ils ne t'acceptent pas. Ces personnes ne pourront jamais te comprendre. Pour eux, tu es le mal incarné. Mais tu pourrais trouver ta place, tu pourrais devenir Traqueur.

— Moi, Traqueur ?

— Oui ! Tu nous imagines, parcourant le territoire, chassant les Béotiens ? Toi, marchant dans mes pas. À nous deux nous pourrions changer les choses.

Sans faire un bruit, Dave se glisse derrière Siobhan, la plaquant contre lui. Une main sur sa gorge et l'autre sur ses hanches, le Traqueur se met à chuchoter. Ses mains parcourent avec avidité le corps de la jeune femme.

— Il y a longtemps que je t'attendais, j'ai fait souvent pression pour qu'on te Rapatrie. Et te voilà enfin. Pour eux, tu es un monstre, pour nous tu es un miracle. Tu finiras par comprendre par toi-même que ta place est avec nous. Je serai patient.

Lorsque Dave la lâche enfin, Siobhan se remet à respirer. Le jeune homme retourne s'asseoir dans son fauteuil.

— Tu peux y aller.

C'est sans se faire prier que le Canalyseur tourne les talons et passe la porte au pas de course. Et c'est comme un robot qu'elle prend, seule, l'ascenseur.

Mon Dieu je vais vomir.

Pourquoi tu n'as rien fait ?

Respire, respire !

Minable !

Quand les portes s'ouvrent, Siobhan les franchit et prend la direction de la salle commune. Le regard des gens qu'elle croise se pose instantanément sur elle. Siobhan se sent oppressée, Dave a raison, elle n'a pas sa place ici.

Enfin la salle commune ! Il n'y a plus qu'à se dissimuler derrière les rideaux en attendant l'arrivée de Gabriel. Mais, au moment où elle allait franchir le rideau, une main se pose doucement sur son épaule. En se retournant, la jeune femme tombe nez à nez avec Hava, tout sourire. Anton, qui se tient derrière elle, lui sourit aussi à présent.

— Tout va bien ? Tu es toute pâle.

— Je vais bien.

Menteuse !

— Tu permets qu'on te tienne compagnie ?

Siobhan acquiesce et va se poser dans le fond d'un canapé, suivie de Hava et d'Anton. Hava a l'air de sincèrement se préoccuper de l'état de Siobhan. Pour la première fois, elle entend la voix d'Anton :

— Dave peut être dur, parfois. Non, en fait, tout le temps. Mais c'est ce qui fait de lui un excellent Traqueur.

— Il t'a un peu bousculée ? demande la femme.

— Un peu mais ça va.

— De toute façon ils l'ont attrapé, on vient de le savoir. Alors, ta première semaine ici se passe bien ?

— Je ne dirais pas ça.

— Les gens ont peur de toi et c'est tout naturel. Mais c'est toi qui décides de ce que tu veux être. À toi de leur prouver à tous que tu n'es pas le monstre qu'ils disent.

— Merci… euh ?

— Hava !

— Hava. Merci, j'avais perdu l'habitude qu'on me parle avec gentillesse.

— Hava te dit juste ce qu'elle aurait aimé entendre quand elle est arrivée ici ! dit Anton d'un ton moqueur.

— Tu es un Canalyseur ?

— Elle ? Non ! Mais on ne nous apprécie pas forcément non plus.

Gabriel choisit cet instant pour pénétrer dans le petit salon. En voyant Hava, son visage s'empourpre et une grosse veine se dessine sur son front. Sans un mot, il attrape la main de Siobhan et l'attire hors de la pièce. Il marche si vite que la jeune femme a du mal à le suivre. C'est une fois arrivés dans un couloir vide du Palier Six qu'il lui adresse enfin la parole :

— Tu traînes avec des Inquisiteurs, maintenant ?!

— Excuse-moi, je ne savais pas… et puis c'est quoi des Inquisiteurs ?

— C'est quoi des Inquisiteurs ?! Viens avec moi, ils l'ont trouvé, le Physionome, il tentait d'échapper au dépistage. Tu vas pouvoir voir ce qu'est un Inquisiteur ! Les actes valent mieux que les mots !

Gabriel conduit Siobhan à travers les Paliers. Ils finissent par s'arrêter devant une porte du Palier Trois. En apparence, ce Palier est parfaitement semblable au Palier Sept : de longs couloirs d'hôpital. Gabriel pousse une porte qui s'ouvre sur une pièce sombre. Dans celle-ci se trouvent des sièges et une immense vitre sans tain. De l'autre côté de cette vitre, un fauteuil plastifié. Sur ce fauteuil est attaché un homme que Siobhan se souvient avoir croisé un peu plus tôt dans un couloir. Gabriel ferme la porte derrière eux. L'homme ne bouge pas de sa chaise, il fixe le sol, son visage est calme mais fermé. Il répète en boucle la même phrase.

— Je l'ai ! Nous l'avons vue ! Je l'ai vue…

— Il s'appelle Jared, c'est un Béotien que les nôtres ont croisé plus d'une fois.

— Qu'est-ce qu'ils vont faire de lui ?

— Les Inquisiteurs vont s'en charger.

— C'est-à-dire ?

— Tout dépend de qui s'en charge. Parfois c'est propre et rapide, la personne ne sent rien, mais parfois l'Inquisiteur n'est pas de très bonne humeur.

À cet instant, un homme d'une trentaine d'années, tout vêtu de blanc, pénètre dans la salle de l'autre côté de la vitre. Le Physionome relève la tête sans regarder l'Hémisphèrien qui vient d'entrer.

— Je l'ai vue ! Le Canalyseur… Nous l'avons vue !

Soudain la tête de l'homme tombe lourdement sur sa poitrine et du sang se met à couler de ses tympans. Siobhan arrête de respirer un instant, comprenant que l'homme est mort. Un bourdonnement résonne dans ses oreilles.

— Propre.

Gabriel avait prononcé ce mot avec une indifférence terrifiante. Siobhan ne sait plus trop à cet instant qui est bon et qui est mauvais. Les contes de fées sont-ils exclusivement un tissu de mensonge ? Le bien et le mal, ces concepts existent-ils seulement ?

Et s'il n'y avait que le mal ?

Et si, et si, et si?!

Chapitre 6

Dans l'air frais de cette matinée d'hiver, le Beffroi s'élève de toute sa noblesse. La tour se dresse, fière, droit vers le ciel, comme une flèche de verre. Le monde extérieur ne le connaît pas, le monde extérieur n'y pénètre pas, il se contente de se refléter sur ses parois vitrées. Le Beffroi toise la capitale depuis ses six cents mètres de haut. Lorsque le soleil se couche, son reflet sur les vitres inonde de lumière tout le parvis central du quartier d'affaires. Pour les Bi-hémisphères, c'est une tour légèrement plus grande que les autres mais sans intérêt particulier. Les Bi-hémisphères, emportés par le flux trop rapide de la ville, ne remarquent jamais que personne n'entre ni ne sort de cette tour autrement que par les sous-sols. Pour chaque Béotien, elle est bien plus que cela : un foyer ! Un immense foyer de deux cent vingt étages, où chacun d'entre eux a su trouver sa place. Quand on le regarde depuis l'extérieur, le Beffroi semble un titan endormi tant il est silencieux. Ce n'est qu'une fois à l'intérieur que l'on comprend que ce géant ne dort jamais. La multitude de sons, de voix émanant des êtres qui parcourent ses couloirs fait comme une immense symphonie. Un gigantesque orchestre s'accordant à la note près, tous se fondent dans une merveilleuse mécanique de précision. Mais, ce matin, dans le ventre du Beffroi, un son porte plus fort que les autres, et sur son passage le Beffroi devient muet.

Clac, clac, clac. Le son des chaussures de ville vernies résonne dans les grands couloirs de la tour. Dans les bureaux et les salles de réunions aux portes vitrées, tous les visages se tournent vers la silhouette en costume sombre qui marche d'un pas décidé. La silhouette ne leur adresse pas un regard, marchant droit devant. Le clac disparaît dans l'ascenseur et reprend son couplet quelques étages plus bas. Clac, clac, clac, l'homme en costume passe une porte et la dizaine de personnes assises dans une salle de réunion sursaute. Il déboutonne sa veste de costume et s'assied à la table ronde dans le fauteuil libre. Nul doute que sa présence est troublante pour les autres, le respect et l'admiration sont visibles dans leurs yeux.

— Désolé d'être en retard.

— Melaine…

La femme qui vient de s'adresser au Béotien renifle et essuie les grosses larmes sur ses joues. L'homme lève la main pour lui indiquer de se taire et tourne son regard vers un jeune homme brun aux yeux noisette.

— Dorian, je t'écoute.

— Notre frère Jared a été tué il y a deux heures. Ce que je peux dire, c'est que ce fut rapide, j'ai perdu la connexion instantanément. Les Hémisphèriens n'ont même pas cherché à lui soutirer des informations, ce qui est mieux pour notre frère. Mais cela prouve qu'ils avaient très bien compris le but de notre mission, ils voulaient en finir au plus vite.

— Et notre frère est-il parvenu à obtenir des informations ?

Le regard de Melaine affiche soudain une lueur de convoitise qu'il ne cherche pas à cacher.

— Nous avons un visage et un nom.

Dorian fait glisser sur la table une feuille de papier jusqu'à son meneur. En la prenant, Melaine tente de camoufler les tremblements de ses mains. Il scrute chaque petit trait de crayon du portrait.

— Comment s'appelle-t-elle ?

— Siobhan.

— Siobhan ? Siobhan…

Ce nom sonne aux oreilles de Melaine, lui faisant tourner la tête. Au bout de plusieurs minutes, il se décide à détourner le regard du portrait et se lève, rompant le silence. Il se met à tourner autour de la table.

— Mes frères, je sais, nous savons tous que le combat que nous menons nous coûte. Hier, nous avons perdu nombre des nôtres. Mais je sais bien qu'autour de cette table, chacun d'entre vous en aurait fait autant.

Notre frère Jared, perdu aujourd'hui, s'est illustré de nombreuses fois par sa dévotion et son courage. Il a ramené vers nous de nombreux HEMI et n'a jamais baissé les bras. En s'immisçant dans le Dôme, il savait qu'il ne reviendrait pas. Mais à aucun moment il n'a baissé les bras. Shauna ?

La jeune femme pleure toujours en silence.

— Je suis conscient du sacrifice et de la peine qu'il t'en coûte. Jared était l'un des meilleurs, nous le pleurerons longtemps. Tu as besoin de temps pour faire ton deuil, repose-toi et ne reviens que lorsque tu t'en sentiras la force.

— Merci Melaine. Mais je ne peux pas m'en retourner maintenant. Jared et moi étions unis dans notre vie comme dans nos missions, il n'aurait pas voulu me voir arrêter le combat.

— Tu en es bien sûre ?

— Certaine ! Nous ne laisserons pas ce Canalyseur aux mains du Cercle.

Melaine acquiesce du regard mais ne dit rien. Il se lève et sort de la salle de réunion, le portrait dans la main. La mélodie du claquement de ses chaussures sur le sol reprend. Le cœur de l'homme tape dans sa poitrine et tambourine comme pour en sortir.

Lorsqu'il entre dans son bureau il se demande s'il ne va pas jaillir de son torse. Melaine ferme la porte et se laisse choir dans son fauteuil en cuir, le portrait de la jeune femme toujours dans la main. Il le dépose sur le bureau avec beaucoup de délicatesse et ne peut détacher ses yeux de l'image qui s'offre à lui. Enfin, il peut apposer un visage sur sa cible. Les Hémisphèriens ont pendant des années brouillé les pistes jusqu'à elle, et malheureusement, ils ont plutôt bien réussi. Ils l'ont Rapatriée au Dôme sans la moindre difficulté. Mais maintenant elle était localisée et à portée de main.

— Siobhan…

Melaine détourne le regard, saisit la télécommande posée sur son bureau et lance le *Duo des Fleurs* de Lakmé, puis il fait pivoter son siège face à la baie vitrée. D'ici, les gens ressemblent à des fourmis perdues entre les tours de verre. Cela faisait un an maintenant qu'il avait pris la tête des Béotiens suite au décès de Milo, son prédécesseur. Milo lui avait tout appris, et l'enseignement d'un tel chef était riche d'informations.

Melaine se souvient du moment où Milo avait dit avoir flairé l'HEMI du Canalyseur. Il revoit les pupilles de son mentor se dilater avant de tourner ses yeux vers lui. Dès cet instant, Melaine avait compris que ce Canalyseur avait plus d'importance que tous les autres HEMI qu'ils avaient pu chasser. Milo et lui avaient Pisté, chassé, Traqué cet HEMI durant trois ans. Cherchant à passer à travers les faux effluves créés par les Brouilleurs et les suggestions des Missionnaires sans succès. Jusqu'au jour où Milo essuya son dernier échec. Le corps de ce dernier avait basculé en arrière, comme au ralenti. À cet instant, Melaine avait brisé les os des jambes d'une Traqueuse qui allait planter un second couteau de combat dans l'abdomen de Milo, mais n'avait pas tué l'assassin qui avait porté le premier coup. Il s'était jeté au côté de son mentor, appelant l'un de leur Praticien. Mais il était déjà trop tard, le foie et l'estomac avaient été déchirés, le chef du Beffroi perdait trop de sang et trop vite. Quand Melaine le réalisa, il agrippa une femme Brouilleur qui avait aidé un jeune Traqueur à donner le coup de couteau fatal, la ramenant dans les sous-sols du Beffroi. Durant douze heures Melaine relâcha tout l'art de son HEMI. Il s'appliqua à écraser, briser, tordre et faire exploser les os, les tissus, les muscles et les organes de la femme. Quand elle eut rendu son dernier soupir, il fit envoyer ce qu'il restait d'elle au Dôme.

Le jour de ses funérailles Melaine se promit de finir la mission de Milo et, même, il se décida à voir au-delà ! Il apparut à tous les Béotiens que lui seul serait à la hauteur pour prendre la place de Milo. Depuis tant d'années, les Traqueurs se succédaient à la tête du Beffroi, cette fois, un Inquisiteur prenait place dans le bureau de verre.

Ce que Melaine sait des Canalyseurs, il le tient de Milo et des livres, des histoires, des légendes du passé. Peu de Canalyseurs viennent au monde et rares sont ceux qui vivent plus de dix ans. Ceux qui ne sont pas tués par les Hémisphèriens le sont par les Bi-hémisphères sans qu'ils sachent ce qui les a poussés à commettre une telle action ! Peu de Canalyseurs ont succédé au grand Arthaud, éliminés par les ennemis ou décimés par le poids de leur HEMI. En elle, Milo avait vu une chance pour les Béotiens, mais Melaine lui y voit un renouveau pour le Peson et l'humanité. Avec le Canalyseur à ses côtés, il sait qu'il fera pencher la balance. Maintenant, il ne lui reste plus qu'à la récupérer et il sait bien que la chose est complexe. Il ne prendra pas le risque d'un Rapatriement forcé, il lui faut ce Canalyseur, hors de question de s'en faire un ennemi. Hors de question d'adopter les mêmes méthodes que les Hémisphèriens.

Melaine appuie sur le bouton de son interphone, une voix féminine se fait entendre.

— Oui ?

— Envoyez-moi Dorian.

— Bien.

Il ne reste plus qu'à procéder par étape. Chaque minute le rapproche du moment où le Canalyseur sera ramené au Beffroi. Une fois dans ses murs, elle deviendra bien vite des leurs, et ils pourront enfin redonner à ce monde toute sa force et sa beauté.

Quand le Chroniqueur entre dans le bureau, Melaine coupe la musique ambiante.

— Dorian assieds-toi je t'en prie.

— Merci. Je suis content que tu m'aies fait venir, je voulais te parler de la suite des opérations.

— J'ai bien réfléchi mon ami et je ne pense pas qu'il faille ramener Siobhan dans l'immédiat.

— Ah non ?

— Non ! Vois-tu si elle nous voyait comme ses détracteurs, il serait plus complexe de la rallier à notre cause. Et ce que nous voulons, c'est qu'elle comprenne que nous ne sommes en aucun cas des ennemis. Nous ne la traquerons pas comme une bête sauvage. Nous la laisserons venir à nous.

— Comment ?

— Eh bien, j'imagine qu'un Canalyseur au Dôme cela ne doit pas être chose aisée. Quelles autres données as-tu pu extirper de Jared lors de son immersion ?

— Effectivement, d'après les images que j'ai pu réceptionner, elle est méfiée de tous au Dôme. J'ai également quelques noms.

— …

— Nous avons appris que le Praticien de cette jeune femme est Jimbo.

— Jamais entendu parler.

— Son Guide est un certain Gabriel, mais même avec lui les choses sont compliquées.

— Quelle tristesse, le rôle d'un Guide est d'accompagner, d'aider. Ce nom ne me dit rien non plus.

— Et d'autres personnes qu'elle fréquente.

— Je t'écoute.

— Lila, Tia, Svetlana.

— Svetlana ?

— Un ancien Traqueur.

— Je me disais bien que ce nom ne m'était pas inconnu. Blessée ?

— D'après nos informations : réformée.

Melaine se lève et regarde le ciel voilé.

— Renseignez-vous auprès des nôtres, des anciens du Dôme, des fichiers. Je voudrais un maximum d'informations. Tout le monde a des faiblesses, je veux tout savoir de chacun d'entre eux. Ils nous aideront à la ramener à la raison. Nous la ramènerons chez elle, ici, au Beffroi.

Dorian se lève et sort sans un mot, laissant Melaine face à la capitale alors que ce dernier commence sa moisson de vies journalière. Le Chroniqueur se dirige vers le centre de données, il a du mal à rester digne. C'est toujours une véritable douleur de se connecter à quelqu'un et de vivre sa mort de l'intérieur. La douleur pour certains, la soudaineté pour d'autres. Ce contact avec la mort, on ne s'y habitue jamais vraiment. Un frisson parcourt la colonne de Dorian. Il faut la ramener, et peut-être alors que les connexions ne seront plus nécessaires. Le Chroniqueur pousse la porte de l'*open space*. Des dizaines de Recruteurs et de Traqueurs s'emploient à répertorier les HEMI à Rapatrier. Ils complètent consciencieusement la base de données en la criblant d'une multitude d'informations et de détails. Dorian fait signe à cinq Traqueurs de s'approcher pour leur donner des consignes.

— Il faudrait faire des recherches poussées sur plusieurs Hémisphèriens, notez bien les noms : Lila, Tia, Svetlana, Gabriel, Jimbo. Recherches dans le fichier, interrogatoires et enquêtes complémentaires si nécessaire. J'attends un rapport complet d'ici une semaine, vous avez carte blanche !

Sans poser la moindre question, les Traqueurs retournent devant les écrans de leurs ordinateurs. Dorian ressort aussitôt du centre de données et, tandis qu'il se rend vers les Blocs De Convictions, il se rend compte que quelqu'un marche sur ses pas. Il s'arrête et regarde en arrière.

— Shauna ? Tu ne devrais pas aller dormir un peu ?

La jeune femme le rattrape.

— Je ne peux pas. Dorian dis-moi… il a souffert ?

— Non…

Le Chroniqueur se remet à marcher, Shauna à ses côtés.

— Qu'a-t-il ressenti au moment de…

— De la peur Shauna.

La jolie Missionnaire baisse la tête pour cacher une larme qui roule sur sa joue.

— Tu ne leur diras pas, pas vrai ?

— Non. Jared était courageux et bon, c'était un ami… Je ne ferais pas de lui un couard aux yeux de nos frères.

La jeune femme ne dit rien l'espace d'un instant, entendre que son amour ait pu partir dans la peur lui fait l'effet d'un coup de poing dans le ventre. Melaine leur avait laissé le champ libre jusqu'à la dernière seconde. Mais Jared était un excellent Physionome, il a su pénétrer le Dôme plus vite que les autres.

— Et maintenant ?

— Melaine m'a demandé de récolter des informations. Tu tombes bien d'ailleurs ! Vous avez des Hémisphèriens récemment pris dans les Blocs De Convictions ?

— Non pas récemment, tu cherches quoi au juste ?

— Quelqu'un qui aurait pu côtoyer certains Hémisphèriens.

— Je pense avoir quelqu'un qui pourrait t'aider mais il faudra être patient. C'est un ancien Praticien du Dôme. Il est avec nous depuis deux ans maintenant. Pour le moment, il est toujours en soin, mais il te dira tout ce que tu veux. Je te l'envoie dès que possible.

— Super, Shauna. Merci. Va te reposer en attendant. Tu as l'air épuisé.

Dorian lance un petit sourire triste à son amie et monte seul dans l'ascenseur. En voyant les numéros défiler, le Chroniqueur se dit qu'il a pénétré et vu s'éteindre plus de vies qu'il n'y a d'étages dans cette tour. Le son de toutes ses vies brisées résonne sans cesse dans le crâne de Dorian. En entrant dans sa chambre, le jeune homme se laisse lourdement tomber sur le lit, sans même prendre la peine de se déshabiller. Il se laisse glisser dans un sommeil profond afin de ne plus les sentir, toutes ces vies. Mais, même quand il dort, Dorian les sent, ces dizaines de cœurs qui pulsent encore tout au fond de son HEMI.

*

— Jeremy, Shauna et moi avons quelques questions sur les personnalités des Hémisphèriens que tu aurais pu côtoyer quand tu étais au Dôme.

— Je vous écoute, je ferai tout mon possible pour répondre.

— Merci Jeremy. Alors, si je te dis Lila ?

— D'après mes souvenirs, c'est une jeune fille très douce et entièrement dévouée à son poste d'Architecte.

— Aucun signe particulier ?

— Non.

— D'accord. Tia ?

— Ce nom ne me dit rien du tout.

— Une petite fille, je dirais un peu moins de dix ans.

— Non, vraiment, je ne crois pas l'avoir rencontrée. Mais elle a peut-être été Rapatriée après mon départ. Vu son âge, c'est plus que probable.

Dorian prend méticuleusement note des dires de Jeremy. Le Praticien semble épuisé de ces heures d'opérations, mais en bon Béotien, il était venu dès qu'il en avait eu la possibilité. Shauna l'encourage du regard.

— Et Jimbo, tu le connais ?

— Lui oui ! C'est un Praticien, sans doute l'un des meilleurs. Un homme bien qui a fait le mauvais choix. D'ailleurs, si un jour nous en avions la possibilité, je conseillerais de le ramener parmi nous. Je l'ai vu réussir des opérations incroyables.

— Quelle est sa position par rapport au Cercle ?

— Malheureusement, comme beaucoup d'autres, il s'est laissé posséder à part entière. Ce Praticien leur est entièrement dévoué. Jimbo ne sort jamais, je ne l'ai vu heureux que lorsqu'il exerçait. J'ai un souvenir d'un Béotien capturé et qui devait être interrogé. Jimbo s'était battu bec et ongles avec les Inquisiteurs pour qu'il soit soigné avant d'être questionné. Il parlait d'humanité, que la cruauté ne pouvait avoir sa place au sein du Cercle. Il avait obtenu gain de cause ! Il put soigner le Béotien avant que celui-ci ne soit questionné par les Inquisiteurs. Le Béotien fut ensuite abattu après que les Hackers eurent échoué à le convertir. Jimbo était divisé sur la question, ça, je m'en souviens bien.

— OK, que peux-tu me dire sur Svetlana, un Pisteur ?

— Aux dernières nouvelles, elle devenait Recruteur. Ses missions de Traqueur l'avaient épuisée. La dernière fois que je l'ai vue, c'était une femme exténuée et en dépression. Elle n'est plus un risque d'aucune sorte.

— Très bien. Alors voyons, Gabriel ?

— Gabriel est le petit protégé de Jimbo. C'est un jeune homme très particulier, étant petit il a causé bien des soucis aux Nourrices et même à Jimbo. Puis, quand l'adolescence est arrivée, mettre la pagaille est devenu monnaie courante. Je ne peux pas en dire davantage, il n'a jamais été très loquace avec moi, désolé.

— Non, ne sois pas désolé Jeremy, ça va nous aider ! Tu devrais prendre un peu de repos, je suppose que la nuit a été longue pour toi.

— Si vous n'avez plus de questions, je retourne faire un tour auprès de mes patients. Je pense que j'irai dormir un peu après.

— Merci encore mon frère, et si quelque chose te revient n'hésite pas.

Shauna se lève et ouvre la porte du bureau au Praticien. Elle la referme et retourne s'asseoir aux côtés du Chroniqueur.

— Bon, qu'en penses-tu ?

— Pas grand-chose. C'est toi qui t'étais occupée de sa conversion ?

— Oui, c'est un bon Praticien et un homme très courageux. Même si sa conversion fut longue et douloureuse, elle a permis encore une fois de rendre à un esprit toute sa clairvoyance. Mais en ce moment il est épuisé avec tous ces affrontements, comme nous tous tu me diras. Les informations qu'il a fournies vont-elles servir d'après toi ?

— Eh bien disons que la petite fille, Tia, ne va sans doute pas peser bien lourd dans la balance…

— C'est toujours insupportable de savoir qu'ils Recrutent des enfants. Ces âmes pures sont déformées et muselées.

— Je sais bien Shauna, c'est pour ça qu'il ne faut pas lâcher.

La jeune femme acquiesce.

— Et pour les autres ?

— Espérons que ça pourra nous servir.

— Melaine recherche quoi exactement ?

— Il ne veut plus Rapatrier le Canalyseur. Il préfère la laisser venir à nous et, pour ça, il compte sur l'intolérance des Hémisphèriens. Elle n'est sans aucun doute pas très bien acceptée là-bas. En bref, il cherche des éléments perturbateurs. Des personnes qui la pousseront à quitter le Dôme. Et quand ce sera le cas, nous serons là pour la recueillir et l'aider.

— Comme l'Architecte dont Jeremy nous a parlé ?

— Je ne sais pas encore, j'attends les rapports des Traqueurs. Tu repars quand sur le terrain ?

— Je ne sais pas. Je n'ai pas été affiliée à une nouvelle mission.

— C'est tout frais Shauna, c'est normal. Et puis Melaine était inquiet pour toi, il voulait que tu te reposes. Donc tu es bloquée aux Blocs De Convictions pour le moment.

— Oui, surtout qu'on a pas mal de travail depuis six mois. Les Hémisphèriens capturés nécessitent plus de travail que les autres. Libérer un esprit de plus de seize ans est une tâche complexe et harassante. Je l'ai fait de nombreuse fois mais c'est à l'extérieur que je me sens vraiment utile. C'est en mission que mon HEMI sert le plus !

— Melaine t'y renverra dès qu'il te sentira prête ! Ne t'en fais pas, il sait ce que tu vaux.

— Et toi ?

— Pour le moment je reste ici pour trouver ce que Melaine m'a demandé. Après je suppose que je continuerai cette mission sur le terrain.

— Je veux en être Dorian ! Jared l'aurait voulu !

— Franchement, je ne sais pas si c'est une bonne idée Shauna.

— Je le retrouverais un peu, en marchant dans ses pas…

— Si d'ici deux semaines rien n'a changé, j'en toucherai deux mots à Melaine, d'accord ?

— Merci…

La jeune femme baisse les yeux, songeuse. Son attitude a maintenant changé, elle se ronge les ongles de la main droite et garde les épaules voûtées. Même s'il n'était pas un Architecte, Dorian pouvait voir que quelque chose la tracassait.

— Dorian, je peux te parler franchement ?

— Bien sûr !

— Ne penses-tu pas qu'il est imprudent de faire venir un Canalyseur ici au Beffroi, je veux dire un Canalyseur qui fut hors de portée tant d'années ?

— Je ne me pose pas la question Shauna. Je fais confiance à Melaine. Lui et Milo y travaillaient depuis des années, et Milo était un grand meneur. Pourquoi tout abandonner alors que nous sommes si près de réussir ? Et puis, sans un Canalyseur, nous ne serions pas là où nous sommes aujourd'hui. Si Arthaud avait accepté les injustices, toi et moi nous serions dans le Dôme.

— Mais Jared serait peut-être encore en vie.

— Tu doutes Shauna ?

— Non ! C'est une des nôtres et elle doit être à nos côtés, c'est juste que d'après ce que l'on sait, elle risque de demeurer hors de contrôle. Je ne te cache pas que ça m'angoisse.

— Mais nous sommes tous hors de contrôle, c'est notre désir de liberté qui nous a conduits ici !

— Oui, nous sommes libérés de l'influence du Cercle. Mais tu es sous ton propre contrôle. Tu vois ce que je veux dire ? Tu n'es pas un danger pour les autres, tu as conscience de ton HEMI, de sa puissance, de ses faiblesses. Tu es conscient de ce que tu en fais. Si tu t'en sers, tu es capable de tout arrêter d'un seul coup.

— Oui mais j'ai appris tout ça grâce à mon Guide.

— Oui mais elle, qui va lui apprendre ?

Dorian marque une pause avant de clore le sujet :

— Ne t'en fais pas, tout ira bien…

*

Le soleil de midi baigne la capitale dans une superbe lumière à laquelle le froid hivernal n'enlève rien. Le monde ignore qu'au dernier étage du Beffroi, un homme le surveille. Melaine scrute l'horizon de ses yeux sombres et sort peu à peu de lui-même, il laisse son HEMI capter les centaines de battements de cœur qui marchent dans les rues de la ville. Il sent chaque organe composant la si belle mécanique du corps humain dont les rouages s'imbriquent les uns dans les autres pour former une machine de haute précision. L'esprit de l'Inquisiteur s'éloigne, passe les boulevards, les impasses, les buttes et atteint l'autre bout de la ville. Il s'arrête à l'entrée du tunnel des anciennes Catacombes qui s'étendent sous la métropole.

L'homme siffle entre ses dents :

— Siobhan…

Melaine se concentre pour laisser son HEMI pénétrer le tunnel dont s'échappe un filet d'air. Mais une barrière de Brouilleur le détourne encore et encore vers le boulevard voisin. Il se concentre davantage avant d'être écarté une nouvelle fois. Agacé, il se focalise sur une voiture verte circulant dans la rue. Il écrase alors l'aine d'une femme de soixante ans dont le véhicule vient faucher un piéton avant de s'encastrer dans une vitrine. Sans faire plus de manières, l'Inquisiteur revient à la charge et pousse encore, et encore, et encore contre le mur des Brouilleurs. Mais la défense tient bon et le repousse avec encore plus de violence et de force. Un sourire en coin se dessine sur le visage de Melaine, laissant apparaître une rangée de dents blanches et parfaites. L'Inquisiteur laisse son HEMI se relâcher et revenir jusqu'à lui. Le jeune homme prend une grande inspiration, il est tout près de réussir, il le sait. Ces défenses renforcées sont la preuve que les Hémisphèriens ne sont plus aussi sûrs d'eux qu'ils l'étaient autrefois. Bientôt, aucun Brouilleur, Traqueur, ni aucun Cercle ne pourra l'empêcher de changer les choses. Ce monde sera plus clair, plus beau, pour tous.

— Ne sois pas trop longue Canalyseur, je ne suis pas un homme patient…

Chapitre 7

Le Canalyseur se réveille au trentième jour d'expérimentation avec Jimbo et peine à ouvrir les yeux. Elle s'efforce de se redresser dans son lit malgré les nombreuses douleurs musculaires qui parcourent son corps. Elle sort de son lit puis se rend sous la douche sans faire un bruit. Gabriel dort sur la chaise, les bras croisés, sa tête tombe lourdement sur son torse et sa respiration est lente et profonde. En arrivant dans la salle de bains, Siobhan quitte son tee-shirt et son boxer et les laisse au sol avant de rentrer dans la douche. Elle tente de soulager ses douleurs à l'aide de l'eau chaude, même si elle sait que c'est vain. En se lavant, elle découvre de nouvelles marques sur son corps, certaines qu'elle peut voir et d'autres qu'elle ne peut que sentir. Ses poignets et ses chevilles sont lacérés et marqués par la morsure des bracelets de contention censés l'empêcher de se blesser pendant les examens. La jeune femme sort de la douche et se sèche le corps en grimaçant au contact de la serviette sur ses blessures. Elle a pris l'habitude d'attacher ses cheveux en queue de cheval haute depuis quelque temps pour qu'ils ne collent pas à sa nuque en fin de journée. Ses vêtements de rechange sont, comme toujours, posés sur le bord du lavabo, toujours la même tenue, toujours les mêmes couleurs. Les jours passent et se ressemblent, seul le petit calendrier dans la salle d'examen de Jimbo lui permet de se repérer dans le temps. La lumière du soleil n'entre pas dans le Dôme, elle aimerait comprendre pourquoi mais les forces lui manquent.

Après s'être brossé les dents elle retourne dans la partie chambre de son Alcôve, à pas de loup. Gabriel dort toujours, la sono qu'elle avait demandée est restée allumée, l'Ipod posé dessus est vidé de sa batterie. La musique calme Siobhan le soir quand des tremblements d'épuisement la secouent. Gabriel, lui, ne la lâche pas d'une semelle, comme toujours, mais, depuis quelques jours, la situation évolue quelque peu. L'Architecte se montre moins agressif, pas plus gentil mais, au moins, il ne l'a plus frappée ! Elle éteint le poste, attrape sa paire de tennis posée près de l'entrée et s'assied sur son lit pour les enfiler. Ce n'est qu'après avoir fait son lit, non sans difficulté, que la jeune femme se risque à réveiller son Guide.

— Gabriel ?

Le jeune homme se redresse d'un coup sec, comme un sursaut.

— Désolée, je ne voulais pas te faire peur.

— Non pas de problème. Hum. Tu es prête ?

— Oui.

— Mon Dieu tu as vraiment une sale gueule ! Je vais me doucher.

Le jeune homme se lève encore quelque peu endormi, attrape la pile de vêtements qu'il avait ramenée la veille au soir et file dans la salle d'eau. Siobhan se laisse tomber sur la chaise et prend l'Ipod pour le mettre en charge. L'eau se met à couler et Siobhan laisse lentement retomber sa tête pour fermer les yeux, ne serait-ce que quelques minutes. Son épuisement commence à prendre le dessus sur sa motivation. De toute façon elle n'a plus besoin de motivation, elle fonctionne comme un robot, penser est devenu trop épuisant.

Pour ce que tu penses!

La fatigue n'empêche pas les voix, malheureusement, mais Siobhan n'a même plus la force de leur répondre ! Habituellement, elle se met à l'écart de toute chose, pour stopper un peu la douleur des Parasites, mais là c'est impossible. Jimbo ne cesse d'essayer de comprendre son HEMI, les séances sont éprouvantes, douloureuses et d'après ce qu'elle a pu voir, dangereuses. L'idée qu'on puisse la débarrasser de ce qui la fait souffrir depuis tant d'années pour ensuite la ramener auprès de Peter est la seule chose qui la tienne encore debout.

— Hé ! Ne dors pas, c'est pas le moment !

Siobhan relève la tête, ses yeux sont rougis par l'épuisement et ceux de Gabriel ne suffisent plus à la tranquilliser. Le jeune homme passe son bras sous celui du Canalyseur et les deux Hémisphèriens partent alors petit-déjeuner. Le trajet est long et lent, Siobhan est si courbaturée qu'elle a du mal à poser un pied devant l'autre. Son corps, pour la première fois de sa vie, lui semble avoir pris la même apparence brisée que sa psyché. Au début, elle avait seulement du mal à se lever, ensuite marcher est devenu difficile et, aujourd'hui, même respirer est un enfer. Au début, Gabriel se moquait, il ne pouvait s'empêcher de la gratifier de critiques et parfois de quelques noms d'oiseau. Mais depuis un peu plus d'une semaine, il fait semblant de marcher à la même vitesse qu'elle. L'Architecte lui-même ignore pourquoi. Sans doute que la douleur des gens les rend plus humains. Faible comme elle est, elle ressemble moins à un monstre. Et elle n'a encore tué personne, pas même Lila, qui assiste Jimbo pendant les séances. Connaissant l'animosité de Lila envers Siobhan, Gabriel s'attendait au pire et pourtant rien.

En arrivant dans le réfectoire, Gabriel la laisse se diriger seule vers une table et charge son plateau avec de quoi petit-déjeuner pour deux. Il rejoint Siobhan qui se tient au fond de la salle, les épaules voûtées. Perdue au milieu de cet endroit, elle semble minuscule. Où est donc passé le terrible Canalyseur ?

— Allez, il faut que tu manges ! La journée sera plus difficile sinon.

— Je sais…

— C'est la fin. Jimbo te l'a dit, il a tout ce qu'il lui faut. Quelques vérifications et après on en saura plus.

— Je rêve d'une vie normale et de retrouver mon mari. Mais j'ai bien compris que l'un n'arrivera pas sans l'autre.

— Mange !

La jeune femme baisse la tête et prend sa fourchette sans pour autant avaler quoi que ce soit. Elle se contente de triturer la salade de fruits dans son bol, sans jamais la manger. À force d'insistance et de sévérité, Gabriel parvient à lui faire avaler trois grands verres d'eau.

— Allez, il faut y aller !

Les deux jeunes gens se lèvent et sortent du grand réfectoire, Gabriel devant la jeune femme. Au moment de franchir la porte, Siobhan, exténuée, ne parvient pas à lever la jambe droite suffisamment haut et chute de tout son long. Elle se laisse tomber lourdement sur le sol, Gabriel se retourne, elle n'essaye même pas de se relever. Il avance vers elle pour l'aider mais c'est une autre main qui attrape doucement Siobhan.

— Hé, ça va ?

La jeune femme regarde le visage paisible et froid d'Anton qui se tient au-dessus d'elle.

— La journée commence mal, pas vrai ?

— Lâche-la, Anton !

Gabriel fulmine, une grosse veine de son cou bat sous l'afflux sanguin. Le poing gauche de l'Architecte se tient serré tandis que, de l'autre main, il relève Siobhan sans difficulté. Le Canalyseur reprend ses esprits, Gabriel l'a placée derrière lui, la tenant par le poignet. Il se tient maintenant entre Anton et elle de toute sa hauteur. Il y a dans ses yeux la même chose qu'elle avait perçue le jour du Rapatriement. La voix de Gabriel sonne dure et menaçante.

— Dégage, Anton !

— Tu devrais faire plus attention Gabriel, elle est épuisée elle aurait pu se blesser.

— Je n'ai aucune leçon à recevoir de toi, ni d'aucun autre bâtard d'Inquisiteur d'ailleurs, tout particulièrement en ce qui concerne la douleur. Alors, que je n'aie pas à le répéter : ne t'approche pas d'elle !

Le jeune homme avait grondé comme une bête. Mais Anton ne semblait pas y prêter attention, il fixait Siobhan derrière l'épaule de Gabriel.

— Tu ne t'es pas blessée ?

Sentant la respiration de Gabriel s'accélérer et la pression sur son poignet se faire plus forte, la jeune femme décide de mettre court à la conversation en faisant non de la tête. Sur ce, et sans poser plus de question, Anton fait demi-tour et retourne s'installer dans le réfectoire. Gabriel continue son chemin et ne lâche le poignet de Siobhan que plusieurs mètres plus loin, non sans la gratifier d'un mot gentil :

— Regarde où tu marches !

Lorsqu'ils arrivent devant le bureau de Jimbo, ce dernier est déjà prêt. Lila est là aussi, elle salue Gabriel d'un superbe sourire. Le jeune homme ne lui rend pas. Jimbo avance vers eux avec beaucoup de douceur et de tendresse.

— Bonjour Gabriel, bonjour Siobhan ! Tu as pu dormir un peu cette nuit ?

— Oui Jimbo, merci.

— Allez ma grande, plus que quelques derniers tests, après tu pourras te reposer. Je sais que ces derniers jours ont été très éprouvants, très douloureux pour toi. Mais après cette journée, je pourrai rassembler tous les résultats, les analyser et comprendre comment ton HEMI fonctionne exactement. Tu es prête ? On y va !

Les quatre protagonistes prennent la direction d'une grande salle d'examen. Au milieu de celle-ci se trouve, comme d'habitude, une table d'examen orientable à laquelle sont fixés des bracelets de contention. Sans poser plus de questions, Siobhan se dirige vers la table et s'assied dessus. Lila commence à poser des électrodes sur le front et la nuque de la jeune femme et à approcher divers appareils de la table. Jimbo, quant à lui, prend une chaise pour se poser en face du Canalyseur afin de lui expliquer la procédure du jour.

— Tu te souviens de ce qu'on a vu jusque-là ? La douleur physique ne déclenche aucune Projection, nous allons tenter de comprendre ce qu'il se passe quand cette douleur est mentale. Il existe plusieurs souffrances mentales comme le stress, la peur, nous devons comprendre ce qu'elles peuvent faire à ton HEMI et comment elles interagissent avec lui. Nous allons commencer par les émotions, nous en testerons quatre, puis par les situations, OK? Pour cela j'ai demandé l'aide d'un Illusionniste. Je te présente Riley!

Siobhan se retourne pour découvrir un homme qu'elle n'avait pas vu en arrivant. Il doit faire sa taille tout au plus. Son visage affiche un sourire lui créant deux élégantes fossettes sur les joues tandis qu'il avance vers le Canalyseur.

— Riley est capable de dessiner des mirages appelés Illusions puis de les soumettre à ton esprit. Son HEMI est fabuleux: il peut te faire voir n'importe quelle situation!

— Les Illusionnistes sont tous fabuleux, mais je suis sans doute le plus fabuleux!

— Et le plus modeste, lance Gabriel en souriant depuis le fond de la salle.

Jimbo lève un sourcil.

— Ne fais pas trop attention Siobhan, Riley est un petit rigolo. De toute façon on commence par les émotions.

Gabriel s'était rapproché, il forçait maintenant Siobhan à s'allonger sur la table. Et tandis que Jimbo range sa chaise, le jeune homme passe les bracelets autour des poignets et des chevilles de la jeune femme qui ne peut retenir un rictus de douleur. Il écarte une mèche de cheveux du front de Siobhan, le goût du sucre saute à la gorge du Canalyseur. Le sucre disparaît quand la voix de Jimbo raisonne :

— Gabriel, on va y aller. Lila, tu es prête ?

— Oui.

Gabriel s'avance plus rapidement que son amie pour s'opposer à son action :

— Non ! Je vais m'en occuper.

— Gabriel tu n'as pas reçu la dérogation, tu n'en as pas le droit ! réplique Lila.

— Le Cercle n'en saura rien. Je ne veux pas que tu le fasses !

— Tu ne m'en crois pas capable ?

— Bien sûr que si ! Mais premièrement, ce que tu dois faire est bien particulier et cela jouera sans doute sur tes capacités à Souffler. Et deuxièmement, je doute que tu puisses mettre de côté tes sentiments et tes aversions…

— Que veux-tu dire ?

— Je veux dire que je ne te laisserais pas Souffler quoi que ce soit de négatif sur une personne que tu détestes ! Jimbo, je veux le faire.

Le Praticien se gratte nerveusement le cou, son cerveau marche à cent à l'heure.

— Hum, Siobhan qu'est-ce que tu en penses ?

Choisis Lila, ça pourrait nous donner une excuse… Si elle merde on la dissèque !

La jeune femme essaie de réfléchir, mais son cerveau reste en off, seules les voix sombres raisonnent. Siobhan voit soudain le visage de Gabriel se pencher au-dessus d'elle, et se noie de nouveau dans ses iris dorés. Elle n'y voit aucune animosité, le regard dur et les menaces de Lila lui reviennent en tête.

— Gabriel ! Je préfère que ce soit Gabriel.

Elle croit alors deviner un sourire sur le visage de l'Architecte. La voix de Riley coupe court à cette étrange vision.

— Bon alors on y va ?

— Écoute-moi bien Siobhan, je vais Souffler sur toi. OK? Mais pas de sucre cette fois, pas de douceur, ni de bonheur. Ce n'est pas le but de cette opération. Tu comprends ? Je peux te Souffler n'importe quelle émotion, bonne ou mauvaise. On en a déjà parlé, tu te souviens ? Et cette fois… Bon, il vaut mieux commencer.

Le visage de Gabriel disparaît, laissant place au plafond blanc.

— Tu es prête ?

La jeune femme prend une grande inspiration, sa terreur vient du fait qu'elle ne sait absolument pas à quoi s'attendre. Mais, de toute façon, elle n'a pas vraiment le choix.

— Oui, Jimbo.

— Gabriel, c'est quand tu veux, commençons par l'angoisse.

Jimbo est assis derrière tout un système de monitoring, à côté de lui Riley fixe les écrans. Lila, elle, est accoudée au mur, les bras croisés, son visage affiche un air frustré. Le jeune homme regarde le corps sans défense allongé au centre de la pièce, il hésite un instant et ferme les yeux. Il tisse alors une épaisse bâche grise qu'il pose sur le Canalyseur avec beaucoup de douceur. L'effet ne se fait pas attendre, un goût âcre se répand dans la bouche de Siobhan. La jeune femme se met à se tortiller, ses pupilles se dilatent et sa respiration s'accélère. Au bout de quelques minutes, elle tente de se ronger les ongles, en vain, les bracelets l'en empêchent. Elle se rabat alors sur le revêtement de la table et se met à le gratter furieusement.

— OK Gabriel. Tu peux arrêter.

Le jeune homme effile sa création en une seconde et Siobhan prend une grande inspiration.

— On passe à la suite. Prête à continuer Siobhan ?

La jeune femme cherche de l'air avant de faire un signe de la tête.

— Bien, Gabriel : la peur !

Siobhan n'a pas le temps de comprendre ce qu'il se passe que déjà elle perd toute cohérence. Un danger approche, elle le perçoit, sans qu'elle s'en rende compte, son corps est inondé d'adrénaline et les battements de son cœur, déjà rapides, s'accélérent encore. La lumière trop forte de la pièce ne lui fait bientôt plus mal aux yeux tant ses pupilles se sont rétractées. Le danger est là, elle le sent.

Je vais mourir ! Je ne veux pas !

Reprends-toi !

Elle doit fuir et vite. La jeune femme tire de toutes ses forces sur ses liens qui viennent frotter contre ses plaies à peine cicatrisées. Siobhan ne sent pas la douleur, si elle reste là elle va mourir. Elle le sait, il faut qu'elle s'en aille !

— Je vous en prie, détachez-moi ! Non ! Non ! Je ne veux pas !

— Gabriel.

Comme avec l'angoisse, en un instant, la peur disparaît. Siobhan met quelques secondes de plus pour revenir à elle. Quelques petits cheveux collent à ses tempes, elle se rend compte qu'elle transpire à grosses gouttes.

— On devrait peut-être faire une pause ? demande Riley.

— Non, ça fausserait les données. Et il faudrait tout recommencer. Je suis désolé Siobhan…

— C'est bon Jimbo… je peux encaisser…

La jeune femme ne peut le voir mais le regard du Praticien est sombre et triste. Jimbo fait tout pour que nul ne devine la nuit blanche qu'il a passé, se tournant encore et encore dans son lit, se demandant sans cesse si tout ceci était nécessaire, cherchant comment répondre à la fois à son devoir de soin envers ses patients et à son devoir de Praticien du Dôme. Mais Jimbo ne laisse rien paraître : si le Praticien doute, tous douteront et Siobhan perdra un peu de sa volonté.

— Passe à la colère Gabriel.

La toile que tisse maintenant Gabriel est irrégulière, pleine d'accros et de nœuds asymétriques. Celle-ci, Gabriel la connaît par cœur, et il la jette littéralement sur le Canalyseur.

Siobhan réagit d'emblée, elle se met à souffler bruyamment comme un animal. Perdant toute logique, elle se cabre, creusant ses reins. Le cuir des bracelets de contention vient mordre férocement la chair, elle tire si fort que ses poignets menacent de se briser.

— Non ! C'était pas sa faute ! Je vous tuerai ! Je vous tuerai ! Je vous tuerai, vous tous, elle n'était qu'une enfant !

Agis !

La table tremble maintenant sous les à-coups du Canalyseur, du sang commence à couler sous les bandes de cuir. Elle hurle de plus belle :

— Toi aussi Jimbo ! Tu es coupable ! Tu n'as rien fait !

— Gabriel, arrête.

La tempête se calme et Siobhan réalise que ses poignets sont à vif. Elle ne comprend pas, ses paroles étaient totalement incohérentes, ce n'était pas ses mots. Cette rage qui sortait de sa bouche, était-ce celle de Gabriel ? Elle tente de ne pas céder à la panique et fixe le plafond blanc si parfait, si régulier, si aveuglant. Un terrible silence règne dans la salle.

— C'est bientôt fini Siobhan.

La voix de Gabriel résonne dans sa tête d'une singulière façon comme si elle n'avait jamais cessé de l'entendre.

— Gabriel s'il te plaît qu'on en finisse, le chagrin.

Gabriel sait qu'il a fait une erreur, cette fois, il prend sur lui pour que les émotions soient créées de toute pièce. La dernière toile est plus épaisse que toutes les autres, elle ne laisse passer aucun air. Sa surface hermétique est gluante et collante comme de la poix. Gabriel la calfeutre bien et ne se permet aucune erreur dans son tissage. Quand il la porte vers la jeune femme, il en perd le contrôle. La toile, comme attirée par un aimant, vient se plaquer violemment contre Siobhan.

La jeune femme en a le souffle coupé.

Ah, voilà qui m'intéresse…

Un immense désespoir envahit l'esprit de la jeune femme, elle sent qu'elle pèse lourdement sur la table. Elle se laisse submerger par une neurasthénie intolérable et des flots de larmes se mettent à couler sur son visage. Peu à peu, sa tête se met à bourdonner et un ronflement sourd vibre dans ses oreilles.

— Gabriel ! Ne lâche pas, j'ai quelque chose !

Le ronflement grandit et chaque parcelle du corps de Siobhan se met à trembler, les sanglots se mêlent à de terribles cris de douleur. Les Parasites la dévorent de l'intérieur, ils grignotent ses nerfs et ses os. Elle se secoue et se débat comme une possédée mais seule la table se met à trembler. Elle voudrait articuler quelque chose mais seuls des hurlements effrayants sortent de sa gorge.

Stop ! Stop ! STOP !

Relâche !

NON !

La douleur est telle que des points multicolores dansent devant ses yeux clos et une terrible nausée se fait sentir.

Pourquoi je ne m'évanouis pas ? Tuez-moi ! S'il vous plaît !

Relâche !

— Gabriel c'est bon, arrête tout !

Gabriel se concentre mais son tissage est agrippé à Siobhan comme des serres d'oiseau enfoncées dans sa proie. Il se concentre de toutes ses forces pour essayer de ramener sa création, de profondes rides se creusent sur son front. Jimbo hurle :

— Gabriel !

— Je ne Souffle plus, j'ai perdu ma toile ! Je contrôle plus rien.

— Ramène-la bon sang !

— Je n'y arrive pas !

— Merde !

Lila se tient maintenant à côté de son collègue Architecte et Souffle tout le sucre dont elle est capable mais, pour la première fois de son existence, elle se heurte à un immense mur d'une noirceur opaque. Jamais encore son HEMI ne s'était retrouvé impuissant, cette résistance la désarçonne totalement. Gabriel décide alors de changer de stratégie.

— Riley vite ! Le bac derrière toi, remplis-le d'eau froide !

L'Illusionniste, réagissant en quelques secondes, se jette sur un bac en acier posé sur une table et jette au sol les instruments médicaux qu'il contient. Il fonce remplir le contenant au lavabo placé derrière Jimbo. Le robinet coule vite et le bac est bientôt plein, il le tend à Gabriel tout en restant à bonne distance de Siobhan. Sur son visage, d'habitude si souriant et confiant, on peut lire une peur latente.

— Tiens !

— Vous ne bougez pas, je m'en occupe !

— Gabriel, non !

Malgré l'injonction de Lila, Gabriel s'avance vers le Canalyseur qui hurle et se débat, il contracte ses muscles au souvenir de la petite Projection qu'il avait subie dans l'Alcôve mais parvient à se glisser jusqu'à elle sans aucune difficulté. Sans perdre une seconde, il lui verse lentement le bac d'eau glacée sur le front tout en lui parlant d'une voix douce et rassurante.

— Siobhan c'est fini ! Siobhan reprends-toi ! Je suis là. On est tous là : Jimbo, Lila et Riley. Chut. C'est OK ! C'est OK ! C'est fini.

Doucement, le Canalyseur cesse de crier et de se débattre. Quand elle n'émet plus que quelques sanglots étouffés, Jimbo et Gabriel se jettent sur ses liens pour la libérer. Une fois détachée et les électrodes enlevées, elle roule en position fœtale. Jimbo lui frotte lentement le dos comme on console un enfant, ses grands yeux bleus se confondent en excuses. Riley et Lila se rapprochent finalement de leurs amis, le pas prudent. Jimbo relève les yeux à leur approche.

— Je ne crois pas que ta participation sera nécessaire Riley. Je suis désolé de t'avoir dérangé pour rien mais on va s'arrêter là.

— Pas de problème Jimbo et puis je n'avais rien de mieux à faire de toute façon !

— Pardonne-moi Siobhan ! Restez avec elle, je vais aller chercher un lit et on la conduira en salle de réveil.

— Non c'est bon, on y va, je m'en occupe.

Gabriel glisse, avec la plus grande douceur, ses bras sous le corps tremblant de Siobhan et la fait pivoter pour la plaquer contre son torse. Il la soulève de la table tandis que le Canalyseur s'accroche à sa chemise noire.

— Tu peux m'ouvrir la porte Lila s'il te plaît ?

La voix du jeune homme est calme à présent, et, pour une fois, Lila ne montre aucun signe de jalousie ou d'animosité. Mais Siobhan est trop épuisée pour le voir. La jolie Architecte pousse la porte tandis que Gabriel garde Siobhan tout contre lui, suivi de près par Jimbo et Riley. Les couloirs du Palier Six semblent particulièrement calmes au Canalyseur qui garde les yeux fermés. Elle s'agrippe avec ce qui lui reste de force à la chemise de Gabriel comme à un gilet de sauvetage. Le goût âcre s'accroche à son palais, oserait-elle demander ?

— Gabriel… s'il te plaît…

Sa voix est faible et son épuisement est tel qu'elle ne parvient pas à finir sa phrase, mais elle n'a pas besoin de le faire. Le goût de sucre longe la gorge et le froid se dissipe quelque peu pour laisser place à une petite chaleur.

— Merci…

Lila se précipite d'un pas léger devant Gabriel pour lui ouvrir la porte d'une salle de réveil qu'elle sait vide. Jimbo, lui, reste muet ; trop concentré sur les douleurs de l'HEMI de la jeune femme. Gabriel dépose Siobhan sur un lit. Lila fait signe à ses compagnons de s'éloigner tandis qu'elle ôte les vêtements trempés de transpiration du Canalyseur. Une fois la jeune femme en sous-vêtements, elle la couvre d'une épaisse couverture prise sur un lit voisin. Gabriel se tourne vers Lila et lui adresse un signe de la tête en guise de remerciement. Riley quitte la pièce sans un bruit tandis que Jimbo, les yeux sombres, s'adresse à Gabriel.

— Je vais dans mon bureau, tu pourras passer me voir dans l'après-midi ?

— Hum, hum.

— Bien, alors à tout à l'heure, appelez-moi en cas de besoin !

Le Praticien sort de la salle, laissant Gabriel et Lila face à un petit corps tremblant. Les deux Architectes se mettent à parler à voix basse.

— Merci Lila.

— Je ne l'ai pas fait pour elle.

— Je sais…

— Gabriel, je ne t'ai jamais vu perdre le contrôle. En tout cas pas de cette façon. Est-ce que tout va bien ?

— Oui Lila, ça va.

La jeune femme marque un temps et fixe le visage immobile de Siobhan qui, semble-t-il, est en train de plonger dans le sommeil. Son ami Gabriel était parmi les meilleurs Architectes et pourtant, aujourd'hui, il a risqué la vie d'un autre HEMI simplement parce qu'il n'a pas su contrôler le sien. Elle-même peut sentir les interférences qui brouillent son HEMI depuis l'arrivée du Canalyseur, mais pas au point de perdre son sang-froid. Le cœur de Lila se pince un instant, la seule chose qui lui embrouillait l'esprit autrefois, c'était les mains de Gabriel qui parcouraient le creux de ses reins. Et même si la fin de leur relation fut violente, l'idée même qu'il souffre lui est insupportable. Siobhan ne devait en aucun cas être la cause de ce qui touche Gabriel. Et pourtant, Lila se demande si, de part son attitude insistante, elle ne le pousse pas dans la gueule du loup.

— Elle est spéciale n'est-ce pas ?

— Bien sûr, c'est un Canalyseur !

— Je ne parle pas de ça…

— Je ne comprends pas moi-même Lila mais je commence à me dire que Jimbo avait raison. Que peut-être nous l'avons mal jugée…

— Je ne crois pas Gabriel.

— Et pourtant aujourd'hui sa douleur t'a émue.

— Et toi ? À quel moment est-ce que sa douleur t'a ému ?

Gabriel s'efforce de cacher le sourire qui tente d'apparaître sur son visage. L'idée que ce Canalyseur puisse devenir une amie vient de lui traverser l'esprit et il la trouve risible. Ce petit monstre lui ressemble quelque peu et se sentir moins seul a quelque chose de plaisant. Il regarde l'Architecte à côté de lui, Lila ne semble pas fâchée. Non, elle semble davantage être dans une totale incompréhension. Comme ça ils seraient deux. Gabriel se concentre pour tisser une toile d'une infinie douceur et la dépose tout contre le Canalyseur.

Siobhan, elle, se laisse glisser avec lenteur dans le sommeil tandis que le goût d'un sucre délicat envahit sa gorge. Elle entend qu'à côté d'elle Lila et Gabriel discutent, elle n'écoute pas. Elle se contente de savourer les frissons qui parcourent son dos au fur et à mesure que les douleurs résiduelles disparaissent. C'était fini, ce mois d'horreur était fini. L'épuisement et la fatigue de ces derniers jours elle voulait s'y laisser plonger. Elle tente de penser à Peter mais n'y parvient pas. Elle tente ensuite de se gratifier de n'avoir blessé personne mais n'y parvient pas non plus ! Tout ce qu'elle parvient à faire, c'est perdre pied à mesure qu'elle s'enfonce dans le sommeil. Elle voudrait remercier Lila pour la couverture, elle le fera plus tard. Elle n'a plus la force de parler ni même de résister. Le décor et les bruits se font flous tout autour d'elle. Se sent-elle en sécurité ? Non. Mais au moins les tests sont terminés, cette douleur s'est arrêtée.

Tu aurais pu arrêter ça toute seule!

Laisse-moi dormir s'il te plaît…

Pourquoi faut-il toujours que tu sois aussi faible? Tu les laisses te traiter comme un animal de laboratoire alors qu'en un éclair tu pourrais les rayer de la carte!

Dormons tu veux bien ?

NON! La prochaine fois laisse-moi prendre les rênes et tout ira bien mieux! Tu penses vraiment qu'ils vont té laisser retrouver Peter? Tu crois que les êtres comme toi peuvent avoir une vie normale?

S'il te plaît…

Ils ne te laisseront pas partir! Tu vas rester ici pour toujours et jamais tu ne rentreras chez toi!

… tais-toi !

Chapitre 8

Gabriel marche, seul encore une fois, dans les longs couloirs du Dôme. Il n'est pas ravi d'avoir laissé Siobhan sous la surveillance de Lila mais il n'avait pas vraiment le choix. Gabriel jure intérieurement, Lila a raison ! Il n'avait jamais perdu le contrôle comme cela auparavant, enfin pas depuis son adolescence… Les choses ont été beaucoup trop loin, le Cercle a pris trop de risques en permettant à Jimbo de tenter toutes ces expérimentations. Non seulement l'épreuve a été terrible pour Siobhan, mais elle aurait pu causer la mort de nombreux Hémisphèriens !

Gabriel monte dans l'ascenseur, direction le Palier Sept. L'Architecte sent les battements de son cœur s'accélérer et ses poings se serrer tandis qu'il se remémore la voix de Siobhan : « Je vous tuerai, vous tous, elle n'était qu'une enfant ! Toi aussi Jimbo ! Tu es coupable ! » Il avait tenté pendant des années d'enterrer tout cela et comme il avait échoué, il avait décidé de vivre avec. Jimbo avait tenté d'aider Gabriel à mettre des mots sur sa douleur, ce que l'Architecte avait fait. Mais jamais Gabriel n'avait laissé échapper sa colère envers son mentor. Le jeune homme a pleinement conscience qu'il doit énormément à Jimbo et ses émotions contradictoires étaient restées bien cachées jusqu'à aujourd'hui.

Gabriel sort de l'ascenseur et prend la direction du bureau de Jimbo. En arrivant devant la porte, il marque un arrêt, la main sur la poignée, prend une grande inspiration et entre.

— Jimbo ?

Le Praticien, assis sur une chaise, tourne le dos à la porte. Bien appuyé contre le dossier, il se tient immobile, les yeux dans le vide. Gabriel ferme délicatement la porte derrière lui, Jimbo ne réagit pas. L'Architecte avance vers son mentor et tend la main vers l'épaule de ce dernier, mais avant qu'il n'ait pu l'atteindre, la voix de Jimbo résonne dans la pièce d'un ton grave.

— Pardonne-moi, Gabriel…

— Jimbo…

— Pardonne-moi ! J'aurais dû faire pour elle ce que j'ai fait pour toi…

— Jimbo, arrête s'il te plaît !

— J'aurais dû voir ta douleur, mais je comprends ta haine.

— Non, Jimbo. Non, je ne te hais pas. Pardonne-moi j'ai laissé échapper mes sentiments, ce n'était pas professionnel. Je ne pensais pas que mes émotions passeraient à travers elle comme ça.

— Gabriel, tu ne peux pas toujours être un Architecte exemplaire.

— Je sais, mais c'est ce que tu m'as appris à faire. Tu es un mentor Jimbo, un ami, tu t'es comporté comme un père pour moi. Malgré ma colère, je ne peux oublier ce que tu as fait pour me sauver…

— Cela n'excuse en rien ce que je n'ai pas fait…

— Les vrais coupables ce sont Dave et Hava.

— Gabriel…

— Jimbo, si tu veux bien, je préférerais qu'on en revienne à Siobhan.

Le Praticien se lève de sa chaise et fixe longuement l'Architecte, des images de ce dernier dans ses premiers moments au Dôme lui reviennent. Le petit garçon rebelle et sombre avait fait un bon bout de chemin, Jimbo était fier de lui. Rien n'aurait pu permettre de savoir que Gabriel deviendrait un si grand Architecte.

— Oui, on a frôlé la catastrophe tout à l'heure.

— Ouais, plutôt flippant.

— Comment as-tu su comment la calmer ?

— Disons que depuis qu'elle est arrivée, on a déjà rencontré quelques difficultés.

— C'est-à-dire ?

— Eh bien… Ne panique pas hein ? Mais disons qu'elle a une forte tendance à faire des crises d'angoisse.

— Et ?

— Et il se trouve que lorsque les Béotiens ont attaqué, la calmer s'est avéré bien plus complexe. J'ai dû lui envoyer un direct au foie…

— Gabriel ! Qu'est-ce qui t'a pris ?!

— Je n'avais pas le choix Jimbo, elle a perdu le contrôle !

— Elle a Projeté ? Sur toi ?

— Non ! Tout va bien, ce n'était qu'une crise de panique.

Jimbo a les yeux écarquillés, il ne croit pas son protégé et c'est tremblant qu'il se dirige vers la porte de son bureau. Au moment où il s'apprêtait à l'ouvrir, Gabriel la bloque brusquement.

— Ne fais pas ça Jimbo !

— Je n'ai pas le choix Gabriel, c'est trop dangereux. Je dois le signaler au Cercle, ils prendront les dispositions qui s'imposent. Je suis désolé Gabriel.

— Je ne te laisserai pas faire ça ! Jimbo, réfléchis une seconde, la seule personne qu'elle ait blessée, c'est moi. Et souviens-toi de l'état dans lequel je l'ai mise lors de son Rapatriement !

— Mais Gabriel…

— Jimbo, je t'en prie. Tu as déjà eu des secrets pour le Cercle… Sauve-la elle aussi !

Jimbo retourne s'asseoir, l'air grave. Le Praticien reste silencieux durant plusieurs minutes.

— Jimbo ?

— Tu te rends compte que ce que tu me demandes est très grave ?

— Oui, Jimbo.

— Vous devrez me tenir informé de tout élément de ce genre. Et si une autre Projection venait à se produire dans le Dôme, je n'aurais pas le choix cette fois. C'est clair ?

— Très clair, Jimbo.

— Bien… Alors commence par me dire la vérité ! Raconte-moi sa Projection…

— Qu'est-ce que tu veux savoir exactement ?

— Tout ce que tu pourras me dire. C'est visible ?

— Uniquement sur la peau…

Sur ce, Gabriel déboutonne et enlève sa chemise. Même après un mois, les traces de la petite Projection de Siobhan sont encore visibles. Les bleus se sont effacés mais de nombreuses traces de veines éclatées se dessinent sur le corps de l'Architecte.

— Outch. Et tu parles d'une petite Projection ?

— Oui.

— C'est incroyable quand tu y penses, on craint les Canalyseurs depuis des siècles mais on ne sait rien de ce qu'ils sont capables de faire.

— Jimbo qu'est-ce qui a convaincu le Cercle d'épargner Siobhan ? Pourquoi est-ce que cette fois ils ont voulu prendre ce risque ?

— Je n'en sais rien Gabriel. Je t'avoue que cette question tourne depuis un petit moment dans ma tête. La seule conclusion à laquelle je suis arrivé est que le Cercle décide de passer à l'attaque et non plus à la défense face aux Béotiens.

— Hum…

Gabriel remet sa chemise en levant un sourcil, peu convaincu par la théorie de Jimbo. Paul doit tirer plus de ficelles qu'il n'y paraît. L'Architecte attrape une chaise et vient se poser en face du Praticien.

— Elle avait conscience d'avoir Projeté ?

— Non, absolument pas. Le petit monstre avait complètement perdu les pédales.

— Et donc tu l'as frappée ?

— Ouais. Et elle m'a même remercié de l'avoir fait. Ton petit monstre doit avoir des penchants sado-masochistes.

— Ce n'est pas vraiment le moment pour les blagues douteuses ! Elle t'a remercié parce que ce qu'elle capte, ce qu'elle appelle « les Parasites », lui causent *a priori* de terribles douleurs. Comme tout à l'heure… Je vais bosser sur les données que l'on a obtenues lors de l'examen mais je pense comprendre comment tout cela fonctionne.

— Mais en fait tu cherches quoi exactement ?

— D'abord à confirmer ce que l'on pensait savoir sur les HEMI des Canalyseurs. Ensuite à comprendre de quoi est constituée la Projection et comment elle est Projetée. Quand j'aurai répondu à toutes ces questions, je devrais pouvoir comprendre comment elle cause des dégâts.

— Elle est persuadée qu'elle va rentrer chez elle.

— Eh bien, j'espère pouvoir bloquer ce qui lui permet de Projeter. Même si elle ne rentrera jamais chez elle, sa vie pourrait s'améliorer. D'ailleurs, qui est resté avec elle ?

— Lila !

— Tu n'as peur de rien… La venue de Siobhan n'a rien arrangé entre Lila et toi, n'est-ce pas ?

— Non, clairement. Mais Lila est une passionnée, elle en oublie que Siobhan est un Canalyseur et pas du tout mon genre. Elle me gave avec sa jalousie maladive, mais c'est plutôt flatteur de me dire qu'on ne peut pas oublier les nuits avec moi.

— Gabriel !

— C'est bon Jimbo, je plaisante…

— Tu t'es vraiment comporté comme un idiot avec elle. Enfin vos histoires de cœur ne me regardent pas !

— Histoires de cœur, je ne dirais pas ça. Je qualifierais plutôt ça d'histoires de c…

— Gabriel !

Gabriel sourit, l'autorité de Jimbo est la seule qu'il accepte sans difficulté et son côté vieux jeu l'a toujours beaucoup amusé. La confiance de Gabriel pour Jimbo est immense. Il pense un instant révéler à son mentor ses entretiens avec Paul. Mais Jimbo ne pourrait pas garder tout ça sous silence.

— J'te laisse, j'vais vérifier que Lila n'a pas étouffé Siobhan avec un oreiller.

— Pas de problème, j'ai pas mal de travail de toute façon.

L'Architecte laisse alors le Praticien seul avec ses dossiers et ses résultats d'analyses. En prenant l'ascenseur, il décide de faire un détour par la salle commune pour chercher un rafraîchissement. Lila ne fera aucun mal à Siobhan, son cœur d'Architecte est vide de toute méchanceté. En venant à cette conclusion, Gabriel décide d'aller se poser dans son Alcôve. Voilà un mois qu'il n'y a pas dormi. Il est temps, une chaise n'est vraiment pas un lieu pour dormir, mais surtout, tout ce blanc commence à lui donner la nausée.

*

— Alors Dave, cette dernière mission ?

— Comme toujours Paul, aucun problème.

— Tu as pu observer de nouvelles approches des Béotiens ?

— Non, aucune. C'est bien ce qui m'inquiète. Maintenant qu'ils ont connaissance de la présence du Canalyseur au Dôme, ils devraient agir. On ne peut risquer d'autres pertes innocentes.

Paul est assis derrière son bureau, Dave sur une chaise en face de lui. L'homme tire fort sur son cigare, avant de recracher longuement la fumée.

— Siobhan dort depuis cinq jours, les tests de Jimbo l'ont quelque peu abîmée. Mais je pense qu'il faudra lui faire quitter le Dôme prématurément.

— Je suis tout ouïe, Paul.

— Nous ne devons pas laisser les Béotiens nous prendre par surprise. À nous de les chasser les premiers. Et le meilleur moyen de chasser un animal, c'est de l'attirer avec un appât. Siobhan sera cet appât.

Dave laisse apparaître sur son visage balafré un large sourire malsain, tandis que le souvenir de son entretien avec le Canalyseur lui revient en mémoire.

— Elle maîtrise la Projection ?

— D'après ce que Gabriel m'a dit hier : non ! Mais, pour le moment, nous n'en aurons pas besoin. Ce qu'il nous faut, c'est comprendre les plans des Béotiens et, au passage, se débarrasser d'un maximum d'entre eux.

— J'imagine d'ici leur peur en voyant Siobhan au milieu d'une équipe. J'aime assez cette idée.

— Oui, la peur sera là, mais l'obsession de Melaine risque de transpirer à travers ses agents. Cet Inquisiteur a la capacité de galvaniser les troupes, son charisme est ce qu'il manquait à son prédécesseur.

— Aucun problème, nous n'en sommes pas au premier affrontement.

— Je le sais ! Je te veux donc dans cette équipe.

Le sourire de Dave s'élargit instantanément.

— Entendu, Paul !

— En revanche, je me garde le droit de constituer le groupe moi-même. Je le veux hétéroclite, ainsi vous pourrez faire face à toutes les situations.

— Bien entendu, cela va de soi.

— Nous avons d'ores et déjà un Traqueur. Il nous faut un Inquisiteur : Anton est habitué aux missions en extérieur.

— C'est un spécialiste des morts violentes et, jusque-là, il a toujours très bien rempli ses missions. Un Illusionniste ?

— Oui j'avais pensé à Riley. Il débute sur les missions en surface mais il a déjà été mis au contact de notre Canalyseur. Peu d'Hémisphèriens iraient d'eux-mêmes en extérieur accompagnés de Siobhan.

— Elle est pourtant fascinante… Elle peut être un véritable atout pour nos troupes.

— Hum. Pour le Brouilleur, je pensais à Diane. Elle est arrivée au Dôme alors qu'elle n'était qu'une enfant, sa dévotion au Cercle est totale. Elle cumule un grand nombre de missions, elle sera à sa place.

— Un Chroniqueur ?

— Non, pas pour le moment. En revanche, vous aurez un Architecte. Gabriel viendra avec vous.

Le visage de Dave s'assombrit. L'idée d'avoir un Architecte à ses côtés lors d'un affrontement avec les Béotiens ne lui plaît pas. Et Gabriel peut être un obstacle à franchir pour atteindre Siobhan.

— Est-ce vraiment nécessaire ?

— Ce n'est pas comme si nous avions le choix. Le Guide ne doit pas quitter son élève, ce sont les règles. Déjà qu'il sera complexe de justifier une sortie si rapide de Siobhan, je refuse de créer davantage de bruits de couloir en faisant un tel écart.

— Très bien, si c'est une obligation je suppose qu'il faut s'y plier. Que voudras-tu que je fasse lors de ces sorties ?

— Emmène notre Canalyseur voir ce que les Hémisphèriens font de bon à l'extérieur. Montre-lui un Recrutement, un Pistage, que son opinion sur mes HEMI de Pisteur change. En cas de rencontre avec des Béotiens, tu suis la procédure habituelle.

— Bien. Autre chose ?

— Oui emmène-la voir le Beffroi.

— Un peu risqué, non ?

— Jusqu'à présent, le risque ne t'a jamais posé de problèmes.

— Et il ne m'en pose toujours pas !

— En résumé, fais-la bouger, montre-lui ce monde à travers les yeux des HEMI.

— Je le ferai.

— As-tu d'autres questions ?

— Des questions, non. En revanche j'aurais, si je puis me permettre, une demande à faire.

— Je t'écoute…

— J'aimerais que, lorsque Siobhan sera en possession de son HEMI, elle puisse devenir mon partenaire de Pistage. À nous deux nous pourrions terrasser davantage de Béotiens.

— Eh bien, cette idée ne me déplaît pas. Tu es mon Traqueur numéro un et, depuis tes actions, nos résultats n'ont jamais été aussi bons. Mais n'oublie pas qu'elle est en sursis.

— Oui, Paul.

— Je dois te dire une chose que tu ignores sans doute : lorsque Siobhan sera en état de rejoindre les agents de Traque, Gabriel sera admis en tant que Traqueur.

Dave se fige, horrifié.

— Un Architecte ne peut être un Traqueur, Paul !

— Baisse d'un ton ! Qui crois-tu avoir en face de toi ? En un claquement de doigts, je peux t'envoyer chez les Recruteurs !

— …

— Bien, donc, je disais, Gabriel sera promu au rang de Traqueur. J'ai donné ma parole, je la tiendrai. Autre chose ?

— Non, Paul.

— Bien, ne t'inquiète pas, tu l'auras ton Canalyseur ! Laisse-moi maintenant s'il te plaît.

Dave se lève et salue de la tête son supérieur avant de sortir sans un mot. L'idée que Gabriel devienne bientôt un Traqueur lui est difficilement supportable. Cet imbécile n'a même pas conscience de ce que sont les mots « mission » et « honneur ». Cette situation risque sans aucun doute de faire resurgir de vieux conflits et Dave serre les poings à cette idée. Il rumine pendant quelques minutes ses idées noires jusqu'à tomber nez à nez avec Siobhan.

— Je croyais que Jimbo t'avait presque tuée, je vois que tu es plus solide qu'il n'y paraît.

La jeune femme pouffe et Dave hume le parfum qu'elle dégage.

— Merde, Demi qu'est-ce que tu fais là ?

L'image de Siobhan se trouble, laissant apparaître une jolie rouquine aux yeux verts.

— Alors, on a l'HEMI dans les nuages, Dave ?

— La ferme ! Tu n'étais pas en immersion chez le Canalyseur ?

— Si, mais en deux mois les choses se sont bien vite dégradées…

— J'allais en salle commune, explique-moi tout ça.

— Eh bien, au départ tout avait bien commencé. Mais il ne m'a pas fallu longtemps pour comprendre que le couple du Canalyseur ne se portait pas si bien que ça. En même temps, on peut comprendre ce Bi-hémisphère, vivre avec une personne aussi sombre qu'un Canalyseur ne doit pas être chose facile. Soit cette femme est stupide, soit elle est aveugle. Son époux la trompait et ce depuis au moins deux ans. Quand je l'ai découvert, il a de lui-même demandé le divorce. Alors, bien sûr, j'ai chialé, histoire de faire la pauvre femme trompée. Il a fallu trouver un moyen de tout lui céder, un calvaire toute cette paperasse. Après concertation, le Cercle a décidé de prendre un Illusionniste pour simuler le suicide du Canalyseur. Et au vu de tous les médicaments dans ses placards, cette histoire a semblé plausible au peu de proches qu'elle avait gardés. Le veuvage a tout réglé. Siobhan a été incinérée hier.

— Dis-moi, Demi, ça devient ta spécialité la destruction des couples ?

La jeune femme rit de nouveau.

— Ah, cette fois je n'y suis pour rien !

— Elle est au courant ?

— Non, de ce que je sais elle dort encore.

— Qui est censé lui annoncer ?

— Son Praticien, Jimbo, je crois.

— Dommage…

*

Lila frappe doucement à la porte de la salle de réveil.

— Gabriel ?

La jeune femme pousse la porte et entre. Au fond de la pièce, son ami Architecte est assis sur une chaise, les yeux dans le vide. Il semble perdu dans ses pensées. La jeune femme le regarde un instant. Même fatigué comme il l'est, Gabriel reste beau. Ses cheveux en pagaille et son visage anguleux sont apparus si souvent dans les rêves de Lila qu'elle pourrait les dessiner sans aucune difficulté. Elle s'approche de lui et lui pose une main sur l'épaule.

— Gabriel ?

Le jeune homme sursaute.

— Oh, Lila ! Désolé, je ne t'ai pas entendue entrer.

— Ce n'est rien, Gabriel. Tu as l'air épuisé.

— Non, non, je vais bien.

— Du nouveau ?

— Pas vraiment. Elle se réveille quelques minutes et replonge dans le sommeil.

— Ses phases de réveil sont de plus en plus longues, non ?

— Oui, c'est ce que Jimbo m'a dit.

— Ne t'inquiète pas, Gabriel.

— Je ne m'inquiète pas. De toute façon le Cercle a des projets pour elle dès qu'elle sera réveillée.

— C'est-à-dire ?

— Je n'ai pas le droit d'en parler pour le moment.

Lila se renfrogne, vexée. Elle se tourne vers le visage de Siobhan, qu'elle avait pris soin de ne pas regarder jusque-là, et sa jalousie lui brûle le ventre de nouveau.

— Tu ne peux rien me dire… Très bien ! Mais, au fait, j'y pense, tu es au courant pour son mari ?

— Peter ? Oui…

— Jimbo lui a dit ?

— Non, pas encore… Lila ! Elle se réveille de nouveau, va chercher Jimbo !

Effectivement, les paupières de Siobhan commencent à remuer. Lila lâche silencieusement un juron, fait volte-face et part dans le couloir.

Siobhan ouvre peu à peu les yeux et Gabriel Souffle doucement sur elle pour la rassurer.

— Alors petit monstre, on émerge ?

— Hum.

— Allez, tu dors depuis bien trop longtemps.

— Hum.

La jeune femme ouvre maintenant totalement les yeux et cherche à se redresser. Il lui semble avoir dormi une éternité, elle se sent sereine et reposée. Elle pousse sur ses bras et remarque qu'un cathéter est planté dans le creux de son coude gauche. Gabriel attrape un coussin sur un autre lit et le pose derrière le dos de Siobhan. Cette dernière s'assied en veillant à rester couverte par les draps.

Eh bien, il était temps…

— Tu nous a fait un vrai coma !

— Depuis combien de temps suis-je endormie ?

La voix du Canalyseur est enrouée, elle se rend compte que sa gorge est terriblement sèche.

— Une semaine. J'espérais que tu ne te réveillerais pas, j'aurais récupéré ma liberté ! Mais bon, à croire que tu ne veux pas me foutre la paix.

La jeune femme esquisse un sourire en coin. Les souvenirs du dernier examen médical de Jimbo sont très clairs dans sa tête. Deux choses en ressortent : la douleur vive et insoutenable, ainsi que la réactivité de Gabriel. Elle voulait le remercier, mais elle savait déjà que l'Architecte lui renverrait une vacherie au visage. Elle regarde le visage du jeune homme, ses traits sont plus tirés et les cernes sous ses yeux se sont bien assombris. Il porte son habituelle chemise noire, les manches relevées jusqu'aux coudes et sa barbe de cinq jours le vieillit quelque peu.

Jimbo et Lila font irruption dans la pièce. Le Praticien tient une poche de perfusion dans la main. Lui non plus ne semble pas avoir beaucoup dormi, son col de blouse est froissé et ses mains pleines de taches d'encre. Mais Jimbo affiche son calme olympien habituel et offre son sourire paisible à Siobhan.

— Bonjour Siobhan. Bien réveillée cette fois ?

— Bonjour Jimbo.

— Comment te sens-tu ?

— Mieux.

L'homme relie la perfusion au bras de Siobhan sans détacher ses grands yeux bleus de sa patiente.

— Je suis désolé Siobhan, que tout ceci ait été nécessaire. Tu as été courageuse et, si cela peut te consoler quelque peu, nous avons obtenu des informations sur ton HEMI. Il me reste encore beaucoup de travail pour pouvoir tout comprendre mais c'est déjà une grande avancée.

— Vous pourrez me débarrasser des Parasites ?

— Nous allons essayer, Siobhan. Tu dois avoir soif, non ?

— J'y vais.

Gabriel se lève et quitte la pièce, suivi de Lila, laissant Siobhan seule avec Jimbo.

Bon débarras !

— Mal à la tête ? Douleurs abdominales ?

— Non, juste des courbatures il me semble.

— C'est très bien. Je suis heureux que tu ailles bien Siobhan. Mais écoute, il faut que je te parle de quelque chose. Je sais bien que c'est un peu tôt pour les mauvaises nouvelles, mais je ne voudrais pas que tu l'apprennes par quelqu'un d'autre.

— Jimbo, tu me fais peur.

— Écoute, tu te souviens que lorsque tu es arrivée au Dôme, un Physionome a pris ton rôle auprès de Peter ?

— Oui.

— As-tu compris en quoi cela consistait ?

— Que veux-tu dire ?

— Eh bien, ce Physionome a pris ta place auprès de ton mari, pour toutes les choses de votre quotidien…

Le cœur de Siobhan se serre brusquement, elle n'y avait même pas réfléchi. L'idée qu'une autre personne puisse se blottir auprès de son doux Peter lui donne la nausée. Le regard de Jimbo devient brusquement très sombre.

— … et donc ce Physionome a joué ton rôle dans ta vie. Malheureusement… il a découvert que ton époux avait une autre histoire en parallèle de la vôtre. Peter a voulu divorcer et, pour des problèmes administratifs et juridiques, le Cercle a pris la très difficile décision de te faire disparaître. Tu n'es plus la femme de Peter.

Une massue tombe sur la tête de la jeune femme qui en oublie de respirer. Les murs de la pièce deviennent soudain très petits et Siobhan s'attend à ce qu'un flot de larmes se mette à couler sur ses joues. Mais rien ne se passe. Elle s'était toujours attendue à ce que Peter la quitte, un homme comme lui mérite mieux. Mais pas comme ça ! Pas sans elle ! Elle voudrait crier mais c'est un chuchotement qui s'échappe de ses lèvres.

— Disparaître ?

— Pour te protéger, le Cercle n'a pas eu le choix.

— Mais on va me chercher, Peter va me chercher.

— Non, Siobhan, tu n'as pas compris…

— … tu as été incinérée il y a quatre jours.

La voix de Gabriel avait résonné dans la pièce et Siobhan aurait juré qu'il s'agissait du bruit d'un couteau qu'on aiguise. Le jeune homme avance et pose le verre d'eau sur la table de chevet à droite du Canalyseur. Elle regarde Gabriel dont le visage ne laisse transparaître aucune émotion. Jimbo, lui, semble porter le poids de cette annonce sur ses épaules.

Les trois protagonistes restent un long moment sans dire un mot jusqu'à ce que Siobhan rompe le silence, dans un chuchotement à peine audible.

— Je voudrais aller dans mon Alcôve, s'il vous plaît.

Gabriel interroge Jimbo du regard, ce dernier acquiesce en silence. Siobhan se couvre avec une tenue bleue que Jimbo lui tend et se lève. Est-ce que ses jambes tremblent ? Elle ne le sait pas. Est-ce que ses muscles la font souffrir ? Elle ne le sent pas. Jimbo et

Gabriel l'accompagnent jusqu'à son Alcôve et, pour une fois, l'Architecte ne rentre pas. La jeune femme ferme la porte sans leur adresser un regard. Elle se déshabille, abandonnant ses vêtements sur le sol et se réfugie sous la douche. Elle ouvre l'eau en grand et se laisse glisser le long de la paroi jusqu'à se retrouver assise.

Peter, Peter, Peter…

Ils t'ont tuée et toi, tout ce que tu trouves à faire, c'est te morfondre en pensant à ton mari! Enfin ex-mari…

Peter je suis désolée…

Un peu de compassion! Cet homme devrait être canonisé de t'avoir supportée autant de temps. Il est veuf maintenant! Veuf et heureux!

Tais-toi, tais-toi!

Non, pas avant que tu aies bien saisi toute la situation! Tu es morte, ta vie d'avant, tu peux l'oublier. Le peu d'amis qu'il te restait, c'est pareil! Hop, envolés! C'est toi et moi maintenant! C'est tout ce qu'il te reste: ta folie!

Non…

Siobhan se recroqueville un peu plus sur elle-même, et les larmes ne coulent toujours pas. Elle pense aux années de bonheur avec son époux et se rend compte que, finalement, le bonheur n'était jamais entier. Elle pense à leurs projets de vie, et finalement elle n'en voit aucun.

C'est comme si je n'avais jamais existé…

Chapitre 9

Lila marche en direction du Palier Sept, son pas est bruyant et pressé. Elle manque même de bousculer plusieurs Hémisphèriens sur son passage. Elle entre en trombe dans le bureau de Jimbo, fermant violemment la porte derrière elle.

— C'est quoi cette histoire ? Tu savais ? Tu savais que ça allait arriver ?!

— Calme-toi Lila s'il te plaît…

— Merde, Jimbo c'est pas possible, ils ne peuvent pas faire ça !

La peur et la colère font maintenant monter les larmes aux yeux de la jeune femme. Elle marche et déambule sans logique dans le bureau. Jimbo se lève et la saisit par les épaules.

— Je ne peux rien faire, Lila je suis désolé.

— C'est trop dangereux, il va se faire tuer. Il ne peut pas faire ce pourquoi il a été fait ?

La jeune femme pleure maintenant, à chaudes larmes. Jimbo l'enlace de ses grands bras et la serre contre lui, calmant les tressauts de son petit corps.

— Nous savons bien, toi et moi, que Gabriel n'est pas fait du même bois que la plupart des Architectes. J'ai essayé de le faire changer d'avis. J'ai essayé, crois-moi ! Mais il a pris sa décision depuis des années déjà. Tout ce que, toi et moi, nous pouvons faire c'est le soutenir…

— … et rester en alerte jour et nuit jusqu'au moment où il finira sur ta table d'opération ?

Jimbo ne répond pas. Que pourrait-il bien répondre à ça ? Il sait très bien que Lila a raison.

— Le soutenir, en commençant par être présent pour ce grand moment. Ne le laissons pas seul aujourd'hui, rappelons-lui pourquoi il doit rester en vie. Je pense que tout le monde est déjà là-bas, ne soyons pas en retard. Il serait déçu que nous ne soyons pas présents pour son serment de Traqueur.

Lila baisse la tête et prend une grande inspiration.

— C'est dans ces moments que je regrette de ne pas pouvoir Souffler sur moi-même… Bon, on y va.

Lila et Jimbo quittent le Palier Sept, le cœur en berne. Pour une fois, les couloirs leur paraissent trop courts et c'est rapidement qu'ils s'arrêtent au Palier Deux. Ils prennent la porte de gauche, passent devant les nombreuses portes numérotées de l'aile des Traqueurs et arrivent enfin dans l'immense salle circulaire du bout du couloir. Dans la salle, une petite estrade a été montée, tout autour se tiennent une trentaine d'Hémisphèriens dont Lila reconnaît certains des visages. Svetlana se dresse tout devant, Tia lui tient la main. Il y a aussi Riley et Hava. Siobhan se tient à l'écart, presque appuyée contre le mur, les yeux dans le vague. Dave se tient les bras croisés, à la gauche de l'estrade, de nombreux Traqueurs derrière lui. Lila et Jimbo se faufilent jusqu'à l'avant de la foule, Gabriel est resté à l'arrière, la jeune femme ne l'avait pas vu. Il est si froid, si fier, si beau à cet instant que Lila sent son cœur se serrer plus fort. Elle lui adresse un sourire, mais Gabriel ne lui accorde aucun regard, il fixe Paul qui se tient debout sur l'estrade. Aux côtés du chef des Traqueurs se tient un Brouilleur. Lila a oublié son nom. Les Hémisphèriens gardent le silence que Paul brise de sa grosse voix.

— Mes frères, nous sommes aujourd'hui réunis dans notre Dôme bien-aimé pour accueillir un nouveau Traqueur dans nos rangs, selon la cérémonie ancestrale. Gabriel veux-tu bien me rejoindre ?

Le jeune homme fend la foule qui s'écarte pour le laisser passer et grimpe sur l'estrade. Le Brouilleur avance vers Gabriel et lui lie les mains avec un tissu noir, la couleur des Traqueurs. Gabriel tente de calmer sa respiration, les cérémonies ne lui sont pas inconnues. Il se souvient de celle qui l'a conduit à son emploi aux côtés de Jimbo, mais, cette fois-là le tissu était blanc. Le Brouilleur finit son nœud et recule derrière Paul. Gabriel se place au milieu de l'estrade, face à la petite foule. Paul se place à droite et le Brouilleur à gauche de Gabriel légèrement plus en arrière. Paul commence la cérémonie.

— Il est encore temps de te retirer, toi, l'HEMI, qui vient à nous.

Gabriel reste coi. Le Brouilleur passe à l'action en silence et, peu à peu, il fait perdre à Gabriel tous ses sens, excepté l'ouïe. Plus de repères visuels, plus d'espace, plus de temps. La tête de l'Architecte tourne mais il doit rester droit sur ses pieds qu'il ne sent plus. La seule chose qu'il lui reste, c'est la voix de Paul.

— Gabriel, ton HEMI et toi, vous engagez-vous à toujours protéger vos frères ? Vous engagez-vous à protéger le Dôme ? Vous engagez-vous à suivre vos supérieurs au-delà des frontières de l'épuisement, de la peur, de la douleur ?

— Moi, Gabriel, en toute conscience, en présence de mes frères, sous le regard du Dôme, je jure solennellement de protéger les miens au-delà des frontières de l'existence physique et de celle de mon HEMI. Je m'emploierai à sauvegarder la vie de mes frères Traqueurs sur les multiples chemins. Je promets d'aimer chacun de mes frères et de m'employer chaque jour à leur venir en aide. À les garder du mal au-delà du Dôme et en son sein. Que je sois éparpillé en un millier de morceaux sous le joug d'un Canalyseur si je manque à mon serment !

— Qu'il en soit ainsi, en ces murs et au-delà !

Peu à peu Gabriel retrouve la vue et peut mettre une image sur les applaudissements qui raisonnent dans la salle. Riley applaudit très bruyamment, Lila sourit légèrement tout comme Svetlana. Jimbo, lui, reste stoïque mais Gabriel s'en doutait, son mentor désapprouve son changement de carrière. Les applaudissements se calment et la voix de Paul peut raisonner de nouveau dans la pièce.

— Mes frères, nouvellement né voici Gabriel, notre frère Traqueur!

Les applaudissements reprennent avec plus de ferveur encore et les Hémisphèriens se jettent sur Gabriel, qui descend de l'estrade, pour le congratuler. Quand Dave parvient jusqu'à lui, suivi d'autres Traqueurs, Gabriel se tend.

— J'ai tout fait, crois-moi, pour que ce jour n'arrive pas. Mais tout comme toi, j'ai prêté serment. Alors je m'emploierai à ce que tu restes en vie.

— Ne crains rien Dave, je serai là pour te protéger.

Le Traqueur numéro un grince des dents et tourne les talons, suivi par sa meute. Gabriel n'a pas le temps de se retourner que Lila, sortie de nulle part, lui saute au cou.

— Très belle cérémonie Gabriel.

— Merci Lila. Où est Jimbo?

— Oh, il est reparti au Palier Sept, il a encore du travail. On va en salle commune profiter un peu de l'instant?

— Bonne idée, je meurs de soif et ma tête tourne encore.

— Parfait !

— Attends, où est Siobhan ?

— Aucune idée, elle était juste là, dans le fond il n'y a même pas une minute.

— Merde ! Riley !

Le jeune Illusionniste, entendant son nom, s'arrête de flirter avec une ravissante Architecte et se tourne vers Gabriel.

— Oui ?

— Tu sais où est passée Siobhan ?

— Je l'ai vue partir avec Dave.

— Merde, merde, merde ! Vas-y Lila, je te rattrape, emmène Riley avec toi !

— Tu ne veux pas que je t'accompagne ?

— Non c'est bon, ne t'en fais pas.

Tandis que Lila et Riley s'éloignent, Gabriel finit de remercier les Hémisphèriens présents mais toujours pas de trace de Siobhan. Il remonte alors le couloir jusqu'au bureau numéro un et entre, sans prendre la peine de frapper. Gabriel reste abasourdi par le spectacle qui se tient devant lui. Siobhan a relevé ses longs cheveux qu'elle maintient à l'aide de sa main droite tandis qu'elle offre volontairement son cou à Dave. Ce dernier hume, sent, inspire le parfum de la jeune femme et s'amuse à lui mordre le cou laissant de larges bleus. Siobhan ne réagit pas à la douleur, elle tourne violemment son regard sur Gabriel. Le mur de plomb se heurte à l'HEMI du nouveau Traqueur. La jeune femme a changé, son regard est froid et dur. Il semble à Gabriel qu'il ne reste plus rien de la créature effrayée qu'il avait Rapatriée au Dôme. Dave relève la tête et découvre Gabriel, il écarte le Canalyseur et avance, menaçant, vers l'intrus.

— Toujours sur mon chemin !

Gabriel ne regarde même pas le jeune homme, il ne fixe que Siobhan.

— Siobhan viens avec moi, s'il te plaît !

— Non tu restes où tu es ! Dégage Gabriel, ne me force pas à frapper un frère !

— Frappe, je t'en prie, mais je ne pars pas sans elle ! Siobhan, tout le monde t'attend. Allez, viens !

Siobhan ne réagit toujours pas, alors Gabriel contourne Dave et attrape la main du Canalyseur pour la sortir du bureau. Elle le suit sans résistance, seule la voix de Dave résonne dans le couloir derrière eux.

— Merci encore pour ce moment délicieux…

Gabriel devrait bouillonner de rage, mais il n'en est rien. Le jeune homme est inquiet, le comportement de la jeune femme est incohérent. Il profite de l'ascenseur pour tenter de comprendre l'étrange scène à laquelle il vient d'assister.

— Qu'est-ce qui t'a pris ?

— Pas tes affaires !

— Je te demande pardon ? Dois-je te rappeler que je suis ton Guide ici ? Tu es sous ma surveillance, sous ma protection, sous mes injonctions ! Je suis ce qui te permet actuellement de rester en vie ! Alors je pense que ce type de comportements dérangés fait partie de mes affaires !

— C'était justement pour ça.

— Justement pour quoi ?

— Pour rester en vie.

— Je ne comprends pas.

— La douleur… c'est un signe de vie, la peur aussi. J'ai disparu Gabriel, je suis morte, tout ce que j'avais, ce que j'étais, a disparu ! Comment être certaine que j'ai bien existé ? Dave me terrifie, et sa violence… m'a montré pendant quelques minutes que j'étais encore en vie.

Gabriel ne répond pas tout de suite, il regarde la jeune femme qui monte dans l'ascenseur à ses côtés. Il se rend compte que plus il la connaît, plus il la comprend. Il commence aussi à entrevoir plus précisément la violence qui peut sommeiller en elle.

— Hé, petit monstre. Je ne peux pas te rendre ta vie d'avant, mais le Dôme, lui, peut t'en donner une nouvelle. Marche avec moi, je trouverai un moyen de te créer une nouvelle vie. On commence maintenant, avec une première règle : tant que faire se peut, ne reste jamais avec Dave sans moi !

— D'accord.

— Parfait.

Le silence emplit l'ascenseur un instant mais Siobhan le brise rapidement :

— Bravo pour ton… euh … comment dit-on ?

— Renaissance.

— Pour ta renaissance.

— Merci petit monstre.

Les portes de l'ascenseur s'ouvrent sur le Palier Quatre et les deux Hémisphèriens en sortent.

— Je peux te poser une question Gabriel ?

— Vas-y !

— C'est ta voix que j'ai entendue dans ma tête ?

— Quand ça ?

— Lors du Souffle, pendant les expérimentations de Jimbo.

— Encore une création de ton cerveau de monstre.

Siobhan sent bien que son Guide lui ment mais elle n'insiste pas davantage.

— Détache tes cheveux, que les autres ne voient pas les horribles marques de dents de Dave sur tes épaules !

Elle s'exécute et ils franchissent tous deux les rideaux d'un des petits salons dont s'échappe la voix rieuse de Riley.

— Te voilà enfin !

— Désolée, Lila.

Riley adresse un sourire à Siobhan qui le lui rend avec crispation. Dans l'esprit de Siobhan, le souvenir du jeune Illusionniste est flou et associé à un moment difficile. Le jeune homme n'y prête pas attention et se tourne vers son ami Gabriel qui s'installe à côté du Canalyseur, sous le regard frustré de Lila.

— Alors, te voilà Traqueur ! Tu y es arrivé finalement ! Pas trop inquiet ?

— Tu parles, j'ai attendu ça toute ma vie ! Et puis après avoir Rapatrié un Canalyseur, je vois difficilement ce que je pourrais faire de pire.

— Tu sais, les Rapatriements, c'est seulement une partie du taf, il y a aussi les Traques des Béotiens, et ça c'est du sport à mon avis !

— Lors de tes missions, tu n'as pas participé aux chasses ?

— Non pas encore, ils pensent que c'est trop tôt, mais je suis prêt ! Les Béotiens n'ont qu'à bien se tenir face au meilleur Illusionniste de tous les temps !

Lila laisse échapper un rire cristallin.

— Je peux savoir ce qui te fait rire ?

— Je me disais que je te répéterai « le meilleur Illusionniste de tous les temps » lorsque tu arriveras au Palier Sept, sanglant et pleurant comme un enfant.

— Tu verras Lila, tu verras !

— Et peut-être plus tôt que prévu…

Lila tourne son joli visage vers Gabriel et son sourire s'efface, les mots du jeune homme l'on glacée intérieurement.

— Qu'est-ce que tu veux dire Gabriel ?

— J'ai vu Paul avant la cérémonie : nous remontons en surface dans les prochains jours.

— Nous ?

— Oui Riley, nous ! De ce que je sais, Dave nous accompagne, ainsi qu'un Brouilleur et un Inquisiteur.

— Tu sais qui ?

— Non.

— Donc tu me dis qu'on va partir en surface avec un Architecte, un Pisteur, un Illusionniste, un Brouilleur et un Inquisiteur ? Ce sera du gâteau, peu importe la mission ! L'équipe est tellement diversifiée que nous serons invincibles.

— Sauf qu'on emmène un Canalyseur aussi.

Le silence s'installe entre les quatre Hémisphèriens. Siobhan a le souffle coupé. Depuis qu'elle est là, elle est gardée cachée loin du reste du monde. Ils ont enfin décidé de la laisser sortir ? Pourquoi ?

Peut-être qu'ils t'offrent en pâture aux Béotiens, qu'en dis-tu ?

— Moi ? Non, je ne suis pas prête à sortir d'ici !

— Le Cercle pense qu'il est important de te montrer l'étendue de notre action au-delà du Dôme. Nous te montrerons comment se déroulent un Rapatriement, un Recrutement, une Chasse.

— Il y aura des Béotiens ?

— C'est certain. Nous te montrerons le Beffroi.

Riley manque de s'étouffer avec une gorgée de soda.

— Le Beffroi ? On l'emmène, elle, voir le Beffroi ? Non mais attends Gabriel, ils ont perdu la tête ? Le parvis est rempli de Béotiens ! Et pas que des Brouilleurs ! On se jette dans la gueule du loup. Les Traqueurs de Melaine nous pisterons et c'est Melaine lui-même qui nous réduira en purée !

— Qui est Melaine ?

— Elle ne sait même pas qui c'est ! On ne va pas l'emmener alors même qu'elle n'a pas conscience du danger !

C'est Lila qui prend la peine de répondre à Siobhan.

— Melaine est le chef des Béotiens. Autrefois il était le disciple de Milo, leur ancien dirigeant. À la mort de ce dernier, Melaine a pris sa place. Il s'est montré encore plus agressif et plus déterminé que son Guide. Le peu de fois où il s'est manifesté lors de combats, ce fut un massacre. Il ne laisse toujours qu'un seul survivant pour raconter les faits. Mais, auparavant, il prend le temps de lui briser chaque os. Milo était un Traqueur, Melaine, lui, est un Inquisiteur. Ils te cherchaient depuis des années et à la mort de Milo, Melaine a repris le flambeau.

Le Canalyseur se tourne vers Gabriel :

— Et qu'est-ce qu'il me fera s'il me trouve ?

— Va savoir ! Il pourrait te torturer, te tuer, ou encore te mettre entre les mains d'un Missionnaire.

— Un quoi ?

— Les Missionnaires ont une capacité de suggestion, ils peuvent ancrer une idée dans ton esprit. Il existe deux carrières pour les Missionnaires : les Nourrices qui éduquent les enfants, les plus jeunes comme Tia. Et il y a les Hackers dans leurs Blocs De Conversions, qui écrasent toutes tes convictions. Tes idées et tes valeurs disparaissent et ils te convertissent à leur cause.

— C'est comme ça que les Hémisphèriens deviennent des Béotiens ?

— Certains, oui. D'autres trahissent simplement leur famille. D'autres, encore, ont été Recrutés par les Béotiens, c'est la seule famille qu'ils n'aient jamais eue. Ne t'inquiète pas, petit monstre, on veillera tous à ce que Melaine ne te capture pas vivante.

— Mer… merci ?!

Gabriel se tait, tandis que Riley souffle un grand coup pour reprendre de la contenance. L'Illusionniste s'était rendu compte que la jeune femme ignorait encore beaucoup de choses sur le conflit du Peson. Hors de question qu'elle reste dans l'ignorance :

— Si tu as d'autres questions, Siobhan, je pense que c'est le bon moment.

— Le Peson, j'ai bien compris ce que c'était mais pourquoi y a-t-il un conflit ? Je veux dire quels sont les deux points de vue ?

— Eh bien, pour résumer, les Béotiens pensent que l'équilibre de notre monde est indissociable du mal. Nous pensons qu'il faut des êtres bons pour guider ce monde. Au Dôme, notre esprit a été analysé par un Praticien et seuls les bons peuvent rester. Les Béotiens, eux, acceptent aussi les HEMI mauvais et cruels, sans le moindre honneur.

— Et qu'arrive-t-il à ceux qui arrivent au Dôme et qui ne correspondent pas aux attentes des Hémisphèriens ?

— Ils sont Écartés par les Inquisiteurs.

La voix de Gabriel était tombée comme une chape de plomb. Le regard noir, il poursuit :

— Quand tu étais sur la table, le jour de ton réveil au Dôme, Jimbo te faisait passer ces foutus tests.

— Et j'ai réussi ?

— Je suppose, tu ne serais plus là sinon. Riley, Paul va nous convoquer dans quelques jours, essaye d'avoir l'air surpris ! Siobhan, cet après-midi séance de sport obligatoire. Il va falloir apprendre à courir vite si tu veux pouvoir sauver tes fesses de petit monstre !

*

— Alors ?

— Désolé Melaine, aucun signe du Canalyseur !

— Ne l'appelle pas ainsi, cette jeune femme a un nom : Siobhan !

— Désolé mon frère.

— Ce n'est rien. Ne t'inquiète pas, elle sera bientôt là. Les êtres sauvages ne peuvent rester bien longtemps tapis sous terre. Laisse-moi maintenant, s'il te plaît, j'ai besoin de laisser mon HEMI s'exprimer.

*

Siobhan suit Gabriel qui marche devant elle. Il a fière allure dans sa tenue sombre de Traqueur, entièrement de noir vêtu de la tête au pied. En arrivant au Palier Deux, ils prennent, cette fois, la porte centrale et se retrouvent de nouveau face à deux portes en bois d'ébène. Gabriel frappe à l'une d'entre elles et entre avec sa protégée. À l'intérieur de l'immense bureau cossu, plusieurs personnes sont déjà présentes. Riley discute avec une jeune femme, Dave est assis dans un coin de la pièce et Siobhan reconnaît Anton, l'Inquisiteur aux yeux si froids qu'elle a déjà croisé. Derrière le grand bureau, un homme, qu'elle devine être Paul, est assis. Il tire sur un gros cigare qu'il dépose lorsque Siobhan pénètre dans la pièce, et s'esclaffe :

— Ah, très bien, tout le monde est là ! Gabriel, tu as eu le temps de lui expliquer la situation ?

— Oui.

— Parfait. Bonjour Siobhan, je suis Paul, le chef des Traqueurs. Sois la bienvenue.

— Bonjour…

— Comme tu le sais, tu as la chance d'être affiliée à une équipe. Je voudrais te présenter Diane, c'est le Brouilleur de votre bataillon, Riley, votre Illusionniste…

— On se connaît déjà.

— C'est très bien. Je crois savoir que tu connais aussi Anton et Dave. C'est idéal, la cohésion de votre équipe sera primordiale pour que tout se déroule bien à la surface. Vous rencontrerez sans doute quelques obstacles sur votre route.

Dave se lève du fond de la pièce et vient se placer aux côtés de Siobhan avant de s'adresser à Paul :

— Pas d'inquiétude, Paul, je veillerai sur mes frères.

— Veille surtout sur notre Canalyseur.

— Je ne la lâcherai pas des yeux !

Le ton de Dave était sifflant et malsain, un frisson parcourt le dos de Siobhan et remonte jusqu'à ses épaules où les bleus laissés par le guerrier se sont estompés tout au long de la semaine.

— Je le sais bien Dave, et ton nouveau frère Traqueur sera là pour t'épauler, vu que c'est son Guide.

Gabriel affiche un sourire en coin discret, Siobhan s'écarte de Dave et vient se placer tout près de l'Architecte. C'est Riley qui rompt alors le silence avec un entrain et une bonne humeur qui ne laissent pas transparaître son stress.

— Où allons-nous Paul ?

— Commencez par lui montrer un peu le travail des Traqueurs : Chasse et Recrutement ! Promenez-vous dans la ville et restez sur vos gardes, vous ne transportez pas un bibelot. Si vous avez un doute, si vous ressentez la présence d'un Traqueur Béotien, ou d'un Chroniqueur, rentrez immédiatement. Passez deux nuits en ville et pas une de plus. Des questions ?

C'est Diane qui pose la question que Riley et Anton n'osaient exprimer :

— Si elle Projette ? On fait quoi ?

— Elle ne Projette pas.

— Comment pourrais-tu en être certain, Gabriel ?

— Je la guide depuis son arrivée au Dôme, si elle Projetait je l'aurais remarqué et je ne serais pas là pour attester de son incapacité à le faire !

— Et si elle le faisait ? On fait quoi, on la laisse détruire la ville ? C'est inconscient ! Il y a longtemps qu'un être comme elle aurait dû être exterminé ! Si elle Projette, combien de frères perdrons-nous ? Des centaines ! Mais si elle Projette à l'extérieur du Dôme, combien de

Bi-hémisphères mourront ? Peut-être un millier ! Que ferons-nous alors ?

— Si Siobhan Projette, je la tuerai de mes propres mains !

Gabriel avait littéralement grondé. Siobhan baisse les yeux sur la main qu'il venait de glisser dans la sienne, lui broyant les phalanges.

— Tu t'es attaché à cette créature, Gabriel, c'est une erreur !

— Je te respecte, Diane, mais je ne te permets pas de me juger ! Siobhan me suit partout, je suis responsable d'elle. Que je sois tenu responsable de tout ce qu'elle pourrait engendrer.

Paul se rassied et rallume son cigare nonchalamment avant de s'adresser au groupe :

— Si vous ne vous accordez pas, vous ne rentrerez pas, pensez-y ! Maintenant laissez-moi, j'ai un autre rendez-vous dans vingt minutes et j'aimerais finir mon cigare en paix.

Les Hémisphèriens saluent le chef des Traqueurs d'un signe de tête et sortent dans l'ordre et le silence. Gabriel serre toujours la main de Siobhan. Dave ferme la porte derrière eux et s'adresse au groupe :

— Rendez-vous demain au Palier Neuf.

Le Traqueur numéro un s'éloigne d'un pas soutenu et disparaît derrière la porte qui mène aux ascenseurs. Siobhan remarque alors qu'Anton ne l'a pas lâchée des yeux depuis son arrivée. Ce regard froid la glace littéralement mais sans l'effrayer. Riley fait un signe de tête à Gabriel et s'éloigne avec Diane et Anton, laissant Siobhan et Gabriel seuls. Ce n'est qu'une fois que les autres membres de l'équipe fraîchement formée ont passé la porte que Gabriel lâche la main du Canalyseur.

— On les laisse partir devant et on retourne à la salle de sport. Tu te sens de courir encore un peu ?

— Euh, j'ai pas vraiment le choix il me semble. Dis-moi, elle est un peu stressée Diane, non ?

— Elle a raison d'avoir peur, ne pas avoir peur de toi serait stupide ! Mais ce sont les règles : le Cercle m'a désigné pour être ton Guide, je te protègerai autant que possible. Toutefois, j'ai prêté serment, je protègerai mes frères, si je dois te tuer pour les sauver je le ferai.

— Je comprends… Mais, merci quand même.

— Et ne dis pas à Lila que je t'ai protégée ! Je ne veux pas qu'elle se mette encore dans tous ses états. Lila est douce et je ne suis pas stupide, elle n'a jamais cessé de m'aimer. Je n'aurais jamais dû croire qu'elle pourrait se contenter de s'amuser. Allez, on y va !

Siobhan emboîte le pas de Gabriel et tous deux prennent l'ascenseur en direction de la salle de sport du Palier Cinq. Gabriel n'a pour la jeune femme plus le moindre geste ni le moindre regard. Elle prend son courage à deux mains et décide de poser davantage de questions.

— Qu'aurait-elle voulu ?

— Une vraie vie à deux, une cérémonie d'union sans doute.

— Un enfant ?

— Non, c'est interdit dans le Dôme. Les Hémisphèriens n'ont pas le droit d'avoir d'enfants. Il serait compliqué d'affronter les Béotiens avec des petits à charge.

— C'est triste.

— Non, il suffit de savoir que c'est un interdit et qu'il en sera toujours ainsi.

— Les enfants des Hémisphèriens sont eux aussi des Hémisphèriens ?

— Oui, si deux Hémisphèriens ont un enfant, leur progéniture sera aussi dotée d'un HEMI.

Les portes de l'ascenseur s'ouvrent sur le Palier Cinq, Siobhan se rend compte que le Dôme s'est refermé sur son avenir.

Après tout, quel avenir avais-tu ?

Aucun…

Ils te nourriront, ils t'entraineront, ils feront de toi l'être qu'ils craindront le plus. Même ce Melaine leur semblera doux et docile comme un chiot.

— Gabriel, je me demandais si un jour je pourrais moi aussi vivre une cérémonie comme la tienne.

— Oui sans doute…

— Mais quel est le rôle d'un Canalyseur au Dôme ?

— Monstre en chef ?

— Dave a parlé de faire de moi un Traqueur, il m'a dit que je pourrais faire équipe avec lui, qu'à nous deux, nous pourrions faire de grandes choses.

— Dave a une ambition démesurée, ça te plairait de faire équipe avec ce chien ? Tu imagines ses crocs plantés dans ton cou toute la journée pendant qu'il hume ton odeur ?

— Non, pas vraiment…

— Tu as encore du temps, avant de visualiser la place que tu devras occuper dans le Dôme. Pour cela, il faut déjà que tu restes en vie lors des prochaines sorties et que tu saches Projeter. Je veux dire contrôler ta Projection.

— C'est possible ?

— De ce que l'on sait, Arthaud Projetait avec un contrôle parfait, il choisissait aussi bien la personne visée que la force de sa Projection. Il était d'une précision redoutable, un véritable tireur d'élite. Je ne sais pas si je voudrais que tu sois capable d'en faire autant.

— Ne t'inquiète pas, je suis sans aucun doute le petit monstre le plus maladroit de la planète !

Gabriel rit et ouvre la porte de la salle de sport à Siobhan. Cette dernière entendait le rire de Gabriel pour la première fois et le trouva enfantin, délicieux et presque sucré. Siobhan se dit que, même si cette famille ne veut pas forcément d'elle, elle est la seule qu'elle pourra avoir. Il lui faudra parvenir à se faire une place parmi les Hémisphèriens. À elle de se répéter sans cesse qu'elle est des leurs. Si elle s'en persuade, elle pourra peut-être persuader les autres.

Je suis Siobhan, je suis un Canalyseur, je suis un Hémisphèrien.

Tu es un monstre.

Je suis Siobhan, je suis le Canalyseur, je suis un Hémisphèrien.

Tu es un monstre. Tu es un monstre. Tu es un monstre.

Je suis Siobhan, je suis le Canalyseur, je suis un monstre…

Chapitre 10

Siobhan se réveille au matin de sa sortie à la manière d'un ressort, les lumières de l'Alcôve se sont allumées, donnant le signal de l'heure du lever. Encore des cauchemars, comme toutes les nuits. Gabriel ne devrait pas tarder, il est toujours en avance, à croire qu'il ne dort presque jamais. Siobhan se douche et s'habille en vitesse. Elle se demande comment les vêtements propres arrivent jusqu'à elle chaque jour. Aujourd'hui, sa tenue contraste, du tout au tout, avec sa tenue habituelle. Elle porte une veste de tailleur noire, un chemisier blanc et une jupe crayon. À cette tenue de femme d'affaires vient s'ajouter un sac à main, un grand manteau en laine bleu sombre et une paire d'escarpins vernis noirs. Elle est surprise de trouver un nécessaire de maquillage sombre et classique. À l'instant où elle donne le dernier coup de mascara à ses cils, Gabriel entre dans l'Alcôve sans même prendre la peine de frapper.

Il est tout vêtu de noir : chemise, veste et pantalon de costume, d'élégantes chaussures de ville et un long manteau. Il a tout de l'homme d'affaires propre sur lui, excepté ses cheveux qui restent définitivement en bataille.

— Sors de la salle d'eau, petit monstre, c'est l'heure d'aller manger un morceau avant de partir.

Siobhan sort de la salle de bains, faisant raisonner ses talons sur le sol. Même s'il tente de le cacher, Gabriel marque un arrêt à la vue de sa disciple.

— Tu auras beau mettre tous les masques et tous les costumes possibles, je verrai toujours le petit monstre que tu es.

— J'espère bien ! De quoi j'ai l'air ? Je ne suis pas forcément à l'aise.

— Si, ça ira très bien ! Allez, à table !

Siobhan et Gabriel se rendent au réfectoire, nombreuses sont les têtes qui se retournent sur leur passage. Ils vont s'installer à la table de Jimbo qui semble ne pas toucher à son café. Lila encourage Tia à manger son bol de céréales. L'atmosphère à table est lourde, Siobhan le sent bien en avançant vers le groupe. Gabriel, lui, tente de faire comme si de rien n'était :

— Salut Jimbo, salut Lila. Bonjour ma princesse Tia !

— Bonjour Gabriel.

— Alors Jimbo, quel est votre programme aujourd'hui ?

—Vérification de cicatrisation, et je vais continuer à travailler sur les résultats d'examen de Siobhan. Au fait ma grande, tu portes bien la tenue de Traqueur !

— De Traqueur ? Pourquoi tu ne me l'as pas dit Gabriel ?

— J'étais le premier étonné en te voyant. Mais c'est sans doute une demande du Cercle pour te noyer, au moins visuellement, dans le groupe. Ou alors une fantaisie de Dave…

Siobhan ne dit plus un mot et se concentre sur son bol de salade de fruits, tandis que Jimbo pose quelques questions à Gabriel :

— Et vous, vous allez où aujourd'hui ?

— Je suppose qu'on va déambuler pour montrer à notre petit monstre ce qu'est un repérage. Mais je n'ai pas d'information précise, c'est Dave qui dirige les opérations. Je ne suis que le Traqueur numéro quatre-vingt-seize, pour le moment.

— Et tes frères Traqueurs ? Que pensent-ils d'un Architecte promu au rang de Traqueur ? Depuis des millénaires, il n'y a eu que des Pisteurs parmi eux.

— Je suppose que la plupart s'en moque, mais bien sûr certains sont agacés. Les mêmes qui ont tapé du poing sur la table lorsque la mission du Rapatriement de

Siobhan m'a été confiée. À moi de faire en sorte qu'ils voient que mon HEMI sera un atout supplémentaire.

— Tu sais, tu pourras revenir quand tu voudras, je veux dire qu'il y aura toujours une place pour toi au Palier Sept.

— Merci Jimbo. Allez Siobhan, finis vite, on va être en retard !

Une fois leur petit déjeuner avalé, et après un au revoir à leurs collègues, les deux Hémisphèriens prennent l'ascenseur en direction du Palier Neuf. Siobhan commence à sentir son ventre se tordre d'angoisse et de stress à l'idée de se retrouver hors du Dôme. Mais elle se demande tout de même à quoi le Dôme peut bien ressembler vu de l'extérieur. À quoi ressemble un endroit où la lumière du soleil n'entre jamais ?

À l'ouverture des portes, Siobhan et Gabriel tombent nez à nez avec la plupart des membres de leur équipe. Dave est habillé exactement avec la même tenue que Gabriel, Riley porte un jean et une veste de costume bleue, quant à Diane, elle est habillée d'un pantalon de tailleur gris et de la veste assortie, le tout recouvert d'un manteau beige.

Seul Anton manque à l'appel, Siobhan le fait remarquer :

— Anton n'est pas là ?

— Juste ici.

Le jeune garçon est plus loin, appuyé contre les parois rocheuses, il porte un jean noir mais aussi un élégant manteau blanc. Siobhan réalise alors qu'elle se trouve dans la salle où avait eu lieu le massacre il y a quelques mois, les parois pierreuses et les néons sont tels que dans son souvenir traumatisant. Dave ne lui laisse pas le temps de se remémorer ce jour d'effroi :

— Allez, en route, ne restons pas trop longtemps ici, je n'aime pas cet endroit !

Tous suivent le Traqueur numéro un et marchent dans des couloirs rocheux jusqu'à une seconde salle. Au fond de celle-ci, un passage, comme une porte, autour d'elle une dizaine d'hommes et de femmes semblent monter la garde. À travers l'ouverture, Siobhan voit passer des gens avec des appareils photos et des sacs à dos, ils semblent ne pas les voir. Sentant sans doute son questionnement, Gabriel donne une explication à Siobhan :

— Les Bi-hémisphères ne nous voient pas ici. Tout autour de la porte se trouvent des Brouilleurs et des Illusionnistes. Les Illusionnistes camouflent l'ouverture à la vue du monde et les autres brouillent les sens des Béotiens qui pourraient vouloir s'introduire ici. Mets tes lunettes !

— Mes lunettes ?

— Dans la poche intérieure de ton manteau, tu trouveras une paire de lunettes de soleil. Depuis le temps que tu es sous terre, la lumière du soleil risque de te brûler les yeux.

— Sous terre ? Le Dôme est sous terre ? Mais où sous terre ?

Gabriel ne répond pas et met sa propre paire de lunettes, comme chacun des membres du bataillon. Siobhan suit le mouvement. Les six Hémisphèriens franchissent l'ouverture et se mêlent à un groupe de gens qui semblent être des touristes et à cet instant, Siobhan réalise que les murs des tunnels sont couverts de crânes et d'os.

— Les Catacombes ? Le Dôme est dans les Catacombes de la capitale ?

Gabriel ne répond pas et sourit, jamais Siobhan n'aurait pu imaginer une chose pareille. Elle entrevoit la lumière du jour lorsqu'ils arrivent en bas d'un très long escalier. Une fois arrivés en haut des marches, la capitale s'offre pour la première fois aux yeux du Canalyseur. Mais pas le temps de profiter du spectacle, Dave ne s'arrête pas et il faut le suivre. Le groupe pourrait sans aucune difficulté passer pour des collègues d'une société du quartier des affaires. Ils finissent par se poser à la terrasse d'un bistrot, Dave commande six cafés qui sont rapidement servis et qu'il paye immédiatement. Il en boit une gorgée avant de se tourner vers Siobhan :

— Alors Canalyseur ? Sympa de respirer l'air frais de la capitale ?

— C'est surtout bon de revoir la lumière du jour.

— Ah oui, les néons blancs ne sont pas ce qui se fait de mieux. Alors on va commencer par un peu d'observation, regarde autour de toi et dis-moi ce que tu vois.

Siobhan tourne son regard sur le boulevard qui s'étend sous ses pieds et les Parasites lui sautent à la gorge. Le stress, l'angoisse et la frustration des passants lui déchirent les muscles de la nuque et une terrible migraine tape derrière ses yeux.

— Je dois bien avouer que ça me manquait. Mais qu'est-ce que… ?

Siobhan sent sa bouche s'emplir de miel et de sucre tandis que Gabriel Souffle sur elle. Elle le regarde et le gratifie d'un léger sourire. Le jeune homme la fixe d'un regard amusé derrière ses lunettes de soleil.

— Je vois des gens. Juste des gens qui marchent.

— Mon joli Canalyseur, je ne t'ai pas demandé de regarder avec tes yeux. Regarde avec ton HEMI !

Siobhan ne comprend pas bien la demande de Dave mais tourne de nouveau son regard vers la foule qui passe, pressée et oppressante. Brusquement, un enfant de quatre ans pleurant dans les bras de sa mère attire son attention. Rien n'émane de cet enfant, aucune émotion, aucun Parasite, et pourtant il pleure.

— Le petit garçon ?

— Pas mal. C'est un Canalyseur, nous le surveillons depuis ses six mois, bientôt nous nous chargerons de lui.

— Pourquoi ?

— Il ne gère pas son HEMI comme nous l'entendons. C'est comme ça que les choses fonctionnent. Tu seras sans doute la seule de ton genre à être acceptée au Dôme. Nous ne laisserons pas ce petit Canalyseur tomber entre les mains des Béotiens. Regarde bien au coin de la rue perpendiculaire !

Siobhan observe l'endroit indiqué et y voit un homme grand, brun, tout habillé de noir. À côté de lui, un autre homme habillé d'un jean et d'une veste de costume bleue, tout comme Riley.

— Ce sont des Hémisphèriens ?

— Un Traqueur et un Illusionniste, ils vont suivre la mère et le petit jusqu'au bon moment.

— Le bon moment pour quoi ?

— L'Écartement, regarde sur le banc devant la boutique de décoration.

Sur le banc, un homme que Siobhan comprend être un Inquisiteur, au regard de sa tenue, est installé et semble lire un journal satirique. L'effrayante réalité apparaît à Siobhan, l'enfant ne pourra être sauvé et la seule question qui lui vient lui semble stupide.

— Quand ?

— Dans la soirée, sans doute au supermarché, les Bi-hémisphères penseront à un enlèvement. Vois le bon côté des choses, Jimbo aura une dissection supplémentaire demain !

Siobhan regarde les réactions de ses partenaires. Personne ne semble touché par la mort programmée de ce garçon. Elle ravale ses larmes pour plus tard et ôte ses lunettes de soleil pour profiter au maximum de la lumière de ce début de printemps.

Peu à peu, chacun se détend et commence à parler de banalités, excepté Dave qui fixe les gens qui passent, les toits et tout ce qui les entoure. Au bout d'une heure, il intime soudainement l'ordre de se lever, et les six Hémisphèriens s'engouffrent dans une bouche de métro. Siobhan interroge Gabriel sur ce départ précipité mais c'est Dave qui répond.

— Pourquoi sommes-nous partis si vite ?

— J'ai flairé un Missionnaire quatre rues plus au nord, sans doute une Nourrice mais là où il y a des Missionnaires, le plus souvent il y a des Traqueurs. C'est aussi pour pouvoir partir aussi vite que nous réglons toujours nos consommations au moment de la commande.

— Et maintenant ?

— Maintenant ? J'ai bien peur qu'il hume notre trace d'ici une heure. Nous allons donc te montrer le Beffroi comme le voulait Paul.

Diane fronce les sourcils :

— Est-ce bien prudent d'aller au Beffroi s'ils ont flairé notre piste ?

— S'ils ont flairé notre piste, ils vont déployer leurs troupes : demain les rues vont grouiller de Traqueurs et d'Inquisiteurs. Si elle doit voir le Beffroi, c'est aujourd'hui. Riley, je compte sur toi pour faire Illusion sur sa présence, fais-la disparaître. Diane, ne brouille un Béotien que si tu es absolument certaine qu'il nous a flairés. Anton, je ne veux aucun Béotien vivant à moins de cinq mètres. Gabriel, fais pas de connerie. Allez, on se sépare : deux par wagon.

Le métro arrive en station, Riley et Diane se placent dans le wagon de tête, Siobhan et Gabriel dans le suivant et Dave, accompagné d'Anton, dans le troisième.

— Gabriel, le Beffroi, à quoi il ressemble ?

— Comment tu l'imagines ?

— Vieux et pierreux ? Ancien ?

— Tu verras bien, gardons la surprise.

— Quand est-ce que tu l'as vu, toi ?

— J'étais un gosse à l'époque…

— Mais je croyais que la plupart des Architectes restaient dans le Dôme ?

— Oui, je suis sorti sans autorisation à l'aide d'un ami. À mon retour, Svetlana m'a passé un savon.

— Qui t'avait aidé ?

Le jeune homme fait mine de ne pas avoir entendu la question :

— Quand on va descendre, Anton va s'occuper de te dissimuler aux yeux des autres. Ils ne te verront pas : ni les Bi-hémisphères, ni les Béotiens. En revanche, ils pourront peut-être te sentir, ne me lâche pas d'une semelle. Si Dave nous dit de décrocher, n'hésite pas une seconde. C'est notre station !

Siobhan descend du métro et Gabriel lui attrape la main dans la foule pour ne pas la perdre. Les autres se mettent tout autour du Canalyseur de façon à l'encadrer totalement. Plus petite que les autres, Siobhan ne voit pas où elle va, elle ne peut que suivre le dos de Riley et de Diane qui se sont placés à l'avant. Ils sortent des couloirs du métro et arrivent au milieu de l'esplanade du quartier d'affaires. Les tours s'élèvent, immenses et majestueuses, Siobhan remet ses lunettes de soleil, éblouie par les reflets sur les tours de verre. Les autres font la même chose, exceptés Diane et Anton. Pendant qu'ils marchent sur l'esplanade, Siobhan se rend compte à quel point leur position est dangereuse : ici ils sont totalement à découvert. Le Beffroi n'est sans doute pas implanté là par hasard, il doit jouir ici d'une vue dégagée sur ses ennemis. Ils retournent encore une fois se poser à la terrasse d'une grande chaîne de café, toujours par groupes de deux. Avant même que Gabriel n'ait eu le temps de désigner le repère des Béotiens, Siobhan l'avait déjà identifié. Il était bien loin des vieilles pierres et du côté sombre qu'elle avait imaginé, la tour était sans doute la plus haute qu'elle n'ait jamais vue. Elle surplombait la totalité de l'esplanade et semblait régner sur la capitale.

— C'est incroyable…

— Ouais plutôt tape-à-l'œil !

— Il y a des Béotiens ?

— Dedans, pleins. Sur l'esplanade, vu le visage de Dave, sans doute un sacré paquet !

— Tu n'as pas peur ?

— C'est excitant je trouve, vraiment galvanisant. Je ne supportais plus les jours sans action au Palier Sept. Et puis tu es arrivée petit monstre, et chaque jour je regarde la mort dans les yeux.

— Melaine est dehors ?

— Non, ne t'en fais pas ! Il est bien à l'abri dans sa tour et toi dans l'Illusion de Riley.

Le jeune homme retire ses lunettes et Siobhan se laisse absorber par ses iris encore une fois, ainsi, elle parvient à contrôler son stress.

— Du coup, pour les gens là, tu parles tout seul ?

— Exactement, mais les Bi-hémisphères ne font jamais attention et, si on ne reste pas trop longtemps, les Béotiens ne nous repéreront pas.

— D'où tu viens ? Je veux dire, où vivais-tu avant d'arriver au Dôme ?

— Tu as le chic pour passer du coq-à-l'âne petit monstre. Ce ne sont pas tes affaires. Reprenons sur le Beffroi. Tu ne verras jamais personne en sortir ou y entrer, les accès se font par les sous-sols même si les portes du rez-de-chaussée sont fonctionelles. Ici les Béotiens ont créé une sorte de copie du Dôme de ce qu'on sait. D'après nos informations, le bureau de Melaine se trouve tout au sommet du Beffroi, sans doute pour flatter son ego surdimensionné.

— D'où vous tenez ces informations ?

— Missions d'infiltration, capture et fouille des esprits par les Chroniqueurs.

*

Dorian entre dans le bureau de Melaine, suivi par plusieurs Traqueurs. Le chef des Béotiens est assis à son bureau et lit une pile de dossiers de nouvelles recrues.

— Pardon de faire irruption ainsi Melaine.

— Aucun problème Dorian. Tout va bien ?

— Des Hémisphèriens sont présents sur l'esplanade.

— Oh, combien ?

— Cinq. Ils sont posés à la terrasse d'un café. Dave est présent.

— Dave ? Attends, tu m'as dit cinq personnes…

Melaine se lève et se tourne face à la baie vitrée, il localise en contrebas la terrasse. Il pousse alors son HEMI jusqu'aux tables et passe de cœur en cœur : un, deux, trois, quatre, cinq, six…

— Enfin !

L'homme ramène son HEMI jusqu'à lui et reprend ses esprits.

— C'est elle ! Les Traqueurs auraient dû la sentir plus tôt ! Ils sont six pas cinq, elle est camouflée par un Illusionniste. Elle doit être en face du Traqueur qui est seul.

— D'après nos Traqueurs, il s'agit d'un Architecte et non d'un Pisteur.

— Un Architecte parmi les Traqueurs ? Intéressant… Envoyez des hommes entourer le Dôme, qu'ils ne puissent pas y retourner et amenez-les-moi ! Tous !

*

En un éclair, Dave se lève et Riley laisse tomber son Illusion. Dave attrape violemment Siobhan par le bras :

— Il n'y a plus de Traqueurs sur l'esplanade, plus d'Inquisiteurs… Ils nous ont repérés, on s'en va ! Maintenant !

Le groupe se lève et prend la direction du métro, sauf que, cette fois, il bifurque entre les buildings. Peu à peu, Dave se met à courir et les autres suivent le mouvement.

— Continuez de courir et bougez-vous le cul, ils sont derrière ! Riley accélère !

— Je fais ce que je peux ! On rentre au Dôme ?

— Non ! Ils nous y attendent. On se sépare ! Diane avec Riley, Gabriel avec Anton, Siobhan tu restes avec moi ! On se retrouve là où on devait dormir. Allez !

Siobhan jette un regard à Gabriel mais il a déjà disparu à l'angle d'une rue et s'éloigne en courant, Anton à ses côtés. Le temps de tourner la tête dans l'autre sens et Diane et Riley ont disparu. Elle se retrouve maintenant seule à courir derrière Dave. Le Traqueur la fait pénétrer dans un immeuble et ressortir de l'autre côté. Siobhan voudrait se retourner mais elle n'ose pas le faire. Pas besoin, un Traqueur Béotien surgit de derrière un immeuble et bondit vers eux. Siobhan n'a pas le temps de ralentir que Dave attrape la nuque de l'homme et y plante un couteau de chasse sorti de nulle part. L'homme tombe raide mort.

— Ne t'arrête pas !

Siobhan perd ses talons dans la course, il lui semble que ses poumons vont exploser, elle commence à fatiguer. Elle comprend mieux les séances de sport imposées par Gabriel et se maudit de ne pas avoir couru davantage. Les deux Hémisphèriens traversent maintenant une galerie marchande. Difficile de se frayer un chemin à travers les badauds venus faire du shopping. Mais la peur donne des ailes à la jeune femme et les larges épaules de Dave devant elle font une trouée dans la foule. Ils passent une porte accès interdit et se retrouvent dans les couloirs de service du centre commercial. Un homme saute alors sur Siobhan, la jetant au sol. Dave se dresse et frappe l'agresseur au visage une fois, deux fois et plante son long couteau, éviscérant le Béotien. Il attrape Siobhan par le bras et la relève, tandis que des bruits de pas se font entendre derrière eux.

— Allez, on ne s'arrête pas !

Siobhan est sonnée, sa tête a cogné fort contre le sol, mais elle suit tant bien que mal Dave qui reste à son niveau. Ils passent les couloirs et ressortent au milieu de la ville. Les pieds de Siobhan sont écorchés d'avoir couru pieds nus sur l'asphalte et les pavés. Dave arrête un taxi et passe côté conducteur pour Pister le chauffeur. Ce n'est qu'une fois qu'il est certain qu'il ne s'agit que d'un Bi-hémisphère qu'il fait signe à Siobhan de monter à l'arrière avant de s'installer près d'elle.

— Roulez tout droit vers l'autoroute puis déposez-nous à la vingt-huitième aire de jeux. Je paie d'avance.

Dave tend une liasse de billets au chauffeur qui prend l'argent sans poser de question. La tension retombe peu à peu et Siobhan essaye tant bien que mal de reprendre son souffle. Dave ne cesse de regarder autour d'eux les voitures qui les doublent. Au fur et à mesure des kilomètres, le décor de la capitale s'efface et la banlieue se dessine, puis la campagne. Le taxi prend la sortie d'une aire de repos, dépose les deux Hémisphèriens, puis repart. L'aire est très vide, Siobhan regarde autour d'elle et pose la question qui l'angoisse à Dave.

— Tu vois des Béotiens ?

— Non, que des Bi-hémisphères. Allez viens, il ne faut pas rester ici !

Dave mène Siobhan au plus loin de l'autoroute où se dresse une forêt épaisse. Le jeune homme passe dans un trou à travers le grillage, le Canalyseur le suit. Les deux équipiers contournent la forêt pour mieux s'y enfoncer une centaine de mètres plus loin. Siobhan manque de crier de douleur en marchant, pieds nus, sur du bois sec qui lui coupe la peau. Dave le remarque et retire ses chaussettes qu'il tend à Siobhan avant de remettre ses chaussures de ville. La jeune femme remercie Dave et les enfile. Ce n'est pas parfait mais le sol lui semble bien moins douloureux. La forêt est dense, un vrai labyrinthe, mais Dave semble la connaître par cœur.

Les deux fugitifs marchent deux heures durant au milieu des feuillages et des fougères lorsque Dave écarte un buisson camouflant l'entrée d'un tunnel souterrain.

— Allez, viens, on est arrivés.

Le tunnel est suffisamment haut pour qu'on puisse y tenir debout, il est creusé à même la terre et il donne suite à une salle que Siobhan pense être une sorte de bunker. Diane et Riley sont assis autour d'une petite table sommaire, et se relèvent à la vue de leurs collègues. Diane se redresse la première.

— Vous êtes enfin là ! Rien de cassé ?

— Non, Siobhan a juste pris un coup sur la tête, donne-lui de la glace, Riley ! Et vous ? Diane, tout s'est bien passé ?

— Oui, on a eu de la chance, les Traqueurs et l'Inquisiteur qu'on avait au cul étaient des novices. En utilisant nos deux HEMI, ils n'ont plus rien compris, on a pu prendre une voiture rapidement.

— Combien d'abattus ?

— Deux.

— Des nouvelles d'Anton et de Gabriel ?

— Pas pour le moment…

— OK, ils devraient être là dans les trois heures maximum. Mangeons quelque chose. Siobhan assieds-toi, ne reste pas comme ça debout avec la poche de glace sur la tête. Riley, on a quoi ?

— Alors, voyons voir… Des biscuits, de l'eau, et des boîtes de haricots.

— Va pour les haricots !

*

— Où est-elle ?

Melaine tourne le dos à Harper, le chef de ses Traqueurs. Il scrute la ville.

— Où est mon Canalyseur ?

— Nous l'avons perdue, je suis désolée.

— Combien de nos frères disparus ?

— Dix.

— Ils n'étaient que six.

— Ils avaient un Canalyseur.

— Mais un Canalyseur qui n'a pas agi ! Sinon les pertes auraient été plus grandes ! Avez-vous envoyé les plus jeunes ? Bien sûr que oui, vous avez eu peur ! La prochaine fois, Harper, tu seras en première ligne et tu me ramèneras Siobhan… Dans le cas contraire, je me verrai dans l'obligation de reconsidérer ton rôle au Beffroi. Tu comprends ? Cette Siobhan est le meilleur moyen de sauver le plus grand nombre de nos frères. C'est mon souhait le plus cher de sauver mes frères. Et pour cela j'ai besoin de toute ta force, de tout ton courage.

— Je comprends Melaine. Je m'excuse d'avoir échoué, cela ne se reproduira plus.

— Espérons-le, Harper ! Fais en sorte que nos frères partent avec les honneurs.

Harper salue son supérieur et quitte le bureau de verre. Une fois seul, Melaine laisse son HEMI exprimer toute sa frustration, il moissonnera plus de vies ce jour-là que tout au long de la semaine.

*

Riley commence à être inquiet et ose briser le silence du bunker en direction de Dave :

— Combien de temps ?

— Ils vont arriver !

— Combien de temps ?

— Deux heures ! Tu commences à me casser les burnes ! Ferme-la et essaye de te reposer.

Le silence retombe et Siobhan se roule en boule sur un lit de camp posé au sol. Mais le sommeil ne vient pas, son inquiétude est trop grande. Elle a bien conscience qu'Anton et Gabriel pourraient ne pas revenir. Perdre son Guide maintenant serait une catastrophe. Son intégration au sein du Dôme dépend en grande partie de Gabriel, elle le sait. Le temps passe et, au bout de quarante-cinq minutes, des bruits dans le tunnel se font entendre. Dave se redresse à la vitesse de la lumière et attrape son couteau avant de se placer face à l'entrée du tunnel.

— Anton ? Gabriel ?

— C'est bien nous. Baisse ton couteau !

Gabriel et Anton apparaissent couverts de sang de la tête aux pieds. Ils ne semblent pas blessés mais plutôt exténués.

Siobhan aurait souri si la vision de ses compagnons couverts de chair et de sang ne l'effrayait pas tant. Gabriel attrape un drap sur le lit et s'essuie le visage :

— C'était chaud ! Tout va bien Siobhan ?

— Je vais bien. Et vous ?

— Nous, ça va très bien, ceux que Anton a littéralement fait exploser vont sans doute moins bien. Mais ils font un excellent maquillage de camouflage en forêt !

Anton est resté près de l'entrée sans bouger, il se lèche les lèvres où le sang des Béotiens tués a coagulé. Un frisson parcourt la colonne de Siobhan.

— Je déteste les Inquisiteurs mais je dois bien avouer qu'ils sont d'une efficacité remarquable en cas de pépin. C'est quoi cette poche de glace ?

— Rien du tout.

— Un Béotien lui a sauté dessus, ses tripes respirent pour lui aujourd'hui. Lavez-vous, vous allez en mettre partout. Nous fermerons le bunker pour le reste de la journée.

Siobhan se lève pour aider Gabriel à retirer, à l'aide de serviettes-éponges, un maximum de sang. En le nettoyant, elle remarque plusieurs entailles peu profondes sur le bras gauche de son Guide. Une fois le jeune homme débarbouillé, elle lui pose quelques pansements et lui passe un tee-shirt trouvé dans une malle du bunker. Gabriel ne la remercie pas, il se contente de soulever les cheveux de la jeune femme pour regarder la bosse qui a poussé sur sa tête.

— Tu n'as pas la tête qui tourne ?

— Non.

— Des difficultés à supporter la lumière ?

— Non.

— Tu n'as pas vomi ?

— Non plus… aïe !

— Mais tu as mal.

La douceur du sucre s'infiltre lentement dans la gorge de Siobhan, le Souffle de Gabriel fait disparaître peu à peu la douleur de son crâne.

— Merci.

— Ne me remercie pas. Je veux être sûr que tu n'iras pas rendre ton petit déjeuner au milieu du bunker. Riley, tu fais la gueule ?

— C'est bon Gabriel, lâche-moi.

— Je croyais que le plus grand Illusionniste du monde était prêt à affronter les Béotiens ?

— Fous-lui la paix Gabriel !

— C'est bon Diane, je le taquine.

Dave pousse une porte en métal et ferme le bunker pour la journée et la nuit. Et encore une fois Siobhan se retrouve cachée.

C'est incroyable ce besoin de vivre sous terre.

Si tu n'apprends pas rapidement à Projeter, tu vas rester sous terre dans une jolie boite…

Chapitre 11

Siobhan se réveille la première. Elle constate que la température est descendue très bas au vu de la vapeur d'eau qui sort de sa bouche. Mais elle n'a pas froid, elle se rend alors compte que des bras l'entourent, la protégeant de la fraîcheur. Couchée sur le côté, son visage est enfoui contre le torse de Gabriel qui dort toujours. Elle ne peut voir les autres Hémisphèriens mais elle entend clairement quelques souffles et ronflements d'endormis. Les draps sur lesquels Gabriel et Siobhan dorment sont tachés du sang des Béotiens que Siobhan n'a pas pu enlever de Gabriel. La chaleur du jeune homme a quelque chose de rassurant. Siobhan somnole encore quand Gabriel ouvre difficilement les yeux. Elle relève la tête vers lui tout en restant couchée, elle se met à chuchoter.

— Tout le monde dort encore.

— Ils ont bien de la chance. Rendors-toi.

— Je croyais que tu devais dormir assis près de la porte avec Dave ?

— Tu tremblais comme une feuille en dormant… Allez, rendors-toi.

Le jeune homme referme les yeux et, sentant la température de la jeune femme baisser de nouveau, il resserre son étreinte autour d'elle. Siobhan replonge dans le sommeil, elle ne se réveille que deux heures plus tard sous les injonctions de Diane.

— Hé, debout ! Réveille-toi !

Siobhan rouvre les yeux et Diane est au-dessus d'elle, en train de la secouer. Gabriel n'est plus là. Siobhan se demande si elle a rêvé avoir dormi dans la chaleur de son Guide. Elle se redresse, le dos raide d'avoir dormi sur le lit de camp.

— Quelle heure est-il ?

— Il est bientôt onze heures. Gabriel et Riley se sont levés tôt et sont partis nous chercher de quoi manger dans la ville la plus proche. Je crois que Dave fait un brin de toilette à l'extérieur. Lève-toi, tu as trop dormi !

Le Canalyseur se lève, encore gelée. Elle décide de sortir pour profiter de la chaleur du soleil. Une fois dehors, elle se rend compte que la forêt qui les entoure est sublime. Hier, aveuglée par l'horreur et la peur, elle n'avait pas vu à quel point ce lieu était reposant. La lumière du soleil qui passe entre les feuilles des arbres et le chant des oiseaux lui semblent sortir d'un rêve.

Un bruit d'eau sort Siobhan de sa contemplation, elle se retourne et entrevoit Dave en train de plonger son visage dans un ruisseau. Siobhan s'approche sans bruit pour le saluer, mais elle s'arrête à la vue du corps nu de Dave. Elle porte la main à sa bouche en apercevant des centaines de cicatrices, de brûlures et de marques de points de suture. Jamais elle n'avait vu un corps sur lequel les combats et la violence avaient laissé tant de traces. Une branche craque sous le pied nu de Siobhan et Dave se retourne. Il ne semble pas rougir de se présenter en tenue d'Adam. Siobhan, elle, se retourne, gênée.

— Bonjour Siobhan. N'as-tu jamais vu un homme nu ? Ne fais donc pas tant de manières ma jolie Canalyseur. C'est ainsi que ça fonctionne chez les Hémisphèriens. Pas de pudeur c'est une perte d'énergie. Un corps n'est qu'un corps, ce qui nous rend beaux, ce sont nos HEMI. Me voilà propre et sec. Fais un brin de toilette !

Dave se rhabille et laisse Siobhan seule près de la rivière. La jeune femme hésite un petit moment et décide de se laver sans ôter ses vêtements de peur que Dave revienne. L'eau est glacée mais, au moins, cette toilette de chat la réveille. Une fois propre, elle décide de s'asseoir un moment pour profiter du décor. Mais cet instant solitaire ne dure pas, la voix joyeuse de Riley résonne à ses oreilles :

— Salut Siobhan ! Bien dormi ?

— Salut Riley, bonjour Gabriel !

— Comment te sens-tu ce matin ?

— Gelée et raide.

— C'est sans doute à cause du lit.

— Oui, sans doute. Et toi, tu as bien dormi ?

— Comme un bébé.

— Et toi Gabriel ?

— J'ai très bien dormi, merci.

Gabriel affiche un de ses élégants sourires en coin. Siobhan détourne le regard et se fixe sur la rivière. La fluidité de l'eau qui coule semble rendre la journée de la veille totalement irréelle.

— On fait quoi maintenant Gabriel ? Les choses sont plus compliquées que prévu…

— Maintenant ? On va manger, allez viens !

Siobhan suit ses deux équipiers pour retourner se terrer dans le bunker. Diane a replié les lits de camp, Anton est en train de brûler son manteau taché de sang dans le gros poêle et Dave affûte son couteau de chasse. À leur arrivée, il jette un regard mauvais à Gabriel. Siobhan se demande si leur serment de Traqueurs les empêchera de s'entretuer.

Pas si sûr…

Tout le monde mange en silence, on n'entend que le bruit du pain qui se déchire sous les mouvements de mastication. La tension est palpable, Dave et Gabriel semblent perdus dans leurs pensées, ils se tiennent chacun à un bout du bunker, les yeux dans le vide.

Riley et son entrain ne peuvent supporter un silence si long :

— Bon, on rentre comment ? Dave, c'est quoi ton plan ?

— On part d'ici deux heures, on coupe à travers bois et champs jusqu'au village le plus proche, on rejoint la petite gare et on prend le premier train. On trouve un hôtel en banlieue pour passer la nuit. Le lendemain, on pénètre la capitale et on rentre au Dôme.

— Comment on va rentrer ? Il doit y avoir des dizaines de Béotiens tout autour !

— On n'a pas vraiment le choix. On fonce dans le tas ! Anton, combien d'hommes en même temps peux-tu affronter ?

— Une quinzaine je dirais.

— C'est très bien…

Gabriel regarde toujours dans le vide et ne peut s'empêcher de répliquer :

— Ce ne sera malheureusement pas suffisant.

— Ce n'est pas comme si on avait le choix !

— Si nous fonçons droit sur les troupes de Melaine autant s'allonger sur l'autoroute et attendre, ce sera sans doute plus rapide et plus propre comme façon de mourir !

— Tu as une autre idée ?

— Oui j'en ai une…

Gabriel a enfin tourné les yeux vers Dave, son regard est dur et déterminé. Quelques secondes passent avant que Gabriel crache le morceau :

— Il y a une autre entrée au Dôme. Je l'ai découverte il y a longtemps, je n'étais qu'un gamin à cette époque. Elle doit toujours être utilisable et est suffisamment éloignée de l'entrée principale pour que nous ayons des chances d'échapper à Melaine. Dave sait de quoi je parle, il doit bien se souvenir de l'endroit lui aussi…

La stupeur avait gagné les Hémisphèriens, les visages allaient et venaient tantôt vers Dave tantôt vers Gabriel.

— Ferme-la, Gabriel !

— C'est le seul moyen de rentrer Dave !

— Ferme-la, je te dis !

— Si on passe par l'entrée principale, on va se faire tuer !

— Nous sommes des Traqueurs c'est le risque que nous courons chaque jour ! Parfois, il faut faire des choix difficiles !

— Ils la prendront, je ne le permettrai pas ! Encore une vie innocente que tu veux livrer ?!

— C'est un Canalyseur je te le rappelle ! Je la sacrifierai s'il le faut…

Sans même que les autres aient le temps de réagir, Gabriel avait abattu son poing sur le nez de Dave et frappait encore et encore jusqu'à ce que Dave le repousse d'un coup de genou. Gabriel bascule en arrière et Dave s'empare de son couteau de chasse. Soudain, les deux hommes arrêtent de bouger. Siobhan ne comprend pas avant que Dave ne se mette à crier :

— Diane, ne te mêle pas de ça ! Rends-moi la vue ! Diane, je suis ton supérieur, je t'ordonne de me rendre la vue !

— Désolée, mais non ! Tant que vous ne serez pas calmés. Le but est de rentrer au Dôme et de mettre le Canalyseur hors d'atteinte, et vos conneries ne font que nous ralentir davantage. Merde… Siobhan !

Le décor se redessine peu à peu pour les deux Traqueurs. Diane est figée sur place et Riley est penché au-dessus de Siobhan qui vomit tripes et boyaux en se tenant la tête. Gabriel se relève et vient se placer au-dessus d'elle pour lui tenir les cheveux :

— Je suis désolé Siobhan… Ce sont nos émotions négatives qui ont cet effet sur elle. Pour ne pas souffrir comme ça, il faudrait qu'elle Projette, ce qu'elle ne sait pas faire pour le moment. Alors le corps souffre de la trop grande quantité d'énergie que doit contenir son HEMI. En tout cas, c'est la théorie de Jimbo. Écoutez, il y a bien longtemps, Dave et moi avons trouvé un autre passage qui mène aux Catacombes. Je pense que nous pouvons passer par là. On n'a pas le choix, Dave, il faut refaire équipe.

— Juste cette fois ?

— Bien sûr juste cette fois !

Le grand Traqueur semble hésiter puis se résigne dans un soupir.

— Bon, eh bien on va dans la partie ouest de la capitale. Là, dans un tunnel, il y a une entrée. Une fois à l'interieur, c'est un vrai labyrinthe mais nous l'avions marqué à l'époque. Nous avons à peu près deux heures de marche dans les tunnels des carrières et les ossuaires. On pourra rejoindre la partie autorisée des Catacombes et ainsi retrouver l'entrée du Dôme. On part dans une heure, Siobhan il y a des chaussures dans la malle noire, prends une paire ! Riley, cherche des torches, il doit y en avoir.

Et comme Dave l'avait décidé, une heure plus tard, le groupe d'Hémisphèriens était en chemin et marchait à travers champs le long des routes agricoles. Le ciel s'était couvert d'un fin voile de nuages et la température avait quelque peu baissé. La fatigue et l'inquiétude se lisaient sur les visages, cette inquiétude grandit à l'approche du village. Diane étant celle dont le visage et la tenue étaient les moins marqués par les événements de la veille, ce fut elle qui passa au guichet acheter les six billets. Après trois heures d'attente interminables, le train arrive en gare et l'équipe monte dans le wagon le plus vide. Au bout de trois quarts d'heure Dave donne le signal pour descendre.

— Descendons maintenant, avant la grande gare, c'est plus sûr.

Les six mettent pied à quai et continuent leur marche au milieu de la proche banlieue de la capitale.

Ils bifurquent le long d'une voie de chemin de fer, *a priori* plus utilisée depuis longtemps. Dave se retourne un instant vers Gabriel, comme pour demander confirmation, avant de s'introduire dans un tunnel toujours en suivant la voie ferrée. Siobhan se met à chuchoter :

— Il y a bien longtemps, Dave et toi, vous avez trouvé un passage ?

— Hum hum… Dave et moi étions amis, dans ce qui me semble parfois être une autre vie…

— Qu'est-ce qui a fait que ce n'est plus le cas ?

La voix de Dave résonne dans le tunnel :

— La ferme tous les deux ! On y est.

Siobhan a beau regarder, elle ne voit rien qui ressemble à une entrée, ou à un passage. Gabriel vient alors aider Dave à ouvrir une porte de service du réseau de transport. Derrière cette porte, des câbles, des éléments métalliques et une plaque d'égout, les Hémisphèriens s'y engouffrent. L'odeur qui remonte le long de l'échelle est nauséabonde, et plus ils descendent, plus elle est forte. Arrivés en bas, les six équipiers allument leurs lampes torches.

— Allez, on continue jusqu'à l'entrée de la capitale et on descendra plus profondément. C'est bien ça Gabriel ?

L'Architecte acquiesce sans un mot. Plus la distance qui les sépare de la ville diminue plus la tension est palpable. Une fois à l'entrée de la capitale, Siobhan se rend compte que les numéros des maisons et les rues sont indiqués sur les murs. Ils passent à travers une autre plaque et, cette fois, la descente se fait plus longue. Quand ils posent pied à terre, les murs du couloir qui s'étendent devant eux sont taillés dans la roche.

— On y est, maintenant il faut avancer, et vite. On ne regarde pas en arrière. S'il y a des questions c'est maintenant. Riley ?

— Des chances de tomber sur du monde ?

— Non, seulement des Cataphiles. Ils ne sont pas dangereux, ce sont des Bi-hémisphères. D'autres questions ?

Le silence général se fait de nouveau. On n'entend que le bruit des gouttes d'eau qui tombent au sol et résonnent dans le tunnel caverneux. Ils avancent, se faufilent, se glissent dans les trous juste assez grands pour eux. Dave et ses épaules imposantes rencontrent plus de difficultés que les autres mais, heureusement, son self-control et son excellente capacité physique compensent. Aussi profondément sous terre, Siobhan se sent en sécurité, une montée de stress la gagne tout de même lorsqu'il est question de ramper dans un tunnel dont le sol est recouvert de tibias humains. Mais elle se concentre sur ses camarades qui rampent à ses côtés. Siobhan ignore combien de temps s'est écoulé au moment où ils arrivent à un mur dans lequel une porte en métal est dressée. Dave et Anton ouvrent la lourde porte qui vient frotter le sol en pierre. Les six Hémisphèriens se précipitent dans le couloir suivant et Dave élève la voix dans ce silence :

— Riley, cache-nous ! Maintenant !

Le jeune homme s'exécute. À cet instant, des touristes et leur guide apparaissent devant eux. Siobhan comprend alors qu'ils viennent d'atteindre la partie autorisée des Catacombes et que le Dôme n'est donc plus très loin. Ils remontent un peu le trajet des visites et s'arrêtent face à un mur banal. Siobhan interroge Gabriel du regard et celui-ci lui dit :

— C'est l'entrée du Dôme ?

— Oui, vu de ce côté, il n'y a rien.

— Comment être certain que c'est ici ?

— Regarde au plafond, c'est petit mais c'est visible.

Siobhan suit la directive de son Guide : dans le plafond de pierre, un tout petit arbre est gravé. Les racines et les branches du petit arbre se mélangent et s'entremêlent pour former un cercle autour de ce dernier. Elle se souvient soudain d'une de ses discussions avec Gabriel et s'apprête à répondre quand Dave la coupe :

— Yggdrasil, l'arbre monde…

— Allez, on rentre.

Les six Hémisphèriens passent le portail et se retrouvent immédiatement encerclés par l'équipe de surveillance. Les Traqueurs surveillants Pistent chacun d'entre eux avant de les laisser passer. C'est en montant dans l'ascenseur que Siobhan sent la pression se relâcher. Maintenant elle est en sécurité, en tout cas plus qu'il y a une heure. Mais la jeune femme se rend alors compte qu'elle est la seule à s'être détendue.

— Où allons-nous Gabriel ?

— Palier Deux. Nous devons expliquer la situation à Paul. Il est déjà au courant que le Dôme est encerclé, ce qu'il ignore, c'est pourquoi. À nous de lui faire un rapport des événements de ces dernières quarante-huit heures.

Les portes de l'ascenseur s'ouvrent et le groupe en sort. Ils franchissent la porte centrale du Palier des Pisteurs et frappent à celle du bureau de Paul.

— Entrez !

Dave pousse la porte tandis que ses compagnons le suivent.

— Vous voilà ! Nous étions inquiets, les Béotiens sont partout autour du Dôme. Tout le monde est sauf et Siobhan est toujours là. Bien, c'est très bien. Dave, fais-moi ton rapport !

— Nous sommes allés voir le Beffroi. Malgré l'Illusion de Riley, les Traqueurs de Melaine nous ont repérés. Nous avons fui, séparés en trois groupes et nous nous sommes retrouvés plus tard au Terrier numéro dix-sept. Nous y avons passé la nuit et nous sommes partis à l'aube.

— Comment êtes-vous rentrés dans le Dôme ?

— Paul, sans te manquer de respect, j'ai peur que les Béotiens ne tiennent plus longtemps à l'extérieur.

Le temps qui nous sépare de leur intrusion devient de plus en plus court.

— Tu as raison Dave. Riley, amène Siobhan au Palier Sept ! Vous autres, vous savez quoi faire.

Les six Hémisphèriens sortent du bureau de Paul et se séparent en deux groupes. Avant de monter dans l'ascenseur avec Riley, Siobhan se tourne vers son Guide :

— Gabriel ? Où allez-vous ? Gabriel réponds-moi !

Le jeune homme regarde le Canalyseur et lui donne un semblant de réponse juste avant que les portes ne se referment :

— Dis à Jimbo de préparer ses brancards !

*

Harper se tient droite, les bras dans le dos, la tête bien haute tandis que Melaine, assis derrière son bureau, la regarde sans un mot. La belle Traqueuse ne bouge pas tandis qu'un long filet de sang coule le long de sa jambe et que son chemisier déchiré laisse entrevoir une plaie très large. La douleur la fait transpirer à grosses gouttes, mais Harper est bien entraînée et elle n'en est pas à sa première blessure. De longues minutes s'écoulent jusqu'à ce que Melaine s'adresse à la jeune femme :

— Je t'écoute, Harper.

— Plusieurs troupes balayaient la capitale, nous avions également posté des hommes à ses portes. Le Dôme était encerclé, nous y avions placé cent quatre

Traqueurs, cinquante Inquisiteurs, quarante Chroniqueurs, vingt Brouilleurs, quinze Illusionnistes, dix Missionnaires et dix Physionomes. Nous avons veillé une nuit et une journée, à la tombée de la nuit nous avons été surpris. En une seconde, une vingtaine d'Illusionnistes Hémisphèriens sont sortis de l'intérieur du Dôme et nous ont tous camouflés aux yeux des Bi-hémisphères. Dave est ensuite arrivé avec ses Traqueurs, nous ne nous attendions pas à ça, nous ne comprenons pas comment il a pu pénétrer le Dôme. Le nombre des Traqueurs Hémisphèriens était équivalent au nôtre, le nombre d'Inquisiteurs inférieur mais il y avait bien plus de Brouilleurs. Je dirais une cinquantaine. Nous étions surpris et aveuglés. Dave a fondu sur nous avec toute la violence et la rage qu'on lui connaît, en commençant par nos Brouilleurs. Nos frères se sont battus avec force et courage, même sourds et aveugles, ils ont fait des victimes dans les rangs adverses. Je dois quand même te notifier qu'un des Traqueurs nous a posé quelques difficultés auxquelles nous ne sommes pas habitués. Un Architecte, celui qui accompagnait le Canalyseur. Et pour cause, sous l'influence de son HEMI les Hémisphèriens ne ressentaient pas les douleurs de leurs blessures, et certains de nos Inquisiteurs ont été mis en fuite par un Souffle de terreur. Les Hémisphèriens ont perdu vingt des leurs et, au vu de la quantité de blessés, le nombre de morts doit être plus important à l'heure où nous parlons. Le Canalyseur n'a pas participé à la bataille, nous ne l'avons pas vue.

Melaine ne dit pas un mot. Il se lève et s'approche d'Harper d'un pas lent et léger tandis que son HEMI le démange. Il écarte le chemisier de la jeune femme pour discerner sa blessure, et, lentement, il y plonge deux doigts. Harper retient un cri, mais ne bouge pas alors que Melaine fouille dans ses côtes. Le sang coule de plus en plus abondamment jusqu'à ce que l'Inquisiteur enlève sa main, avec, entre les doigts, un morceau de lame.

— Combien pour nous ?

— Trente morts pour le moment, dix blessés graves, vingt blessés légers.

— Hum. Va te faire soigner Harper, ce sera tout pour le moment.

La femme quitte la pièce, laissant Melaine seul. Une fois qu'elle a disparu, l'Inquisiteur se rassied à son bureau et se saisit d'une pile de dossiers. Il en prend un et se plonge dedans, le lisant de long en large. Il le feuillette, revient en arrière et en sort une photographie prise avec un objectif longue vue. Un sourire carnassier s'installe sur le visage de Melaine.

— Gabriel…

*

Siobhan ayant fini de répartir les blessés dans les chambres de repos, elle retourne en salle d'examen. Elle frappe à la porte. Lila se tient près de la table en inox sur laquelle Gabriel est allongé pendant que

Jimbo lui recoud une cinquième blessure. En la voyant, l'Architecte l'interpelle :

— Tu as raté quelque chose petit monstre ! Cette bataille, c'était quelque chose ! Lila, tu peux rester concentrée s'il te plaît ?

— Désolée Gabriel ! Ne reste pas à la porte Siobhan, entre.

La jeune femme obéit à la jolie Architecte et se rapproche de ses amis. Jimbo a le visage dur et fermé. Voir celui qu'il considère comme son fils sur sa table de soin est un choc pour lui, même si ses blessures peuvent être soignées facilement.

— Alors petit monstre qu'as-tu pensé de ta première sortie en tant qu'Hémisphèrien ? Plutôt excitant non ?

— Ce ne sont pas les mots que j'emploierais…

— Jimbo, combien ?

— Trente-neuf…

Le silence retombe dans la salle alors que Jimbo achève sa suture sur le visage de Gabriel.

— Va te reposer maintenant.

— N'as-tu pas besoin d'un coup de main pour soulager les blessés ?

— J'ai suffisamment d'Architectes disponibles pour cela. Et puis Lila est avec moi. Va dormir. Siobhan tu veux bien l'accompagner jusqu'à son Alcôve ?

— Bien sûr Jimbo.

Gabriel se lève, non sans adresser un regard à ses amis, et quitte le Palier Sept en boitant, suivi par Siobhan.

— C'est plutôt ridicule comme situation petit monstre, c'est toi qui raccompagnes ton Guide. Ma fierté en prend un coup, crois-moi. Heureusement, Jimbo est un artiste, d'ici deux semaines il n'y paraîtra plus. Riley est parti se coucher ?

— Non, il s'est installé en salle commune. Comment vont les autres ?

— Diane n'a pas été touchée. Anton a été installé dans une des salles de réveil, il a pris un sacré coup sur la tête !

— Et Dave ?

— Dave… Il est balafré de partout mais rien de très nouveau. Il a l'habitude de prendre des coups, il n'a pas gagné cette gueule cassée à la loterie.

Gabriel stoppe Siobhan devant une des portes du Palier Six et elle lui ouvre l'Alcôve. Il rentre tandis qu'elle s'éloigne dans le couloir.

— Je peux savoir où tu vas ?

— Je vais dormir.

— Et depuis quand je ne te surveille pas ? Viens ici tout de suite. Tu ne te débarrasseras pas de moi aussi facilement petit monstre. Même blessé je me dois de veiller sur toi.

Siobhan remonte le couloir et pénètre dans l'Alcôve, elle la reconnaît immédiatement. Cette pièce recouverte de morceaux de papiers sombres est celle dans laquelle Gabriel l'a emmenée lors de la précédente attaque des Béotiens envers le Dôme. Gabriel ferme la porte derrière eux et s'installe sur son lit.

— Aide-moi, à retirer ce qu'il reste de ma chemise, petit monstre.

Siobhan s'approche de son Guide et enlève délicatement les lambeaux de tissu qui restent sur lui. Puis elle le pousse délicatement de façon à ce qu'il s'allonge sous la couverture. Siobhan se dirige ensuite vers le bureau et se pose sur la chaise, elle sent que le sommeil l'appelle de façon irrésistible. La pièce est véritablement très sombre.

— Gabriel ?

— Hum ?

— Pourquoi avoir recouvert les murs ?

— Je ne supporte pas tout ce blanc. Le monde n'est pas blanc, rien n'est aussi pur à mes yeux. Je dois bien avouer que de nombreux frères désapprouvent, Jimbo le premier.

— Jimbo t'aime énormément.

— Il a été comme un père pour moi.

— Et Dave, tu n'as pas répondu tout à l'heure. Pourquoi votre amitié s'est-elle finie ?

— Ce ne sont pas tes affaires, petit monstre ! Tu ferais mieux de t'occuper de ce qui te regarde au risque que je m'énerve.

— Je suis désolée. Je ne te demanderai plus rien de cette histoire.

Siobhan baisse la tête et commence instantanément à s'endormir. Mais la voix forte et autoritaire de Gabriel la réveille.

— Tu comptes rester là le reste de la nuit ? Tu as besoin d'un véritable repos. Viens, je ne vais pas te bouffer ! Change-toi, prends un tee-shirt dans la salle d'eau.

Siobhan hésite un instant et se lève, trop attirée par l'envie de faire une nuit correcte. Elle se change selon les ordres de Gabriel et se sent soulagée de se débarrasser de son tailleur. Lorsqu'elle revient dans la chambre, Gabriel s'est décalé sur la droite du lit, lui laissant suffisamment de place pour se coucher. C'est non sans gêne qu'elle se glisse sous la couette. Immédiatement, la chaleur de Gabriel l'envahit et le réveil dans le bunker, qu'elle sait maintenant être un « Terrier », lui revient en mémoire. La lumière baisse seule dans la pièce. Siobhan ne le remarque même pas, elle ne sent que le moelleux du matelas et la douceur des draps. Gabriel se retourne vers la gauche et tourne le dos à Siobhan, non sans une grimace de douleur. L'Architecte s'endort le premier, harassé de fatigue et de violence. Les images du combat se bousculent derrière ses paupières : les litres et les litres de sang, les corps sans vie, faces contre terre. Le visage d'une fillette de dix ans se dessine dans son esprit. Sentant son Guide s'agiter dans son sommeil, Siobhan se blottit dans son dos, passant sa main sur son bras et, peu à peu, le sommeil de Gabriel redevient calme et paisible.

Je ne m'attendais pas à ça…

Tu t'en es pas trop mal sortie finalement.

Oui, mais je ne suis d'aucune utilité !

Tu finiras par devenir indispensable.

Je l'espère bien. Je n'ai pas d'autre choix. Et puis je ne supporterais pas de perdre ceux qui veillent sur moi.

Ne sois pas stupide ! Tu n'es pas là pour te faire des amis. Tu es là pour apprendre !

Ils sont ma famille maintenant, c'est aussi à moi de les protéger. Je ne veux pas rester une charge pour eux.

Tu n'as pas de famille ! Dois-je te rappeler ce que tu es !

Non, je te remercie, j'en ai bien conscience !

Plutôt intéressante cette bagarre entre Gabriel et Dave, ne crois-tu pas ?

Terrifiante plutôt !

Il faut que tu découvres les raisons de leur haine réciproque, ça peut toujours servir !

Heureusement que Diane était là.

Puissant n'est-il pas : le pouvoir de ces Brouilleurs ? Il faudra s'en méfier.

Laisse-moi dormir maintenant, s'il te plaît !

Oui repose-toi, tes forces sont précieuses. Mais si tu pouvais te rapprocher davantage de Dave

que de cet avorton d'Architecte, cela arrangerait nos affaires. Il est trop faible, pour nous. Ce n'est pas entourée d'êtres comme lui que tu pourras devenir ce à quoi tu es destinée.

Destinée?

Tu es le Canalyseur que tous craignent. Quand le moment sera venu, tu les supprimeras tous.

Chut...

Chapitre 12

Gabriel est réveillé par le bruit de la douche qui coule. L'Architecte dont les muscles ont refroidi sent que son corps est meurtri de la bataille. Il se redresse avec beaucoup de difficulté dans son lit, la douche lui fera le plus grand bien. Gabriel reste ainsi quelques secondes à écouter le bruit blanc de l'eau et les mouvements du Canalyseur. Le jeune homme regarde en arrière, constatant qu'en quelques mois sa vie au Dôme a bien changé. Même en sachant qu'il Rapatriait un Canalyseur, jamais Gabriel n'aurait pu imaginer tout ce que ceci engendrerait, que ce soit pour lui, pour le Peson ou pour le Dôme. Au souvenir de cette nuit, Gabriel porte sa main à son nez. Il se remémore la poussée d'adrénaline que le Rapatriement de Siobhan lui avait fait ressentir. C'est cet instant que Siobhan choisit pour sortir de la salle d'eau vêtue de la tenue classique du Dôme, les cheveux nattés sur son épaule gauche. Au sommet de son front, une tache noir prune laisse deviner le bleu qui s'étend sous ses cheveux.

— Bonjour Gabriel.

— Déjà levée ?

— Je n'arrivais plus à dormir.

— Quelque chose te tracasse petit monstre ? Je veux dire, hormis le fait que tu sois la cause de mes emmerdes ?

— Je peux te demander quelque chose Gabriel ? C'est à propos de Peter.

— Vas-y, je ferai mon possible pour te répondre.

— Depuis combien de temps avait-il une relation en parallèle de notre mariage ?

— Depuis toujours en vérité, il s'autorisait quelques plaisirs avec différentes femmes. Mais pour la dernière avec qui il vit aujourd'hui, cela fait deux ans.

— Je n'ai rien vu…

— L'amour ça rend souvent con.

— Il aurait pu m'en parler, j'aurais compris, j'aurais accepté cela.

— Sérieusement ? Imagine une crise de jalousie, de frustration et de colère mélangée : boom ! Tu aurais sans doute Projeté et tué Peter. C'est un homme comblé aujourd'hui, reconnaissons que sa vie avec toi n'était pas des plus heureuses.

— Sans doute que non.

La jeune femme baisse la tête, Gabriel se mord nerveusement la lèvre.

— Allez petit monstre, aide-moi à sortir du lit !

— Je pense que tu devrais rester couché encore un peu, non ?

— Je ne t'ai pas demandé de penser, je t'ai demandé de m'aider à me relever. Une douche ne serait pas du luxe.

Siobhan avance pour aider son Guide. Elle le relève non sans difficulté et le conduit jusqu'à la salle de bains. Gabriel commence à ôter le pantalon qu'il a gardé pendant la nuit avant même que Siobhan ne soit sortie. Le discours de Dave sur la pudeur dans le Dôme se précise alors un peu plus au Canalyseur. Gabriel se place sous le jet, tournant le dos à la jeune femme.

— J'aurais besoin d'un coup de main. Habituellement, c'est un Praticien ou un Architecte qui aide les blessés à se laver pour ne pas qu'ils arrachent leurs sutures dans le dos. Mais vu que tu es là, que tu es la cause de tout cela et que tu n'as rien de mieux à faire…

— Euh… aucun problème.

— C'est amusant, ce rapport à la nudité chez les Bi-hémisphères et ceux qui les ont côtoyés trop longtemps.

Siobhan savonne le dos de son Guide en faisant attention aux nombreux points de suture et passe ses mains sur la peau boursouflée d'une cicatrice plus ancienne. Elle décide de changer de sujet pour dissiper son malaise.

— Cette cicatrice dans ton dos ? C'est quoi ?

— Souvenir de mon enfance. J'ai passé quelque temps dans un centre d'accueil, un foyer tenu par des bonnes sœurs. Je n'étais pas un gosse très sage et, sans que je comprenne pourquoi à l'époque, mon HEMI m'a causé des difficultés. Les sœurs ont commencé à se poser des questions, les croyances et le fanatisme n'ont jamais réussi aux Hémisphèriens. Un soir, j'avais dépassé les bornes en Soufflant inconsciemment sur la mère supérieure. À partir de là, elle a commencé à dire que j'avais le mal en moi. J'ai été mis à l'écart et, chaque soir, elle me demandait d'expier mes péchés. Comme je ne le faisais pas, la mère supérieure utilisait une branche de noisetier et me flagellait le dos. Elle avait la main sûre et sa rigueur était telle qu'elle frappait toujours au même endroit. La peau a lâché la première, ensuite ce fut la chair. En gros, mon Rapatriement était ce qui pouvait m'arriver de mieux. Retourne dans la chambre, petit monstre, tu n'as vraiment pas l'air à l'aise.

Siobhan se lève et rince ses mains pleines de mousse dans le lavabo avant de retourner dans la chambre. Ce n'est que quarante cinq minutes plus tard que le jeune homme ressort de la salle de bains, des bleus pleins le corps et le visage, des points de sutures à l'arcade et sur le corps. Une question vient à l'esprit de Siobhan :

— Quand as-tu appris à te battre au couteau ?

— J'ai commencé peu après mon arrivée au Dôme. Je m'entraînais en secret avec Dave dans l'espoir de devenir Traqueur. Bien sûr je ne me débrouille pas aussi bien que Dave. Maintenant que je suis Traqueur et que j'ai accès aux entraînements, je devrais améliorer tout ça.

— Je veux en être.

— Je te demande pardon ?

— Je veux apprendre à manier le couteau. Hier, ça aurait pu être utile…

— Je ne suis pas pour, petit monstre ! Donner un couteau à un flingue ça me paraît ridicule. Tu n'en as pas besoin.

— Alors je n'ai qu'à apprendre à Projeter. Tu m'encourages ?

— Oh que non ! Mais tu ferais plus de dégâts qu'avec une arme.

— Mais je ne sais pas Projeter ! S'il te plaît Gabriel, je ne veux pas rester un fardeau, une petite chose fragile.

— Je ne t'apprendrai pas, fin de la discussion !

Siobhan baisse la tête et la colère l'envahit. Les Parasites commencent à se heurter à son esprit, elle souffle un grand coup et se détend. Quand elle relève les yeux, elle voit que Gabriel la fixe avec méfiance un instant. Trois coups donnés à la porte interrompent cet instant suspendu. Gabriel enfile un tee-shirt et va ouvrir.

— Salut Lila !

— Bonjour Gabriel, comment vas-tu ce matin ?

— Tout va bien, un peu courbaturé mais ça va.

Lila pousse un peu plus la porte et se retrouve nez à nez avec Siobhan. Les joues des deux jeunes femmes s'empourprent.

— Bonjour Lila.

— Bonjour Siobhan… Allez venez manger un morceau, vous en avez besoin.

Les trois protagonistes prennent alors le chemin du réfectoire. En arrivant dans la salle, ils repèrent Jimbo et la petite Tia qui leur fait de grands signes depuis le fond. Gabriel se sert et son boitillement l'empêche de marcher avec son plateau. Sans dire un mot, Siobhan le lui prend des mains et l'encourage d'un regard à avancer. En arrivant à la table, Tia accueille tout le monde avec un baiser et une énorme accolade pour Gabriel :

— J'ai eu peur ! Lila m'a dit que tu allais combattre les méchants !

— Tout va bien ma puce.

Gabriel s'assied et le Canalyseur pose son plateau devant lui. La jeune femme place son propre plateau sur la table. Elle aperçoit soudain un groupe assis plus loin. Elle traverse alors le réfectoire d'un pas décidé et s'arrête devant Dave et ses Traqueurs. Le jeune homme la fixe depuis son entrée dans le réfectoire. Comme le lui avait indiqué Gabriel, Dave est couvert de coupures et de sutures.

— Siobhan.

— Dave.

— Tu t'installes avec nous ?

— Non, merci. Je venais te demander de m'enseigner à manier le couteau.

— D'où te vient cette idée ?

— Tu voulais qu'à terme je t'accompagne en Traque ? Je veux pouvoir me défendre, je veux pouvoir te défendre, et défendre nos frères. Si Melaine me veut, je l'accueillerai comme il se doit !

Les Traqueurs autour de la table émettent des rires étouffés et Dave sourit.

— Demain, quatorze heures, Palier Cinq, Arène numéro deux.

— À demain.

La jeune femme fait volte-face en tentant de garder sa contenance. Elle rejoint la table et s'assied sans un mot. Gabriel semble fou de rage. Sentant que la tension est palpable, Jimbo décide de parler à Siobhan :

— Bonne nouvelle ! Anton s'est réveillé, il a pas mal vomi au réveil mais d'ici ce soir je pense qu'il n'aura plus qu'une grosse bosse.

— Comment a-t-il été blessé ?

— De ce qu'il m'a dit, un Traqueur lui a sauté dessus. Il a eu le temps de lui briser les mains pour lui faire lâcher son couteau mais le Traqueur l'a poussé au sol et lui a donné des coups de pied dans le crâne.

— Comment il s'en est sorti ?

— Demande à Gabriel ! Il a Soufflé sur Anton pour qu'il ne sente pas la douleur et Anton a pu tuer le Traqueur qui l'avait attaqué.

— Où est Riley ?

— Je pense qu'il dort encore, la sortie l'a pas mal secoué. Tu sais, son HEMI lui demande énormément d'énergie. Imagine la force mentale qu'il lui faut pour dessiner n'importe quoi dans un esprit. Et de ce que m'a dit Gabriel hier, il l'a fait sur toute une foule. Tous les HEMI ne nécessitent pas la même énergie.

Brusquement, Siobhan se fige, il lui semble que la pièce se met à tourner violemment. Elle ne peut pas croire ce qu'elle voit, et pourtant c'est bien Peter qui se tient debout au milieu du réfectoire. Son mari la fixe l'air malheureux et ce regard lui brise le cœur. C'est lui, elle reconnaît chaque grain de peau, les traits de son mari et même les vêtements qu'il porte. N'y comprenant rien, la jeune femme tourne son regard interrogateur vers Jimbo et Gabriel, puis repose ses yeux sur Peter. Elle ne peut pas y croire et pourtant… L'homme fait un pas vers elle et Siobhan se lève, renversant son repas au sol. Gabriel se retourne et voit Peter :

— Siobhan, non…

La jeune femme n'y prête pas attention et se jette dans les bras de son mari.

— Peter…

— Ma chérie.

— Je suis désolée, on m'a raconté tellement de choses, on m'a menti, je suis désolée…

— Non, on ne t'a pas menti.

— Peter ?

— Tu étais vraiment une femme épouvantable. Comment as-tu fait pour ne pas voir que j'enchaînais les coups d'un soir ? Je ne pensais pas que tu étais stupide à ce point ! Je suis heureux que jamais nous ne soyons parvenus à avoir ce bébé que tu voulais tant.

— Peter, arrête s'il te plaît…

— Tu es minable, vraiment.

— Demi !

Gabriel sépare fermement Siobhan de Peter. Le Canalyseur réplique :

— Qu'est-ce que tu fais, laisse-moi tranquille !

La jeune femme regarde alors Peter qui se met soudain à rire d'une voix fluette.

— Oh, Gabriel vraiment tu n'es pas drôle !

Peu à peu l'image de Peter disparaît et laisse place au visage de lutin d'une superbe femme rousse. Le Traqueur écarte un peu plus Siobhan.

— Tu trouves ça malin de provoquer un Canalyseur ! Siobhan retourne t'asseoir !

Le Canalyseur tremble de tout son corps :

— C'est toi ? C'est toi le Physionome qui a pris ma place ?

— Eh oui ! Impressionnant hein ? Bon allez, je vous laisse. Au fait Canalyseur : vraiment dommage pour ton mari, c'était un coup d'enfer !

La Physionome s'éloigne en sautillant et quitte le réfectoire. Les larmes montent aux yeux de Siobhan et c'est Jimbo qui l'attrape par le bras pour l'emmener hors de la salle. Sous le choc, elle le suit sans résistance. Gabriel, lui, retourne s'asseoir aux côtés de Tia et Lila. Cette dernière est en train de ramasser le plateau et les aliments tombés au sol.

— Merde, c'était moche ça !

— Je ne le souhaite à personne, même pas à elle.

— Un cœur te pousse Gabriel ?

— Je ne peux pas supporter Demi, voilà tout ! Elle est devenue vicieuse avec le temps, et pas dans le bon sens.

— Je ne dirais pas le contraire. Il y a deux ans je m'étais occupée de ses soins et elle avait la fâcheuse habitude de prendre plusieurs apparences pour m'agacer. C'était épuisant et très énervant. Je passais mon temps à la chercher en salle de repos. Je perdais un temps fou, mais ça, elle n'en avait rien à faire. Tia, ma puce, je pense que tu devrais aller rejoindre ta Nourrice. Regarde tous tes camarades y vont.

La petite fille se lève, embrasse ses protecteurs et court jusqu'à un groupe d'enfants qui s'est rassemblé à l'entrée de la pièce. Un homme et une jeune femme les conduisent en rang à l'extérieur du réfectoire. Une fois la jeune Architecte partie, Lila se sent plus libre de dire tout ce qu'elle a sur le cœur.

— Bon, raconte-moi un peu plus en détail tout ce qu'il s'est passé pendant ces deux jours.

— Qu'est-ce que tu veux savoir ?

— Tout ! Comment Siobhan a-t-elle réagi en voyant le Beffroi ?

— Je dirais qu'elle était fascinée, ce qui peut se comprendre. C'est plutôt tape-à-l'œil. Ce qui l'a surprise davantage, c'est lorsqu'elle a compris que le Dôme était construit dans les Catacombes de la capitale.

— Elle a supporté l'extérieur ? Toute cette proximité avec les Bi-hémisphères ?

— Elle fait des progrès et puis le fait qu'elle soit à l'écart de tout ça depuis un long moment a dû bien aider.

— Et avec Dave tout a bien été ?

— Franchement ? Non, ça a chauffé un peu dans le Terrier, mais rien de grave.

— Et ton premier combat face aux Béotiens ?

— Je ne devrais pas le dire : c'était terrifiant ! Mais terriblement exaltant.

Les deux jeunes gens se lèvent et déposent leurs plateaux, ainsi que celui de Siobhan pris par Lila, sur le tapis roulant. Ils se rendent dans un des salons de la salle commune. Gabriel, toujours en boitant, prend une de ses boissons énergisantes habituelles, Lila, elle, prend une limonade. Ils s'asseyent confortablement et Lila reprend de plus belle :

— Je ne comprends pas. Comment peux-tu te sentir en accord avec ton HEMI en baignant dans toute cette violence ? Nous sommes des Architectes ! Nous sommes des antidouleurs, des faiseurs de bonheur. Notre cheval de bataille à nous, c'est la tendresse, pas la fureur !

— Tu ne t'en plaignais pas de ma fureur avant.

— Tu veux vraiment parler de ça ?

— Peut-être… On en parle jamais sérieusement.

— La faute à qui ?

— Je te l'accorde. Une fois n'est pas coutume : comment te sens-tu ?

— C'est-à-dire ?

— Par rapport à nous deux ? Toujours en colère ?

— En colère, non. Je ne le suis plus depuis un moment, c'est juste que je ne peux pas oublier cette sensation.

— Je suis désolé Lila, j'ai eu tort. Il y avait d'autres moyens et celui-ci n'était pas le bon.

— C'est certain.

— À moi de poser une question. Tu attendais quoi de moi exactement, tu espérais quoi ? En toute sincérité.

— Je… je crois que je me suis vue me lier à toi. Nous aurions exercé au Palier Sept jusqu'à ce que la paix soit revenue et que notre vie puisse se modifier…

— Et aujourd'hui ?

— Je ne sais pas Gabriel, je sais pertinemment que tout ceci n'aura pas lieu, que c'est du passé. Laisse-moi du temps pour que les choses rentrent dans l'ordre, j'en ai besoin.

— Prends tout le temps qu'il te faudra Lila.

— À mon tour de poser une question.

— Je suis tout ouïe.

— Que se passe-t-il entre Siobhan et toi ?

— Rien, je suis son Guide c'est tout.

— Arrête Gabriel, je me suis livrée sans moufter, me fais pas ce coup-là.

Le jeune homme soupire : impossible de mentir à un Architecte.

— Je ne sais pas. Je crois qu'elle m'intrigue. Elle ne connaît pas le système d'organisation du Dôme. Jamais elle ne me dit que je ne fais pas ce que je suis censé faire, jamais elle ne me juge. Et franchement, sa douleur constante a quelque chose de superbe.

— De superbe ?

— Elle a résisté plus d'une fois à mon HEMI, mais parfois je parviens à Souffler sur elle. J'ai toujours un contrôle sur les gens qui m'entourent, pour une fois je ne sais jamais à quoi m'attendre. Je te l'accorde : physiquement ce n'est pas mon genre, et il n'est pas question de m'envoyer en l'air avec elle. Je suppose que c'était ça ta question ?

— Elle dormait dans ton Alcôve cette nuit.

— Lila, écoute-moi, premièrement je suis son Guide : je ne dois pas la laisser seule…

— Je suis le Guide de Tia et je ne dors pas avec elle.

— Tia n'est pas un Canalyseur ! La situation est différente, tu le sais bien. Secundo, les deux jours que nous avons passés à l'extérieur étaient éprouvants. Je pense qu'elle avait besoin de réconfort.

— Et toi ?

— Moi aussi, sans doute.

Lila s'enfonce un peu plus dans le canapé, son malaise est visible. Un goût de sucre inonde sa gorge.

— Ne fais pas ça Gabriel, s'il te plaît.

— Pardon…

— Alors c'est quoi la suite du plan ?

— Pas la moindre idée, j'attends un ordre de mission.

— J'ai entendu dire que tu avais vraiment fait tes preuves hier, ça ne devrait pas tarder.

— Il faut que je continue de faire mes preuves, plus que les autres.

— Ne t'occupe pas de ceux qui te diront le contraire, ton HEMI est un avantage.

Gabriel lève sa canette et prend une gorgée, il semble soudain assez agacé.

— Qu'est-ce qu'on fait pour Demi ?

— Comment ça ?

— Ce qu'elle a fait est inacceptable. Quel Guide, quel Traqueur serais-je si je laisse son agression impunie ?

— Ne t'occupe pas de ça pour le moment. Laisse faire Jimbo. Tu le connais, il ne pourra tolérer le comportement de Demi.

— Hum.

— Comment avance Siobhan ? Je veux dire comment approche-t-elle sa nouvelle vie au Dôme ?

— Je pense qu'elle a eu un déclic. Je ne sais pas trop comment mais je pense qu'elle a accepté l'idée que sa vie d'avant n'est qu'un souvenir. Qu'elle doit oublier les projets de vie qu'elle avait faits. Après son intégration au Dôme dépendra de nous.

— Pas évident d'accepter quelqu'un dont on nous a appris à nous méfier.

— On vit bien avec les Inquisiteurs.

Lila sait qu'elle ne doit pas aller à l'encontre de Gabriel sur ce sujet. Heureusement, un invité surprise entre à cet instant dans le petit salon et s'assied à côté de Gabriel.

— Riley !

— Salut ! Alors bien dormi Gabriel ?

— Plutôt très bien.

— Merde t'as vu ta gueule ? Finalement t'es plus beau comme ça, on voit moins ta tronche !

Gabriel assène un sourire et un léger coup de poing dans l'épaule de l'Illusionniste.

— Moi au moins j'ai affronté les Béotiens.

— Hé, j'ai suivi les ordres, j'ai mis Siobhan à l'abri, j'ai prévenu Jimbo.

— C'est bon, prends pas la mouche ! Je te charrie.

— Quelle aventure ! On recommence quand ? Sérieusement, c'était flippant, non vraiment ! Mais c'était génial ! J'ai adoré bosser avec Diane, nos deux HEMI mélangés forment une coopération fatale. Tu imagines ? Un Illusionniste avec un Brouilleur ! Le bordel dans l'esprit des Béotiens qui nous couraient après. On avait plus qu'à les « cueillir ». Et toi avec Anton ?

— Hum, un Inquisiteur comme les autres.

— Arrête, il paraît qu'il est très doué !

— Je ne sais pas si faire exploser un homme et recouvrir tous les murs avec le contenu de son corps est un talent. Il n'est pas capable de tuer proprement.

— C'est ce qui plaît à Paul *a priori.*

— Ouais, ce n'est pas très étonnant quand tu y penses. Anton a été formé par Hava, qui, pour moi est la dernière des salopes !

Lila tousse bruyamment et fait les gros yeux à Gabriel pour lui signaler qu'elle ne veut pas qu'il aille plus loin sur ce sujet. Gabriel grogne et Riley, captant le malaise, s'adresse alors à la jeune femme.

— Comment ça s'est passé cette nuit au Palier Sept ?

— Crevant. Très éprouvant. Les Recruteurs envoyés par Svetlana sont venus chercher les trente-neuf corps. Les fours ont tourné toute la nuit, c'est toujours aussi terrifiant de voir tous ces visages figés.

—Tiens, j'ai une question, elle est sans doute conne, mais bon. Pourquoi avoir installé les salles d'interrogatoires et les fours au même Palier que les Arènes et les salles de sport ? C'est glauque !

— Tu débarques Riley? C'est pour que lors de tes entraînements tu te remémores pourquoi tu dois travailler sans relâche. Pour ne pas te faire tuer ou pire te retrouver questionné au Beffroi ! Ils t'apprennent quoi tes maîtres Illusionnistes ?

— À rêver, morphine girl ! Toujours être plus créatifs, façonner nos créations pour qu'elles soient les plus réelles possible.

— Vous n'avez jamais pensé à venir nous filer un coup de main au Palier Sept ? Avec vos Illusions, vous pourriez calmer ceux qui souffrent de stress post-traumatique en projetant des images, quand nous, nous nous concentrons sur les douleurs.

— C'est très compliqué de créer dans un lieu aussi aseptisé ! Et puis c'est pas pour les Illusionnistes, on a la bougeotte, c'est dans notre nature. Au fait elle n'est pas là Siobhan ?

— Non.

— Elle dort encore ?

— Non elle est avec Jimbo, y a eu un petit souci avec Demi.

— M'en parle pas, cette nana est une vraie garce !

Gabriel manque de s'étouffer en buvant, il rit un instant et se penche vers Riley.

— Tu te fiches de moi ? Tu as couché avec elle, tout le monde le sait !

— Ouais c'était plus compliqué que ça…

— Allez, tu en as trop dit !

— Disons que juste au moment où… bref que j'ai pu voir que c'était Demi. Jusque-là, pour moi, j'étais avec Grace.

Gabriel n'y tient plus et laisse éclater son fou rire, Lila fait de même.

— Grace, sérieusement ?! Tu pensais à quoi ? Tout le monde sait que Grace est sublime mais elle est surtout lesbienne !

— C'est bon Gabriel, arrête de te foutre de moi. J'étais au courant, mais je ne sais pas moi. J'ai cru que… laisse tomber. Et pour Siobhan ? Il s'est passé quoi ?

C'est Lila qui répond à Riley.

— Demi a pris l'apparence du mari de Siobhan, et lui a balancé quelques horreurs sur leur vie amoureuse.

Gabriel corrige alors son amie.

— Ex-mari…

— Pardon tu as raison, ex-mari.

— C'est ce dont je te parlais tout à l'heure, l'intégration de Siobhan. Toujours parler de Peter au passé, toujours parler de ce qu'elle a pu vivre au passé.

Riley regarde Lila qui fait la moue, lui acquiesce les propos de Gabriel.

— Son intégration, c'est le meilleur moyen de ne pas prendre de risque avec son HEMI, tu as raison Gabriel. Mais personnellement je la trouve plutôt sympathique, pas toi Lila de ce que je comprends.

— Toi tu trouves tout le monde sympathique Riley !

— Oui je suis une bonne pâte, la bonté incarnée, la douceur même, la tendresse, c'est pour ça que le Cercle est dingue de moi. Et que toi, Gabriel, tu n'as jamais été dans leurs petits papiers.

Lila devient instantanément plus dure :

— Riley, sérieusement ferme-la !

*

Dorian marche au pas de course dans les couloirs du Beffroi et se dirige vers le bureau d'Harper. La mission lancée par Melaine est délicate et a peu de chance de réussir. Dorian a du mal à marcher : les images de l'esprit du Hacker qui marche vers le Dôme se superposent à sa propre vision. Heureusement pour lui, Harper vient à sa rencontre. Les deux Béotiens font immédiatement demi-tour en direction du bureau de verre.

— Tu es connecté ?

— Affirmatif.

— Où en est-il ?

— À trois pâtés de maison.

— Dans quel état d'esprit est-il ?

— Nerveux, mais assez déterminé. Il n'arrête pas de se répéter l'ordre de mission dans sa tête.

— Tu arrives à avancer, tu ne marches pas très bien et tu grelottes.

— Notre frère marche sous la pluie, il est trempé, voilà pourquoi je tremble !

— Je demandais juste.

— Tes Traqueurs sont autour de la zone ?

— Mes Traqueurs sont toujours là où ils sont censés être !

— Oui mais ils ne courent pas assez vite.

Les deux Béotiens traversent les étages un à un et frappent à la grande porte du bureau de verre. La voix de Melaine raisonne et leur intime l'ordre d'entrer. Harper et Dorian pénètrent dans le bureau de Melaine et ferment la porte derrière eux. Le chef des Béotiens se tient debout, dos à son bureau, droit comme un I. Un Architecte du nom de Rowen se tient aux côtés de Melaine, le torse en avant, les mains dans le dos. Dorian et Harper saluent Melaine d'un geste de tête respectueux. Ce dernier leur rend leur salut.

— Tout est prêt Dorian ?

— Oui, Melaine.

— Bien. Rowen est là pour te soulager au mieux lorsque notre frère sera exécuté.

— Merci Melaine.

— Où en est-il ?

— Pas bien loin, il arrive sur le boulevard qui mène à l'entrée des Catacombes.

— Si les Traqueurs étaient parvenus à attraper Siobhan nous n'en serions pas là. Nous ne serions pas obligés de regarder notre frère se diriger vers sa mort.

Harper baisse la tête et contracte les poings, la culpabilité lui saute au visage. La tension est palpable dans la pièce. La pluie qui s'abat sur les parois de verre du bureau ne rompt pas le silence. L'atmosphère que pose ce ciel d'orage a quelque chose de macabre. Comme si le ciel se mettait en accord avec les projets de Melaine.

Ce dernier tente de ralentir son cœur malgré son excitation. Un éclair illumine le bureau et laisse apparaître sur le visage du chef des Béotiens un rictus sombre. Le grondement du tonnerre fait vibrer l'air et les immenses plaques de verre qui constituent les murs. Harper regarde son chef, la ville prise dans les tourments du mauvais temps se tient derrière lui. Au-dessus du reste du monde, Melaine lui semble être un dieu. Depuis toujours, elle s'est montrée dévouée à la cause du Beffroi, mais plus encore à la cause de Melaine. Lorsqu'il l'avait promue chef des Traqueurs malgré son jeune âge, elle avait cru que son cœur allait exploser. Et jamais elle ne l'a déçu, sauf lorsque ce Canalyseur a commencé à faire partie de ses missions. Mais Melaine a toujours su lui pardonner, jamais méchant, jamais cruel. Et un jour elle lui apportera cette Siobhan dont il a tant besoin pour embellir le monde.

C'est la voix sèche et angoissée de Dorian qui sort Harper de sa contemplation :

— Il entre !

Chapitre 13

Svetlana frappe fort à la porte du bureau de Jimbo et entre sans attendre la moindre réponse. Jimbo est seul derrière son bureau, penché comme toujours sur ses travaux, sur des dossiers de patients. Des dossiers de diverses couleurs qui forment de hautes piles. En apercevant la Pisteuse, le visage du Praticien s'illumine.

— 'Lana, bonjour ! Comment vas-t…

— Le Canalyseur n'est pas avec toi ?

— Non, elle vient tout juste de repartir en direction de son Alcôve.

Ni une ni deux, Svetlana fait demi-tour sans fermer la porte, direction le Palier Six. Jimbo se lève et lui emboîte le pas :

— Il y a un problème ?

— Melaine nous a envoyé un message.

— Lequel ?

— Pas moyen de savoir. Le messager est attaché à un Chroniqueur. Son esprit est déjà pénétré par un autre, il faut qu'il parle de lui-même. Et c'est à Siobhan qu'il veut parler, uniquement à Siobhan.

— Mauvais signe ?

— Tout ce qui vient de Melaine n'est pas mauvais signe, c'est bien pire. Tout ce qui vient de Melaine est un mauvais présage ! C'est comme voir des vautours tourner au-dessus de sa tête.

— Pourquoi c'est toi qui t'en occupes ? Ce n'est pas le rôle de Dave ou de Paul ?

— Quand on nous a transmis l'information, j'étais avec Paul. J'ai proposé de m'en occuper.

— Oh, très bien…

— La voilà ! Canalyseur !

Siobhan se retourne et voit la jolie blonde arriver au pas de course accompagnée de Jimbo. Ce dernier fait la moue, supportant difficilement que Siobhan soit nommée par son HEMI.

— Bonjour Svetlana.

— Viens, tu vas être utile.

— Qu'est-ce qu'il se passe ?

— Melaine t'envoie une carte postale, on a besoin de toi pour l'ouvrir !

— Mais je dois rejoindre Gabriel. Je n'ai pas le droit de rester trop longtemps sans lui, je…

— Ne t'inquiète pas Jimbo va aller le chercher. Suis-moi !

Siobhan regarde Jimbo qui se met à courir dans les couloirs, et la laisse avec la froide et sévère Pisteuse. Les deux femmes montent dans un ascenseur direction le Palier Trois. Svetlana ne dit pas le moindre mot tout le long du trajet. Quand les portes s'ouvrent, Siobhan reconnaît le Palier où elle avait pu voir son premier Écartement : celui de Jared. Elle continue de dessiner dans sa tête le plan du Dôme et commence à se dire qu'elle ferait mieux de lister les Paliers et ce qu'ils contiennent. De nombreux Traqueurs se tiennent le long des murs, les deux jeunes femmes passent une porte et arrivent dans une des salles permettant d'observer les Écartements. Paul est là, en compagnie de Dave et d'autres Traqueurs, toujours vêtus de leurs chemises noires. Paul salue Siobhan de la tête et se remet à parler à son Traqueur numéro un à voix basse. Les deux hommes semblent préoccupés. De l'autre côté de la vitre sans tain, se tient un homme assis sur une chaise, attaché. Il est brun aux yeux très noirs et ne doit pas avoir plus de vingt ans. Il ne semble pas aussi éprouvé que Jared avait pu l'être, mais son regard est fixe et terriblement neutre.

— Voici ta carte postale !

— Je ne comprends pas.

— Melaine lui a confié un message, un message pour toi. Nos Chroniqueurs ont bien essayé de pénétrer ses pensées. Mais évidemment, un Chroniqueur Béotien est déjà connecté à lui. Nous ne pouvons pas connecter deux Chroniqueurs à un seul esprit. Et bien entendu, ce message, il ne veut le délivrer qu'en ta présence. Que tu comprennes bien : le Chroniqueur connecté à ce jeune homme est sans aucun doute à côté de Melaine en ce moment et lui rapportera chacune de tes paroles, de tes réactions. Reste calme, ne montre ni peur, ni doute. Mais ne sois pas non plus dans la provocation : Melaine le prendrait assez mal.

— Et si je me plante ?

— Sans doute que les fours de crémation tourneront encore toute la nuit prochaine.

Siobhan n'a pas le temps de paniquer que Gabriel, essoufflé et boitillant, pousse la porte. Svetlana lui lance un air sévère.

— Gabriel, tu ne devrais pas courir dans ton état.

— J'ai pas couru, il faut deux jambes pour courir !

— Puisque tu es là, je suppose que tu veux accompagner ta disciple ?

— J'ai rien de mieux à faire pour le moment. Allez Siobhan, en scène !

Gabriel passe devant Siobhan et ouvre une petite porte tellement noire qu'elle se confond avec le mur. Siobhan suit Gabriel, qui ferme la porte derrière elle.

Les deux Hémisphèriens arrivent dans une petite salle sombre où se trouvent deux autres portes. Avant même que la jeune femme n'ait pu poser la question, Gabriel lui donne la réponse :

— La porte de droite mène à la salle d'Écartement. La porte de gauche mène aux Inquisiteurs, c'est par là qu'ils font leur entrée. Tu es prête ?

— Oui.

— Allez, pleins feux sur la vedette !

Gabriel ouvre calmement la porte de droite et laisse Siobhan passer devant lui. Elle pénètre dans la salle d'Écartement, suivie par son Guide. Lorsqu'elle rentre, le Béotien la regarde et lui adresse un sourire tendre.

— Bonjour Siobhan. Je suis Liam, je suis désolé si ma présence t'importune.

Siobhan est interloquée, ce n'est pas du tout ce à quoi elle s'attendait. Le Béotien est extrêmement poli et doux. Aucun Parasite d'agressivité ne plane au-dessus de lui. Les seuls Parasites qu'elle capte sont ceux de Gabriel. Les conseils de Svetlana lui reviennent en tête.

— Bonjour Liam. Tu as un message pour moi ?

— Oui, c'est mon frère Melaine qui a un message pour toi.

— Eh bien, je t'écoute.

— Melaine veut tout d'abord s'excuser de la situation rencontrée l'autre jour sur l'esplanade. Il tient à te dire que la décision ne venait pas de lui, et que les

Traqueurs qui t'ont pourchassée ont été réprimandés. Il est désolé si tu as été blessée, et te prie d'accepter ses excuses pour cette terrible erreur. Melaine veut aussi te dire qu'il s'est senti honoré par ta venue au pied de notre Beffroi.

— C'est juste pour s'excuser que Melaine t'a envoyé à la mort ?

— Je me suis porté volontaire, ma sœur ; mais non ce n'est pas tout. Melaine tient à te faire savoir que ta présence au Beffroi est grandement désirée et attendue. Tu n'es pas chez toi ici, il sait comme tu es malheureuse dans ce lieu sombre où nul ne t'accepte. Tu es des nôtres et tout le monde t'attend avec impatience.

Gabriel qui était resté en arrière et impassible jusque-là, se place aux côtés de Siobhan et lui prend la main.

— Siobhan est ici chez elle. C'est ici sa place, avec sa famille !

Le Béotien regarde l'Architecte.

— Tu dois être Gabriel ? L'Architecte Traqueur ! Melaine m'a chargé de te dire qu'il a été très impressionné par tes capacités. Il serait enchanté que tu rejoignes ses Traqueurs, il t'offre à toi aussi une place parmi notre famille.

— Écoute bien ce que je vais te dire, que le Chroniqueur qui te suce le cerveau transmette mon message à Melaine. Ce connard peut se foutre sa proposition où je pense ! Avec mes remerciements.

Le Béotien devient rouge de colère un instant et se tourne vers Siobhan :

— Je n'ai rien d'autre à dire. Siobhan, pense à la proposition de mon frère. Il t'attend. Tu pourrais aider tes amis à se libérer. Pour le moment, tu n'es pas en sécurité ici. Dave n'est pas recommandable, il ne respecte pas ses frères. Melaine aimerait que tu te tiennes à distance de ce Traqueur, il ne veut pas qu'il t'arrive quelque chose de mal.

— Adieu Liam !

Gabriel ouvre la porte, tire Siobhan hors de la pièce et retourne auprès de ses frères Hémisphèriens. Ils sont interpellés par Svetlana :

— Gabriel ! Siobhan a su rester plus calme que toi ! Tu vois, tu n'es pas prêt !

Étonnamment c'est Dave qui vient au secours de l'Architecte :

— Désolé Svetlana, mais je ne suis pas de cet avis. Je trouve que Gabriel a été d'une finesse absolue. Je n'aurais pas dit mieux. On appelle un Inquisiteur ?

— Reste à ta place Dave !

Siobhan, sentant les Parasites de la colère devenir de plus en plus pesant et nombreux, se décide à quitter la pièce suivie comme toujours par Gabriel.

*

Dorian s'écroule au sol, le souffle court et les yeux exorbités. Rowen, l'Architecte, limite la douleur de Dorian qui vit la mort de son frère au Dôme. Mais cette mort va durer encore une vingtaine de minutes, et Rowen ne parvient pas à bloquer toutes les douleurs du Chroniqueur. Dorian finit par se relever, difficilement, et reprend peu à peu une respiration normale. Il s'adresse à Melaine qui ne l'a pas quitté des yeux une seconde :

— Le message a bien été transmis à Siobhan.

— Quelle a été sa réaction ?

— Elle s'est montrée très neutre face à notre frère.

— Elle suit les consignes… Nous a-t-elle adressé une réponse ?

— Non, aucune. En revanche son Guide, Gabriel, a répondu pour elle en disant qu'elle était chez elle au Dôme.

— Ces Hémisphèriens ne lui laissent donc même pas la possibilité de s'exprimer ?! C'est affligeant, vraiment ! Avait-elle l'air en bonne santé ?

— Je dirais qu'elle était fatiguée, mais en bonne santé.

— Et que Gabriel a t-il pensé de ma proposition ?

— Il l'a déclinée…

— Mais encore ?

— Je le cite : « Ce connard peut se foutre sa proposition où je pense ! Avec mes remerciements. »

En entendant ces mots, Harper se crispe, attendant un déferlement de colère de la part de Melaine. Mais il n'en est rien, l'Inquisiteur garde son calme et laisse apparaître un sourire en coin.

— Je n'en attendais pas moins de lui. Cet Architecte est plein de colère. D'après vos renseignements, il me semble raisonnable d'émettre l'idée qu'il ne porte pas le système du Dôme dans son cœur. Autre chose ?

— L'Architecte se montre protecteur envers Siobhan. Sa posture lors de l'entretien démontre d'après moi un attachement.

— Réciproque ?

— Aucune idée.

— Bien, cela pourrait peut-être arranger nos affaires… nous verrons. De toute manière, elle finira bien par remettre les pieds à l'extérieur du Dôme. Harper, continue tes actions habituelles, en revanche donne des consignes précises à tes troupes. Si notre Siobhan est repérée dans la capitale, que tes Traqueurs aillent à sa rencontre et la ramènent à nous. Mais attention, avec autant de douceur possible. Si malheureusement cela ne suffit pas, utilise d'autres moyens.

— Bien Melaine.

— Dorian, va dire à Shauna qu'elle reprend du service sur le terrain.

— Elle sera ravie de l'entendre.

— Merci encore de tes services Rowen. Vous pouvez y aller.

Les trois Béotiens saluent leur chef et quittent le bureau de verre tandis que le tonnerre résonne toujours à l'extérieur du Beffroi. Ce que le monde ne sait pas, c'est que le plus terrible des orages est celui qui se déchaîne dans l'HEMI de Melaine.

*

Siobhan s'éloigne de la salle avec un étrange sentiment de frustration et de perplexité, tandis que Gabriel la suit à la trace.

Je ne m'attendais pas du tout à ça.

Surprenants, ces Béotiens. Ce n'est pas tout à fait le portrait qu'il nous en a été fait.

— Ne laisse pas ce connard faire illusion. Ils sont doués dans l'art de la manipulation.

— Avoue que c'est tout de même troublant. Vous m'avez tous décrit des êtres abjects, cruels, foncièrement mauvais. Je n'ai rien vu de tel en Liam !

— C'est une ruse, voyons ne soit pas si bête !

— Mais Gabriel, il n'y avait rien ! Pas un Parasite qui émanait de lui ! Tu ne peux pas en dire autant, aucun d'entre vous d'ailleurs ! Tu le connaissais ?

— Non.

— Lui apparemment te connaissait.

— Apparemment…

Ils sont alors interrompus par le bruit des escarpins de Svetlana dans le couloir. La jolie blonde affiche un visage sévère et marche d'un pas décidé. L'Architecte interpelle alors son amie :

— C'était quoi ça ?

— Un petit cadeau de Melaine.

— J'ai bien vu. Mais ils ont l'air bien au courant.

— Classique, vous avez été tellement discrets lors de la première sortie de Siobhan que Melaine a pu vous faire tous identifier ! Sans compter le Physionome qui s'était introduit dans le Dôme. C'est habituel. Melaine est prétentieux, mais c'est un fin stratège. Il aime savoir qui il doit affronter et comme tu es le Guide de Siobhan, tu es sur son chemin !

Siobhan fronce les sourcils et sent l'inquiétude la gagner :

— Comment va-t-il prendre la réaction de Gabriel ?

— Je vais être plus claire. Dans la tête de Melaine, il n'y a que deux possibilités : Gabriel est soit avec lui, soit mort. Et insulter Melaine n'était sans doute pas la meilleure chose à faire… Pour Melaine, tu es devenu l'homme à abattre.

Siobhan regarde Gabriel qui reste impassible à cette annonce, être devenu l'ennemi numéro un des Béotiens ne semble pas l'affecter outre mesure. Pourtant les Parasites qui grondent dans la tête de Siobhan ne laissent pas de doute possible : la haine et la rage bourdonnent dans le cerveau de son Guide. Mais le regard de Gabriel reste clair et calme, à croire qu'il s'est entraîné à garder toute émotion pour lui.

— J'ai un rapport à faire, je vous laisse. Au fait, Siobhan, Dave m'a dit que tu voulais apprendre le combat au corps à corps. Très bonne idée puisque dorénavant tu devras protéger Gabriel que tu as mis en danger !

Et c'est sans laisser le temps aux deux jeunes gens de répliquer quoi que ce soit que Svetlana s'éloigne dans son tailleur sombre. Gabriel regarde Siobhan toujours l'air serein.

— Détends-toi, je suis assez grand pour me défendre seul. Et je trouve toujours que cette histoire de couteau est une belle connerie. Peut-être qu'après une journée d'entraînement avec Dave tu changeras d'avis. Je serai là pour savourer le moment où il te bottera les fesses. N'oublie pas que Dave est un sadique, il va te massacrer. Les séances de course avec moi t'apparaîtront comme un massage à quatre mains.

— On verra. En attendant ce n'est pas moi qui boite.

Gabriel attrape violemment le poignet de Siobhan tandis que ses pupilles dorées s'assombrissent.

— Méfie-toi, Canalyseur, un geste malheureux est vite arrivé.

La menace est sérieuse, Siobhan n'en doute pas et décide de ne pas répondre. Elle emboîte lentement le pas de son Guide qui continue de traîner la jambe tentant de rester le plus digne possible.

Je pourrais l'anéantir moi!

Lorsque les portes liquides de l'ascenseur s'ouvrent sur le Palier Quatre, Siobhan est soulagée de voir qu'il y aura des témoins autour d'elle et de son Guide. Dans un des salons de la salle commune, elle entrevoit Riley qui lui adresse un salut amical. Lila approche pour aider Gabriel à marcher. Sans dire un mot, elle prend dans un des grands réfrigérateurs deux boissons énergisantes pendant que Gabriel va s'asseoir avec leurs compagnons. Siobhan les rejoint, non sans lambiner.

— Salut Riley, bonjour Lila.

— Alors Siobhan, dure matinée il paraît?

— Tout va bien Riley merci.

— Alors ce message de Melaine?

Siobhan n'a pas le temps de répondre que Gabriel a pris la parole.

— Eh bien rien de très surprenant, il invite Siobhan à les rejoindre au Beffroi et j'étais moi-même invité. Il s'excusait de la petite altercation sur le parvis, bla-bla-bla…

— Tu étais invité?

— Désolé de te l'apprendre Riley, mais *a priori* Melaine aurait enquêté sur chacun d'entre nous. Personnellement, je trouve ça plutôt gratifiant de savoir qu'on lui pose problème. Être sur la liste noire de Melaine est un honneur.

— La liste noire ?

— C'est la mauvaise nouvelle. Il se trouve que sa proposition était tellement attrayante que je l'ai envoyé chier.

— Non c'est pas ça la mauvaise nouvelle.

Tous se retournent et Dave se tient debout entre deux rideaux. Le Traqueur, contrairement à Gabriel, ne semble pas souffrir de ses blessures et vient se poser à côté de Siobhan dans le grand canapé.

— Paul et Svetlana ont jugé que Gabriel avait été trop loin dans ses menaces et que Melaine allait passer à l'attaque avec plus de vigueur encore. Ils ont donc décidé que plus aucun de nous ne devait quitter le Dôme !

— Pardon ? Le danger a toujours été là, ça ne change rien !

— Je suis de ton avis Gabriel, mais ça ne suffit pas.

— Non ! Je me suis battu comme un fou pour être sur le terrain et ils veulent m'enfermer de nouveau ? Non !

— Calme-toi Gabriel ! Et baisse d'un ton ! Suivez-moi les uns après les autres, laissez bien une dizaine de minutes entre chacun de vous. Rendez-vous Palier Cinq, four numéro sept.

Sans ajouter un mot, Dave se relève de toute sa stature de guerrier et quitte la salle commune. Les compagnons restent sans dire un mot et vident lentement leurs boissons. Riley part le premier. Lila se lève mais Gabriel l'arrête :

— Où tu vas ?

— Si tu ne veux pas que Jimbo soit au courant de vos petits trafics, il vaudrait mieux que tu ne me laisses pas de côté cette fois !

Hanté par l'idée de retourner au Palier Sept servir d'analgésique, Gabriel se résigne et laisse Lila passer. Au bout d'une quinzaine de minutes, Gabriel fait signe à Siobhan de se lever pour rejoindre les autres. Les voilà devant une lourde porte en acier brossé qui s'ouvre sur leurs compagnons d'armes. Ils sont là, dans l'obscurité d'une petite salle faiblement éclairée, où un bruit de ventilation constant résonne. Sur le mur du fond de la pièce, tout un tableau de commande de diodes lumineuses et une trappe en acier sur laquelle est installé un grand œilleton. Elle referme doucement la lourde porte derrière eux. Dave prend alors la parole :

— Bien, tout le monde est là, même les indésirables. Ici au moins nous sommes tranquilles. Je voudrais vous faire part de mon point de vue sur la situation. Ne pas nous laisser quitter le Dôme est pour moi une erreur. Tout d'abord, Melaine doit s'attendre à ce que Siobhan y soit bien gardée maintenant qu'il a transmis son message. Ensuite, je ne pense pas que ce soit très constructif de ne pas préparer notre Canalyseur à ce qu'elle pourra rencontrer au cours de son existence parmi nous. Depuis des années, nous n'attaquons pas les Béotiens, nous nous contentons simplement de survivre, de nous cacher. Les Traqueurs ne tiennent pas longtemps enfermés, c'est dans notre nature.

— Où tu veux en venir ?

— Ce que je veux vous proposer nous mènera inévitablement à la mort. Il nous faut quitter le Dôme et faire sortir Melaine de sa tour de verre. Comment, je ne sais pas encore, mais je connais chaque recoin de la région, chaque Terrier même certains qui ne sont dans aucun dossier. Je ne me cacherai pas en attendant que ce despote de mes deux vienne me saigner.

N'y tenant plus, Lila explose :

— Tu te rends compte de ce que tu dis Dave ? Sérieusement ! Pas toi ! Les frasques de Gabriel passent encore, nous avons tous l'habitude mais toi ! Tu as toujours été fidèle au Cercle !

— Et c'est la même fidélité qui me pousse à désobéir à l'ordre d'un supérieur ! Cette décision ne vient pas du Cercle, elle vient de Paul et de Svetlana. Ça fait un moment que je les observe, quelque chose ne tourne pas rond. Départ dans trois jours. Vous êtes avec moi ? Riley ?

— Je dois avoir pris un sacré coup sur le crâne mais je vais te dire oui.

— Gabriel ?

— Tu me poses vraiment la question ?

— Bien. Siobhan ?

— Je n'ai pas vraiment le choix…

— Non en effet.

— Je viens aussi.

— Oh que non Lila ! Toi tu restes là. Avant que tu nous menaces d'aller tout balancer aux oreilles de Jimbo, je m'explique. Après Gabriel tu es la meilleure Architecte du Dôme. S'il venait à se passer quelque chose, ils auront besoin de toi ici. Tu me parlais de sens du devoir ? Je te mets face au tien ! Qui veillera sur les blessés graves ? Qui dorlotera la gamine que vous traînez partout avec vous ? Et puis, si tu pars aussi, Jimbo pourrait être suspecté de complicité.

Lila baisse la tête, vaincue. Riley brise rapidement le silence pesant :

— Il faut prévenir Diane.

— Non, Diane ne nous suivra pas. Sa fidélité va à Paul.

— On fait surface quand ?

— Dans trois jours. Anton sera sur pied.

— Qu'est-ce qui te dit qu'Anton sera d'accord avec cette mission suicide ?

— Un Inquisiteur ne refuse jamais de tuer. En attendant, ne changez rien à vos programmes ni à vos habitudes. Je m'occupe des équipements et des vivres. Dans trois jours on se retrouve tous au Palier Huit. Pas de questions, je m'occupe du reste. Siobhan je te vois demain à l'entraînement : quatorze heures, Palier Cinq, Arène numéro deux.

*

Le Canalyseur heurte violemment le sol. Le coup de poing asséné par Dave est d'une violence inouïe. Le rire du Traqueur résonne dans l'Arène.

— Merde Siobhan, si tu commences comme ça, on est mal barrés. Relève-toi !

La jeune femme se redresse et se remet en position de combat.

— N'oublie pas de jouer avec tes jambes pour esquiver les coups. Allez on reprend.

Les bras devant elle, les poings serrés la jeune femme sait déjà qu'elle va rapidement retrouver le sol. Dave lance le premier coup. Elle tourne à droite et l'esquive, elle pare le second avec son bras droit mais le poing du Traqueur s'abat dessus comme une massue. La douleur est fulgurante et Siobhan baisse les deux bras. En une seconde, le second poing du jeune homme la frappe au ventre. Siobhan s'écroule, la respiration coupée.

— N'oublie pas que dans ma main j'ai une lame qui peut t'ouvrir de haut en bas. Si tu pares ma main et pas mon membre tout entier le couteau se plantera dans ton avant-bras. On recommence !

Siobhan se remet sur ses pieds et regarde Gabriel qui l'observe depuis un des bancs de ce drôle d'amphithéâtre de combat. Pas le temps de respirer, un autre coup au visage la renvoie au sol.

— Tu crois que c'est le moment d'admirer le décor ? On recommence !

En position, la jeune femme esquive le premier coup comme la dernière fois et ne tente pas de parer le second, elle l'évite également. Pour en éviter un troisième elle recule de deux bons mètres. Dave baisse les poings et avance calmement vers elle.

— OK, j'vais t'expliquer un truc.

Le coup de genou lancé par le Traqueur atteint la jeune femme à l'estomac, elle tombe à genoux et un coup de talon bien placé entre les omoplates finit de la ramener au sol dans un hoquet de douleur.

— Tu esquives oui, tu ne fuis pas ! Jamais, tu m'entends ? C'est du combat au corps à corps ! Mes élèves ne s'éloignent pas, ils tournent autour de leur adversaire, mais ils ne fuient jamais. C'est compris ?

La jeune femme comprend davantage les mots que Gabriel avait eus hier.

— C'est compris ?

— Oui.

Au bout de deux heures d'entraînement, le corps de Siobhan est maculé de bleus et elle n'a plus les idées très claires.

— Fais une pause ! Bois et mange. Je reviens dans trente minutes.

La jeune femme se relève pour la centième fois et se dirige vers les gradins d'acier où Gabriel est assis. En bas des gradins l'Arène est entourée d'immenses miroirs. Siobhan n'ose pas se regarder. Elle monte vers Gabriel qui lui tend une bouteille d'eau qu'elle s'empresse de porter à ses lèvres.

Après l'avoir à moitié vidée, elle se tourne vers Gabriel qui lui donne cette fois une barre de céréales.

— C'est Dave qui t'a appris à te battre ?

— Quand on était gamins. Mais c'était il y a longtemps. Pour le reste, je me suis formé tout seul.

— Tu ne perds pas une miette du spectacle en tout cas.

— Dave est un connard mais je dois bien admettre que pour ce qui est du combat, c'est un artiste !

— Ouais tu ne sais pas ce que tu rates…

— Mais tu fais de l'humour petit monstre ? Il a dû frapper trop fort. Lui qui disait qu'il se retenait…

— Parce qu'il se retient ?

— Évidemment, il ne veut pas te tuer. Ni te défigurer visiblement. C'est amusant qu'il ne t'ait pas frappée au visage. Mange ! Ce qui est bien, c'est qu'apparemment la douleur, tu connais. Tu résistes bien.

— D'ailleurs, tu ne pourrais pas m'aider un peu pour ça ?

— Pour que tu ne regrettes pas de ne pas m'avoir écouté ? Sûrement pas !

— Pourquoi tu es venu alors ?

— Mange !

Siobhan avale sa barre de céréales malgré la nausée qui lui bloque la gorge. Une demi-heure après son départ, Dave pénètre dans l'Arène :

— Pourquoi tu es encore là-haut ! Tu devrais déjà être à ta place !

Siobhan redescend à la vitesse de l'éclair malgré la douleur de ses muscles qui irradie dans tout son corps. Dave ouvre une grande malle en métal et en sort un morceau de bois.

— Les couteaux standards des Traqueurs sont des Bowie. Ils ont déjà fait leurs preuves pendant de nombreuses guerres. Dans la main d'un bon combattant, ils ne ratent jamais leur cible. Ils possèdent une longueur totale de quarante centimètres et demi pour une lame de vingt-huit centimètres. Ces vingt-huit centimètres constituent la distance de sécurité qu'il y a entre toi et ton adversaire. Les quarante, eux, la distance qui doit au maximum te séparer de lui. Clair ?

— Clair.

— Bien.

Dave abat le bois sur le trapèze de la jeune femme qui réalise alors que la douleur du début de l'entraînement n'était rien en comparaison de la suite.

— Ce n'est que du bois Siobhan… Encore !

Si elle parvient à esquiver le premier coup, elle prend le second dans le genou. La douleur lui fait monter les larmes aux yeux. Mais elle tient bon, Dave semble s'en amuser. Il assène un autre coup dans les côtes de son élève qui tombe au sol.

— Encore !

Le Traqueur est impitoyable. Le morceau de bois se cogne à presque tout le corps du Canalyseur qui a l'impression de passer plus de temps allongée face contre terre que sur ses jambes. Deux heures s'écoulent avant que Dave ne décrète la fin de la séance. Il repose le terrible morceau de bois dans la malle et fait signe à Siobhan de s'approcher. Elle s'exécute et Dave la met face à un des nombreux miroirs. Sans faire de manières, Dave enlève à Siobhan son tee-shirt.

— Hé mais qu'est-ce que…

— Regarde bien ! Chacun de ces bleus est une lame qui a pénétré ta chair. Celle-ci t'a percé le foie, celle-là t'aurait ouvert de gauche à droite, et cette dernière t'aurait sectionné les artères. À demain même heure.

Tandis que Dave quitte la pièce, Gabriel descend des gradins et tend à Siobhan son tee-shirt jeté au sol. Elle l'enfile à toute vitesse, honteuse et choquée. Gabriel décide d'ajouter la gêne à ces multiples sentiments :

— J'ai compté ! Tu es morte soixante-sept fois aujourd'hui…

Chapitre 14

Le ventre plein, Gabriel et Siobhan quittent la salle commune et se rendent dans l'Alcôve de la jeune femme. La seconde journée d'entraînement avec Dave et son morceau de bois a été éprouvantable. Siobhan ne pense qu'à une chose : dormir. Gabriel s'arrête devant la porte de sa propre Alcôve :

— File, je te rejoins !

Le Canalyseur s'éloigne, trop heureuse d'avoir un moment de paix. Malheureusement, c'est au détour d'un couloir qu'une main se pose sur son épaule, brisant sa douce solitude. Elle sursaute et se retourne. Face à elle : Hava la regarde de ses grands yeux marron.

— Suis-moi, je dois te montrer quelque chose !

— Mais je…

— Fais-moi confiance, viens !

Redoutant la colère de Gabriel, mais piquée par la curiosité, la jeune femme emboîte le pas de la belle Inquisitrice en direction d'un ascenseur, qui termine sa descente au Palier Trois. Elles marchent le long des sombres couloirs jusqu'à ce que Hava finisse par pousser une porte. Elles pénètrent dans une des petites salles de questionnement. Hava passe une autre porte que Siobhan n'avait jamais poussée. En la franchissant, le Canalyseur comprend où elle se trouve. La salle d'Écartement est très éclairée et couverte de carrelage du sol au plafond. Au sol, des sillons sont tracés et mènent à des bondes chromées. Dans le sol sont également coulés deux anneaux d'attache auxquels sont fixées des chaînes aux larges maillons. Les murs carrelés sont nus à l'exception d'un grand tuyau d'arrosage bleu sombre et d'une chaîne stéréo.

— Bienvenue dans notre univers à nous, les Inquisiteurs. Ce n'est pas toujours simple d'avoir le mauvais rôle, mais toi et moi nous sommes nées avec un don dangereux, un don de mort. Nous avons un choix à faire, décider comment et pour quelle cause utiliser notre HEMI. Dispenser mort et douleur n'est jamais un choix facile. Mais cela doit rester un choix. Je me doute que tu combats depuis longtemps ce que tu es. Ce n'est pas une solution…

— Je ne veux blesser personne…

— Je t'ai fait venir ici pour te montrer quelque chose…

La porte s'ouvre et laisse entrer une jeune femme d'une quarantaine d'années, blonde et athlétique. À ses poignets, deux bracelets d'acier. Elle avance très digne vers le centre de la pièce. Derrière elle, Anton semble flotter dans ses habituels vêtements blancs. Il semble en pleine santé, si ce n'est un large bleu violacé qui s'étend de son front jusque dans son cuir chevelu et les points de suture qui dessinent un chemin tout le long. Il referme la porte derrière lui et place la jeune femme au centre de la pièce en fixant ses menottes d'acier aux chaînes. Sans doute dans un souci de mise en scène, Anton allume la stéréo et lance un concerto en do mineur de Rachmaninov.

— Anton m'a expliqué votre petit projet. Ne t'inquiète pas, je ne dirai pas un mot. En revanche, je ne pouvais pas te laisser sortir sans t'avoir montré ce que tu vas devoir affronter. Melaine est un excellent Inquisiteur, sans aucun doute le meilleur. La capacité de notre HEMI a donné lieu à de nombreuses croyances et légendes au cours du temps et des civilisations. Nous sommes à l'origine de bon nombre des dieux et des entités psychopompes comme Ixtab, Azraël, ou les Shinigami. As-tu déjà assisté à ce dont un Inquisiteur est capable ?

— Non.

— Tu as peur de moi ? D'Anton ?

— Non, je ne crois pas.

— De qui as-tu peur ?

De personne!

— De Dave, de Gabriel…

Hava fait un signe de tête à Anton. Anton fixe alors intensément la jeune femme attachée au milieu de la pièce, qui, elle, ne lâche pas Siobhan des yeux. Brusquement, la prisonnière se met à hurler à pleins poumons, un de ces cris qui vous glace au plus profond de vous-même. Elle s'écroule au sol dans une large flaque de sang. Ses genoux semblent avoir littéralement explosé, il n'en reste qu'une bouillie gluante. Anton ne la quitte pas des yeux tandis que le Canalyseur retient un hoquet de dégoût. Ce sont maintenant les doigts de la main gauche de la blonde qui explosent comme le ferait un aliment resté trop longtemps dans un micro-onde. C'est cet instant que choisit Hava pour continuer son laïus :

— Anton est connu pour tuer avec violence. Sa jeunesse ne lui permet pas toujours le contrôle. Mais Melaine, lui, est au-delà de ça. Anton a besoin d'avoir en vue sa cible. Melaine est un sniper, il peut Projeter son HEMI par-delà sa vision organique, il éloigne son HEMI de lui-même et peut tuer à plusieurs kilomètres. Melaine a ses habitudes, il se livre chaque jour à ce qu'il appelle sa moisson. Il tue au hasard des Bi-hémisphères dans les rues de la capitale, sans distinction.

Anton s'attaque à l'épaule droite de la femme.

— Cette violence te dérange ? C'est très bien ! Ce qui est terrible lorsqu'un Inquisiteur utilise son HEMI, c'est qu'il prend tant le contrôle du corps de sa cible qu'elle ne peut même pas perdre connaissance pour soulager la douleur. Tu as toi aussi cette violence. Vous les Canalyseurs avez marqué l'histoire par de nombreuses morts de masse soit non élucidées soit identifiées comme des suicides collectifs. Cette violence fait partie de nous, il est impossible de s'en défaire. Melaine, lui, l'entretient. Son contrôle est immense, il a plaisir à prendre son temps pour éliminer sa victime. Cela peut durer des jours et des jours. Melaine ne fait pas que tuer, il torture et en tire une immense satisfaction.

La femme repose sur ce qui lui reste de jambes et n'est plus tenue que par une chaîne. L'autre est au sol avec ce qu'il reste de son bras. Siobhan sent que sa tête va exploser, les Parasites de la peur commencent à gagner du terrain dans son esprit et elle a de plus en plus de mal à le gérer. Heureusement pour elle, Anton jette un ultime regard à la femme avant de faire exploser son crâne en une épaisse mixture qui vient arroser les murs et les trois Hémisphèriens.

— Tu vois Siobhan, cette violence, nous pouvons la mettre en application d'une simple pensée. Malheureusement, aujourd'hui, nous n'avons plus de droit de regard sur quand, qui et pourquoi. Autrefois, lorsqu'un Béotien était pris, il passait après l'interrogatoire devant un Missionnaire. Tu sais ce que fait un Missionnaire ?

— Il ancre une idée dans un esprit par suggestion ?

— Précisément. Aujourd'hui, au Dôme, les Missionnaires n'ont qu'un seul choix de carrière, ils deviennent Nourrices. Ils éduquent tous les jeunes Hémisphèriens aux valeurs du Cercle. Mais autrefois ils pouvaient aussi être des Hackers, ils rééduquaient, ils convertissaient les Béotiens pris lors des batailles. Si l'esprit des Béotiens était trop fort et qu'ils échouaient, c'est seulement alors qu'ils passaient entre nos mains. Il n'y a plus de Hacker au Dôme depuis plusieurs années. Nous aimons la liberté comme tout le monde, nous aimerions avoir encore cette possibilité que les Béotiens fassent un choix. C'est pour cela que les Inquisiteurs sont toujours vêtus de blanc. Autrefois nous étions des anges de la mort, nous Écartions les HEMI qu'on ne pouvait pas sauver. C'est pour tout ça que je laisse Anton partir. Il n'a jamais eu le choix, il n'a jamais vu de Hacker, je ne veux plus de ça pour mes élèves.

Hava passe sa manche sur le visage de Siobhan et efface une grosse trace de sang.

— Au revoir Canalyseur, nous ne nous reverrons peut-être pas.

Siobhan quitte la pièce en silence et remonte au Palier Six, au bout d'un énième couloir, elle tombe sur Gabriel qui lui saute dessus.

— Merde, où t'étais passée ?

— Je… Je me suis perdue…

— Siobhan, je te rappelle que je sais quand tu mens et là, tu sens le mensonge à plein nez !

— J'étais avec Anton, il va beaucoup mieux…

— Hum… Allez au lit !

Les deux Hémisphèriens rentrent dans l'Alcôve de Siobhan. La jeune femme, après une bonne douche, se glisse dans ses draps, toujours sous le regard attentif de Gabriel qui a pris place sur l'habituelle chaise.

— Dave a vraiment changé son comportement envers toi. Je pense que le fait de te cogner toute la journée lui permet de décharger ses pulsions.

— Gabriel ?

— Hum ?

— Tu n'as jamais rêvé d'autre chose ? Une autre vie, loin du Dôme, du Peson, des Béotiens ?

— Non.

— Toute la violence de ce conflit ne te donne pas envie d'être né sans ton HEMI ?

— L'espèce humaine est violente de nature, notre HEMI ne change rien.

— Si c'est dans notre nature, alors toi et moi avons la même violence ? Et donc les Inquisiteurs ne sont pas plus mauvais que les autres. Pourquoi tu les détestes autant ?

— Je préférerais que tu n'ailles plus voir Anton seule si c'est pour me poser des questions de merde quand tu reviens. Pionce maintenant !

— Tu vas vraiment dormir sur la chaise ?

— Oui.

*

Siobhan marche avec Gabriel qui ne boite plus, mais le jeune homme a mal dormi et est moyennement aimable. Le Canalyseur se garde bien de lui adresser la parole, mais Gabriel cherche le conflit :

— Alors, tu comptes encore te laisser casser la gueule aujourd'hui ou tu vas commencer à faire un effort ? Tu parles d'un Canalyseur ! Heureusement que Melaine ne t'a pas attrapée, il t'aurait brisée en deux minutes. Il est là le problème avec toi, tu n'as aucun mental !

Gabriel pousse la porte, l'Arène est vide, ils ont quelques minutes d'avance.

— Alors, où est-ce que j'aurais la meilleure vue pour te voir te faire massacrer ?

Siobhan n'y tient plus :

— Va chier Gabriel !

— Pardon ?

— J'ai dit : va chier Gabriel !

C'est ça ! Laisse la rage monter !

— Fais attention Siobhan…

— Attention à quoi ? À toi ? Bravo, cogner sur une femme ce serait courageux !

— Une femme non… Une pourriture de Canalyseur c'est toujours un plaisir !

Ni une ni deux, Gabriel lance son poing sur le visage de Siobhan, mais les leçons intensives de Dave commencent à porter leurs fruits. Elle esquive le coup et lance sa main en direction de l'Architecte, mais Gabriel attrape son bras et la ramène au sol en le lui tordant. Le jeune homme abat de toutes ses forces son autre poing serré sur la tempe de Siobhan qui atterrit face contre terre, sonnée.

Relâche…

— Gabriel !

La voix de Dave avait raisonné dans la salle comme un coup de tonnerre. Le Traqueur jette son sac, se précipite vers son élève et la relève. Elle titube, du sang coule de sa tempe, Dave l'essuie d'un revers de la main. Il emmène Siobhan s'asseoir dans les gradins, avant de retourner dans l'Arène.

— Prends une lame dans le sac !

Gabriel n'hésite pas une seconde et sort du sac un des fameux couteaux sombres des Traqueurs. Sans plus de cérémonie, il se dirige vers Dave et tente une frappe rapide que le Traqueur esquive. Gabriel frappe encore et encore tandis que Dave tourne autour de lui comme un chat, esquivant chaque coup. Jusqu'au moment où Gabriel assène une frappe qui vient se loger dans le bras de Dave lancé en avant. Le Traqueur ne cille même pas quand la lame s'enfonce dans sa chair. Il en profite pour saisir le poignet de Gabriel et le propulse au sol d'un coup de pied. Il arrache l'arme encore plantée dans son bras, le laisse tomber et se place au-dessus de

Gabriel avant qu'il n'ait pu se relever. Dave frappe, le bel Architecte encore, encore, et encore en le tenant par le col de sa chemise. Au bout d'une dizaine de coups, il s'arrête, laissant Gabriel au sol à demi-conscient.

— Siobhan ! Leçon du jour : ne jamais baisser les armes devant qui que ce soit, le danger peut aussi venir de l'intérieur.

C'est sur cette phrase que Dave ramasse le couteau resté au sol et quitte la pièce, son sac sur le dos.

Le Canalyseur reste un instant immobile, et se décide à aller rejoindre son Guide qui tente de se redresser avec difficulté. Siobhan s'accroupit à côté de lui et l'aide à se relever, le nez de Gabriel saigne abondamment.

— Il faut aller voir Jimbo !

— Pas besoin…

— Je suis désolée Gabriel.

— J'ai du sang dans les yeux, emmène-moi dans mon Alcôve, je ne vois rien.

La jeune femme puise dans sa patience et guide lentement Gabriel jusqu'à sa chambre tentant de ne pas trop attirer l'attention des Hémisphèriens qu'ils croisent dans les Paliers. Une fois Gabriel assis sur son lit, Siobhan se précipite dans la salle de bains et attrape une serviette qu'elle vient appuyer contre le nez de l'Architecte.

— Aïe !

— Effectivement pour ce qui est du combat, Dave est un virtuose… Pourquoi tu as fait ça ?

— J'en avais envie.

— Franchement Gabriel y a des fois où je ne te comprends pas. Un jour tu es un Guide attentif et le lendemain tu te transformes en fou agressif.

— J'ai toujours été comme ça ! Merde j'ai la tête qui tourne.

— Allonge-toi et dors un peu, tu n'as pas arrêté de gigoter toute la nuit.

— J'ai fait des cauchemars.

— Quels genres de cauchemars ?

— Le genre dont je n'ai pas envie de te parler.

— Tu recommences !

— Je suis désolé…

— Gabriel est désolé ?! Incroyable !

— Allez tais-toi ! Viens !

Le jeune homme se décale sur le lit tandis que Siobhan s'allonge à ses côtés, tournée vers l'extérieur, hésitante. L'Architecte passe son bras autour de la jeune femme.

— Non sincèrement je suis désolé. Tu me parlais de violence hier, cette violence a toujours été en moi depuis aussi longtemps que je me souvienne. Les autres l'on apprise, moi je n'en ai pas eu besoin. Est-ce que je suis né avec ? Est-ce que les coups de la mère supérieure m'ont laissé plus qu'une immense cicatrice ? Je ne sais pas.

— Mais tu corresponds au standard du Cercle. Je ne comprends pas bien.

— Si je suis là, c'est grâce à Jimbo…

— Je suis perdue.

— Tu ne comprends pas ou tu n'as pas envie de comprendre ?

— … Ne t'inquiète pas, il paraît que j'ai quelque chose de mauvais en moi. On est deux…

Et tandis que Gabriel resserre son étreinte, Siobhan sent que la blessure de Peter commence à guérir petit à petit. Le jeune homme parvient à arrêter le saignement au bout d'une vingtaine de minutes. Siobhan se surprend à espérer que son Guide ne se lève pas du lit. Demain ils devront quitter le Dôme alors même que le Canalyseur commençait à s'y sentir en sécurité. Elle ne sait toujours pas où Dave compte les emmener. Dehors, il y a les Béotiens, et Melaine…

Ce n'est que le lendemain matin que Gabriel conduit Siobhan au Palier Huit. Ce dernier est très semblable au Palier Sept où les Praticiens exercent, mais le lieu est désert et semble ne pas avoir été visité depuis bien longtemps. Gabriel rentre dans une salle cubique aux murs capitonnés dans laquelle trônent un lit, un lavabo et des sanitaires. Ils sont tous là, Anton, Riley et Dave. C'est sans un mot que Dave les conduit jusqu'à un escalier taillé dans la roche. Ils sortent et arrivent devant la sortie au Palier Neuf où sept Traqueurs montent la garde. Siobhan sent Gabriel se tendre à ses côtés :

— Bien joué Dave, on fait quoi maintenant ?

— Arrête de t'inquiéter Gabriel, si tu as peur, tu peux toujours faire demi-tour !

L'Architecte ne dit rien et les cinq compagnons marchent maintenant vers les Traqueurs.

— Tout est prêt messieurs ?

— Oui. Bonne chance Dave !

Un Traqueur lui donne cinq sacs à dos que Dave distribue rapidement. Siobhan remarque qu'une jeune femme inconsciente est allongée sur le côté.

— Merci les gars, allons-y !

Sans que les Traqueurs n'opposent la moindre résistance, Dave leur assène à chacun un coup sur le sommet du crâne qui a pour effet de leur faire perdre connaissance. Les cinq fugitifs se mettent en route.

— Il est encore tôt les visites des Catacombes n'ont pas encore commencé !

— Pourquoi tu les as assommés Dave ?

— Riley ! Réfléchis deux secondes, ils auront une chance de ne pas être soupçonnés. Leur loyauté est admirable. Allez on avance !

Ils prennent la direction du tunnel secret qui leur avait permis de rentrer au Dôme mais s'arrêtent au bout d'une heure, à mi-chemin. Dave leur indique une échelle qui monte en direction d'une plaque d'égout.

— J'ai dû révéler l'entrée du tunnel, du coup ils ont placé un garde sur place, on sort ici.

En file indienne, Dave à l'avant, Gabriel fermant la marche, ils gravissent les barreaux un à un et font surface au milieu d'une petite impasse. Contre le mur, deux berlines sont garées, ils embarquent: Dave et Siobhan d'un côté, Gabriel, Anton et Riley de l'autre. Dave s'installe au volant, Siobhan à sa droite. Lorsque les portes claquent la jeune femme se sent comme un animal pris au piège. Dave est un tel prédateur qu'elle ne peut se sentir parfaitement en sécurité à ses côtés. Il démarre et se met en route, suivi par l'autre voiture.

— Première étape passée sans encombre. Ton visage ça va?

— Oui, merci.

— Gabriel avait besoin d'une petite leçon. Tu sais, je ne perds pas de vue la proposition que je t'ai faite. Je ne laisserai personne te faire le moindre mal, à nous deux, nous irons loin. Je t'ai protégée trop longtemps de loin, je n'arrêterai pas maintenant. J'ai un cadeau pour toi, regarde dans la boîte à gants!

Intriguée, Siobhan ouvre et tombe sur un couteau de Traqueur flambant neuf. Pendant un instant, elle n'ose le prendre et puis elle finit par entourer le manche de sa main avant de refermer la boîte à gants.

— Il te plaît?

— Je ne m'en suis pas encore servi, deux jours c'est rien, je ne sais pas l'utiliser.

— Ne t'inquiète pas, je vais continuer à t'entraîner. Je ne te lâcherai pas dans la lutte comme ça.

— Je ne sais pas si je vais y arriver.

— Crois-moi tu vas y arriver.

Siobhan voit la capitale et la ville endormie défiler derrière la vitre teintée. Le printemps semble s'installer peu à peu et la cité s'éveille lentement. Elle n'avait pas réalisé qu'il était si tôt, mais ça explique sa difficulté à se réveiller.

— Où est-ce qu'on va ?

— On quitte la capitale, direction le sud, on a sept heures de route.

— On sera suffisamment loin de Melaine ?

— On n'est jamais suffisamment loin de Melaine !

— Tu l'as déjà rencontré ?

— Une fois, j'étais plus jeune. Il n'était pas le chef des Béotiens à l'époque, mais il sortait déjà du lot. Sa maîtrise est fascinante, il n'est pas touché par la peur et les combats semblent être un jeu pour lui. Il ne combat plus depuis qu'il dirige le Beffroi, mais pour toi, je pense qu'il fera une exception… Gabriel te cogne souvent comme ça ?

— Non. Je vais dormir un peu si tu veux bien.

*

Jimbo se tient la tête dans les mains, les coudes posés sur son bureau. Lila entre dans la salle avec deux cafés.

— Tiens, Jimbo, ça te fera du bien.

— Comment Gabriel a-t-il pu être aussi inconscient ? Pourquoi tout gâcher maintenant ? C'est ce dont il avait rêvé toute sa vie, il était Traqueur ! Je commence à me demander si je n'ai pas fait une connerie Lila.

— Non, tu n'as pas fait de connerie Jimbo. Moi je te remercie de ce que tu as fait, je sais que je t'ai toujours dit que c'était une erreur, mais sans toi je n'aurais jamais connu Gabriel.

— Et maintenant, à cause de moi, Siobhan est dehors. J'aurais dû le voir venir, Gabriel est le seul à pouvoir avoir des idées pareilles.

— C'est une idée de Dave !

Jimbo se stoppe interloqué.

— Tu savais ?

— Je n'avais pas le choix, Jimbo. Je suis désolée.

— Tu savais et tu ne m'as rien dit ? Quelqu'un d'autre est au courant ?

— Pas que je sache.

— Écoute-moi bien Lila, quoi qu'il arrive, nous n'avons jamais eu cette discussion ! C'est clair ?

— Très clair… Jimbo, je suis inquiète pour Svetlana. Quelque chose ne tourne pas rond, Dave se pose des questions sur elle. Il n'a pas voulu m'en dire plus, mais il surveillait Svetlana.

— Je sais. Je l'ai bien vu, elle ne prend plus ses repas avec nous, elle ne rend plus visite aux enfants et elle m'évite autant que possible.

— Qu'est-ce qu'il se passe selon toi ?

— Je pense que l'on arrive au bout des possibilités de notre mode de vie.

*

Siobhan ouvre les yeux lorsque la voiture s'arrête face à une grille rouillée en fer forgé entourée de grands murs en pierre. Le lierre s'est enfoncé dans la roche et l'habille d'un immense manteau de verdure.

— Ne bouge pas, reste bien à l'intérieur.

Dave sort de la voiture, prend une grande pince rouge dans le coffre et coupe la chaîne qui ferme l'entrée d'un grand parc arboré. Il remonte dans la berline avec la pince et la chaîne brisée et franchit le portail, suivi du deuxième véhicule. Il s'arrête à nouveau au bout d'une dizaine de mètres.

— Siobhan, sous ton siège s'il te plaît !

La jeune femme passe sa main dans l'endroit indiqué et en sort une vieille chaîne rouillée identique à celle que Dave vient de couper. Le Traqueur referme le portail grâce à celle-ci. Le cortège redémarre et roule au pas dans une allée de terre jusqu'à une large pelouse très haute où se trouve une grande bâtisse en vieilles pierres, bien à l'abri derrière des arbres vieux de cent ans.

— C'est immense ! On est où ?

Dave ne répond pas et descend de la voiture, Siobhan glissant le couteau dans son pantalon l'imite comme tous les autres.

— Waouh… Dis c'est sympa ! Y a pire comme Terrier !

— Riley, au lieu de parler, toi et Anton allez mettre les voitures à l'abri des regards, sous les arbres. Vous, venez, et faites gaffe aux toiles d'araignées !

Gabriel dans son dos, Siobhan marche dans les pas de Dave qui pousse la grande porte en bois du vieux manoir. À l'intérieur, le confort est beaucoup plus spartiate, quelques meubles brisés, des tags aux murs et beaucoup de poussière.

— J'espère que ça vous plaît ! Nous, c'est plus bas, cet endroit est trop à découvert pour dormir. Direction la cave !

Le parcours continue et Dave les conduit jusqu'à un escalier étroit qui descend dans un sous-sol sombre. Lorsque le Traqueur appuie sur un interrupteur, au bout de l'escalier, les néons se mettent à clignoter et le décor est tout autre. Murs en béton, lits superposés, tables et chaises, étagères avec des rations de survie, bidons d'eau, piles de vêtements de rechange, chaussures, produits d'hygiène, cartes SIM, téléphones, équipement médical de premier soin. Une petite salle de douche isolée par un rideau en plastique blanc.

— Installez-vous, je vais chercher Riley et Anton.

Dave remonte les escaliers, laissant Gabriel et Siobhan dans le Terrier. Le malaise entre les deux protagonistes est encore palpable. Mais tous deux sont soulagés d'être arrivés à destination.

— Le voyage s'est bien passé ?

— J'ai dormi. Et toi ?

— Mis à part que Riley n'a pas arrêté de parler, pas de soucis. Enlève le couteau de ton jean, tu vas te blesser ! Cadeau de Dave ?

— Oui.

— Il ne s'est pas moqué de toi, il est très beau. Tout noir… c'est un couteau destiné à un Traqueur de haut rang.

— Ils sont tous noirs, non ?

— Non, regarde bien !

Gabriel sort alors de son dos une autre lame. Au premier abord, elle semble noire, mais en y regardant de plus près, le manche est bleuté.

Les bruits de pas des autres Hémisphèriens se font entendre dans les escaliers. Une fois tout le monde dans le Terrier, Dave tire une porte blindée derrière la porte de bois. Anton n'a toujours pas dit un mot et pose son sac sur son lit tandis que Dave distribue une ration à chacun. Tous s'asseyent autour de la table et se mettent à manger en silence, jusqu'à ce que Gabriel ne le rompe :

— On est où ?

— Tu veux vraiment le savoir ?

— Non, finalement pas vraiment ! Comment a-t-on pu quitter la capitale aussi facilement ?

— Deux autres Traqueurs faisaient diversion dans le nord de la ville.

— Diversion ?

— Ils devaient monter le plus au nord possible…

— Et après ?

— Il n'y a pas d'après. On ne les reverra pas.

— Et maintenant ?

— On attend une semaine que les choses se calment. Ici on est tranquilles pour un petit moment, on a toute la place qu'il faut, des rations et de quoi dormir à l'abri. Le grand salon en haut me permettra de continuer l'entraînement de Siobhan. Ensuite, on change de Terrier, on ne peut pas se permettre de rester plus d'une semaine au même endroit.

— On change de voitures ?

— Au prochain Terrier.

— Et si on tombe sur un Terrier déjà occupé ?

— Ça n'arrivera pas. Sentant que quelque chose se dégradait ces deux dernières années au niveau du Dôme, j'ai pris l'initiative d'équiper une quarantaine de Terriers, certains mieux que d'autres.

— Je ne pense pas que Svetlana soit impliquée dans quoi que ce soit !

— Arrête de réagir comme un Architecte, Gabriel ! Tu es un Traqueur maintenant, ne l'oublie pas !

— Nous verrons bien…

— Donc comme vous le savez les Béotiens ne cherchent plus seulement Siobhan mais chacun d'entre nous. Nous sommes une manière de plus pour Melaine d'atteindre Siobhan. Ce taré s'est renseigné sur nous, il connaît chaque élément de nos vies. Mais je ne suis pas parti les mains vides…

Dave se lève et sort alors de son sac une pile de dossiers bruns, qu'il pose au centre de la table. Gabriel et Riley en prennent chacun un. À l'intérieur de chaque dossier, des rapports, des photographies, des documents officiels et tout autre type de papier.

— Ce sont les Béotiens les plus proches de Melaine. Certains sont accessibles à l'extérieur du Beffroi, d'autres non. Chacun d'entre eux représente un point fort des Béotiens. Melaine a besoin d'eux pour gagner du terrain, il y a des Inquisiteurs, pas mal de Traqueurs, des Illusionnistes, des Brouilleurs, quelques Physionomes et trois Missionnaires. En nous rapprochant de la capitale nous ferons un peu de ménage. Le but est de pousser Melaine à quitter sa tour et à venir au contact.

— Tu peux être plus clair ?

— Dans une semaine on part en chasse !

Chapitre 15

Melaine éponge son front avec un mouchoir en tissu tandis que l'homme, à genoux, hurle de toute sa voix. L'halogène qui pend au plafond, se balançant de droite à gauche, est la seule source de lumière dans cette pièce exiguë. L'Inquisiteur a enlevé son habituelle veste sombre, rendant encore plus visible sa chemise blanche ensanglantée dont il a remonté les manches jusqu'à ses coudes.

— Tu sais, la plupart des Inquisiteurs détruisent les cordes vocales de leurs cibles dès le début de leurs exécutions pour ne pas entendre leurs cris. Personnellement, je suis un fervent amateur de grande musique. Et tu as un joli timbre de voix! Tu vois, Architecte, jusqu'à il y a quelques jours, je n'aurais pas fait attention à toi. Vous les Architectes avez toujours été jusqu'ici des êtres doux et inoffensifs. Je vous croyais innocents, incapables de prendre part au combat. Quel effet ça fait, Architecte ? Quand on la voit ? As-tu ressenti cet émerveillement qu'impose le sacré ?

La trachée de la victime se resserre le privant d'oxygène, au bout de quarante secondes l'Inquisiteur relâche la pression. L'Architecte tousse et crache du sang, tentant de regonfler ses poumons.

— C'est dommage, Architecte, c'est un mauvais jour. Je dors mal depuis des mois. Vous et les tiens vous nous l'avez prise. Vous l'avez muselée, dressée comme un animal de cirque, privée de ses pulsions. Et toi, tu oses me défier ?! Moi ? J'admire ton courage Gabriel mais je ne peux accepter un tel affront !

— Je… m'appelle… Léo…

— Je sais.

D'une pensée, Melaine brise chacun des os du corps de l'homme qui tombe lourdement sur le sol, raide mort. Le chef des Béotiens quitte la pièce avec un sourire aux lèvres. Il prend l'ascenseur et quitte le premier sous-sol. Sur son passage, les Béotiens le saluent en affichant un large sourire d'admiration. En arrivant devant les portes de son bureau, il tombe nez à nez avec Harper. La Traqueuse est en compagnie d'une jolie rousse que Melaine connaît bien.

— Bonjour Melaine.

— Harper, Demi. Que me vaut le plaisir ? Venez, entrez !

Les deux femmes suivent leur chef et referment les portes derrière lui. Melaine se dirige vers une commode en acier et y prend une chemise propre qu'il passe rapidement.

— Depuis combien de temps n'es-tu pas venue Demi ?

— Un an maintenant.

— Cette mission ?

— Eh bien à mon retour au Dôme, personne ne s'est douté que les Hackers m'avaient ouvert les yeux sur le Peson. Aucun d'entre eux n'a repéré la supercherie.

— Bien. Très bien.

— J'ai une information importante au sujet du Canalyseur.

Les yeux de Melaine s'illuminent d'une lueur bestiale, il se rapproche à la manière d'un fauve de la Physionome.

— Tu as toute mon attention.

— Siobhan a quitté le Dôme.

— Quand ?

— Il y a quatre jours. Je n'ai pas pu sortir plus tôt du Dôme pour vous prévenir. J'en suis désolée.

— Où est-elle allée ?

— Personne ne le sait.

— Avec qui est-elle ?

— Avec la plupart des accompagnants de sa première sortie : Dave, Anton, Gabriel et Riley.

Le cœur de Melaine frappe à pleine puissance dans son torse et son HEMI frémit à l'idée que le Canalyseur soit de nouveau accessible dans la nature.

— Dois-je en informer Shauna ?

— Oui, Harper lance tes Traqueurs sur leurs traces et qu'ils nous ramènent Siobhan. Pour ce qui est de ses compagnons, qu'ils prennent la direction des chambres de conversion dès leur arrivée au Beffroi. Pour ce qui est de l'Architecte, amenez-le-moi directement. Je veux m'occuper de lui personnellement. Merci pour ces précieuses informations Demi, je suis ravi de ton retour au Dôme, va prendre un peu de repos, voir tes frères et sœurs, tu leur as manqué.

— Merci Melaine.

*

Siobhan sort quelques minutes du manoir, histoire de respirer un peu. Les entraînements avec Dave se font de plus en plus intenses, le bandage qui entoure les côtes de la jeune femme en témoigne. Plus que trois jours avant de quitter le Terrier et la pression commence à monter pour chacun des membres de l'équipe. Le Canalyseur aperçoit Riley assis à une vingtaine de mètres sur un banc de bois, sous un grand châtaignier, qui lui fait signe. Elle marche jusqu'à l'Illusionniste qui lui adresse comme toujours un large sourire.

— Alors cet entraînement ?

— Comme d'hab ! Douloureux et éprouvant.

— Dave ne te lâche pas !

— Il n'est pas le seul…

Siobhan venait de voir apparaître Gabriel dans l'encadrement de la porte du manoir. Le bel Architecte s'adosse à un mur, les bras croisés, sans la lâcher des yeux.

— Gabriel fait son taf. Je sais bien qu'il n'est pas tendre avec toi, mais que veux-tu ? On ne se refait pas !

— J'avoue que j'ai bien du mal à comprendre si sa mission consiste à prendre soin de moi ou à me démolir lentement.

— Il est comme ça. Il l'a toujours été avec tout le monde. Un jour c'est un agneau, le lendemain c'est un loup. Même Lila en a fait les frais.

— Hum… Et toi tu faisais quoi tout seul ici ?

— Comme toi, je m'entraînais.

— Tu m'expliques ?

— Non, mais si tu veux je te montre.

Riley lui désigne du doigt le manoir et soudainement ce dernier disparaît. À sa place, un lac entouré de sable blanc. Siobhan écarquille les yeux.

— C'est incroyable…

— Attends, tu veux du grandiose ?

Aussi vite que le manoir avait disparu, une seconde lune apparaît dans le ciel crépusculaire. Elle est plus grosse et plus lumineuse que son homologue. Riley rit de l'étonnement de Siobhan.

— Allez, ça suffit pour aujourd'hui.

À peine Riley eut-il fini de prononcer ces mots que la seconde lune et le lac disparurent, révélant de nouveau la présence du manoir et de Gabriel qui les regardait de loin d'un air suspicieux.

— Alors c'est ça, l'HEMI d'un Illusionniste ?

— Yep ! Pas mal hein ?

— C'est complètement dingue.

— Il paraît. J'ai toujours fait ça, j'ai passé plusieurs années de mon enfance enfermé dans mes Illusions. Je ne parlais presque pas, je restais dans mon monde. Les médecins ont dit à mes parents que j'étais atteint d'un retard mental. Quand les Hémisphèriens m'ont Rapatrié au Dôme, les Nourrices savaient de quoi j'étais fait. Elles m'ont appris peu à peu à rester dans le monde réel et c'est un autre Illusionniste qui m'a appris à parfaire l'utilisation de mon HEMI.

— Combien de temps a-t-il fallu pour que tu le maîtrises ?

— Plusieurs années. Mais c'est épuisant physiquement, je suis vite H.S. D'ailleurs, j'ai faim et c'est l'heure d'aller manger !

Les deux compagnons se lèvent et se dirigent vers le Terrier. Gabriel rentre à l'intérieur avant que Siobhan et Riley ne soient arrivés à son niveau. Les Hémisphèriens descendent à la cave et tirent la porte blindée derrière eux. Dave sort *a priori* de la douche et s'habille dans un angle de la pièce. Siobhan commence à s'habituer à cette absence de pudeur entre les Hémisphèriens. Anton est assis dans un coin, les yeux plongés dans un dossier kraft. L'Inquisiteur ne lève même pas les yeux à l'arrivée des autres et la jeune femme se dit qu'elle saura bien assez tôt de quoi il s'agit.

C'est après un repas pris dans le silence que Siobhan décide de sortir regarder le ciel étoilé. Gabriel est dehors, assis sur les marches à l'entrée du manoir. Une cigarette dans la main, il souffle une fumée dense qui s'élève vers l'immensité de la nuit. Le visage de l'Architecte est baigné par la lueur opaline de l'astre nocturne. Il semble paisible, mais le mouvement répétitif de sa jambe gauche le trahit. Il paraît plus jeune dans sa tenue civile, même s'il porte obstinément la couleur des Traqueurs.

— Tu comptes rester plantée là longtemps où tu penses venir t'asseoir ?

— J'te dérange pas ?

— Cigarette ?

— J'suis pas contre, ça fait un moment.

Siobhan s'assied à la droite de son Guide et accepte sa cigarette, elle se penche vers la flamme du briquet qu'il lui tend. Le Canalyseur prend une grande bouffée de tabac et souffle doucement les yeux toujours fixés sur le ciel.

— J'espère que Lila n'a pas eu d'ennuis.

— J'espère aussi. Mais je suis certain que Jimbo va la protéger.

— Ils te manquent ?

— Évidemment, ils sont ma famille.

De petites chauves-souris volent dans l'obscurité, leur ballet nocturne est fascinant.

— C'est difficile de réaliser la violence de ce qui nous attend alors que tout est si doux, si calme. Même délabré cet endroit est sublime, il semble hors du temps.

— Tu as peur ?

Siobhan prend un temps pour répondre. Ce n'est pas la peur, c'est la terreur qui lui tient le ventre. L'effroi sourd et profond, la certitude que la mort est au bout de cette mission. Mais le Canalyseur hésite à avouer sa crainte à Gabriel, les leçons de Dave commencent à porter leurs fruits : « Ne pas montrer ses faiblesses ! »

— Non. Je suis plutôt stressée.

— Hum ! Tu te méfies de moi ? C'est bien, tu progresses.

— J'ai de bons professeurs. Et puis de toute façon, je me suis toujours méfiée de toi !

— Je dois bien avouer que je n'aurais jamais pu imaginer la tournure que prendraient les choses. J'étais certain que tu allais attirer les emmerdes, mais pas que je fuirais le Dôme en compagnie de Dave pour te protéger… Jamais !

— Me protéger ? Je croyais qu'on partait pour affronter Melaine ?

— Oui, aussi…

Gabriel écrase sa cigarette dans un vieux pot qu'il a trouvé dans ce qu'il reste de la cuisine du manoir.

— Tu ne veux pas m'en dire plus c'est ça ?

— Pas tant que nous n'aurons pas de certitude… Tes côtes ça va ?

— Douloureux quand je respire. Mais mon HEMI m'a habituée à bien pire.

— Tu es douée pour manier le couteau. Tu as un instinct de tueur dans le sang. Je suis désolé tu sais, pour l'autre fois dans l'Arène.

— Tu t'es déjà excusé…

— Ta gueule, laisse-moi finir. J'ai vraiment été… un sombre con !

Effectivement !

— C'est oublié.

— Je commence à te supporter petit monstre. Je suis content que tu sois là avec nous dans cette galère.

— On a une super équipe.

— Ouais, pas mal.

— Et Anton ? Tu commences à le supporter ?

— Tu sais je n'en veux pas particulièrement à Anton, c'est sa nature d'Inquisiteur qui me file des boutons.

— Tout comme tu ne supportes pas la mienne…

— Je pense pouvoir accepter de vivre aux côtés d'un Canalyseur, mais avec un Inquisiteur, ça, je ne m'y ferai pas. Ne compte pas là-dessus !

À son tour Siobhan, écrase sa cigarette, elle pense à Lila, Svetlana, Jimbo et la petite Tia. Son Alcôve rassurante lui manque brusquement, elle désespère de pouvoir se recoucher dans les draps de son lit. Siobhan sent le froid de la nuit la saisir. Gabriel s'en rend compte immédiatement et lui tend son gilet noir. La jeune femme le pose sur ses épaules et ose appuyer sa tête sur l'épaule de l'Architecte, ce dernier ne s'écarte pas.

— D'après toi, Melaine a eu vent de notre sortie du Dôme ?

— Aucune idée. Mais nous le saurons bien assez tôt.

— Quand nous aurons tout un bataillon de Traqueurs aux fesses !

— C'est ça. Une autre clope ?

— Pourquoi pas ! De toute manière, ce n'est pas le cancer qui me tuera…

L'Architecte sourit, prend deux cigarettes dans son paquet et les allume simultanément. Il en place une, délicatement, entre les lèvres de la jeune femme.

— Il te manque Peter ?

— Je ne sais pas. Je ne sais pas si c'est lui ou le manque d'affection qui me pèse.

— Tu lui en veux beaucoup ?

— Non, absolument pas. J'aurais dû le quitter depuis longtemps, je savais qu'il n'était pas heureux. J'aurais dû lui rendre sa liberté avant qu'il n'ait besoin de la reprendre lui-même.

— Petit monstre, tu devrais expliquer ça à Lila.

— Je ne pense pas qu'elle le prendrait très bien, surtout venant de moi. Elle me déteste toujours autant.

— Lila a peur de toi, elle ne te déteste pas. Et puis elle est jalouse.

— Jalouse ?

— Quand tu es arrivée, elle m'a demandé si je comptais m'envoyer en l'air avec toi.

Et puis quoi encore ?

— Sérieusement ?

— Je lui ai dit que je n'étais pas aussi bête, que tu n'étais pas mon genre et que je ne voulais pas mourir !

Un malaise s'abat brusquement sur la conversation. Siobhan est étonnée de se sentir si vexée par la réponse de Gabriel.

— Mourir ?

— Eh bien, coucher avec un Architecte, c'est une expérience incroyable. Imagine ce que ça peut être : quelqu'un qui peut te faire ressentir toutes les émotions possibles ! La joie, la plénitude, le désir à portée de Souffle.

— Tu m'étonnes que Lila ne lâche pas l'affaire !

— J'aurais peur que tu perdes le contrôle et que tu Projettes. Et avec moi tu perdras forcément le contrôle. Le plaisir, c'est ma spécialité. Je suis un loup !

— Prétentieux !

Gabriel se tourne brusquement face à Siobhan et plonge ses yeux dorés dans les iris noirs de sa disciple. Elle se fige brusquement, ce qu'elle voit dans le visage de son Guide, elle ne l'a jamais vu auparavant. Le jeune homme dégage quelque chose de différent et un goût de sucre mêlé de menthe, de pêche et de coco emplit la gorge de Siobhan. Une immense vague de désir inonde la jeune femme, des frissons remontent le long de son dos et elle se met à voir au ralenti. Des picotements se font ressentir dans le bas de son ventre. Gabriel affiche un sourire animal et une seconde vague déferle dans le corps de Siobhan qui ne peut se retenir de fermer les yeux pour la supporter. Son sang s'enflamme, un profond et sublime plaisir s'empare de son corps tout entier, faisant pointer ses tétons à travers son débardeur. Elle resserre les cuisses comme pour empêcher une confession. Sa respiration s'accélère et ses pensées s'éparpillent dans des limbes érotiques. C'est lorsqu'elle laisse échapper un faible gémissement que les vagues s'écroulent. Siobhan ouvre les yeux, Gabriel n'a pas bougé. Il affiche un joli sourire moqueur. Le Canalyseur cligne des yeux comme pour réaliser ce qu'il vient de se passer. Gabriel se lève, elle fait de même et il lui chuchote à l'oreille d'une voix suave :

— Et encore je ne t'ai pas touchée…

Laissant Siobhan seule, Gabriel redescend dans le Terrier où Anton et Dave sont en train de débattre autour de la table, tandis que Riley a laissé la digestion le conduire au sommeil. En voyant l'Architecte, Dave ne peut s'empêcher de l'interpeller :

— Où est Siobhan ?

— Dehors, elle prend l'air, tout va bien. Alors ? Vous avez décidé ?

— Oui, on commencera par un Physionome, Baptiste. Il est le meilleur formateur de Melaine. C'est lui qui forme les meilleurs espions du Beffroi. Et le danger physique est moins grand avec lui qu'avec les autres cibles.

— Où est-il ?

— Actuellement, dans l'est du pays.

— Le plan ?

Anton, qui fixe Gabriel avec ses grands yeux glacials prend alors la parole :

— Il a pris l'apparence du gestionnaire d'un café. Son lieu de travail lui sert de cadre de formation pour apprendre une multitude de visages à ses élèves. Donc nous aurons sans doute six ou sept Physionomes présents. Nous irons à la fermeture et nous l'éliminerons. Ainsi nous n'aurons pas de Bi-hémisphères dans les locaux.

— D'ici, le plan semble parfait !

— Rien n'est jamais assez parfait quand il est question d'affronter les Béotiens. On a encore un peu de travail…

Anton est alors interrompu par Siobhan qui descend les escaliers, le regard tourné vers le sol. Elle referme la lourde porte blindée derrière elle, et sans un mot, se dirige vers l'échelle de son lit superposé, en prenant soin de garder les yeux baissés. Elle y grimpe, se glisse sous les draps, jette ses vêtements par-dessus le lit et ferme les yeux pour plonger dans le sommeil. Dave lève un sourcil d'un air soupçonneux et se tourne vers Gabriel qui s'assied à table, l'air de rien.

— Tu lui as encore fait du mal ?

— Non, en aucun cas.

— Siobhan ? Tout va bien ?

Siobhan ne répond pas à Dave. Elle est bouleversée par ce sentiment de désir qui l'a envahie. Désir pour un autre homme que Peter, une envie incontrôlable d'être possédée par cet Architecte. La honte envahit le Canalyseur jusqu'à ce qu'un Souffle lancé par Gabriel l'apaise. La jeune femme s'endormira quelques heures plus tard en écoutant ses compagnons mettre au point leur plan d'attaque.

*

— C'est bon Jimbo tous les patients dorment.

— Merci Lila. Pas trop fatiguée ?

— Un peu. J'avoue que je dors mal depuis une semaine.

— Nous sommes deux alors. J'ai du café dans mon bureau, ça te dit ?

— Pourquoi pas.

Les deux Hémisphèriens quittent les chambres communes de soin et vont s'asseoir dans le bureau de Jimbo. En sucrant son café, Lila ne peut s'empêcher de partager ses inquiétudes avec le Praticien.

— Je n'aurais jamais cru que Demi était une taupe. Elle pouvait avoir une attitude déplacée, mais jamais je n'aurais cru qu'elle était un Béotien.

— Moi non plus. Tes hommes sont sûrs de leurs informations ?

— Oui. Ce qui est inquiétant, c'est qu'elle a dû mettre au courant Melaine que Siobhan avait quitté le Dôme, et avec qui.

— Ce n'est pas ce qui m'inquiète le plus. Melaine s'en serait rendu compte un jour ou l'autre. Ce qui m'inquiète, c'est que Demi a été le Physionome placé chez Siobhan. Elle a joué sa vie, elle connaît beaucoup de choses personnelles sur elle…

— Et tu crains que Melaine n'utilise ces informations pour amener Siobhan à suivre la cause des Béotiens ?

— Exactement.

— Si Siobhan rejoignait le Beffroi de son propre chef, ce serait terrible.

— Et si Melaine parvient à la faire Projeter, ce sera notre fin à tous. Mais je ne sais pas si Melaine sera ce qui nous détruira.

— Qu'est-ce que tu veux dire ?

— Je pense que le danger vient de l'intérieur. Quelque chose ne tourne pas rond au Dôme, je le sens depuis quelques mois. Paul mène ses Traqueurs comme il le veut, le Cercle est de plus en plus effacé. J'ai peur que nos dirigeants n'aient plus le moindre pouvoir sur le Dôme.

— Tu t'inquiètes pour rien, Jimbo. Paul ne peut pas diriger le Dôme, il n'est pas assez malin.

— Seul, non…

— Qui ?

— Svetlana…

— Jimbo, ne dis pas de bêtises !

— Crois-moi Lila, j'ai plus de mal que toi à me faire à cette idée, mais quelque chose se trame. Elle prend ses distances avec nous, elle ne nous parle plus. Et selon des bruits de couloirs, elle passe beaucoup de temps dans le bureau de Paul.

Lila prend une grande gorgée de café chaud.

— Jimbo… tu ne veux pas voir qu'il y a peut-être une autre explication à ces réunions privées entre Svetlana et Paul ?

— Sois plus claire.

— Je sais ce que tu ressens pour Svetlana, tout le monde le sait. Et si…

Lila hésite une seconde, elle tremble à l'idée de pouvoir briser le cœur du Praticien. Mais la situation est trop grave pour se permettre d'hésiter :

— … si Svetlana et Paul entretenaient une relation ?

— Cela n'explique pas pourquoi elle s'éloigne de nous, chaque jour un peu plus.

— Parce qu'elle sait, Jimbo. Elle sait… Comment ne pourrait-elle pas le voir ? L'amour que tu as pour elle se dessine dans tes yeux à chaque fois que tu l'aperçois ou que tu parles d'elle. Elle a de l'affection pour toi, c'est indéniable. Elle t'éloigne pour ne pas que tu assistes à son rapprochement avec Paul, elle ne veut peut-être pas que tu aies à subir ça.

Jimbo ne dit rien. Et si Lila disait vrai ? Il n'avait même pas imaginé que Svetlana puisse vivre une histoire d'amour avec Paul. Le Praticien ne voit pas sa si douce 'Lana tomber dans les bras d'un requin comme le responsable des Traqueurs. Et si c'était vrai ? Et si tous les complots que Jimbo commençait à visualiser dans sa tête n'étaient qu'une parade pour ne pas voir les choses en face ? L'amour incommensurable de Jimbo pour Svetlana lui aurait-il fait perdre la raison ?

— N'en parlons plus pour le moment si tu veux bien…

— Je suis désolée Jimbo, je ne voulais pas te faire de peine.

— Merci de ta franchise Lila.

L'Architecte cherche un autre sujet de conversation que celui de la belle Pisteuse.

— Tu crois qu'ils vont bien ?

— Dave saura veiller sur Gabriel et Siobhan, ne t'en fais pas. Même s'il déteste Gabriel, son sens du devoir est indéfectible.

— Tu dois avoir raison.

— Il y a une chose qui t'inquiète Lila, je le vois bien.

— On ne peut rien te cacher, et puis de toute façon tant qu'on est dans les peines de cœur…

— Tu as peur qu'il se passe quelque chose entre Siobhan et Gabriel ?

— …

Une larme coule lentement le long de la joue droite de Lila et ses mains se crispent sur sa tasse de café.

— Oh, Lila, ne pleure pas s'il te plaît.

— Qu'est-ce qu'elle a que je n'ai pas ?

— Lila tu avances des choses dont tu n'es même pas certaine.

— Je le vois bien, il est fasciné, il est intrigué. Elle n'est pourtant pas si intelligente, elle n'est pas si belle.

— Oui mais elle est dangereuse… Gabriel a toujours aimé le danger, il est captivé par l'interdit, tout ce qui lui est interdit.

— Il pourrait mourir…

— Va dire à un homme, qui ne pense plus avec sa tête, qu'il pourrait mourir de plaisir ! Il y a de bonnes chances pour qu'il n'y voit pas de problème. Ne t'inquiète pas, Siobhan ne s'est pas remise de la fin de son mariage avec Peter. Et je ne pense pas que ce soit le genre de femme qui s'allonge sans espoir d'obtenir plus.

— J'aimerais te croire et faire disparaître ces mauvaises idées.

— Un jour Lila, tu croiseras quelqu'un qui t'aimera d'amour. Qui prendra soin de toi, j'en suis certain.

Lila pose sa tasse vide sur le bureau de Jimbo et se lève de sa chaise.

— Je vais aller me coucher si tu n'as plus besoin de moi.

— Non ne t'inquiète pas, ça va. Merci encore pour aujourd'hui, tu as fait un travail exceptionnel !

— Tu avances sur les examens de Siobhan ?

— Je n'en suis pas très sûr, mais il me semble que j'ai touché quelque chose. Je pense que je vais finir par comprendre ce qui pourrait amener à une Projection. Ainsi nous pourrons bloquer ça quand ils reviendront.

— Je l'espère pour elle. Bonne nuit Jimbo, dors bien.

— Bonne nuit Lila.

Lila prend Jimbo dans ses bras et ce dernier lui rend son étreinte. Elle se dirige vers la porte du bureau et, avant qu'elle ne l'ait franchie, Jimbo l'interpelle :

— Tu veux quelque chose pour dormir sans problème cette nuit ?

— Non merci Jimbo c'est gentil…

Chapitre 16

Les nouvelles voitures choisies par Dave sont deux gigantesques 4 × 4 noirs aux vitres teintées. Vu qu'ils ramènent tout le matériel et les vivres restant du premier Terrier, ce n'est pas plus mal d'avoir de grands coffres. Siobhan s'est installée à l'arrière de la seconde voiture. Elle regarde le paysage défiler derrière la vitre teintée. Dehors, la vie semble se dérouler normalement. Les gens ne se doutent pas de ce qui se trame à quelques mètres de chez eux. Anton est assis à l'avant, comme à son habitude, le jeune homme reste silencieux. Gabriel, lui, conduit. Les deux mains posées sur le volant, il semble stressé et ne cesse de jeter des regards soupçonneux dans ses rétroviseurs.

Tu comptes lui faire la gueule encore longtemps ?

Ferme-la !

C'est quoi le problème? Qu'il puisse avoir un contrôle sur toi ou que tu n'en as aucun sur toi-même?

Gabriel fixe Siobhan dans le rétroviseur central, elle semble perdue dans ses pensées.

— Tu te souviens de ce qu'on a dit?

La jeune femme reste muette.

— Siobhan!

— Oui, je me souviens. Je ne reste pas dans la voiture au cas où un Béotien débarque, je reste derrière l'un de vous, je me défends si besoin et je ne m'en mêle pas…

Anton tourne alors la tête vers Siobhan et lui adresse un sourire rassurant. La jeune femme ne s'en rend même pas compte. Anton, bien décidé à faire passer le message, brise son silence:

— Ne t'en fais pas Siobhan, tout se passera bien. Nous sommes tous là. Souviens-toi, à ta première sortie hors du Dôme, nous nous en sommes tirés. Et nous n'étions pas aussi bien préparés. Ce sera déstabilisant, les Physionomes vont semer le doute, ils nous feront croire que leur apparence est toute autre.

Siobhan fait un signe d'acquiescement à l'Inquisiteur et se replonge dans la contemplation du paysage.

Tu comptes vraiment rester à l'écart de tout ça?

Je suivrai les instructions.

Ce n'est pas dans ta nature de suivre les instructions.

Je ferai ce que je dois faire.

Ce n'est pas toi! Tu sais ce que tu es! Ce que tu as toujours été, il y a trop longtemps que tu enfermes la créature que tu es. Tu n'es pas un animal qu'on enchaine!

Je veux juste rester en vie.

Ce n'est pas une vie! Tu te laisses enfermer dans une cage et tu remercies ceux qui ferment les barreaux!

Tu n'as pas ton mot à dire, c'est ma vie, pas la tienne! D'ailleurs, tu n'existes même pas, tu n'es qu'un pur produit de mon esprit dérangé.

Je suis beaucoup plus que ça…

Les voitures ralentissent et se garent sur le parking d'un supermarché désert. Dave et Riley sortent les premiers en claquant les portières. Gabriel et Anton suivent le mouvement, Siobhan met plusieurs secondes à défaire sa boucle de ceinture.

Comme d'habitude, je suis à la traîne…

Le Canalyseur saute hors de la voiture et rejoint ses compagnons. Dave prend alors la parole à la manière d'un chef des armées :

— Bon, il nous reste trente minutes de route. On récapitule : on gare les véhicules plus loin, on se rend jusqu'au café à pied, Riley tu entres le premier tu effaces Siobhan, ensuite j'entre avec Anton. Gabriel, Siobhan et toi vous nous suivez. Souvenez-vous qu'il y aura majoritairement des Physionomes, mais aussi quelques Traqueurs et il est possible qu'il y ait d'autres HEMI. Mais normalement, pas d'Inquisiteur. Si c'est le cas… je commencerai par lui. Des questions ?

— …

— Non ? Gabriel, Siobhan, vous avez vos lames ?

— Oui.

— Bien. Siobhan rappelle-toi bien tout ce que je t'ai appris.

— La meilleure défense c'est l'attaque !

— Tu te fous de ma gueule là ?!

— Un peu d'humour ça ne peut pas faire de mal…

— Nous verrons si tu as toujours envie de faire de l'humour après notre première mission…

Siobhan ne dit plus un mot, elle sent bien qu'elle dépasse les bornes. Elle ne parvient pas à sortir de sa mauvaise humeur depuis l'étrange expérience qu'elle a eue avec Gabriel lors de cette fameuse soirée. Elle tourne les yeux vers son Guide, il la regarde avec le même sourire satisfait que lorsqu'il a Soufflé sur elle ce soir-là. Elle trouve ce sourire dérangeant, presque malsain.

Qu'est-ce qu'il veut prouver ?

— On décolle dans dix minutes !

Dave monte alors dans le 4 × 4 et ferme les yeux comme pour faire une micro-sieste, Anton fait de même.

— Bon, je vais aller me concentrer un peu Gabriel, OK?

— Vas-y, Riley.

Riley laisse alors les deux Hémisphèriens et s'éloigne de plusieurs dizaines de mètres. Gabriel s'adosse à la voiture et allume une cigarette. Siobhan se pose à ses côtés, l'Architecte lui tend une cigarette. Siobhan l'accepte :

— Tu comptes encore faire un truc malsain et tordu si je fume une cigarette ?

— Ne te stresse pas petit monstre.

— Ce que tu as fait… c'était… merde t'es un connard !

— Tu commences à ressembler à Lila, fais gaffe.

— Tu ne manques pas d'air !

— Tu m'as provoqué, petit monstre.

— On ne faisait que parler. Qui t'a donné l'autorisation de t'immiscer dans mes émotions, mes sensations ?

Gabriel se place alors en face de Siobhan qui a besoin de lever la tête pour le regarder dans les yeux.

— Dois-je vraiment attendre que tu me donnes ton autorisation ?

Siobhan ne répond pas et se sent perdre pied peu à peu. Le corps de Gabriel est si près qu'il semble au Canalyseur que l'oxygène de l'air a été remplacé par son parfum. Les fragrances de chêne et de jasmin emplissent ses narines.

— Je te l'ai dit Siobhan, je suis un loup. Nos HEMI ne nous rendent pas moins humains, nous avons les mêmes besoins, les mêmes défauts, les mêmes talents.

— Recule, Gabriel, je ne suis pas ce genre de femme.

— Je t'arrête tout de suite, je n'en ai pas après ton cul !

Siobhan prend une grande bouffée de tabac tandis que Gabriel s'écarte d'elle.

— Je suis donc si laide à tes yeux ?

Gabriel laisse échapper un ricanement.

— Je croyais que je ne devais pas m'immiscer dans tes sensations, que tu n'étais pas ce genre de femme, que tu n'étais pas intéressée ?

— Et c'est vrai. Je ne suis pas intéressée, c'est juste que…

— Vas-y parle, c'est le moment, tu n'en auras peut-être pas d'autre.

— C'est juste un problème d'ego. Peter qui me trompait, et depuis longtemps, c'est mauvais pour l'image de soi. Après tout ça, c'est impossible de se sentir séduisante et tu en rajoutes des couches et des couches.

— Ce n'est pas ton corps qui me rebute chez toi, petit monstre, tu es ce que j'aime appeler une intouchable…

— Une intouchable ?

— D'abord, tu es une femme mariée.

— Divorcée ! Enfin, morte plus précisément ! Et *a priori*, de ce que j'ai pu voir, le mariage n'empêche rien.

—Tu n'as pas tort. Deuxièmement, je suis ton Guide et ça sort des limites de mes fonctions.

— OK, ça c'est un argument valable pour que tu me trouves repoussante !

— Te moque pas, je prends mon job au sérieux. J'ai gardé le plus convaincant pour la fin.

— …

— Tu es un Canalyseur, tu es dangereuse et imprévisible.

— Là, tu as gagné.

Leur discussion est interrompue par le moteur du premier 4 × 4 qui vient de démarrer.

— C'est parti. Riley ramène tes fesses, on décolle !

Siobhan jette sa cigarette et grimpe dans le véhicule en même temps que son Guide. Gabriel ouvre la portière opposée et Riley arrive en trottinant. Les deux 4 × 4 quittent alors le parking et roulent un peu plus de vingt minutes à travers deux villages successifs avant de s'arrêter dans une ruelle. Le clocher de l'église affiche vingt heures trente et les rues sont vides, tous les Bi-hémisphères sont rentrés. Les Hémisphèriens, eux, sortent des voitures. Dave fait un signe de tête à ses compagnons qui lui emboîtent le pas tandis qu'il s'éloigne. Au bout de six mètres, les cinq combattants se sont mis en formation selon le plan prévu. Siobhan n'a pas le temps d'apercevoir le café qu'ils sont déjà devant. Riley fige instantanément l'image du bâtiment aux yeux du reste du monde. À sa place, un énorme chêne entouré de quatre bancs, seule la porte est encore visible. Le jeune homme semble en transe. Dave pousse la porte du café sur lequel un panneau fermé est accroché. Lorsque les cinq Hémisphèriens pénètrent dans le commerce, les choses s'accélèrent et une quinzaine de Béotiens sortent par une porte menant à l'arrière du bar. En une seconde, dix des Béotiens sont remplacés par des copies conformes de Dave, Gabriel, Riley, Anton et Siobhan. Seuls cinq d'entre eux n'ont pas changé. Siobhan comprend mieux la difficulté qu'ils vont rencontrer. Dave peut savoir qui est un Physionome et qui ne l'est pas, mais Gabriel, Riley et Anton n'en savent rien. Dave est voûté, les genoux pliés, en posture d'attaque. À la façon d'un animal, il hume bruyamment l'air et, en une seconde, il passe à l'offensive. Le Traqueur virevolte et retombe, couteau en main, sur le haut du crâne d'un Illusionniste ayant pris l'apparence de Siobhan. Presque simultanément, Riley disparaît totalement et un autre Illusionniste tombe à terre, comme assommé par un être invisible. Les Béotiens se jettent à la rencontre des cinq camarades. C'est maintenant une foule d'Illusionnistes changeant successivement de forme qui fond sur les Hémisphèriens. Anton en fixe un du regard. Le Béotien s'effondre, les genoux brisés sous le coup de l'HEMI de l'Inquisiteur. Anton ne court pas vers lui, il marche paisible et tranquille, comme au ralenti. La violence de la scène semble à la fois tragique et comme suspendue dans le temps. Le torse du Physionome explose en un geyser d'os et de sang. Un des Béotiens s'arrête et penche la tête sur la droite avant de prendre une grande inspiration par le nez. Il tourne alors les yeux vers Siobhan et susurre :

— Canalyseur…

Dave combat un autre Traqueur qui lui pose quelques difficultés. Anton, après avoir abattu un second Physionome, se fige brusquement, il semble aveugle. Siobhan comprend immédiatement qu'un Brouilleur est présent. La jeune femme n'a pas le temps de penser à le débusquer qu'une horrible douleur lui fend le crâne en deux. Elle tente de résister au supplice, mais il lui semble que plus elle résiste, plus la douleur est forte. Les Parasites lui dévorent les nerfs peu à peu.

Non, je vais tenir je vais tenir !

Tu sais ce que tu dois faire !

Pitié stop !

Libère-moi !

Non !

Libère-moi !

NON !

Elle s'écroule à genoux, le souffle coupé, lorsqu'une main la saisit et la tire vers le haut. Elle se retrouve plaquée contre le torse de Gabriel. Le jeune homme la tient serrée contre lui tandis qu'il plante son couteau de combat entre les vertèbres d'un Physionome.

Ils semblent presque valser au milieu de toute l'horreur qui les entoure. Lorsque Gabriel aperçoit un Traqueur se précipiter vers eux, il pousse violemment Siobhan loin de lui, elle traverse la pièce, heurte une table et brise une chaise en bois au passage. Le Traqueur se jette au même moment, de toute sa masse sur Gabriel et les deux combattants chutent. Le Traqueur est bien plus grand que Gabriel mais le jeune homme bouge vite et parvient à se défaire de l'étreinte du Béotien. Siobhan, face contre terre, s'appuie sur ses avant-bras, au milieu de ce chaos, et aperçoit du coin de l'œil Dave égorger le Traqueur Béotien qui lui causait tant de difficultés. Il Piste immédiatement l'air autour de lui, se laissant guider par son odorat, comme si ses yeux ne lui étaient plus utiles. Dave se jette sur le Brouilleur qui bloque les sens d'Anton et lui brise la nuque d'un coup sec. L'Inquisiteur reprend immédiatement ses esprits. Siobhan attrape la main que Gabriel lui tend et se relève. Elle s'arrête un instant.

— Rien de cassé Siobhan ?

Non !

Le Canalyseur attrape le couteau de combat à l'arrière de son pantalon et le plante instantanément dans le cou de Gabriel. Le Physionome s'effondre et révèle sa vraie forme : celle d'une jeune femme d'environ seize ans. Le visage de Siobhan se couvre de sang tandis qu'Anton brise le crâne de deux Physionomes simultanément. Un Traqueur avance vers Siobhan mais il est intercepté par un Riley invisible et se retrouve au sol après avoir été frappé plusieurs fois à la tête. Siobhan prend son couteau plus fermement et avance vers un Béotien ayant pris son apparence, resté en retrait. C'est quand elle n'est plus qu'à un mètre de lui que le Physionome prend la forme d'une petite fille de quatre ans. Le Canalyseur se fige et baisse sa lame.

— Bonjour Siobhan.

— …

— N'aie pas peur, tout ira bien, il viendra te chercher.

— Siobhan !

La jeune femme se retourne et se rend compte que l'enfant face à elle est le dernier Béotien vivant. Riley est de nouveau visible, la chemise de Dave est déchirée à la manche et sa voix fait sursauter Siobhan. Anton est couvert de sang presque de la tête aux pieds, Gabriel saigne au niveau du front mais à part ça, il ne semble pas blessé. Dave se rapproche du Canalyseur :

— Siobhan !

— Je ne peux pas.

— Siobhan, ce n'est qu'un subterfuge, ne te laisse pas avoir. Baptiste, tu n'as donc pas d'honneur ?

L'enfant s'efface et laisse place à un homme de constitution solide, aux yeux bleus profonds et dont le visage est en partie recouvert d'une large barbe rousse.

— Ne remets pas mon honneur en question. Je te connais, tu es Dave, Traqueur numéro un du Dôme. Ta réputation te précède.

— Nous ne sommes pas là pour discuter.

— Je l'avais remarqué. Vous laissez un message ?

— Pour Melaine…

— Je vois, et vous pensez que massacrer vos frères est le meilleur moyen de rendre au Peson sa superbe ?

— Non. En revanche ça fera sortir cet enfoiré de son bureau de verre.

— Faites ce que vous avez à faire. Mais je doute que vous soyez à la hauteur. Même avec un Canalyseur à vos côtés. Elle finira par comprendre que sa place est parmi nous.

— Elle est déjà à sa place.

Baptiste pose les yeux sur Siobhan, il semble tranquille. Il n'éprouve ni haine, ni peur de mourir :

— Siobhan, je suis ravi de savoir que tu pourras croiser la route de Melaine et prendre enfin ta place. Melaine n'attend que toi, quand tu le verras, dis-lui bien que je n'ai pas tremblé.

Dave fait un signe de tête à Gabriel qui passe derrière Baptiste. Siobhan ferme les yeux tandis que son Guide met fin à l'existence de Baptiste. La jeune femme tourne la tête sans rouvrir les yeux mais ne peut échapper au bruit du corps qui tombe lourdement sur le sol. Dave et Anton déversent la totalité des bouteilles d'alcool dans la salle. Les Hémisphèriens sortent du café et Riley compose le numéro d'urgence sur son téléphone :

— Les secours ? Il y a un incendie au café Bardy.

L'Illusionniste jette le téléphone dans le café tandis que Dave fait craquer une allumette pour provoquer un incendie. À cet instant Riley, redonne au café sa visibilité. Les cinq compagnons s'éloignent tandis que les flammes dévorent les murs et que le café part en cendres. Siobhan ignore par quel miracle ses jambes ne se dérobent pas sous son poids. Sa vue se trouble mais les Parasites s'effacent doucement. Le chemin du retour jusqu'aux 4×4 lui paraît beaucoup plus long que l'aller. La jeune femme manque de s'arrêter quand une main couverte de sang vient se glisser dans la sienne et qu'un goût de sucre emplit sa gorge. La portière de la voiture claque et cette fois Siobhan est installée à l'avant tandis que Riley s'écroule à l'arrière et s'endort presque instantanément. L'Architecte se place au volant, démarre et suit l'autre véhicule conduit par Dave. Siobhan se rend compte qu'elle tremble au bout de quelques kilomètres. Gabriel allume la radio, il finit par arrêter son choix sur une station qui diffuse du Christina Perri.

— Comment tu as su ?

— De quoi ?

— Comment tu as su ? Que ce n'était pas moi ?

— Je n'avais pas l'air de le dégoûter.

Gabriel laisse échapper un de ses rires cristallins, sans vraiment savoir pourquoi Siobhan fait de même :

— C'est un peu glauque…

— Qu'est-ce qui est glauque ?

— De rire…

— C'est ce qui est terrible avec la guerre. Pendant un combat, tout le monde semble révéler son horreur et on se sent hors de la réalité. Quand tout s'arrête, on se sent coupable de tout, même lorsque l'on n'avait pas le choix.

— Est-ce que c'est vraiment nécessaire ?

— De quoi ?

— De tuer…

— C'est malheureusement la seule chose qui puisse faire sortir Melaine du Beffroi. En le tuant, nous mettrons fin au conflit.

— Comment peux-tu en être sûr ? Quand Milo est mort, Melaine a pris sa place, ça n'a rien changé. Ils trouveront un autre chef.

— Milo a formé Melaine. Melaine ne forme personne. Il a tellement d'ascendance sur les Béotiens qu'ils seront perdus sans lui.

— Et donc ?

— Donc ils ne pourront plus nous combattre.

— Mais comme ils ne correspondent pas au modèle idéal défini par le Cercle, ils seront éliminés…

— …

— Pourquoi se soumettraient-ils à ceux qui veulent les éliminer ?

— Les choses seront différentes, ils seront trop nombreux.

— Tu en es certain ?

— …

— Tu crois vraiment que le Dôme les accueillera dignement ?!

— …

— Merde et puis c'est déprimant cette musique !

— Ah, ça c'est parfaitement normal. Quand les gens se sentent mal, ils écoutent des musiques tristes. Tout le monde sait que c'est complètement con, mais tout le monde le fait.

Siobhan coupe le son du poste et croise les bras. Les voitures bifurquent en direction de l'autoroute, on n'entend plus que le bruit des moteurs.

— Ça va ta tête ?

— Ouais, ça peut aller.

— Au fait, t'aurais pu faire gaffe ! Tu as explosé la table !

— Mais c'est toi qui…

— Hé, calme-toi, j'essaie de te détendre. Mais *a priori* t'es trop choquée pour le moment.

— Riley va dormir longtemps tu penses ?

— C'est fort possible. Il a dépensé beaucoup d'énergie aujourd'hui.

— C'est incroyable ce que son HEMI peut faire croire aux nôtres.

— Ouais c'est clair que ça envoie. Mais je commence à le soupçonner de faire tout ce cirque pour ne pas conduire…

Siobhan ouvre légèrement sa vitre.

— Tu me passes une clope ?

— Encore ?

— Quand j'ai moins d'oxygène qui arrive jusqu'à mon cerveau, mon HEMI me fait moins souffrir.

— Dans la boîte à gants. Je passerai prendre deux paquets demain.

Le Canalyseur allume sa cigarette et laisse la fumée s'échapper par la fenêtre. La nuit est chaude et le ciel est parsemé d'étoiles.

— Je… l'ai… fait…

— Tu parles de quoi ?

— J'ai tué quelqu'un, c'était une gamine, elle ne devait pas avoir plus de dix-sept ans maximum.

— Tu as bien fait, eux n'auraient pas hésité une seule seconde !

Siobhan prend une grande inspiration et décide de ne plus penser à tout ça avant de s'être reposée.

— Il fait totalement nuit maintenant.

— Et la route est encore longue.

— On va où ?

— Surprise !

— S'il te plaît…

— Tu aimes les plages, les boîtes de nuit, les lieux avec trop de monde, et les centaines de touristes ?

— Non, vraiment pas.

— Je suis désolé alors de t'apprendre que nous allons sur la côte.

— Merde.

— Au moins le Terrier sera vraiment douillet cette fois.

— Hum.

— Qu'est-ce qui t'angoisse ?

— Plein de gens, ça veut dire plein, plein, plein de Parasites.

— Tu progresses, et puis je Soufflerai si ça peut t'aider.

— *A priori* ça ne fonctionne pas à tous les coups.

— Tu devrais dormir Siobhan.

Dave semble encore nerveux, Anton le voit bien. Le Traqueur a les mains crispées sur le volant.

— Dave ?

— Elle a hésité…

— De quoi ?

— À tuer Baptiste, elle a hésité.

— Sois indulgent, c'est encore nouveau pour elle.

— Je veux bien le comprendre, mais si ça avait été un Inquisiteur ?!

— Tu t'inquiètes pour elle ?

— Comme pour chacun de mes frères, je sais ce qu'elle représente pour tous les HEMI. Et c'est pour cela qu'on ne peut pas se permettre de la perdre !

— Elle apprend encore. Laisse-lui du temps pour qu'elle comprenne que ce combat est son combat. Et puis je te rappelle qu'elle a tué un Physionome de sang-froid !

— Et alors ?

— Tu as oublié Dave, dispenser la mort n'est pas une chose anodine.

— Parce que toi, tu t'en souviens ?

— Je me souviens de la première personne que j'ai Écartée. C'était un homme d'environ vingt-quatre ans, j'en avais dix à l'époque. Crois-moi c'est laid et traumatisant pour n'importe quelle personne ! J'étais jeune, moins fort, l'homme a mis presque deux heures à mourir… Je me souviens de chaque cri, de chaque instant. Et toi, Dave, tu te souviens de ta première Traque ?

Dave ne répond pas. Il fixe la route qui serpente vers l'horizon. Il est nerveux. Le Traqueur n'envoie jamais des gens mal préparés au combat, mais la situation ne lui permet malheureusement pas de faire autrement. Il doit faire sortir Melaine de sa tour de verre. Une fois qu'il en sera débarrassé, il pourra briser le Beffroi.

*

— Que fait-on Svetlana ? On lance du monde sur leur piste ?

— Je ne sais pas.

— Mes Traqueurs sont prêts.

— C'est complexe de leur demander de Pister un ancien collègue.

— Les Traqueurs sont des combattants. Ils ne s'arrêtent pas à ce genre de détails. Ils ne contestent pas les ordres et sont ravis de les exécuter.

— Et Dave ? Il a exécuté tes ordres ?

— Dave… jamais je n'aurais pensé qu'il puisse nous trahir.

— Lance tes hommes Paul, on ne peut plus se permettre d'attendre…

Chapitre 17

— Sérieux Gabriel il faut que je pisse !

— Riley, ce n'est pas possible, t'as la vessie d'une souris !

— Bon, Siobhan passe-moi une bouteille !

La jeune femme ouvre grand les yeux et affiche un air de dégoût. Elle s'empare d'un téléphone dans la boîte à gants et appelle l'unique numéro en mémoire. Une seule sonnerie résonne dans l'appareil et la voix d'Anton répond.

— Oui ?

— C'est Siobhan, euh… On pourrait s'arrêter pour aller aux toilettes ?

Une autre voix se fait entendre :

— Tout va bien ?

— C'est Siobhan, faudrait faire une pause.

— Pfff… OK, de toute façon faut faire le plein.

— Siobhan ? C'est bon, on s'arrête à la prochaine aire !

— OK, merci.

Le Canalyseur raccroche et replace le téléphone dans la boîte à gants.

— On s'arrête pour faire le plein à la prochaine station.

— Merci Siobhan, tu gères !

Dix kilomètres plus loin, Gabriel enclenche son clignotant et se rend, toujours dans le sillage de Dave et Anton, jusqu'à la station-service. L'Architecte fait signe à ses camarades de ne pas quitter la voiture avant d'en descendre. Il fait le plein sans un mot, Siobhan remarque que Dave est à une autre pompe, remplissant lui aussi le réservoir de sa voiture. Au bout de plusieurs minutes, les deux Hémisphèriens pénètrent dans la station-service pour régler leur note.

— Riley ? On va chercher qui exactement ?

— Je préfère laisser Dave t'expliquer. Tu sais comme il aime se congratuler de prendre des décisions et de donner des ordres !

— Hum. Moins fatigué ?

— Moi ? Ouais mais ça ira mieux quand j'aurais pissé et mangé quelque chose.

— C'est vrai que je commence à avoir faim.

— Je voudrais profiter du fait qu'on soit que tous les deux pour une fois pour te poser quelques questions. Je peux ?

— Qu'est-ce que tu es sérieux tout d'un coup !

— Ça m'arrive. Tu supportes tout ça ?

— Pas vraiment, non.

— Tu sais quoi ? Moi non plus ! Je voulais vraiment passer sur le terrain : les Traques, le combat, la victoire… C'est beau sur papier, ça fait envie, mais putain, c'est de la merde. La guerre c'est de la merde. Crois-moi, plus jamais tu n'entendras de ma bouche : « C'est de bonne guerre ! », y a pas d'bonne guerre !

— Ouais…

— Siobhan ?

— Hum ?

— Il se passe un truc entre Gab' et toi ?

— Hein ?!

— Je ne sais pas, il te met mal à l'aise apparemment.

— Tout ce qui m'entoure me met mal à l'aise Riley.

— Tout ce que je voulais dire, c'est que Gabriel est un mec génial et tout, mais garde tes distances, c'est un cavaleur !

— T'inquiète, je ne suis pas intéressée… Les voilà !

Gabriel et Dave remontent tous deux dans les voitures et roulent jusqu'au fond du parking de l'aire de repos. La zone est déserte. Les Hémisphèriens quittent leurs véhicules. Anton, qui a dû se changer car sa tenue est de nouveau immaculée de toute trace de massacre, ouvre le coffre pour en sortir de quoi manger et boire. Riley part en trottinant jusqu'à un buisson pour se soulager, Siobhan en profite pour poser quelques questions à Dave.

— Dave ? On va sur la côte, ça j'ai bien compris, mais on va y faire quoi exactement ?

— À cette époque de l'année, les Traqueurs en formation sont dans le Sud. Ils se mêlent à la foule de touristes pour s'entraîner à Pister alors qu'il y a beaucoup d'odeurs, de bruits et d'agitation. En plus, ça leur permet de Recruter parmi les visiteurs saisonniers et d'alimenter le Beffroi.

— Tu veux dire qu'il va y avoir plein de gens comme toi ?

— Non, pas comme moi. T'écoutes pas grand-chose ! C'est un programme de formation, mis à part les formateurs qui ne devraient pas être plus de quatre, les autres sont des novices.

— S'ils cherchent à s'entraîner à Pister dans une foule, pourquoi ne s'entraînent-ils pas dans la capitale ?

— Pour ne pas être près du Dôme. Ces novices sont les futures troupes des Béotiens. Ils ne vont pas les approcher de mes hommes avant de les avoir formés correctement. Melaine est fou mais pas idiot.

— On va faire quoi ?

— J'aurais aimé trouver là-bas le premier Traqueur du Beffroi : Harper. Mais depuis que tu es arrivée au Dôme, elle ne quitte pas Melaine. On devra se contenter des petits formateurs et des novices.

— Je sens que je ne vais pas apprécier la réponse mais allons-y : qu'est-ce qu'on va faire de tous ces Traqueurs ?

— Les éliminer.

Siobhan prend une immense bouchée de son sandwich et clôt la conversation, tandis que Riley réapparaît.

— J'en pouvais plus ! Tu me passes un crudité mayonnaise Anton s'il te plaît ?

— Tiens !

— Merci ! On bouffe et après ?

— On devrait tous dormir un peu.

— Non Anton. On roule !

— Dave, tout le monde est fatigué, même toi. On instaure des tours de garde et on repart quand il fera jour.

Dave ne répond rien et engloutit son repas en quelques minutes avant d'avaler un litre d'eau. Gabriel allume une cigarette, la fumée arrivant dans le visage de Riley, l'Illusionniste agite sa main pour disperser le nuage de tabac.

— C'est vraiment une habitude de merde que tu as de fumer !

— Tu comptes me faire la morale sur le cancer bla-bla-bla ?!

— Faire la morale ? Non sûrement pas, j'ai une réputation à tenir moi !

— J'me disais aussi !

— Quand on sera arrivés, ça te dit d'aller faire un tour dans un bar sympa ? Histoire de se faire deux jolies Bi-hémiphères ?

Dave se tourne vers Riley en ouvrant grand les yeux.

— C'est bon Dave, j'te fais marcher ! Tu plonges à chaque fois.

Le Traqueur ne dit rien et baisse la tête, Siobhan semble déceler un sourire retenu. La jeune femme lève les yeux au ciel, pas un nuage en vue, l'été est bien là. D'ailleurs, la nuit est plutôt chaude, elle prend une cigarette dans le paquet de Gabriel tandis que l'Architecte lui tend la flamme de son briquet. La fatigue est palpable dans le groupe, plus personne ne dit le moindre mot. La joue de Siobhan semble rigide, elle la touche et se rend compte qu'une large marque de sang séché est collée à son visage. Elle gratte alors pour essayer de l'enlever, mais Anton attrape un mouchoir dans sa poche et, après l'avoir imbibé d'eau, le tend à la jeune fille. Elle l'accepte et lance un sourire à l'Inquisiteur. Le Canalyseur sent Gabriel se tendre. L'Architecte a toujours du mal à tolérer la présence d'Anton.

— Allez tout le monde va dormir, je prends la première heure!

Le ton de Dave est autoritaire, ses camarades sont tant soulagés de pouvoir dormir un peu que personne ne bronche. Siobhan grimpe à l'avant d'un 4×4, côté passager, et allonge son siège. En quelques secondes, elle sombre profondément dans le sommeil.

*

— Dix Traqueurs sont partis ce matin. Ils vont les ramener.

— Tu es bien sûr de toi Paul?

— Un peu d'espoir, ça ne peut pas nous faire de mal.

— Et dans le cas où ils nous les ramènent? On fait quoi? Hors de question de les Écarter pour un acte de courage aussi bête soit-il.

— De courage?

— Plus j'y pense, plus je me dis qu'ils ne sont pas partis grossir les rangs des Béotiens, ou même tuer Siobhan pour ne prendre aucun risque.

— Qu'est-ce qui te fait dire ça? Ta confiance en Gabriel?

— Non. Mais il n'y a pas d'Hémisphèrien plus fidèle au Cercle que Dave. Je te rappelle que c'est pour ça que nous ne lui avons rien dit.

— Qu'est-ce que tu suggères?

La jolie blonde s'adosse au mur du bureau de Paul et croise les bras dans son tailleur noir.

— S'ils reviennent, Gabriel et Dave seront destitués de leur rang de Traqueur. Ils passeront en conseil disciplinaire sous le regard de leurs pairs.

— Et pour Anton, Riley et Siobhan ?

— Je ne sais pas encore. Je dois te laisser, on rencontre quelques difficultés avec les Recrutements. Les Béotiens sont partout dans la capitale, et avec toute cette histoire, on vient de perdre dix Traqueurs qui vadrouillent dans la nature.

— J'aime assez quand tu te renfrognes comme ça 'Lana !

— Ne m'appelle pas comme ça !

*

La pièce plongée dans l'obscurité n'a aucun contour, ni mur. Tandis que Siobhan regarde autour d'elle, ses yeux s'habituent à l'obscurité. Elle comprend alors qu'elle n'est pas dans une pièce. Non, elle n'est nulle part ! Soudain, une silhouette se dessine, marchant vers elle. Siobhan sursaute en reconnaissant son propre visage, ce visage est doux et lumineux. Son double s'arrête devant elle sans un bruit. Siobhan brise le silence et sa voix raisonne dans le néant :

— Bonjour.

— *Bonjour.*

— Qui es-tu ?

— *Attends, nous ne sommes pas complètes !*

— **Je suis là…**

Une autre copie de Siobhan s'avance, celle-ci est très différente, son regard est très sombre et ses pupilles sont dilatées. La peur envahit Siobhan.

— **Maintenant nous sommes complètes.**

— Qui êtes-vous ?

— **Nous sommes toi.**

— *Nous sommes ce que tu pourrais être.*

— Je veux m'en aller.

— **Nous voulions juste que tu saches…**

— *… que tu as le choix de ne pas faire de choix.*

Siobhan se met à courir sans autre but que de suivre ses deux doubles lorsqu'elle se fait plaquer au sol par ces dernières.

— *Ne pars pas sans tes yeux…*

— **… tu en auras besoin.**

La vue de Siobhan se trouble jusqu'à disparaître totalement. La jeune femme porte ses mains à son visage sur lequel elle sent couler un liquide. Elle laisse échapper un cri d'effroi quand ses doigts s'enfoncent dans les cavités vides et sanglantes de ses globes oculaires.

Le Canalyseur ouvre les yeux dans un sursaut tandis que Gabriel dort à poings fermés sur le siège avant.

Elle se précipite sur le miroir du pare-soleil et pousse un soupir de soulagement en voyant ses pupilles sombres. Elle regarde dehors, le jour va bientôt se lever. Siobhan prend le paquet et le briquet laissé par Gabriel sur le tableau de bord. Et c'est délicatement qu'elle sort de la voiture avant de se diriger discrètement vers les toilettes de l'aire de repos. Jamais la jeune femme n'aurait cru être angoissée à l'idée d'aller seule aux toilettes. Heureusement pour son rythme cardiaque, elle ne croise personne. C'est en revenant vers les voitures que la voix d'Anton la fait sursauter :

— Déjà debout ?

— Désolée… Je sais que je ne dois pas y aller seule. Mais je…

— Tu veux un thé, un café ?

— Euh, non merci.

Anton lui sourit et retourne se placer sur un banc en face des deux voitures. Siobhan hésite un instant et vient s'asseoir à ses côtés.

— On repart quand ?

— Dans une heure. Je ne sais pas si quelqu'un te l'a dit mais tu t'en es très bien sortie avec les Physionomes.

— Je… Merci.

— Je sais que c'est dur. Je sais que tu te poses plein de questions : sur qui a raison, qui a légitimement le droit de dispenser la mort ?

— On s'habitue ?

— Oui, mais tuer ne devient jamais banal.

— C'est ce que Hava disait.

— Hava est un bon professeur. Tu sais, elle a demandé à devenir mon instructeur. J'avais vraiment beaucoup de mal à contrôler mon HEMI. Elle a été patiente, mais ce fut complexe pour elle. Elle tente depuis toujours de m'expliquer cette notion de libre arbitre. Mais le Dôme et le Cercle m'apprennent d'autres choses. Elle tente de m'expliquer que je ne suis pas obligé de tuer. Mais c'est dans ma nature.

— Pourquoi Gabriel vous déteste autant ? Vous les Inquisiteurs ?

— Siobhan, j'aimerais te répondre, mais ce n'est pas à moi de te donner la raison de l'animosité de ton Guide. Ce problème ne tient pas au Peson mais à son histoire personnelle.

— Je ne le saurai sans doute jamais.

— Hava avait dit que ton arrivée au Dôme changerait tout. Et effectivement, pour le moment, c'est un sacré bazar !

— Mais est-ce que ce bazar, comme tu dis, servira à quelque chose ? Tu penses qu'on parviendra à se débarrasser de Melaine ?

— À nous cinq ? Non.

Le sang de Siobhan se glace et l'échange prend fin.

*

Trois heures plus tard, ils arrivent enfin à destination. Les rues inondées de soleil sont déjà pleines de familles en vacances qui se dirigent vers les plages les bras chargés de parasols, de serviettes, et de glacières. Les voitures pénètrent dans un parking souterrain avant de se garer au dernier niveau. Les Hémisphèriens se saisissent de trois sacs de sport noirs et prennent un ascenseur qui les mènent directement dans le hall d'un hôtel luxueux. Avec leurs tenues de voyage sales, ils font tache dans le décor. Un homme en costume noir vient à leur rencontre.

— Messieurs, madame ? Vous vous êtes sûrement perdus, le parking est réservé aux clients de l'hôtel…

— Je suis monsieur Royer.

Dave fixe d'un regard noir l'homme qui le prend de haut, ce dernier devient alors tout pâle.

— Monsieur Royer, pardonnez-moi, je ne…

— Tout est prêt ?

— Oui monsieur. Je vais demander à un de nos garçons de vous accompagner.

— Donnez-moi juste la clef, nous trouverons notre chemin.

— Bien monsieur. Si vous voulez bien me suivre ?

L'employé de l'hôtel se dirige vers l'immense guichet d'accueil en marbre blanc, il prend dans un tiroir une petite clef dorée accrochée à un ruban vert émeraude, et la remet à Dave.

— Voilà monsieur Royer. Si vous avez besoin d'autre chose, n'hésitez pas.

Sans prendre la peine de lui répondre Dave se dirige au bout du hall où se situent deux immenses ascenseurs. Un homme appuie sur le bouton pour eux, et les compagnons montent dans la cabine. Le panneau de contrôle comporte cinq étages et un septième. Dave rentre la clef dans une petite serrure située à côté du numéro sept. L'ascenseur démarre et monte jusqu'au septième étage. Les portes s'ouvrent sur un son de cloche cristallin laissant se dessiner un immense penthouse. Siobhan sent sa mâchoire en tomber. Le grand espace de vie devant elle est entièrement fermé par des parois de verre, deux gigantesques canapés trônent en plein milieu, autour d'une table basse. En face de ces canapés, une baie vitrée de plus de quatre mètres donne accès à une terrasse avec vue sur la mer. Une partie de la salle est surélevée de deux marches. On y trouve une longue table où l'on peut facilement asseoir vingt personnes et, tout au fond, une immense cuisine en bois exotique. Un escalier de verre traverse également la pièce menant à un étage, il semble flotter dans le vide. Les compagnons pénètrent dans l'immense appartement privé. Dave pose ses sacs à côté d'un des canapés. Gabriel brise le silence abasourdi de l'équipe.

— Tu es tellement certain que c'est notre derrière journée que tu nous offres le luxe ?

— C'est une façon de voir les choses…

Siobhan se tourne vers la terrasse couverte de lames de bois couleur miel où une myriade de plantes poussent. Une piscine y est comme creusée. Le soleil qui inonde la terrasse fait étinceler l'eau bleue. Tandis que Riley se jette lourdement sur un canapé, la jeune femme s'adresse à Dave :

— Dave, ce n'est pas un Terrier du Dôme. Si ?

— Non.

— Alors comment on a pu avoir cette chambre ? Enfin, si on peut appeler ça une chambre d'hôtel. Comment on paye tout ça ?

— Tu poses trop de questions inutiles Siobhan ! Profitez, j'vais dormir quelques heures.

Sans ajouter un mot, le Traqueur monte l'escalier jusqu'à une balustrade elle aussi en verre et disparaît derrière une porte. Riley pousse un long soupir et se redresse :

— Bon, Anton tu viens faire trempette ?

— Non merci Riley.

— Allez sérieux sors prendre l'air ! On dirait un vampire ! Gabriel, Siobhan vous venez ?

— On arrive.

— OK Gabriel, mais dépêche-toi !

Riley se précipite vers la piscine tout en retirant son tee-shirt, son pantalon et ses chaussettes. Il se jette dans l'eau en position fœtale créant un geyser avant de remonter à la surface et de faire un signe à ses compagnons. Anton se tourne, l'air inquiet et dubitatif vers Gabriel avant de sortir et de s'installer sur une chaise à l'ombre. Gabriel et Siobhan se retrouvent seuls, le jeune homme se dirige vers la cuisine.

— Tu veux un verre d'eau petit monstre ?

— Oui, merci.

Il ouvre le frigo et s'empare d'une bouteille, cherche quelques secondes dans les placards et sort deux verres qu'il remplit. Siobhan vient le rejoindre et attrape le verre que l'Architecte lui tend.

— Cet endroit n'appartient pas au Dôme.

— Pardon ?

— Tu posais la question : est-ce que c'est un Terrier, bla-bla-bla… Voilà tu as ta réponse.

— Tu peux développer parce que, de ce que je sais, on est censé passer de Terrier en Terrier ?!

— Dave a toujours eu des secrets, même pour le Cercle. Je suppose que tout ceci en fait partie.

— Et toi tu le sais parce que vous étiez proche quand vous étiez gosses ?

— Ouais.

Le visage de Gabriel se ferme instantanément et Siobhan commence à avoir mal à la tête à cause de la rage et de la confusion qui émanent du jeune homme.

Aïe!

— Allez, viens dans l'eau!

— Non, merci. L'eau ce n'est vraiment pas mon truc!

— Bon, fais comme tu veux.

Sans attendre davantage, Gabriel finit son verre d'une traite, traverse la pièce au pas de course tout en se déshabillant et saute aux côtés de Riley. Siobhan finit tranquillement de boire jusqu'à plus soif. On entend au loin le bruit des vacanciers au bord de l'eau et le ressac des vagues, Gabriel et Riley qui chahutent dans la piscine. Mais la jeune femme craint la chape de plomb qui tombera sur elle en descendant parmi les passants, cet instant où ses tympans percés de douleur n'entendront plus tout ce brouhaha. Elle décide de sortir. Anton observe, l'air soupçonneux, ses deux collègues heureux de se baigner. Siobhan laisse le soleil éclairer son visage, marche jusqu'à la balustrade et s'y accoude. Le Canalyseur regarde en contrebas: la plage est noire de monde, Siobhan laisse son esprit vagabonder. Les embruns marins emplissent ses narines, elle observe les vacanciers, les enfants qui jouent, leurs parents les couvrant de crème solaire, ceux qui dorment, ceux qui lisent... Comme des serpents, des Parasites remontent et heurtent Siobhan de plein fouet. Elle a le souffle coupé. Gabriel se retourne brusquement vers le Canalyseur appuyé sur la balustrade. L'Architecte bondit hors de l'eau lorsque son HEMI s'éveille en percevant la souffrance de sa protégée. Encore trempé, il se jette sur Siobhan. Elle sent un corps se plaquer contre elle et la soulever. Le sucre emplit sa gorge et soudainement, elle se retrouve la tête immergée, toujours dans les bras de Gabriel. Les Parasites se noient dans le silence de l'eau. La jeune femme remonte à la surface en se rendant compte que ses poumons sont vides d'air. Elle hoquète et reprend son souffle. Gabriel sort la tête de l'eau. Riley rit à gorge déployée. *A priori*, l'Illusionniste n'a pas saisi la catastrophe à côté de laquelle ils viennent de passer.

— Tu verrais ta tête Siobhan ! Bon c'est bien sympa tout ça mais j'ai faim ! Coup de fil au *room service*, ça vous dit ?

Sans attendre la moindre réponse, Riley sort de l'eau et rentre pour s'emparer d'un menu relié de cuir et d'un téléphone. Siobhan se tourne vers son Guide et lui adresse un silencieux « merci » d'un signe de tête. En guise de réponse, un délicat goût de miel emplit sa bouche et ses narines. La jeune femme prend appui au fond de la piscine et en sort. Arrivée tout habillée dans l'eau, elle se demande comment rentrer sans inonder le sol du salon. Anton se lève :

— Je vais chercher des serviettes et des peignoirs dans une salle de bains.

— Vas-y Anton, moi je commande à bouffer. On prend quoi ?

Tandis qu'Anton monte les escaliers de verre, Riley énonce le menu tout entier avant de décider de prendre un peu de tout ainsi que quelques bouteilles de vin pour agrémenter le repas. L'Inquisiteur redescend les bras chargés de serviettes et de peignoirs. Il dépose la majorité sur une des tables extérieures avant de tendre des serviettes à Siobhan et à Riley. Gabriel sort de l'eau et prend un peignoir blanc, sur la table en bois exotique, sans adresser un regard à Anton.

— Riley, commande pour dans deux heures, que Dave soit réveillé.

— T'as raison Gabriel, si on mange sans l'attendre, c'est lui qui nous mangera.

— Siobhan, tu devrais aller te changer, il y a des fringues sales mais sèches dans les sacs.

La jeune femme acquiesce et rentre dans le salon. Elle ouvre un des sacs noirs posés à côté des canapés et en sort un tee-shirt pas trop crasseux et un jogging. Toujours enveloppée dans sa serviette et ses vêtements trempés, elle monte les escaliers jusqu'à l'étage. Elle pousse une première porte et tombe sur une chambre avec un lit double décorée avec beaucoup de raffinement. Le lit est immense, recouvert d'un couvre-lit blanc et de coussins dans les tons crème. Dans un angle, trônent deux fauteuils style Louis XVI et un petit guéridon. Aucune fenêtre dans cette pièce mais une immense vitre au plafond inonde la chambre de lumière. Une double porte coulissante mène à une salle de bains au style victorien, au milieu de laquelle siège une ravissante baignoire à pieds. Siobhan y entre et ferme la porte de la salle d'eau derrière elle. Elle retire ses vêtements trempés, se sèche et se stoppe alors qu'elle allait enfiler son tee-shirt sec. Elle le prend et sort de la salle de bains avant de se glisser nue sous les épaisses couvertures molletonnées du lit. Après tout, la fatigue est là, alors autant profiter de dormir dans un lit douillet. La climatisation rafraîchit l'air sur son visage, tandis que son corps est bien au chaud sous les draps. Siobhan ferme les yeux et s'endort paisiblement au bout de quelques minutes.

— Elle en met du temps, Riley, tu ne trouves pas…

— T'inquiète pas Anton, elle doit en profiter pour prendre un bain ou autre.

— Non, elle dort en fait.

— Et comment tu sais ça ?

— Son cœur a ralenti, ses poumons s'ouvrent plus lentement.

— J'oubliais…

Gabriel ne dit plus un mot et part s'étendre sur une chaise longue pour dormir une heure ou deux, toujours enveloppé dans son peignoir. En s'endormant, l'Architecte laisse ses pensées divaguer, elles se tournent vers Jimbo, Svetlana, Lila et bien sûr la petite Tia. Le jeune homme se remémore ses désirs d'action, de rejoindre des Traqueurs, d'être en première ligne, et pour la première fois il n'est plus si certain d'avoir fait le bon choix. Selon Dave, Svetlana manigancerait quelque chose contre le Cercle, mais Gabriel n'a pas confiance en Dave. Alors pourquoi se lancer dans cette mission suicide ? Combien de temps faudra-t-il avant qu'ils ne meurent tous ? Combien d'heures ou de jours reste-t-il ? Avec l'écho de ses questions, Gabriel s'endort sous un soleil de plomb.

Le carillon d'arrivée de l'ascenseur résonne dans le penthouse. Riley et Anton sursautent et se précipitent, HEMI en alerte, prêts à attaquer. Deux hommes en costumes noirs et chemises blanches pénètrent poliment dans le salon. Leurs bras sont chargés de boîtes et de sacs élégants, les deux Hémisphèriens se détendent.

— Bonjour, messieurs où devons-nous déposer vos achats ?

— Euh… sur la table.

Les deux hommes s'exécutent puis retournent dans l'ascenseur et en sortent encore une vingtaine de boîtes. Ils saluent alors très poliment Anton et Riley avant de redescendre à leur poste. Anton regarde la montagne de paquets posés sur l'immense table :

— Eh bien, on dirait que Dave n'a pas fini de nous surprendre.

— D'après toi, c'est quoi ?

— Au vu des marques sur les boîtes et les sacs, je dirais des vêtements, des paires de chaussures.

— Pas plus mal, on n'a pas fait de lessives ces derniers temps et les Traqueurs n'allaient même pas avoir besoin de leur HEMI pour nous sentir.

— Attendons que Dave se réveille avant de toucher à quoi que ce soit. Profitons des transats et de la piscine.

*

Siobhan ouvre les yeux lorsqu'une main puissante la secoue. Elle se retrouve nez à nez avec les cicatrices du visage de Dave. La jeune femme se redresse en se frottant les yeux collés par le sommeil.

— Allez debout ! On va manger !

— Quelle heure il est ?

— Quatorze heures. Prends une douche et descends, on t'attend. Tu trouveras des peignoirs et des serviettes dans la salle de bains.

— OK.

Le Traqueur sort en fermant la porte. Siobhan met quelques minutes à se glisser hors de l'épaisse couette molletonnée et se dirige, encore endormie, vers la salle d'eau. La baignoire à pieds est véritablement magnifique. Le Canalyseur ouvre les robinets et ajuste la température de l'eau. La jeune femme rentre dans la baignoire, se lave à l'aide du flexible de douche aussi doré que le reste. Ne voulant pas faire attendre les autres, elle prend le moins de temps possible pour se laver, s'enroule dans un peignoir, sèche vaguement ses cheveux à l'aide d'une serviette et sort de la chambre. Tous ses camarades sont installés dans les canapés sauf Gabriel. Elle descend l'escalier de verre et découvre la table recouverte de paquets. Sur la terrasse, trois maîtres d'hôtel sont occupés à dresser une table et à la garnir de mets de toutes sortes, le tout sous le regard attentif et soupçonneux de Gabriel. Siobhan se fige à la vue de ces trois Bi-hémisphères. Dave lui signale d'un regard l'absence de danger. La jeune femme se glisse comme un serpent discret dans le canapé en veillant à rester couverte par son peignoir. Au bout d'une dizaine de minutes, les employés de l'hôtel saluent les Hémisphèriens et repartent avec des chariots vides. Une fois les hommes partis, Dave reprend les choses en main :

— À table !

— Enfin !

Riley bondit par-dessus le canapé, et tous s'asseyent autour de la grande table en bois exotique. Il n'y a pas une montagne de nourriture mais la diversité des plats est immense. Des entrées : gâteaux de légumes gratinés sur une crème d'aubergine, dôme d'asperges et radis noirs arrosés de vinaigre à la coriandre, carottes et panais au miel, potage à la carotte et au melon, samoussas aux légumes parfumés à la cannelle et son vinaigre de mangue, des plats et des desserts encore plus nombreux. N'ayant pas envie d'une entrée et ne sachant que prendre, Siobhan se saisit d'une assiette ressemblant à un risotto. Dave l'éclaire :

— C'est un risotto d'artichaut au bouillon de céleri-rave et truffe noire.

— Merci.

— Vous vous êtes reposés un peu ?

— Oui un peu. Gabriel a dormi, j'ai fait de même et il me semble que Riley a profité de la piscine.

— Bien, vous n'avez pas touché aux paquets ? Hein Riley ?

— Non.

— Bien, c'est une petite surprise, j'espère qu'elle vous plaira. Nous verrons ça après manger.

Le repas se passa sans encombre, Riley et Gabriel ont débattu sur la plus noble façon de mourir face à Melaine. Siobhan trouva la conversation un peu sombre mais pour les autres, elle semblait tout à fait ordinaire. Après tout, la violence et l'idée même de mourir, la jeune femme ne les avait toujours pas intégrées comme quelque chose de commun. Une fois le repas terminé, Dave invite tout le monde à s'asseoir dans le salon. Dans ce monde d'opulence, le Traqueur perd son masque d'animal sauvage et laisse entrevoir le visage d'un être civilisé. Une fois tous assis, Dave ferme la baie vitrée et un sourire angoissant se dessine sur son visage.

— Demain nous passerons aux choses sérieuses. Un gigantesque repas de gala à but caritatif est organisé dans une propriété sur la côte à l'écart de la ville. De nombreux Traqueurs Béotiens seront présents à cette soirée. Ils seront en entraînement et nous en chasse… Même s'il y aura de nombreux Bi-hémisphères sur place, la propriété est grande et au moins nous serons à l'écart de la ville. Riley aura moins de mal à dissimuler notre présence. Les Béotiens ne feront pas d'esclandre tant qu'ils ne repéreront pas Siobhan. Heureusement, aucun d'entre eux ne connaît l'odeur d'un HEMI de Canalyseur et ils ne pourront donc pas clairement l'identifier. Ils seront perturbés, mais pas au point de faire un scandale. C'est pour cela que toi, Siobhan, tu ne devras pas être assise près de nous, ils ne doivent pas faire le lien.

La jeune femme s'attendait à ce que Gabriel proteste à l'idée qu'elle soit isolée du reste du groupe, mais il écoute attentivement Dave sans l'interrompre.

— Dans ces paquets, vous trouverez deux tenues différentes adaptées à la soirée de demain. Ainsi que d'autres vêtements pour la suite si nous survivons à ce gala. Vous prenez ce que vous voulez, il y a un grand sac de sport noir pour chacun, remplissez-le intelligemment. Siobhan, demain à treize heures une esthéticienne, une coiffeuse et une maquilleuse viendront te préparer. Tu ne peux clairement pas y aller avec ce visage de sauvageonne.

Crétin !

Chapitre 18

Le soleil se couche. Dave est seul appuyé contre la balustrade dominant la ville qui se prépare pour une nuit de fête et d'excès. Son HEMI flaire celui d'Anton qui s'approche à pas feutrés.

— Tu te la joues encore ours solitaire ?

— Tu as essayé ta tenue cet après-midi ?

— Oui, je te remercie d'avoir pensé à cette touche de blanc.

— C'est tout naturel. Au moins tu ne seras pas dépaysé.

— Riley était excité comme un enfant tout à l'heure. Je me demande parfois s'il a bien conscience du danger.

— Je pense que oui, mais que c'est sa façon à lui de gérer l'angoisse, sa méthode pour extérioriser. Toi et moi, ça fait longtemps maintenant qu'on vadrouille pour chasser les Béotiens. Mais pour Riley, c'est une autre histoire. Avant cette mission suicide, il n'est sorti qu'une fois et je n'ai pas besoin de te rappeler la catastrophe et le retour par les égouts. Pas évident pour lui, il est courageux.

— Pour Gabriel aussi c'est la première fois…

— Ne commence pas s'il te plaît.

— Loin de moi l'idée de te dire comment gérer tes difficultés personnelles. Je faisais juste une remarque c'est tout.

— Hum.

— Au fait, cet entraînement avec Siobhan tout à l'heure ?

— Eh bien comme tu peux le voir elle est partie se coucher sans manger grand-chose, elle était épuisée. Mais elle a ça dans le sang je le vois bien. Elle a cette étrange animalité refoulée, sans doute la base de son HEMI. Et du coup elle progresse à grands pas.

— À ce point-là ?

— Je l'ai entendue grogner tout à l'heure en m'attaquant ! Ses déplacements changent, ils deviennent plus félins. À ce rythme-là dans un mois elle me mord la main !

— Tu es un bon entraîneur.

— Ouais, je fais surtout gaffe à ne pas trop l'abîmer et qu'elle n'ait pas de marque visible pour le gala de demain. On a bien assez d'une gueule cassée, et si tout se passe comme nous l'avons prévu, que les combats s'enchaînent, je crains qu'elle n'ait pas besoin de moi et de mes entraînements pour parer son corps de cicatrices.

— Avais-tu besoin d'être insultant avec elle ce midi ?

— Je veux conserver un sentiment de colère en elle, tant que la lutte n'est pas terminée, elle doit toujours montrer les dents, même pour des broutilles. Que fait Gabriel ?

— Il est assis dans un fauteuil et surveille Siobhan en ne dormant que d'un œil.

— Au moins il fait son job de Guide.

— Mis à part vos anciennes rancunes, qu'est-ce qui te dérange dans le fait que Gabriel veille sur Siobhan ?

— Ce qui me dérange ? Confier Siobhan à Gabriel, c'est comme mettre une bombe entre les mains d'un enfant. Il est irresponsable…

Le Traqueur marque une pause et respire profondément les embruns marins, la nuit sera claire, sans nuage.

— Dis-moi, Anton, un verre de vin ça te dit ?

— Eh bien ce n'est pas dans mes habitudes mais pourquoi pas. Je vais chercher Riley.

Gabriel ne cesse de frétiller dans le fauteuil Louis XVI, difficile de dormir là quand on sait que de vrais lits douillets sont dans des chambres vides juste à côté. L'Architecte était trop fier pour aller se coucher encore une fois aux côtés de sa protégée. Était-ce vraiment de la fierté ? Peut-être du dégoût ? Ou alors de la pudeur… Une pudeur dont le jeune homme n'a pas l'habitude, lui si libertaire, si désinvolte…

— Tu arrêtes de gigoter ou alors tu viens te coucher !

La voix endormie de Siobhan avait presque fait sursauter l'Architecte, qui prend immédiatement son ton provocateur :

— Tu ne peux plus te passer de moi on dirait !

— C'est toi qui ne peux plus dormir sans mon HEMI déplaisant.

— Mais c'est que les entraînements de Dave te donnent un peu de caractère ! Tu laisserais un « connard » dormir dans ton lit ?

— Ne te vexe pas Gabriel, mais je n'ai plus peur de toi. J'ai compris maintenant : tu n'es rien d'autre qu'un gamin apeuré.

— Ne recommence pas à me provoquer petit monstre…

— Essaie je t'en prie…

La jeune femme se redresse dans le lit, Gabriel affiche un sourire satisfait et Souffle une brusque sensation de jouissance sur la jeune femme, mais son Souffle se brise sur un mur d'acier et s'éparpille. Siobhan sourit à son tour du coin des lèvres. Gabriel se concentre, laisse aller toute son imagination et Souffle plus fort encore. Mais encore une fois le Souffle du loup ne parvient pas à briser le mur d'acier. La jeune femme se lève tout en riant, un rire inquiétant que Gabriel ne lui connaissait pas. Elle s'approche de lui vêtue d'une nuisette coupe kimono imprimée d'un immense dragon japonais :

— **C'est tout ce que tu as Architecte ?**

— Bordel mais qu'est-ce que…

— **Tu as peur Gabriel ?**

— Siobhan ?

— **Chut… Ne dis plus rien ! Tu sais, je te préfère animal Gabriel, je te préfère sauvage et impulsif. Ne fais plus cela Gabriel, d'accord ? Ne me mets plus de chaines ! C'est bien clair ? Et retire la main de ton couteau.**

— Tu n'es pas Siobhan…

— **Tu ne crois pas que si j'étais un Physionome Dave m'aurait flairée ? Je suis une partie d'elle, je suis ce que vous craignez le plus. Tu devines Gabriel ?**

— Tu es le Canalyseur…

— **Tu es un génie ! Maintenant je vais retourner me coucher, cette pauvre Siobhan est épuisée, si tu en as le courage rejoins-nous !**

Sans rien ajouter, la jeune femme retourne se glisser dans les draps et sombre presque instantanément dans un sommeil profond. Gabriel reste immobile, figé par la peur, il reprend peu à peu son souffle. L'incompréhension est totale, un HEMI ne peut communiquer, un HEMI ne peut se désolidariser d'un corps, un HEMI n'est pas une conscience ! Si seulement Jimbo était là, il pourrait comprendre lui. Il décide alors de tenter de Souffler une sensation de chaleur intense sur la jeune femme endormie et cette fois le Souffle touche sa cible, elle se réveille doucement pour se découvrir. Sans véritablement émerger de son sommeil elle tourne sa tête vers Gabriel :

— Tu ne dors toujours pas ?

— Non.

Malgré la peur qui lui tient le ventre, Gabriel retire son pantalon et son tee-shirt, et se glisse auprès de Siobhan. Il s'endort en la serrant contre lui, son couteau toujours dans sa main droite.

Les deux Hémisphèriens sont réveillés au petit matin par un Riley déjà bien éveillé.

— Désolé de vous déranger mais c'est l'heure de se lever !

Gabriel saute hors des draps sans un mot, sa lame toujours à la main, et fonce dans la salle de bains. Siobhan se redresse dans le lit, les yeux encore chargés de sommeil. Riley se rapproche et vient s'asseoir en face d'elle.

— Je croyais que tu n'étais pas intéressée ? Mes conseils ne t'ont donc servi à rien ?

— Hum ? Ah… Non ce n'est pas du tout ce que tu crois. Je pense qu'il n'arrivait pas à dormir sur le fauteuil, voilà tout ! Quelle heure est-il ?

— Déjà midi.

— J'ai l'impression d'avoir dormi bien moins longtemps que ça.

— Ouais, c'est l'angoisse perpétuelle, tu ne dors jamais vraiment bien. Tu as tout juste le temps de te doucher et de manger. Souviens-toi : toute une armée débarque pour te préparer pour ce soir.

— Il n'en fait pas un peu beaucoup Dave ?

— Fais-lui confiance, et puis si tu dissones ne serait-ce qu'un peu tu seras encore plus visible pour les Béotiens !

— C'est vrai que dit comme ça… Tu te sens prêt ?

— Je crois bien que oui. Nous avons pas mal discuté hier soir Dave, Anton et moi. On a tout récapitulé, Dave te fera un résumé, mais je crois que je commence à intégrer certaines idées, certaines possibilités, certaines notions qui devraient rendre les choses plus simples à gérer.

— Je n'en suis pas là, et je crois que je ne me ferais jamais à cette idée de combat nécessaire.

C'est cet instant que Gabriel choisit pour sortir de la salle de bains, encore trempé, une serviette enroulée autour de la taille, son boxer à la main. L'Architecte ramasse ses vêtements jetés au sol et sort.

— Dis donc il est de bonne humeur aujourd'hui ! Hé, Gabriel ! Tu pourrais dire bonjour quand même ?! Allez j'te laisse te doucher, à tout de suite !

Riley quitte Siobhan et descend sur la terrasse où Anton et Dave sont en train de fermer les sacs noirs dans lesquels chacun a mis ce qu'il désirait emporter.

— C'est bon tout le monde est debout ! Par contre, Gabriel est d'une humeur massacrante !

— Laisse-le, il doit sûrement vouloir rester concentré pour ce soir. Ou alors il a la trouille !

— Moi je dis ça juste pour vous prévenir. Rappelle-moi l'heure Dave s'il te plaît ?

— L'heure ?

— De la petite fête ?

— Du gala ! C'est à vingt heures… Nous arriverons tous les quatre à la suite dans quatre voitures différentes. Siobhan arrivera vingt-cinq minutes plus tard. Sérieusement Riley, tu m'as écouté hier soir ?

— Oui, je voulais être bien sûr voilà tout !

Vingt minutes plus tard, c'est Siobhan qui descend à son tour le grand escalier de verre.

— Bonjour Anton, bonjour Dave.

— Bonjour Siobhan, prête pour une belle soirée de chasse ?

— Hum.

— Il y a des fruits et des légumes bouillis sur la table, mange donc !

— Merci Dave.

— Allez ne fais pas cette tête ! Ce soir est un grand soir ! D'abord parce que nous allons prendre un peu de la belle assurance de Melaine, mais aussi parce que tu auras l'air civilisée pour une fois.

— … Gabriel n'est pas descendu, Riley ?

— Non ! Mais ne t'en fais pas pour lui, je suis certain que tout va bien. D'après Anton il fait ça pour se concentrer, pour Dave c'est qu'il a la trouille. Mange et ne t'en fais pas, je suis sûr qu'il va très bien !

Gabriel est assis sur un lit, encore enveloppé dans sa serviette, la tête entre les mains. L'Architecte tente de rassembler ses pensées, il tente de comprendre. Qu'est-ce que c'était ? Ce qu'il savait, de par Jimbo, c'était que l'HEMI de Siobhan absorbait, canalisait les émotions négatives et néfastes, que cela lui causait des douleurs terribles et qu'elle pouvait en théorie Projeter. Mais Gabriel a beau fouiller dans sa mémoire, il ne se souvient pas d'une seule fois où Jimbo lui aurait parlé d'un HEMI capable de s'exprimer de lui-même. Siobhan l'aurait berné ? Elle les aurait tous bernés ? Bon sang, il avait juré ! Il avait juré qu'au premier signe de danger il la tuerait de ses mains ! S'insultant intérieurement de trouillard, Gabriel serre maintenant si fort les poings que ses ongles entament ses paumes. Si tout était prévu, si tout était calculé, pourquoi prendre le risque de se révéler maintenant ? Gabriel est perdu, totalement perdu. En parler aux autres ? Non, ils la tueraient ! Et ils auraient raison ! Non !

— Bordel de merde !

Gabriel se lève brusquement et fouille dans les poches de son jean qu'il a déposé sur le lit. Il en sort un paquet de cigarettes et s'en allume une immédiatement. L'Architecte tire longuement sur sa dose de tabac avant d'expirer en faisant les cent pas dans la chambre. Il se stoppe net devant un grand miroir en prenant appui sur la commode qui le supporte. Gabriel se regarde bien droit dans les yeux et lâche un petit rire nerveux.

— Putain, c'était trop prévisible !

*

Les voitures défilent les unes derrière les autres tandis que les invités prestigieux du gala sortent de leurs véhicules, un à un, sous les flashs des paparazzis. Riley est le premier à sortir de l'arrière de sa berline, vêtu d'un costume et d'un veston bleu en lin sur une chemise blanche en coton, le tout rehaussé d'une cravate en soie rose pastel assortie à la doublure de sa veste. Il est suivi par Anton. L'Hémisphèrien marche vers lui de façon très décontractée dans un smoking noir au col brillant rehaussé d'un nœud papillon en soie. Une délicate rose blanche tenue par une petite broche en argent est accrochée à sa veste, rappelant la couleur des Inquisiteurs. Les jeunes hommes font mine de poser devant les photographes tandis que Gabriel les rejoint. L'Architecte marche, le regard sévère, dans un costume noir trois pièces : une redingote courte avec un gilet asymétrique sur lequel la chaîne d'une montre à gousset est fixée, le tout élégamment assorti avec une cravate noire. Riley et Anton se tournent vers lui :

— Dave en a pas un peu trop fait là ?

— Eh bien en te voyant arriver on se disait que si mais finalement peut-être pas : regarde !

Gabriel se retourne vers le défilé des voitures et voit Dave sortir d'une Bentley de 1953, les flashs des photographes s'intensifient instantanément. Il faut bien reconnaître que le Traqueur est méconnaissable dans son costume intégralement noir à la veste brodée d'arabesques aux lignes végétales. Seuls le blanc de sa chemise et le saphir bleu au nœud de sa lavallière noire rehaussent le tout de couleur, on en oublierait presque les cicatrices sur son visage et ses mains.

— Dave… la vache !

— Riley, tiens-toi tranquille et avançons. Siobhan ne va pas tarder…

Les quatre compagnons gravissent alors les marches de marbre de l'immense villa. Guidés par des maîtres d'hôtel, ils parcourent des couloirs avant de redescendre un autre escalier menant à un jardin éclairé et décoré pour le cocktail. Sur le côté droit un orchestre joue des standards du jazz, et partout ailleurs les convives discutent tandis que les garçons de service passent partout plateau à la main. Les arbres du jardin sont habillés de voilages blancs et de lanternes, un mur de verre, sur lequel s'échappe une cascade d'eau, se tient au milieu d'un grand bassin non loin d'une immense verrière dans laquelle des tables et des chaises sont installées. Deux hectares de jardin sont décorés tandis que le reste de la propriété, plongée dans l'obscurité, semble s'étendre à l'infini le long de la falaise. À peine les Hémisphèriens eurent-ils posé le pied sur le terrain que quelques garçons de service changent alors de comportement. Comme prévu par Dave, pour ne pas créer de scandale, les Béotiens n'attaquent pas, toutefois certains s'étaient figés à leur arrivée, d'autres avaient manqué de trébucher, et d'autres encore, ayant plus d'expérience, n'avaient pas cillé. Dave sourit en coin et Gabriel capte alors dans l'esprit des Béotiens la peur que son acolyte inspire. Pas besoin de l'avoir déjà rencontré, Dave est connu chez les Béotiens et ses cicatrices le rendent rapidement identifiable. Un serveur Bi-hémisphère leur propose un plateau avec quatre flûtes de champagne, et suivant Dave, chacun se saisit d'une coupe.

— Interdiction d'en boire une goutte ! Je vous veux alertes ce soir.

— Combien sont-ils ?

— Actuellement dans le jardin : neuf. Mais il y a au moins quatre autres Traqueurs en cuisine et au moins le triple à l'intérieur en train de terminer la mise en place du repas.

— Donc nous sommes approximativement un pour cinq Traqueurs Béotiens.

— C'est bien Riley, tu apprends à compter !

— Tu devrais être content, Dave, pour une fois je suis concentré.

— Il en vient de plus en plus… Rappelez-vous, rien avant le feu d'artifice de ce soir !

— Et les petits fours on peut ?

— Oui mais n'oublie pas où nous sommes, Riley ! Tâche de ne pas te faire remarquer. Tu sais quoi, je viens avec toi, c'est plus sage.

— Je sais me tenir quand même, tu exagères !

Tandis que Dave et Riley s'éloignent, Gabriel reste seul avec Anton. L'Inquisiteur lui rend un grand service en ne parlant pas outre mesure. Les deux Hémisphèriens se décalent jusqu'à une grande plante où ils versent discrètement le contenu de leurs flûtes de champagne. Gabriel regarde autour de lui, remarquant les différents garçons de salle qui le fixent, ainsi qu'un des invités du gala… Anton fait signe à Gabriel :

— Elle est là.

L'Architecte veut la chercher des yeux mais se ravise en se souvenant qu'il n'est pas censé la connaître et que, de Traqueur, il n'a que le titre donc ne pourrait pas la repérer à l'aide de son HEMI. Gabriel peste intérieurement.

Siobhan prend une immense inspiration avant de descendre les marches de l'escalier qui la mène au jardin. Elle cherche des yeux ses compagnons et repère Dave et Riley qui se trouvent au buffet. La jeune femme est méconnaissable dans sa robe noire choisie par Dave. Mais le Canalyseur ne se sent décidément pas à l'aise dans cette robe sirène aux épaules nues et au décolleté en cœur. La petite traîne emperlée la gêne, ses escarpins noirs sont trop hauts et son bracelet de diamants semble peser une tonne. Pochette à la main, la jeune femme se concentre sur son but et le couteau caché dans son élégante jarretière la rassure quelque peu. Une fois en bas des marches Siobhan sent que plusieurs regards se posent sur elle de façon insistante et intriguée, elle marche l'air de rien en prenant une coupe sur un plateau que lui tend un jeune homme qu'elle est certaine de pouvoir identifier comme un Béotien. La jeune femme se place à l'écart en vidant discrètement sa coupe dans la pelouse.

Anton se raidit et tourne son visage vers l'Architecte :

— Je crois qu'il y a un problème Gabriel.

— Quoi ?

— Le rythme cardiaque de Dave vient d'accélérer, ses muscles se sont contractés et sa respiration est plus rapide.

— Merde !

À peine dix secondes plus tard, Dave surgit à côté d'eux.

— Anton, Gabriel, on a un petit problème. Il y a une Inquisitrice !

— Qui ?

— Tu vois l'homme qui nous fixe depuis tout à l'heure ? En smoking noir ? L'Inquisitrice est la femme à côté de lui.

— La brune ?

— Oui.

— OK, on fait quoi ?

— On continue. Gabriel va rejoindre Riley: il surveille Siobhan depuis le buffet.

Gabriel acquiesce d'un coup de menton et se rend jusqu'à Riley. L'Illusionniste a le regard noir. Gabriel l'interroge du regard et suit des yeux ceux de Riley, il aperçoit Siobhan en tenue de gala, et se détend en voyant qu'elle va bien.

— Alors ?

— Eh bien, d'après Dave, les Traqueurs sont perturbés, ils sont jeunes et ne comprennent pas ce qu'elle est, enfin… Pour le moment !

— Hum.

— Tu comptes la briser comme tu as brisé Lila ?

— Ce n'est vraiment pas le moment Riley !

— Je suis peut-être un peu dispersé comme garçon Gabriel mais je sais très bien qu'avec toi il n'y a jamais de bon moment pour parler des choses qui te touchent. Lila méritait mieux que ce que tu lui as donné Gabriel. Lila méritait mieux que toi.

— Je sais.

— Je t'aime bien Gabriel, t'es un peu comme un frère pour moi, alors si tu ne peux pas contrôler ce que tu es, n'abîme pas Siobhan, ne serait-ce que si tu tiens à la vie.

— Pourquoi tu n'as jamais dit que tu étais amoureux de Lila ?

Riley regarde Gabriel l'air paniqué, avant de se dire qu'il était ridicule de s'inquiéter d'une telle chose dans un moment pareil. Le jeune homme expire bruyamment.

— Qu'est-ce que ça aurait changé ? Pas grand-chose, tu aurais agi de la même manière.

— Merde !

Le Traqueur Béotien en smoking s'était écarté et se dirigeait vers Siobhan deux coupes de champagne à la main. Immédiatement Gabriel improvise et Souffle sur Siobhan. La jeune femme sent l'acidité provoquée par l'HEMI de son Guide. D'instinct elle décide de se rapprocher d'eux, elle les cherche du regard alors que l'HEMI de Gabriel se fait de plus en insistant. Elle les repère près du buffet et se dirige de façon totalement aléatoire parmi la foule des convives pour se rendre jusqu'à eux, le goût acide disparaît alors. Les deux jeunes hommes font mine de ne pas la voir et discutent entre eux de banalités, jusqu'à ce qu'elle s'approche pour prendre un canapé sur un plateau d'argent. Gabriel lui susurre le plus discrètement du monde :

— On a un problème, Dave est à gauche dirige-toi vers lui.

La jeune femme obéit sans réfléchir et se dirige vers la gauche jusqu'à ce qu'elle soit stoppée dans son élan par un Dave métamorphosé, qui lui tend une coupe de champagne pleine.

— Mademoiselle, pardonnez-moi mais je n'ai pu m'empêcher de remarquer que vous étiez seule. Champagne ?

— Merci.

— Il me semble ne jamais vous avoir vue ici.

— En effet, je ne viens jamais sur la côte.

Un garçon de service écoute leur conversation tandis que l'homme en smoking noir s'est arrêté dans son élan en voyant Dave accoster Siobhan. Peut-être se disait-il que Dave aussi avait reconnu une fragrance qu'il ne connaissait pas. À cet instant, un homme prend la parole pour inviter tous les convives à entrer sous la verrière pour le repas.

Dave tend son bras gauche à Siobhan qui le saisit délicatement et tous deux se dirigent vers les tables. Le plan de table à l'entrée démontre qu'encore une fois Dave avait tout prévu. Siobhan est assise à la même table qu'Anton. Elle remercie donc le Traqueur et va s'asseoir à sa place. Un garçon en costume lui tire la chaise, la jeune femme ne peut que ressentir le regard intrigué du Béotien. Quelques secondes plus tard, Anton s'assied à sa droite. À leur table, les autres invités semblent tous se connaître. Lorsque tout le monde est bien assis, une femme qui semble être l'organisatrice de ce repas de charité se lève et commence un discours. Siobhan saute sur l'occasion pour chuchoter à l'oreille d'Anton :

— Qu'est-ce qu'il s'est passé ?

— Un Traqueur, mêlé aux invités, venait à ta rencontre.

— OK, ils ont compris ?

— Pas pour l'instant, ils doivent être confus. Ils n'ont pas la capacité de t'identifier. Mais on a un autre petit problème.

— Lequel ?

— La femme brune, en blanc, troisième table à ta gauche, c'est une Inquisitrice. Elle est seule, en temps normal je pourrais m'en occuper mais le souci c'est qu'elle ne doit pas m'échapper, et il y a beaucoup de monde. Si elle part avec les Traqueurs tout à l'heure, j'ai peur que nous ne soyons pas assez rapides.

— Tu es inquiet ?

— Non, en revanche j'ai beaucoup de mal à me retenir de lui briser la nuque immédiatement.

Anton ponctue sa phrase par un petit rire à vous glacer le sang. Le repas se déroule sans encombre au rythme des plats et des dons pour la bonne cause. Avant de prendre le dessert, l'organisatrice du gala invite tous les invités à sortir pour admirer une surprise.

C'est le moment…

Siobhan se lève et suit la foule pour arriver dans le jardin, tandis qu'Anton reste en arrière. Lorsque la verrière est vide, elle s'éclipse discrètement dans la noirceur du jardin. La jeune femme marche seule dans le noir et peu à peu ses yeux s'habituent à l'obscurité, aidés par la lumière de la lune. Elle ne sait pas où elle va mais elle marche sans trop presser l'allure. Le jardin n'en est pas un, c'est un immense parc qui semble ne pas avoir de fin. Un craquement de branche raisonne dans le silence, faisant comprendre à Siobhan qu'elle est suivie.

Respire doucement Siobhan, tout va bien se passer.

La jeune femme décide de tourner à droite d'un superbe caroubier au feuillage luxuriant. Siobhan sursaute en se retrouvant nez à nez avec la femme à la robe blanche.

— Vous êtes perdue ?

— Je… oui.

— Je me présente, Meredith !

L'Inquisitrice tend sa main à Siobhan, le Canalyseur hésite un instant puis la saisit. Meredith attrape la main de Siobhan et ne la lâche plus, tandis que les autres Béotiens les entourent.

— Qui es-tu ?

— Lâchez-moi !

— Qui es-tu ?

Siobhan se tord et attrape son couteau de combat caché dans sa jarretière, sous sa robe, elle frappe l'Inquisitrice au poignet, lui transperçant le bras. Siobhan veut reculer, mais elle se souvient des leçons de Dave. Elle tourne et se jette sur Meredith. Mais avant que Siobhan n'ait pu atteindre l'Inquisitrice, elle lâche sa lame et s'écroule en hurlant sur l'herbe humide. À travers ses larmes, Siobhan regarde son poignet, il noircit et gonfle à vue d'œil, tous ses vaisseaux sanguins ont éclaté. La jeune femme prend son arme de la main gauche et se relève, mais une douleur lui coupe la respiration. Siobhan n'y croit pas, trois de ses côtes viennent de se briser !

Laisse-moi prendre les rênes!

— Qui es-tu ?

— En tout cas ce n'est pas un Traqueur du Dôme même si elle est armée comme eux.

Le Béotien au smoking fait son apparition tandis que derrière lui, le feu d'artifice tiré pour le gala résonne et illumine le ciel et les visages. L'Inquisitrice place son regard au fond des yeux de Siobhan et Projette son HEMI, elle lui casse d'abord l'auriculaire de la main gauche. La jeune femme étouffe un cri, et, comme elle ne lâche pas le couteau, Meredith lui brise simultanément le pouce et le majeur. La lame tombe à terre et l'homme s'approche de Siobhan qui tient debout malgré la douleur, et inspire bruyamment autour d'elle.

— Ce parfum n'est pas celui d'un Traqueur, non ça ne fait aucun doute. Dites-moi votre nom ma chère.

Le sucre...

Le Traqueur relâche son attention de Siobhan et saisit quelque chose d'invisible à côté de lui. Riley apparaît, la main du Béotien autour de la gorge.

— Tu ne peux pas te cacher Illusionniste ! Qui crois-tu avoir en face de toi ?!

— Un homme mort...

À cet instant, comme venu de nulle part, Dave surgit, se jetant sur le Béotien qui tombe à la renverse, lâchant Riley. Dave le poignarde à plusieurs reprises avant de se relever, les autres Traqueurs hésitent dans un moment de flottement. Meredith prend la parole, l'air détaché, malgré la mort de son partenaire.

— Dave ! Te voilà ! J'espérais bien que tu viendrais de toi-même.

La jeune femme concentre son HEMI pour briser l'épaule de Dave qui casse dans un bruit terrible et sourd. Mais le Traqueur ne cille même pas. Il affiche un sourire amusé. Meredith fronce les sourcils d'incompréhension.

— Mon compagnon peut être très utile...

Gabriel apparaît à son tour. Un Traqueur Béotien quitte les rangs et se jette sur lui, Gabriel virevolte et lui plante son arme à l'arrière de la nuque. Le Traqueur tombe lourdement, face contre terre. Meredith, sentant que la situation ne tourne pas en sa faveur, se retourne pour fuir et tombe face à Anton. Le bel Inquisiteur affiche un sourire carnassier et Meredith hurle avant de tomber à genoux. Anton vient de lui briser tout ce qu'elle a brisé à Siobhan. Le cri de L'Inquisitrice marque le début du combat, et les Traqueurs Béotiens se jettent sur les Hémisphèriens en prenant garde de rester à distance d'Anton. Et il en vient de plus en plus ! Dave se place devant Siobhan, Gabriel plante la jambe d'un Béotien et Souffle sur sa protégée. La douleur de Siobhan disparaît et elle prend de sa main droite sa lame tombée au sol. Pas le temps de se relever, elle roule sur le côté pour éviter l'attaque d'un Traqueur et lui tranche le tendon d'Achille. Ils bougent vite, même pour des débutants, ces Béotiens restent des Traqueurs, et des Traqueurs visiblement entraînés au combat. Siobhan se relève, attrape le Béotien dans sa chute, le plaque contre elle et l'égorge d'un trait. Elle cherche Riley du regard, le jeune homme a de nouveau disparu aux yeux du monde mais un Traqueur qui s'écroule frappé par une force invisible rassure Siobhan. Autour de Dave les abats humains commencent à s'accumuler. Siobhan sent son cœur frapper plus fort, beaucoup plus fort. Elle ne pense plus, elle chasse ! Le Canalyseur se jette sur un Béotien et lui plante le couteau dans l'épaule, l'homme beaucoup plus fort qu'elle la repousse et lui saute dessus à son tour. La jeune femme perd son arme dans la lutte, elle se débat au sol, sous son adversaire. Le Béotien frappe à droite de son visage, elle esquive et profite de la proximité pour se jeter à sa gorge. Elle attrape la fine peau de son cou et le mord de toutes ses forces à la carotide, lui arrachant un bon lambeau de chair. L'homme hurle et recule, se tenant la gorge dont coule une grande quantité de sang. Siobhan se redresse et crache la chair encore dans sa bouche, elle ramasse son arme tombée plus loin, avant de retourner auprès de l'homme qui recule face à elle. Elle le poignarde dans le ventre à trois reprises, l'homme s'effondre. Siobhan s'approche de son oreille et chuchote de façon à ce que lui seul entende :

— Bientôt Melaine viendra te rejoindre… **Je suis le Canalyseur !**

L'homme écarquille les yeux à cette annonce mortelle et Siobhan met fin à son existence en enfonçant sa lame dans sa poitrine. La jeune femme fait volte-face au son d'un bruit lourd. Un Béotien s'écroule, abattu par Gabriel. Le jeune homme fixe sa frêle protégée, une immense trace de sang lui coule de la bouche jusqu'à son décolleté, son regard est noir. Elle regarde autour d'elle, il ne reste que deux Traqueurs Béotiens encore en vie, ainsi que l'Inquisitrice. Dave en assomme un d'un coup de poing, il se tourne vers Siobhan, attrape un des Traqueurs et l'immobilise. Siobhan le fixe en avançant vers lui, Dave jette aux pieds de la jeune femme le Béotien. Il se relève immédiatement et tente de trancher la gorge de Siobhan, la jeune femme l'esquive, bloque son bras d'attaque et plante sa lame dans le cou du Traqueur. Toujours en fixant Dave, elle tranche lentement la gorge de sa victime qui meurt dans un effroyable gargouillis de sang et de douleur. Siobhan repousse le corps sans vie, Riley réapparaît, il est légèrement blessé au flanc. Les compagnons se réunissent aux côtés d'Anton qui n'a pas dit un mot, concentré sur Meredith. Dave prend la parole :

— Meredith, ça faisait longtemps ! Tu as vieilli non ? Ah, les bureaux n'ont pas l'air de t'avoir fait du bien !

— Melaine vous tuera tous… Vous quatre et votre petite pute ! Aaaaahgr !

Anton affiche un superbe sourire alors qu'il vient de briser tous les os des jambes de l'Inquisitrice.

— Au revoir, Meredith, on se reverra en enfer.

— Je t'y attendrai Dave !

Anton serre les dents tout en souriant, ce qui a pour effet de lui donner une expression tout bonnement terrifiante. En dix secondes, montre en main, l'Inquisiteur brise chaque partie du corps de la femme en prenant bien soin de finir par la nuque et la boîte crânienne. Dave se tourne vers le jeune homme encore assommé, il glisse dans sa poche un morceau de papier.

— Anton ?

— Oui ?

— Réduis-moi toutes ces dépouilles en bouillie, tellement fine que la terre les absorbera. Mais pas celui-là !

— J'en ai pour un quart d'heure.

— Fais vite alors. Je vais récupérer leurs vêtements on les brûlera. Riley, donne-lui un coup de main si tu tiens encore debout. Siobhan va t'asseoir s'il te plaît ! Gabriel ?

— Je m'en occupe.

Gabriel glisse sa main dans celle du Canalyseur, elle sursaute comme réveillée. Gabriel la regarde soupçonneux et la conduit jusque sous un olivier.

— Assieds-toi.

La jeune femme obéit et Gabriel se met à déchirer le bas de sa robe, elle ne tente même pas de protester. Gabriel en fait des bandes, casse des branches de l'olivier, attrape la main droite de Siobhan et commence à lui constituer des petites attelles pour ses doigts qu'il raccorde toutes par une grande bande.

— Tu as de la chance, Meredith manquait d'imagination, tous tes os semblent cassés au même endroit et ce ne sont que des fractures transversales. Dans un peu plus d'un mois tes os se seront ressoudés !

— Arrête…

— Hein ?

— Arrête de Souffler… s'il te plaît… Je veux pouvoir me rendre compte.

— Siobhan les fractures font partie de ce qui se fait de plus douloureux, tu n'as pas craché du sang ? Je veux dire quand Meredith t'a brisé les côtes ?

— Non. S'il te plaît…

La jeune femme qui garde la tête baissée, semble avoir perdu toute sa rage et son assurance, elle semble apeurée et bouleversée. Gabriel hésite :

— Je… Je ne vois pas l'intérêt ! OK, mais pas longtemps !

Gabriel éparpille son Souffle, la douleur revient, la peur aussi. Chaque respiration est un cauchemar elle voudrait demander à Gabriel de Souffler de nouveau mais des points noirs apparaissent devant ses yeux et elle perd conscience.

Chapitre 19

Gabriel se détend tout en tenant fermement le volant de la petite Opel Corsa 3 aux portières cabossées. La nuit est claire et chaude, on distingue parfaitement la lune sur laquelle de fins voiles nuageux s'amusent à passer de temps à autre. Les phares balayent le bitume et froissent la tranquillité qu'apporte la nuit. L'Architecte regarde encore une fois dans son rétroviseur pour être certain que personne ne les suit : derrière eux, l'obscurité finit de rassurer le jeune homme. Siobhan dort profondément, blottie dans une épaisse couverture, sur le siège passager. Son thorax se lève à mesure que ses poumons se remplissent et Gabriel Souffle sur elle pour bloquer la douleur de ses côtes cassées. Une de ses mains qui dépasse laisse entrevoir les blancs bandages et les épaisses attelles qui maintiennent en place ses os brisés. Le jeune homme attrape un papier posé sur le tableau de bord et vérifie l'itinéraire une nouvelle fois, il leur reste pas mal de route avant d'arriver au dernier Terrier. L'idée d'être parti avec Siobhan en laissant Dave, Riley et Anton aller seuls au front, rongeait l'Architecte. Bon sang, c'est Riley qui aurait dû prendre la place de nounou, pas lui ! Il est un Traqueur maintenant, et sa place est au combat en première ligne ! La dispute entre Dave et Gabriel avait été houleuse. Le Canalyseur elle-même ne voulait pas partir et laisser ses compagnons, mais ses mains étaient bien trop abîmées pour pouvoir manier un couteau correctement, et ils auraient besoin d'elle face à Melaine. Gabriel se mord la lèvre de frustration, ses pensées sont interrompues par la jeune femme qui s'est discrètement réveillée :

— C'est parce que tu es doué…

— Pardon ?

— Si Dave t'a chargé de t'occuper de moi, c'est parce que tu es doué.

— C'est surtout pour se débarrasser de moi !

— Ce n'est pas ce qu'il m'a dit. Il a dit qu'il savait que tu saurais te débrouiller et me défendre. Sauf que bien évidemment, il est trop fier pour te le dire et que tu lui aurais renvoyé dans la figure.

— C'est possible.

— Finalement vous êtes très semblables tous les deux. Je sais que ça ne te fait pas plaisir de l'entendre mais c'est le cas.

— Fais gaffe petit monstre, je pourrais manquer de Souffle…

Siobhan sourit à cette menace et se redresse sur son siège, décidément, son Guide avait la carapace bien épaisse, mais au fond il n'était pas mauvais.

— Je dors depuis combien de temps ?

— Deux heures environ. Il nous reste six heures de route, on devra s'arrêter pour faire quelques courses. De quoi manger, des bandages propres et des clopes.

— Ils nous rejoindront dans combien de temps ?

— Je ne sais pas exactement mais on peut miser sur deux semaines.

— Et la prochaine fois, je pourrai retourner sur le terrain ?

— Il faudra au moins un mois avant que tes mains et tes côtes soient totalement réparées. Après tu auras besoin d'un peu de rééducation.

— Bref, ce n'est pas pour demain…

— Tu as tant besoin que ça d'y retourner ?

— Non, non…

— Tu sais… si tu veux que Dave tombe raide de toi, tu es sur la bonne voie ! Ce que j'ai vu l'autre soir… La rage que tu as exprimée, ce que tu as fait … Dave bavait d'envie devant ton décolleté sanglant !

— Tu l'as remarqué ?

— Tu aurais vu ses yeux !

— Je parlais de mon décolleté, tu l'avais remarqué ?

— Tu es d'humeur taquine petit monstre…

— Il faut bien, on a encore de la route et on n'est plus que tous les deux, sans Riley pour me faire rire.

— Je crois que je ne t'ai jamais entendue rire petit monstre. Je veux dire… si ! Je t'ai entendue rire nerveusement, mais pas de bon cœur.

— Et ça t'étonne ? Je n'ai pas eu une seule raison de rire depuis mon arrivée chez les Hémisphèriens. Ça fait combien de temps, six mois ?

— Neuf !

— Tant que ça ?

— Quoi ? Tu regrettes ta vie d'avant ?

— Non, si je pouvais retourner dans le monde des Bi-hémisphères je ne le ferais pas. Plus rien ne m'attend là-bas. J'ai plus aujourd'hui que je n'ai jamais eu. J'ai un but, une utilité, je crois qu'on rêve tous quelque part d'être destiné à quelque chose. Même si je l'ai découvert, c'est effrayant !

— Et c'est quoi cette destinée ?

— Arrêter Melaine !

— Tu gagnes en courage petit monstre.

— C'est grâce à ce que tu m'as dit… Le jour où les Béotiens ont fait irruption dans le Dôme, quand j'ai perdu le contrôle, tu m'as dit de penser à la petite Tia. Et je voudrais qu'elle puisse grandir sans voir les horreurs que Lila et toi avez pu voir tous les jours au Palier Sept…

— Il y a autre chose ?

— Non.

— Tu n'apprendras donc jamais que je sais quand tu mens ? Dis-moi petit monstre, il y a bien autre chose.

— Avant de quitter le Dôme, tu te souviens que tu m'as cherchée et que j'étais partie voir Anton ? Eh bien je n'ai pas vraiment menti… j'ai juste omis de te dire que je suis allée voir Hava aussi.

Gabriel crispe ses mains sur le volant et pousse, sans s'en rendre compte, son pied contre l'accélérateur.

— Qu'est-ce qu'elle t'a dit ?

— Elle voulait me montrer ce qu'un Inquisiteur peut faire à l'aide de son HEMI, elle m'a fait assister à un Écartement, pour que je sache ce dont Melaine est capable.

— Ha, Ha ! Ce dont Melaine est capable !? Tu n'as pas la moindre idée de ce dont il est capable, Hava n'a pas un quart de ses capacités !

Le moteur dopé caché sous le capot rugit et la route défile à une vitesse effrayante.

— Elle me l'a expliqué ça aussi. Gabriel ralentis s'il te plaît, on va se planter !

— C'est elle qui a fait l'Écartement ?

Gabriel fait crier le moteur et continue d'accélérer.

— Non c'est Anton ! Gabriel ralentis !

— Qu'est-ce qu'elle t'a dit d'autre ?

— Elle m'a parlé de choix ! Elle m'a parlé de laisser le choix, que les Inquisiteurs ne devraient pas automatiquement Écarter ! Gabriel tu vas nous tuer !

Gabriel semble soudain reprendre ses esprits et ralentit la voiture. Siobhan fixe son Guide et voit dans son regard quelque chose d'incroyable, quelque chose qu'elle ne pensait jamais voir. Les yeux de l'Architecte sont noirs et une larme en coule lentement. Siobhan décide de ne pas relever, elle ouvre sa vitre et la boîte à gants, prend un paquet, allume deux cigarettes simultanément et en tend une à Gabriel. Le jeune homme la prend sans un mot. Mais il n'a pas besoin de parler, le délicieux goût de miel qui coule dans sa gorge sonne à la fois comme un « merci » et un « pardon ».

— Tu as de la musique dans cette voiture ?

— Sous le siège.

La jeune femme se penche et en sort une pochette en tissu, elle l'ouvre et choisit un album de Dave Matthews Band, au hasard, avant de le glisser dans le lecteur. La musique démarre et chasse le malaise de l'instant, Siobhan est même étonnée que ce soit Gabriel qui reprenne la parole le premier :

— Tu l'as choisi au hasard ?

— Complètement.

— Et la chanson ?

— Aussi. Pourquoi ?

— Tu la ressens comment ?

— Bah… On dirait une chanson d'amour à la con.

— Cette chanson, je n'ai jamais su si elle parlait d'un amour qui renaît, d'un homme qui regarde de trop loin la femme qu'il aime, ou si c'est juste la chanson d'un voyeur.

— Charmant…

— Les paroles restent sublimes, écoute !

— Ouais, non, du coup elle ne me paraît plus si jolie.

— Tu ne connais rien à la musique !

— Je voulais te demander, tu lui as fait quelque chose à Riley ?

— Hein ? Non ! Pourquoi ?

— Comme ça.

— Ah OK, je comprends ce que tu veux dire, il t'a mise en garde contre moi, c'est ça ?

— Oui.

— J'ai été un gros con sur ce coup-là, je ne m'étais pas rendu compte que j'avais pris à Riley ce qu'il avait de plus précieux…

— Tu as besoin de parler toujours de façon floue ? Trop dur d'être clair ? Tu es mon Guide, tu te dois de répondre à mes questions.

— Si tu le vois comme ça ! Riley est amoureux de Lila et, de ce que j'ai compris, ça fait un long moment. Il l'était déjà quand j'ai eu mon aventure avec Lila, il l'était quand je lui racontais tout dans les moindres détails, il l'était toujours quand j'ai joué au con avec elle, et il l'est encore aujourd'hui.

— Effectivement, ça explique quelques trucs.

— Ouais, je t'avoue que je suis plutôt sans scrupules mais là j'me sens un peu bête. En même temps, il aurait pu me le dire !

— Dur, quand on est un Architecte fier, de ne pas avoir su déceler les sentiments d'un ami, hein ? Encore un échec pour le grand Gabriel !

— Petit monstre, tu commences à avoir du venin à la place de la langue !

— Les entraînements de Dave me font pousser des crocs !

— Qu'ils ne deviennent pas trop longs ou je serais obligée de te tuer.

— Tu as toujours les mots pour mettre tout le monde de bonne humeur. J'ai besoin d'aller aux toilettes.

— Tu ne vas pas faire ton Riley !

*

— Pour une fois que ce n'est pas moi qui dors !

— Laisse-le tranquille, tu n'imagines pas à quel point il doit être éreintant de réduire des corps presque à néant. Ta hanche, ça va ?

— Ouais, ne t'inquiète pas, ça ne saigne plus, Gabriel a fait de beaux points de suture. Tu crois qu'ils vont s'en sortir ?

— Aucun souci.

— Tu commences donc à faire confiance à Gabriel ?

— Non. Mais se rendre en voiture dans un Terrier et faire trois courses ce n'est quand même pas le bout du monde ! Et puis Siobhan saura les défendre.

— Moi je crois que tu mens, tu vois bien que Gabriel est compétent.

— Je ne dis pas qu'il n'est pas compétent pour soulager une douleur ou faire des points de suture, je dis qu'il n'est pas à sa place. Sa place est au Palier Sept.

— Grâce à son travail avec Jimbo, il a appris à faire des gestes de premiers secours et de bons points de suture. On est bien contents de l'avoir avec nous à côté de ça.

— Rappelle-moi pourquoi j'ai voulu que tu viennes ?

— Parce qu'il te fallait un Illusionniste et que je suis le meilleur. On s'en est pas mal sortis jusque-là, non ?

— Non, j'ai merdé ! Je n'ai pas vu que Meredith était là.

— Au fait tu ne m'as pas expliqué…

— Pour Meredith ? C'est une ancienne du Dôme, tu ne l'as peut-être jamais croisée, elle passait tout son temps sur le terrain, je l'ai vue parfois, je devais avoir tout juste vingt ans. Un jour, lors d'une bataille, elle a tenté de tuer un Béotien. Lorsqu'elle a voulu serrer son cœur, une pression parfaitement identique exercée dans l'autre sens l'en a empêchée. Meredith a alors levé la tête et est tombée face à face avec Milo. Derrière Milo, il y avait le jeune Melaine. On dit que Meredith est tombée folle amoureuse de ce jeune homme dont l'HEMI était si précis qu'il pouvait contrer ceux des autres Inquisiteurs.

— Et du coup ?

— Elle les a rejoints. Mais Melaine la méprisait, alors ; pour lui faire plaisir, Milo a envoyé l'Inquisitrice dans les bureaux du Beffroi.

— Qu'est-ce qu'elle faisait là alors ?

— J'y viens. Dégoûté que cette femme plus âgée, qu'il trouvait trop faible, puisse le désirer Melaine l'a unie à un Traqueur.

— Le sale type du gala ?

— Aucune idée mais c'est possible.

— Mais il l'a forcée à épouser ce type ?

— Non, mais sa dévotion pour ce connard était si grande qu'elle a obéi.

— En vérité, ce qui te pose vraiment problème, c'est que nous ayons eu bien moins de formateurs que prévu. Combien de Béotiens en tout ?

— Dix-neuf Traqueurs en formation, un formateur et une Inquisitrice. Ce n'est pas suffisant. Il faudra frapper fort la prochaine fois.

— Ça risque d'être compliqué avec les Brouilleurs…

— N'oublie pas les sangsues… Les Brouilleurs vont compliquer grandement les choses mais les Chroniqueurs pourront se connecter à nous.

— Tu as un plan ?

— J'en ai un.

— Bien, me voilà rassuré. Je t'écoute !

— On attendra qu'Anton soit réveillé. Tu t'es bien battu Riley, tu t'en sors pas mal pour un Illusionniste.

— Venant de toi, je prends ça comme un compliment ! Et comment as-tu trouvé Siobhan cette fois ? Anton m'avait dit que tu avais été déçu de son combat face à Baptiste.

— Je ne m'avancerais pas en disant qu'elle est prête, ce serait mentir. Mais je dois bien reconnaître que quelque chose a changé. Elle commence à saisir ce qu'on attend d'elle.

— Je crois que je la préférais avant.

— Un Illusionniste qui se berce d'illusions, vraiment, c'est risible. Siobhan est faite pour tuer, elle est née pour ça, son code génétique est programmé dans ce seul but ! Combien de temps pensais-tu qu'elle resterait intacte au milieu de toute cette merde ? Écoute Riley, je ne sais pas vraiment pourquoi le Cercle a mis tant de temps à la ramener au Dôme, nous les Traqueurs nous la réclamions depuis longtemps. Je l'ai Pistée, Traquée et protégée si souvent que lorsqu'elle est arrivée au Dôme, j'ai perdu les pédales. Si c'est possible, Siobhan deviendra Traqueur, sinon elle ne sera pas utile au Dôme. Si elle n'est pas utile au Dôme, elle sera Écartée.

— Mais elle a passé les tests ! Elle est apte !

— Je sais et c'est bien ce que je ne comprends pas. C'est pour cela que je soupçonne Paul et Svetlana de préparer quelque chose contre le Cercle, et je pense que c'est pour ça qu'ils veulent se débarrasser de Siobhan, pour qu'elle ne puisse pas aider le Cercle quand ils passeront à l'offensive.

— Genre ils préparent quoi ? Un coup d'État ou un truc dans le genre ?

— Je ne sais pas Riley, mais crois-moi il y a quelque chose qui ne tourne plus rond au Dôme depuis un bon moment. C'est pour sauver nos frères que nous sommes partis et, pour ma part, c'est par loyauté au Cercle.

— Tu seras toujours loyal au Cercle ?

— Toujours.

— Et si demain le Cercle en personne te demande d'emmener Siobhan à l'Écartement, sachant qu'elle est innocente ?

— Tu sais bien Riley qu'elle ne sera pas la première innocente que je conduirais à l'Écartement…

*

Siobhan regarde le soleil déjà haut dans le ciel tandis que Gabriel sort d'un bar-tabac les bras chargés.

— Euh, ce n'est pas un peu beaucoup ? Il y a de quoi fumer pendant un siècle.

— Premièrement : tu fumes comme un pompier. Deuxièmement : tu n'auras sûrement pas envie de faire des allers-retours entre ici et là où on va. Ouvre le coffre ! Allez on va faire des courses avant qu'il n'y ait trop de monde réveillé.

Siobhan et Gabriel abandonnent la voiture pour marcher quinze minutes à travers les rues jusqu'au supermarché repéré un peu plus tôt. Les deux Hémisphèriens y pénètrent et Siobhan est étonnée de ne pas ressentir autant de Parasites que de coutume. Elle finit par se rendre compte que Gabriel Souffle plus fort sur elle. Il le fait tellement souvent qu'elle s'y est totalement habituée.

— Gabriel !

— Il est hors de question que tu me fasses une crise de je ne sais pas quoi, alors que je n'ai pas de douche sous laquelle te foutre à proximité.

— Hum… On prend quoi ?

— Quatre sacs et uniquement des boîtes de conserve. Des choses qui se réchauffent et qui sont simples à faire.

Siobhan et Gabriel se rendent dans le bon rayon et la jeune femme commence à remplir un sac avec des boîtes de légumes.

— Tu as toujours mangé végétarien ?

— Pourquoi ?

— Tu as dû remarquer qu'au Dôme il n'y a jamais de viande et que nous n'en servons jamais.

— C'est vrai.

— Jimbo te l'expliquerait mieux que moi mais, en gros, les graisses saturées ou transformées agissent négativement sur les synapses de notre cerveau. Elles font baisser notre dopamine, ce qui joue sur la capacité à apprendre, la mémoire et la motivation. Nous avons besoin d'un cerveau cohérent pour contrôler notre HEMI et l'utiliser à cent pour cent.

— Mais tu fumes ?!

— Oui mais ce sont les Béotiens qui me tueront, pas le cancer ! Prends des haricots aussi !

Les deux Hémisphèriens remplissent à ras bords leurs sacs de conserves de lentilles, haricots, petits pois, carottes, maïs et autres avant de se diriger vers les caisses. L'hôtesse de caisse regarde Gabriel d'un air soupçonneux en voyant les mains de Siobhan, Gabriel règle leurs achats, prend les sacs et tous deux repartent vers leur véhicule.

— Gabriel ?

— Quoi ?

— Pourquoi on n'a pas rapproché la voiture ? Ces sacs pèsent une tonne !

— Pour que je m'habitue à les porter petit monstre ! Arrête de râler, d'après ce que Dave m'a dit, ce n'est que le début.

— Le début de quoi ?

— De mes emmerdes ! Tais-toi et avance !

— Dis-moi au moins où on va !

— Tu vois la montagne en face ? Eh bien derrière, il y a une vallée et derrière cette vallée, il y a plusieurs vallées et quelque part par là il y a une montagne.

— Oui ?

— Nous allons tout en haut de cette montagne. D'après Dave, on sera bien isolés de tout. Bordel, ouvre-moi le coffre, mes bras vont se déboîter ! Nan mais j'te jure, être réduit à faire les magasins ! Traqueurs… mon cul oui !

C'est parfait, seule avec lui nous pourrons décider de son sort ! Il doit au moins payer ce qu'il nous a fait Siobhan…

— Gabriel ?

— Quoi encore ?

— Tu la tiendras, hein ?

— De quoi ?

— La promesse que tu m'as faite, de me tuer si je Projetais, si je pétais les plombs ou si tu avais le moindre soupçon sur ma conduite ?

Gabriel se fige, le regard de Siobhan est presque suppliant. Il retrouve cette fragilité des débuts, presque l'innocence d'un HEMI tout jeune. L'Architecte reste immobile quelques instants tandis que les paillettes dorées de ses yeux s'affolent. Sans répondre, il monte dans la voiture en claquant sa portière et ouvre le côté passager. Siobhan s'installe à sa place. La voiture démarre et entame la lente traversée des vallées.

— Gabriel ?

— Ferme-la ! Arrête avec tes questions…

*

Lila marche dans les couloirs du Palier Six, la petite main de Tia glissée dans la sienne. La jeune femme est hagarde, elle emmène la petite fille dans l'Alcôve qu'elle partage avec d'autres enfants, la couche, la serre dans ses bras et sort en cachant ses larmes. Lila sait bien qu'elle ne peut pas faire grand-chose, qu'elle ne peut que faire confiance au plan que Dave a élaboré, mais mentir à Jimbo était difficile pour une jeune femme honnête. Et si elle disait tout au Praticien ? Non, il ne comprendrait pas. Lila marche d'un pas lent vers sa propre Alcôve, elle y rentre sans prendre la peine d'allumer la lumière et s'assied sur son lit. Elle caresse les draps et sursaute en sentant une main se poser sur la sienne.

— Mais qu'est-ce que…

— Chut !

— Dix des nôtres ont été envoyés pour retrouver Dave.

— Mais je…

— Tu sais où ils sont…

*

Anton, Riley et Dave s'engouffrent dans la cave d'un immeuble. Le Traqueur s'arrête devant une porte en bois, un peu défraîchie, fermée par un cadenas. Il sort une clef de sa poche et l'ouvre. À l'intérieur se trouve une pile de parpaings. Anton et Riley commencent à les déplacer et se rendent compte qu'ils sont en polystyrène. Tous les trois rentrent dans la petite pièce, ferment la porte et reconstituent le mur de parpaings derrière eux. Au fond de ce petit espace, une trappe d'un mètre carré est encastrée dans le sol. Dave prend une pince et sectionne la chaîne qui maintenait la trappe fermée. Les trois compagnons s'engouffrent dans le trou en prenant soin de refermer la trappe derrière eux. Au bout de dix mètres de tunnel, ils arrivent dans un Terrier semblable à celui dans lequel ils avaient dormi lors de la première sortie de Siobhan hors du Dôme.

— Eh bien c'est sûr que c'est un violent retour à la réalité ! Si je dors un peu, personne ne m'en voudra ?

— Vas-y Riley ! Toi Anton, tu as encore besoin de dormir ou ça va mieux ?

— Je te remercie Dave, je me sens mieux.

Riley saute dans un lit superposé, se glisse sous la couverture kaki et s'endort presque instantanément. Dave branche une bouilloire qu'il remplit d'eau, tandis qu'Anton s'assied à la table.

— Tu devrais dormir aussi Dave.

— Oui, je bois un café et j'irai m'allonger. Tu en veux ?

— Non merci. Ton épaule ?

— Disons qu'avec Gabriel sur place ce serait plus simple. Il a réduit la fracture et j'ai gardé l'attelle quelques jours tout de même. Mais pour conduire effectivement…

Dave sort un grand gobelet en carton blanc, une cuillère et une boîte pleine de café soluble. Il en met trois cuillerées dans son gobelet. Anton regarde la pendule accrochée au mur de béton.

— Ils doivent être presque arrivés.

— Je l'espère…

— Siobhan guérira vite. Mais tu avais raison Dave…

— De quoi tu parles ?

— Dans un mois, elle te mordra la main !

L'eau se met à bouillir et le Traqueur se saisit de la bouilloire, verse son contenu sur le café, avant de s'asseoir en face de l'Inquisiteur.

— Elle a été fantastique !

— Violente…

— Magnifique !

— Tu trouves que c'est une bonne chose ?

— Je ne sais pas, mais de mémoire, je n'ai jamais vu de femme prendre autant de charisme en étant couverte de sang de Béotien.

— Tu te rends compte que c'est cette même femme que tu as martyrisée à son arrivée ? Je sais bien que tu l'as fait pour la mettre à l'épreuve, pour la tester, je sais aussi que les HEMI que vous Traquez plusieurs années peuvent créer des dépendances. Mais tu n'es pas inquiet ?

— Inquiet ?

— Quand tu as jeté le Béotien à ses pieds et qu'elle l'a lentement égorgé tout en te regardant dans les yeux, comment l'as-tu pris ?

— Elle m'adressait un message, elle me montrait qu'elle était prête, que cette fois elle tuait sans état d'âme !

— Je l'ai ressenti comme un avertissement…

— Éclaire-moi sur le fond de ta pensée, Anton.

— Tu l'as harcelée à son arrivée au Dôme, tu lui as mis plus d'une raclée lors des entraînements, et tu ne t'es jamais gêné pour la rabaisser. Je crois qu'elle voulait te dire que la prochaine fois, elle ne se laisserait pas faire.

— Ha, ha, ha ! À moins qu'elle puisse Projeter, cette gamine n'aura même pas eu le temps de penser à m'attaquer qu'elle sera déjà au sol, ses intestins trônant sur elle comme des guirlandes. Et de ce que je sais pour le moment, je suis tranquille. Ne t'inquiète pas, un chien ne mord pas la main de celui qui le nourrit !

— À moins que le chien ne veuille plus être maltraité par cette même main.

— Anton, tu deviens déprimant. Laisse-moi être fier de mon nouveau poulain ! Tout de même l'autre soir… Elle était sublime !

*

— Ah oui, quand même !

— Je te l'avais dit.

Gabriel gare la voiture sur le bas-côté, les deux Hémisphèriens ne peuvent pas aller plus loin, la route de terre s'arrête là. Face à eux, un chemin semble se dessiner à travers la forêt de sapins.

— Et je suppose que ça monte…

— Effectivement, en montagne quand on va vers le sommet, on monte ! Allez, viens là que je t'équipe, ça va peser un peu sur tes côtes mais je Soufflerai plus fort, ne t'inquiète pas !

Gabriel charge sur le dos de Siobhan un des sacs noirs, l'autre a été vidé pour remplir le premier complètement. Siobhan réalise en sentant ce poids dans son dos que le chemin s'annonce comme un véritable calvaire. Gabriel prend les bandages achetés en route, les cigarettes, et met le tout dans les grands sacs contenant les conserves ; il les sort avant de fermer le coffre.

Ce n'est pas pour moi que le trajet sera le plus long.

— C'est parti petit monstre ! Il faut qu'on arrive avant la nuit.

— Attends, c'est à quelle distance ?

— Cinq heures de marche à un bon rythme mais, chargés comme on l'est, je ne sais pas du tout.

Gabriel passe devant sa protégée qui le suit de près. Le décor est paisible et rassurant : personne aux alentours. Sur la fin de l'été, la nature est épanouie, les fleurs sont nombreuses, l'odeur des épicéas emplit le nez de Siobhan qui oublie un instant la longue route qu'ils entament. Le chemin est régulier, le sol rocheux et les deux Hémisphèriens marchent à bon rythme, comme pour se faire pardonner de ne pas fournir le même effort de combat que leurs compagnons. Au bout de trois heures de marche, le décor commence à changer : la végétation se fait plus clairsemée et la roche plus présente. Gabriel, dont les épaules commencent à être plus que douloureuses, décide de faire une pause. Le jeune homme laisse tomber les sacs au sol avant de faire craquer ses épaules et de s'asseoir sur un énorme rocher. Siobhan se débarrasse avec difficulté du sac noir et en sort une bouteille d'eau qu'elle tend à Gabriel. Le jeune homme s'en saisit, en vide la moitié avant de la tendre au Canalyseur. Siobhan fait de même et range la bouteille dans son sac. La température a baissé avec l'altitude et la jeune femme comprend pourquoi Gabriel a tant insisté pour qu'elle garde son pull durant la montée.

— On a bien avancé, non ?

— Aucune idée, il doit bien nous rester trois ou quatre heures. Je pense, enfin j'espère, qu'on a fait la moitié.

— Tu as l'air épuisé.

— C'est normal petit monstre, je Souffle deux fois ! Une fois pour pouvoir grimper avec ces sacs qui pèsent aussi lourd qu'un homme mort et une autre sur toi pour que tu puisses porter ton propre sac ! Et je te vois venir, ne me demande pas de ne pas bloquer ta douleur parce que tu ne pourrais absolument pas avancer sans crier et tu ne pourrais pas porter ce sac sur ton dos.

— C'est vraiment terrible cette puissance qu'ont les Inquisiteurs.

— Au moins maintenant tu as un bref aperçu des douleurs qu'ils peuvent infliger. Et je dis bien aperçu, j'ai vu des Hémisphèriens renvoyés en miettes par Melaine. On n'imagine pas ce qu'un être vivant peut endurer avant de mourir, surtout quand son bourreau bloque son évanouissement.

Un aigle passe au-dessus d'eux en poussant un cri mettant un terme aux échanges sur le chef Béotien.

— C'est calme…

— Ouais.

— Ce Terrier n'est plus utilisé depuis quand ?

— Presque cent ans, d'après Dave. Un Terrier isolé à ce point n'a pas d'intérêt, il n'y a plus de conflit depuis un moment ici. Tu sais, c'était une route de passage en zone libre pendant la Seconde Grande Guerre des Bi-hémisphères.

— J'aurais dû y penser. Tu penses que ça va aller pour eux ?

— Oui ça ira. Ce qui rendra la tâche compliquée, ce seront les Chroniqueurs ! Les Brouilleurs bloqueront les sens mais pas les HEMI et Dave n'a pas besoin de ses yeux pour les Pister. En revanche les Chroniqueurs qui se connecteront à eux pourront prévoir leurs actions. Dès qu'ils penseront à marcher, par exemple, le Chroniqueur connecté le saura. Mais heureusement il y a une faille, ces sangsues ne peuvent se connecter qu'à une seule personne à la fois, et deux Chroniqueurs ne peuvent pas se connecter à la même personne.

— Je suppose que Dave a un plan.

— Sans doute, mais il n'a pas pris la peine de m'en parler. Ce qui m'inquiète le plus, c'est que cette fois il y aura bien plus de Béotiens…

— Plus comment ?

— Beaucoup plus, une soixantaine d'après Dave.

— Une soixantaine ?!

— Prête à repartir ?

Les deux compagnons de route se lèvent, reprennent leurs bagages et se remettent en marche. Siobhan repense à ses amis partis combattre sans qu'elle ne puisse rien faire, même si elle n'était pas encore vraiment utile, elle aurait toujours pu servir de cible.

Ils auraient bien eu besoin de toi là-bas…

Je suis d'accord avec toi pour une fois.

Si tu m'avais laissée prendre le contrôle de la situation quand je te l'ai demandé : tu aurais été moins blessée et tu aurais pu les suivre.

Je ne te laisserai jamais sortir !

Ha, ha, ha ! Tu es bien sûre de ça ? On a pourtant fait du beau travail une fois que tu as arrêté de me terrer au fond de ton crâne.

Tu racontes des conneries, tais-toi !

Tu sais que j'ai raison. Plus tu résistes, plus c'est douloureux !

Si tu veux m'aider : ferme-la que je puisse me concentrer pour grimper !

Siobhan met un pied devant l'autre en suivant son Guide. Devrait-elle lui dire que ses souvenirs du dernier combat sont flous ? Et si ce n'était rien ? Si c'était juste du stress post-traumatique dû à la violence de la scène et aux blessures que lui a infligées Meredith ? Mais si c'était autre chose ? Si elle avait commencé à perdre le contrôle ?

Chapitre 20

Dorian attend patiemment devant les grandes vitres du bureau. La capitale se pare de lumières tandis que la nuit prend place. Le quartier d'affaires est presque vide maintenant, seuls quelques bureaux restent allumés par inattention dans les autres tours. Le Beffroi, lui, ne s'éteint jamais. Le Chroniqueur sent le poids de ces dernières années se faire de plus en plus lourd à porter. Melaine a beau tenter de le soulager à l'aide d'Architectes, rien n'y fait : on n'efface pas les images des morts avec un Souffle. Les derniers instants de Meredith furent effroyablement douloureux et terrifiants. Anton était d'une précision terrible, sur la centaine de morts qu'il a pu vivre, Dorian se souviendra de celle-ci ! Lorsque Melaine lui avait demandé de se connecter à la jeune femme, il pensait qu'il s'agissait d'un cadeau, un peu de répit… Mais comme toujours, Melaine savait où placer ses pions.

— Pardonne-moi, je réglais quelques détails avec Harper.

— Vous n'avez pas à vous excuser.

— Dis-moi tout.

— Nos frères présents sont tous mort…

— Épargne-moi je te prie les détails insignifiants et les évidences.

— … sauf un.

Melaine lève un sourcil intrigué, son regard s'illumine de curiosité. Le Chroniqueur poursuit tout en tendant un morceau de papier à l'Inquisiteur :

— Il est revenu au Beffroi avec un message. Nous ne l'avons pas ouvert.

Melaine se saisit du petit bout de papier ensanglanté, soigneusement plié, et l'ouvre. Il lit en silence tandis que Dorian distingue une large veine se gonfler de rage dans le cou de son dirigeant. La mâchoire de Melaine se crispe et ses pupilles se dilatent, le Chroniqueur hésite à faire un pas en arrière.

— Continue ton rapport.

— Ils étaient tous présents : Dave, Riley, Anton, Gabriel et Siobhan. Ils se sont mêlés aux invités d'une soirée et ont semé la confusion avec l'odeur de Siobhan. Le Canalyseur leur a servi d'appât, Meredith l'a blessée…

— Pardon !?

— Meredith a cassé plusieurs côtes et les doigts de la main droite de Siobhan.

— Comment est-elle morte ?

Dorian déglutit et sent la sueur couler dans son dos en repensant aux douleurs endurées par l'Inquisitrice.

— Anton l'a tuée.

— Ce fut artistique ?

— Très douloureux en effet.

— Tant mieux pour elle, s'il ne l'avait pas fait, je m'en serais chargé moi-même ! Cette idiote était un poids, elle est morte avec davantage d'honneur qu'elle n'en méritait. Des choses notables lors du combat ?

— Plusieurs : Anton, même s'il n'est pas aussi efficace que toi, se confirme être un Inquisiteur avec un HEMI puissant et très bien entraîné. Gabriel et Riley sont un atout pour le moins utile et surprenant pour cette petite équipe lors des combats, particulièrement l'Architecte. En vérité, ce Gabriel se bat avec le style connu des Traqueurs.

— Nous savons par Demi qu'il est devenu, par je ne sais quelle manœuvre politique, un Traqueur, ça n'a rien d'étonnant.

— Sauf qu'il semble maîtriser sa technique depuis plusieurs années.

— Hum… Et qu'en est-il de notre Siobhan ?

— Eh bien si vous me demandez si elle a Projeté, la réponse est non. En revanche, elle semble avoir pris des leçons elle aussi. Elle possède un couteau de combat de première catégorie.

— Dave…

— Sans aucun doute, il a jeté devant elle un de nos frères, elle l'a exécuté en fixant l'Hémisphèrien comme pour lui rendre allégeance.

— Elle l'a tué froidement, proprement ? Donne-moi des détails je te prie !

— Froidement oui, proprement… non. Elle lui a lentement découpé la gorge je pense qu'il s'est noyé dans son propre sang.

— Et les corps de nos frères ?

— Le jeune homme qui a survécu rapporte qu'il n'y en avait plus quand il a repris connaissance.

— Merci Dorian, laisse-moi maintenant, s'il te plaît.

Le jeune homme salue le chef des Béotiens et sort du bureau avec l'angoisse d'aller dormir pour rêver de la mort de Meredith.

Melaine prend une grande inspiration et tente d'apaiser ses nerfs. Dave allait trop loin en le défiant ainsi et il se permettait de menacer son précieux Canalyseur ! L'Inquisiteur déplie de nouveau le message : « Oublie-la, elle est déjà morte, je n'ai pas besoin d'elle pour t'Écarter. Je peux humer ton sang de là où je suis. Tu ne me trouveras pas Melaine, c'est moi qui te trouverai ! » Et pourtant Melaine sent bien que la peur a transpiré dans la voix de Dorian, il sent le Canalyseur se réveiller. Il faut changer de méthode, profiter d'un avantage certain : l'absence de Siobhan au Dôme. Melaine regarde le quartier d'affaires endormi, il hésite un instant à moissonner quelques Bi-hémisphères qui traînent et dealent sous ses baies vitrées mais il se ravise et fait brusquement volte-face. L'Inquisiteur traverse le bureau de verre d'un pas ferme et pressé, il écarte les deux grandes portes et pousse un cri qui résonne dans tout l'étage :

— Harper !

*

— On y est, il était temps !

Gabriel avance jusqu'au perron en ruine d'un chalet d'alpage avant de laisser tomber les sacs qui lui brisent les mains et les épaules. Il pousse la porte qui n'est pas fermée, elle claque au rythme du vent. Les deux Hémisphèriens rentrent dans le vétuste refuge. À l'intérieur, le sol est couvert de terre, d'épines de sapin, de déjections animales et de tout ce que le vent et les animaux ont pu y amener. Quelques meubles en bois couverts de poussière sont disposés dans la pièce qui doit être une sorte de salle à manger au vu de la table qui trône en son centre. Siobhan pose dans un angle le sac qui s'est enfoncé dans ses épaules tout le long du trajet.

— Un Terrier non utilisé depuis cent ans tu disais ?

— À peu près… Bon allez, si on veut pouvoir manger et dormir, faut se mettre au boulot !

Gabriel relâche un peu son Souffle sur Siobhan, il faut qu'il tienne, la journée n'est malheureusement pas terminée.

— Aïe…

— Trop ? Désolé.

Gabriel se mord la lèvre d'agacement et ré-augmente légèrement son Souffle sucré pour l'étendre sur le Canalyseur. Il se penche et se met à fouiller dans le sac noir.

— Fais le tour du refuge, il y a une grange à l'arrière, à l'intérieur de la grange il y a un abri à bois, espérons qu'il y en ait encore. Tiens ! Quand tu auras fini, mets cette chaîne et ce cadenas sur la porte. Et ramène la hache, on va éviter d'avoir des armes loin de nous. Si on nous trouve ici, nous serons seuls, alors dispensons-nous de leur offrir des jetons.

Siobhan tourne les talons et quitte la pièce. Gabriel reste seul et fait le tour du chalet. Le Terrier est très petit un seul étage, une cuisine avec une cheminée et quelques vieilles poêles, une autre pièce semblant être la salle de bains contient un grand baquet de bois. Dans la pièce de vie une échelle de meunier mène à des combles très bas de plafond, il y découvre trois matelas de paille rayés. Le petit refuge ne doit pas faire plus de quarante mètres carrés. L'Architecte fait le tour des fenêtres, heureusement elles sont toutes intactes. Une des paires de volets aura en revanche besoin de réparations. Le jeune homme sort et passe sur le côté de la bâtisse. Comme Dave l'avait dit, il y trouve des citernes d'eau installées de façon à récupérer la neige fondue. Gabriel frappe dedans, elles sont pleines, un bon point, ils ne manqueraient pas d'eau ! Siobhan marche dans la direction de son Guide, quatre bûches fendues dans les bras. Elle grimace à cause de l'effort et des picotements dus à la douleur de ses fractures. Le jeune homme soupire et Souffle un peu plus fort pour la soulager. La jeune femme arrive jusqu'à lui :

— Plutôt que Souffler, tu pourrais m'aider.

— Tu as trouvé quoi ?

— Des choses intéressantes, des vieux lits de camp par dizaines, des couvertures encore plus nombreuses, de la paille sale, beaucoup de poussière, je n'ai pas tout fouillé. Mais il y a beaucoup de choses, d'autant qu'il y a une réserve de paille à laquelle on accède avec une échelle.

— J'y vais, pose le bois à côté de la cheminée. Et retourne chercher des couvertures !

La jeune femme obéit à son Guide avant de retourner à la grange. Gabriel se tient dans le fond et secoue de vieilles couvertures couleur kaki. En la voyant arriver, il lui donne un vieux balai, un seau d'eau et un morceau de chiffon.

— Tiens, prends ça ! Je m'occupe de ramener ce qu'il faut, je te laisse faire un bout de ménage, ce sera moins difficile de passer le balai que de ramener encore du bois et d'installer les lits. Je ferai chauffer de l'eau pour nettoyer le sol et pour ton bain. Allez au boulot !

— Bien, je fais quoi des conserves ?

— Dès que tu auras passé le balai et retiré la poussière, mets-les dans la cuisine.

Siobhan prend ce que lui tend son Guide et retourne dans le refuge. Heureusement que le lieu est petit, la fatigue lui fait fermer les yeux. La jeune femme monte l'échelle de meunier en tenant le balai et le chiffon dans sa main gauche. Pas de quoi s'offusquer sur le moindre effet machiste de Gabriel lui ordonnant de faire le ménage, c'était ce qu'il y avait de moins fatigant à faire pour le moment. Les lits de paille sont secs, la jeune femme les tire tant bien que mal et les jette par l'ouverture jusqu'au salon. Elle se met alors à ôter toute la poussière et les toiles d'araignées, passe un large coup de balai sur le vieux plancher et envoie tout voler en bas. Au bout d'une dizaine de minutes, la pièce semble déjà plus propre. Le Canalyseur descend l'échelle avec précaution, elle récupère les matelas un à un et les appuie sur une balustrade à l'extérieur. Durant une heure, la jeune femme balaye, dépoussière et rend la pièce habitable tandis que Gabriel fait des allers-retours entre la grange et le Terrier, les bras chargés de bois, de couvertures, d'ustensiles de cuisine, de vaisselle en étain, ainsi que d'une grande malle pleine de bougies. Le jeune homme ferme la grange avec le cadenas laissé sur place par la jeune femme et rentre faire chauffer de l'eau.

— Petit monstre, arrête de frapper ces matelas, tu as enlevé toute la poussière possible, tu vas juste finir par faire des trous dedans ! Viens t'asseoir un peu, je vais les monter à l'étage.

Harassée par l'ascension, elle ne se fait pas prier et s'affaisse sur une chaise en bois. L'Architecte monte les trois matelas les uns après les autres et referme la porte en posant un meuble devant. Il fait ensuite le tour des fenêtres et ferme les volets. Le feu qui crépite dans la cheminée a quelque chose de rassurant. Au-dessus de ce feu, le jeune homme a disposé trois grosses bouilloires pleines d'eau. Dehors, la nuit tombe et la température chute immédiatement. L'Architecte prend deux gobelets en étain et les remplit d'eau à l'aide d'un pot à lait qu'il a pris soin de remplir aux citernes. Gabriel pose un verre devant le Canalyseur avant de s'asseoir en face d'elle.

— Demain, je réparerai la porte et le volet cassé, j'ai trouvé des outils.

— On fait quoi maintenant ?

— Ce soir on se repose, on prend des forces pour demain.

— Et demain ?

— Toi tu essaies de ne pas trop en faire, il faut que tes côtes et ta main se remettent. Moi je vais retaper cet endroit puis je m'occuperai de la grange. Il faut que tout soit prêt.

— Prêt pour le retour de Dave ?

Gabriel sourit et avale son verre d'eau. Les bouilloires sifflent et l'Architecte se lève.

— Tu as vu les toilettes dehors ? La planche trouée au-dessus du seau ? Vas-y, tu n'auras pas envie d'y aller en pleine nuit crois-moi ! Je te prépare un bain.

Siobhan se lève, écarte le meuble bloquant la porte et sort du Terrier dans l'obscurité tombante. Gabriel s'empare une à une des énormes bouilloires à l'aide d'un linge épais et les vide dans le grand baquet de bois. Il remet aussitôt de l'eau à bouillir. Il ajoute de l'eau froide, ainsi le baquet est presque à une température convenable, trois bouilloires de plus et ce sera bon. L'Architecte entend la porte se rouvrir et le son d'un meuble déplacé.

— Allez petit monstre, prends les serviettes dans le sac noir et viens te tremper, je peux te sentir d'ici !

La jeune femme s'exécute et rejoint son Guide dans la salle de bains.

— Déshabille-toi, je dois jeter un coup d'œil à tes fractures.

— Je pense que ça guérit déjà…

— Fais pas ta gamine, j'ai dit au moins un mois et ça fait trois jours ! La nudité n'est pas toujours en rapport avec le cul ! Surtout quand on est un monstre comme toi !

La jeune femme baisse les yeux et s'exécute sans un mot. Gabriel commence à enlever les bandes de ses côtes et parcourt la peau de Siobhan du bout des doigts.

— Bon, les bleus commencent à changer de couleur, c'est bon signe, mais ce sera encore long, il faudra être patiente. Tu trembles détends-toi ! T'as froid ?

— Oui…

Gabriel soupire, elle ne retiendra jamais qu'il sait lorsqu'elle lui ment. Il choisit de ne pas relever et part chercher les dernières bouilloires, laissant le Canalyseur nue au milieu de la pièce. Il vide l'eau dans le baquet qui se met alors à délicieusement fumer et à emplir la pièce de vapeur chaude et rassurante.

— Grimpe dedans, je te referai une attelle après.

Siobhan se glisse dans l'eau chaude jusqu'aux épaules, soulagée de ne plus être exposée aux yeux de Gabriel. Un bruit de tissu froissé vient briser ses espoirs d'un moment de relaxation, un pavé de savon est jeté dans l'eau et Gabriel s'y glisse à son tour. Siobhan garde les yeux baissés, la proximité avec son Guide est de plus en plus insupportable pour elle. Une main se saisit délicatement de son menton pour lui relever.

— Tu fais la gueule petit monstre ? Il va falloir que toi et moi on trouve un moyen de ne pas s'entre-tuer, on va rester un moment tous les deux ici.

— Combien de temps ?

— Jusqu'à cet hiver. Le mieux, c'est que toi et moi on soit réglos ! Plus de mensonges, de cachotteries ! Pour te prouver ma bonne volonté, je m'engage à répondre à tes incessantes questions !

— Qu'est-ce qui t'a plu chez Lila ?

Gabriel la regarde amusé et agacé.

— Je t'offre toutes les possibilités de questions et c'est la première que tu choisis ? Bon… Eh bien déjà elle est belle et je me demandais ce qu'elle donnait au lit. Ensuite, je savais qu'elle voulait coucher avec moi, c'est plus simple !

— C'est sa beauté et la facilité qui t'ont poussé à coucher avec elle ?

— Ouais comme les autres, notre vie est courte et suffisamment compliquée au Dôme, je ne vois pas pourquoi je me lancerais dans des parties de jambes en l'air qui me donneraient des migraines ou qui me mettraient en danger. Je sens bien que je t'ai vexée petit monstre, encore une fois, mais au risque de me répéter, tu es une source d'emmerdes !

— C'est vexant, mais je suis plutôt soulagée de savoir que mon cul restera loin de toi.

Gabriel ne rajoute rien, les choses vont être complexes dans cette ambiance, il faudra qu'il fasse des efforts, il en a bien conscience. Et puis ce laps de temps seul avec elle lui permettra peut-être de trouver une explication à ce qu'il s'était passé dans la chambre du penthouse. L'Architecte fait signe avec douceur à Siobhan de se retourner et se saisit du savon au fond du baquet. La jeune femme s'exécute sans un mot, seul le son de l'eau en mouvement résonne dans la pièce. Gabriel passe lentement ses mains savonneuses sur le dos endolori et marqué par endroits du Canalyseur. Le jeune homme compose un Souffle de paix façonné d'agrumes et de miel qu'il pousse sur elle. Il ne voit pas les yeux de Siobhan qui se ferment doucement sous la caresse de l'HEMI de l'Architecte. Au bout de quarante minutes de détente dans l'eau chaude, Gabriel quitte la salle d'eau, une serviette de bain enroulée autour de la taille. La jeune femme voit disparaître le dos marqué d'une large cicatrice derrière la porte, elle s'empare du savon et finit de se laver avant de rejoindre son Guide qui, déjà habillé dans le salon, a sorti tout le nécessaire pour refaire les pansements de la jeune femme. Le feu a déjà bien réchauffé le petit abri, il y ferait presque bon vivre.

— Habille-toi, tu vas tomber malade !

— Tu vas faire quelque chose, si on s'en sort vivant, pour filer un coup de main à Riley ?

— Surtout pas ! Lila ne supporterait pas que je la pousse dans les bras de quelqu'un d'autre même si c'est dans ceux de Riley. Allez, viens t'asseoir que je refasse ton attelle !

— Qu'est-ce qu'on fait s'ils ne reviennent pas ?

— Ils reviendront…

— Je me répète mais que fait-on s'ils ne reviennent pas ?

— On continue ! Arrête de bouger.

— Aïe ! Toi et moi, seuls contre le Beffroi, on dirait le scénario d'un mauvais *teenage movie*.

— J'ai pas dit seuls… Ne pose pas plus de questions sur la suite, tu vas gâcher la surprise et ton maître d'armes tenait à ce que tu aies une surprise.

— En gros, tu me demandes de te faire confiance ?

— Tu n'as pas vraiment le choix. Voilà c'est presque fini…

— C'est pour être en sécurité que Dave a choisi ce Terrier ?

— Pour quoi d'autre ?

— Peut-être qu'il voudrait que j'apprenne à Projeter…

Gabriel stoppe sa main qui bande celle de Siobhan, il relève la tête pour planter ses yeux dans ceux de la jeune femme. Il se saisit de son Souffle et l'ôte du Canalyseur avant de la frapper dans les côtes. Elle hurle de douleur et bascule sur le côté pour atterrir près du sac de voyage et en sortir sa lame. Gabriel se précipite sur elle. Les deux compagnons d'infortune roulent sur le sol tandis que Siobhan hurle sous le poids de Gabriel qui tente de l'immobiliser. L'Architecte attrape les deux mains de la jeune femme et les plaque au sol au-dessus de sa tête.

— Lâche-moi Gabriel !

— Calme-toi !

— **J'ai dit : lâche-moi Gabriel !**

— Qu'est-ce que tu es ?

— Gabriel putain, tu me fais mal! **Ne me pousse pas Architecte!**

— Siobhan!

— Gabriel tu me fais mal s'il te plaît!

Le jeune homme relève la jeune femme toujours en la tenant par les poignets et l'assied sur une chaise.

— Jamais tu m'entends! Tu ne Projetteras jamais! Tu n'essaies pas, tu n'y penses même pas! C'est clair?! Tu ne vas pas pleurer?

— Tu dois vraiment être le pire des connards de tout le Dôme…

— Sans doute! En attendant je dois tout recommencer…

*

Jimbo se frotte le visage, la fatigue commence à se faire sentir. Gabriel était dehors et cette fois Jimbo ne pouvait pas le protéger. Le Praticien se penche sur l'écran de son ordinateur et visualise de nouveau l'expérimentation du Souffle de chagrin sur Siobhan. Il ouvre la vidéo prise ce jour-là et, dans sa grande fatigue, au milieu des cris, Jimbo décèle quelque chose. Le Praticien attrape un casque dans un tiroir et le branche à son ordinateur. Il se concentre autant que possible et monte le volume jusqu'à s'en faire exploser les tympans. Une fois, deux fois, le Praticien ouvre grand les yeux avec un sentiment mêlé d'excitation et d'effroi. Il repasse le film et distingue entre les cris de Siobhan une autre voix semblant sortir de sa bouche : « Relâche ! Relâche ! » Le Praticien jette son casque et porte sa main à sa bouche. Il était là depuis le début, le Canalyseur est bien actif depuis toujours ! Jimbo transfère le fichier sur un disque dur et part en courant dans le couloir du Dôme. À cette heure-ci elle doit dormir mais peu importe il la réveillera. Les couloirs sont vides, le Dôme est en alerte depuis le départ de Siobhan et les seuls réveillés sont ceux qui montent la garde. D'autant que ces derniers jours avaient été plus calmes que de coutume, ce qui inquiétait les Traqueurs qui Pistaient tout le monde dans le Dôme. Le Praticien arrive devant l'Alcôve de Svetlana en dix minutes. Essoufflé et tremblant, il frappe trois grands coups à la porte. Au bout de trois minutes, la jolie blonde ouvre, les yeux encore lourds de sommeil.

— Jimbo ? Qu'est-ce qu'il se passe ?

— Je l'ai 'Lana ! Je l'ai trouvé !

— Jimbo je ne comprends rien, doucement.

— Toutes ces douleurs, les Parasites tout ça ! C'est un combat constant ! C'est pour ça ! Le Canalyseur, il n'est pas en sommeil 'Lana !

— Évidemment que non puisque c'est Siobhan…

— Je sais bien que Siobhan est un Canalyseur ! Écoute, parfois un grand choc émotionnel ou autre peut produire un phénomène qu'on appelle une dissociation ! Pour ne pas affronter une douleur physique ou mentale, la personnalité de l'individu va littéralement se briser en morceaux. L'ego s'écroule et la personnalité se fracture. Une part de la personnalité va se détacher du monde et l'autre restera connectée à la réalité.

— Tu me fais peur Jimbo…

— Elle sait qu'elle peut Projeter, elle ne savait juste pas ce que c'était! Son HEMI est bien actif et c'est Siobhan qui le retient!

*

La jeune femme pose son assiette vide sur la table, le ventre rempli, elle se sentait déjà mieux et le sommeil devenait plus qu'une simple envie.

— Je suis encore une fois désolé.

— Ne t'excuse pas Gabriel, c'est inutile étant donné que tu recommenceras si tu juges que c'est nécessaire.

— Je ne te déteste pas Siobhan, on m'a juste appris à trouver les êtres comme toi monstrueux. Et en devenant Traqueur je m'engage à détruire les êtres comme toi!

— Je sais…

— Siobhan…

— Petit monstre! Je m'y suis faite à ce surnom, je commence à l'apprécier!

— Petit monstre, quand on m'a demandé de te Rapatrier le but était de te tester, je pense que Paul espérait que tu me tues, pour voir ce dont tu étais capable. Quand je t'ai ramenée, il a été obligé de tenir sa parole de me faire passer Traqueur. J'étais inquiet de tout ce qui se passait avec ta venue mais heureux de pouvoir enfin faire ma part du travail.

— Pourquoi tu y tiens tellement ? Ton rôle au Palier Sept n'était pas moins important ?

— Parce que le Palier Sept n'a jamais été ma place, d'ailleurs le Dôme n'a jamais été ma place. Jimbo a fait en sorte que ça le devienne…

— Explique-moi.

— Petit monstre, les tests d'aptitude à devenir un Hémisphèrien : je ne suis pas parvenu à les passer ! Je ne devrais pas être là, j'aurais dû être Écarté à mon arrivée au Dôme. Quand un groupe de Recruteurs est venu me chercher chez les sœurs, ils m'ont conduit jusqu'à Jimbo qui m'a fait passer les tests. Et j'ai échoué, il y avait trop de haine, de rage et de violence en moi, j'avais sans doute vu trop d'horreurs dans mon enfance et le désir de vengeance était trop présent.

— Que s'est-il passé ?

— Jimbo m'a expliqué la situation et il a trafiqué les résultats des tests, pour que je n'aie pas à affronter les Inquisiteurs.

— Il t'a sauvé la vie…

— Oui.

— D'autres sont au courant ?

— Lila.

— Il l'a fait pour d'autres ?

— Non.

Aïe!

Ces Parasites viennent de lui... Découvre pourquoi!

— Même pas pour moi?

— Non, si tu veux tout savoir, tes résultats étaient particuliers: pas la moindre méchanceté, jalousie, haine, rien!

— C'est impossible...

— Je sais.

— Je ne te déteste pas non plus. Je crois même que je t'apprécierais si tu ne passais pas la plupart de ton temps à me mettre des raclées.

— Tu dois apprendre la douleur Siobhan. Si Melaine ne peut t'avoir par la douceur, il te prendra par la force. Ou alors il te détruira, je n'en sais rien! Dave t'apprend ça aussi.

— Vous étiez vraiment proches avec Dave, hein?

— Très, quand nous étions plus jeunes, il m'apprenait à me battre en me faisant travailler ses propres leçons. À l'époque il trouvait génial mon désir de devenir Traqueur. Nous rêvions d'écraser Milo à nous deux.

— Et puis tout s'est arrêté?

— J'ai continué à m'entraîner de mon côté en observant les autres se battre dans les Arènes sous prétexte de comprendre comment les blessures dont je bloquais les douleurs étaient infligées.

— Et ta lame, d'où vient-elle ?

— J'en ai deux en fait. Une que j'ai reçue le jour de mon serment de Traqueur et une autre que Dave avait volée pour moi afin que je puisse continuer à m'exercer.

— Il y a des tests, comme ceux du Dôme, au Beffroi ?

— Je n'en sais rien. C'est une bonne question.

— Et si le Cercle apprenait que tu n'as jamais réussi les tests, tu serais éliminé…

— Écarté.

— Oui… tu serais Écarté ? Même aujourd'hui alors que tu n'as jamais fait de mal dans le Dôme ?

— Sauf que je n'ai pas jamais fait de mal dans le Dôme. Ce que j'ai fait à Lila est interdit, Souffler des sentiments négatifs est défendu. Pour ceux que j'ai Soufflé sur toi lors des examens médicaux, il avait fallu demander une autorisation spéciale. C'est Lila qui devait le faire, rappelle-toi ! J'ai pris sa place, je ne voulais pas qu'elle doive passer par là, nous n'étions même pas certains qu'elle saurait le faire.

— Comment ça ?

— Pour Souffler une émotion, nous devons la connaître, ne serait-ce qu'un petit peu, mais cette émotion nous transforme quelque part nous aussi. En théorie, seuls les Architectes du Beffroi savent faire cela.

— Mais toi tu y parviens…

— Je t'ai dit que ma place n'était pas au Dôme.

Siobhan fronce les sourcils, elle commence à comprendre que le système du Dôme est peut-être bien intentionné mais que les méthodes employées ne sont pas si honorables. Elle comprend davantage le discours d'Hava avant leur départ. Le Beffroi ne semble pas être davantage soucieux d'employer des méthodes louables.

Y a-t-il forcément un bon et un mauvais côté ?

Je suis là, continue, tu te rapproches.

— Comment Arthaud est-il mort ?

— Une légende raconte que le Dieu Typhon est descendu sur Terre pour le tuer, une autre qu'il a été tué par des Bi-hémiphères car il avait négligé le danger qu'ils représentaient, et une dit même qu'il a enfanté un monstre et que ce monstre l'a dévoré. Je n'en sais rien mais je sais que ce n'est pas une des légendes que je viens de te citer.

— C'est malheureux tout de même que vous n'ayez pas davantage d'informations sur votre histoire.

— Notre histoire.

— Oui, notre histoire.

— Eh bien nous savons que des documents de toutes époques existent mais Melaine, Milo et leurs prédécesseurs les gardent jalousement depuis des décennies et en réunissent continuellement.

— Des archives ?

— Je suppose. Dis-moi Siobhan, est-ce que tu pourrais m'expliquer plus en détail ce que sont les Parasites dont tu as parlé à Jimbo ?

— Oh… tu veux que je… des Parasites ?

— Oui, petit monstre, s'il te plaît.

— Comment t'expliquer simplement…

Siobhan marque une pause et réfléchit un instant. Elle hésite, les Parasites ne sont finalement que le fruit de son esprit malade.

Un peu comme toi !

Allez Siobhan, ça peut être intéressant… je le fais si tu préfères.

— Ce qu'il y a de mauvais, de triste, de douloureux, de violent, de cafardeux, de mélancolique, de tragique, de sinistre, d'angoissant, je le ressens et c'est comme si je l'absorbais, à la manière d'une éponge. Et je stocke tout ceci quelque part je crois.

— C'est douloureux ?

— Quand je les absorbe, oui terriblement, comme si ma boîte crânienne allait se fendre en deux. Ce qui est terrible, c'est que malgré la douleur je ne m'évanouis jamais, je reste bien consciente à moins qu'une douleur physique vienne me mettre K.-O.

— Mais ces émotions sont palpables comme pour moi ?

— Je dirais que non, je les vois plus comme des décharges électriques qui s'accumulent avec les années. Tes Parasites à toi, je ne les capte que rarement.

— C'est normal, les sentiments, les émotions et les sensations tout ça c'est mon domaine, je contourne continuellement les miennes.

— Je suppose…

— Et ces Parasites ont des voix ?

— Hein ?

— Je veux dire ils peuvent parler à travers toi ?

— Je ne comprends pas ?

— Laisse tomber, je crois que je commence à fatiguer. Allez petit monstre au lit !

Siobhan se lève et grimpe lentement un à un les barreaux de l'échelle de meunier. Dans la chambre, sous les combles, Gabriel n'a fait qu'un lit, qu'il a aménagé autant que possible avec plusieurs couvertures. Siobhan se stoppe et tourne doucement vers son Guide qui la suit. Voyant la jeune femme poser sur lui un regard intrigué, Gabriel lève un sourcil.

— Quoi ?

— Un seul lit ?

— Il fait froid.

— Pas tant que ça.

— Couche-toi petit monstre !

Siobhan glisse son corps meurtri sous les épaisses couvertures et Gabriel vient se blottir contre elle avec une infinie délicatesse. La jeune femme glisse son bras sous sa tête pour s'en faire un oreiller, tandis que le feu mourant crépite encore en dessous d'eux. Elle laisse aller ses pensées où elles veulent, le Dôme, la côte, le trajet en voiture, la capitale. Elle réalise que pour la première fois, elle est réellement actrice de sa propre vie, qu'elle ne fait pas juste que la regarder passer en espérant que les événements se déroulent le mieux possible. L'idée même d'une mort possiblement imminente avait quelque chose de constructif, il lui faudrait tout prendre, tout goûter maintenant que « demain » est devenu quelque chose d'hypothétique.

— Gabriel ?

— Hum…

— Merci, de m'avoir Rapatriée.

— Petit monstre, si tu ne me laisses pas dormir je trouve un moyen de te coudre la bouche…

Chapitre 21

— Le grand air te réussit petit monstre ! Trois semaines que nous sommes là et tu as déjà bien meilleure mine !

Gabriel disait vrai : Siobhan était plus vivante que jamais, elle ne parlait plus beaucoup mais souriait constamment. Les seules fois où elle prenait vraiment la parole, c'était pour s'inquiéter du sort de ses compagnons partis au combat. Derrière les vitres du Terrier, l'automne est bien là, les fleurs ont disparu et les pluies sont nombreuses. L'hiver approche plus vite à cette altitude et il gèle déjà toutes les nuits. Les deux Hémisphèriens ont commencé à aménager la grange. Ils l'ont entièrement nettoyée, ils ont bouché les trous entre les planches avec de la paille, et la totalité des couvertures ont été lavées.

— Tu penses qu'ils vont bientôt revenir ?

— Je n'en sais rien Siobhan. Ils devaient attendre que l'épaule de Dave soit guérie : je ne serai pas là pour Souffler sur lui. Laisse-leur du temps…

— Oui…

— Que penserais-tu d'un après-midi de repos ? On a bien avancé, ce serait mérité.

— Sérieusement ?

— Oui, pourquoi pas. Je t'avoue que je ne serais pas contre un peu de détente et une bonne sieste. On peut se le permettre et puis peut-être que tu serais moins stressée.

Gabriel remet deux grosses bûches fendues dans la cheminée, les braises rougeoient et les flammes commencent à lécher le nouveau combustible. Le Canalyseur regarde le feu et laisse son corps se détendre sur sa chaise. Gabriel prend une couverture posée dans un angle et en enveloppe délicatement les épaules de la jeune femme.

— Merci.

— Il fait de plus en plus froid.

— Tu crois qu'il va bientôt neiger ?

— Dans une semaine peut-être ! Demain, il faudra que je redescende faire des provisions, je le ferai plusieurs fois. Comme ça on aura un peu plus de stock pour quand ils reviendront.

Siobhan sourit, le jeune homme fait son possible pour lui permettre de garder espoir.

— Je ne viens pas ?

— Non, il me faut quelqu'un pour garder le Terrier, et puis tu n'as plus besoin de moi : je ne Souffle plus sur toi depuis deux jours.

— Je sais… Dave n'avait pas dit que tu ne devais pas me lâcher des yeux ?

— Dave n'est pas là. Tu lui dirais petit monstre ?

— Non, bien sûr que non.

— Allez viens là, je vais retirer les bandages de tes côtes, en revanche, ceux de la main tu les gardes !

L'Architecte s'accroupit à côté du Canalyseur et glisse délicatement ses mains sous la polaire et le tee-shirt de Siobhan. Il fait le tour de son buste et attrape l'extrémité du pansement pour libérer lentement la peau de la jeune femme. Siobhan prend une grande inspiration, elle ressent un petit tiraillement mais rien de douloureux. Gabriel soulève la polaire et le tee-shirt et passe la paume de sa main sur les faibles traces restantes de coups.

— Alors ?

— C'est guéri. Pour moi tout est OK mais j'aurais préféré que Jimbo puisse t'examiner.

— Tu t'inquiètes ?

— Bien sûr que je m'inquiète, mon monde redeviendrait vide et rapidement ennuyeux sans mon petit monstre !

— J'aimerais bien qu'il neige…

— Pas moi ! J'ai fini de réparer les volets mais le froid rentrera tout de même. Tu es déjà gelée toutes les nuits.

— Tu en sais quelque chose vu que tu ne me laisses pas quitter tes bras.

— Pour ne pas que tu te transformes en bonhomme de neige ! Dans une semaine, on verra comment va ta main. Au fait, j'ai une petite surprise…

Gabriel s'éloigne de Siobhan et prend une vieille bouteille en verre dans laquelle baignent plusieurs fleurs au bout de longues tiges.

— De l'alcool ?

— Une liqueur de la région, elle n'est pas toute jeune, je l'ai trouvée dans la grange.

— Je croyais que vous ne buviez pas, vous, les Hémisphèriens ?

— Nous ne sommes pas au Dôme. Tu me suis ou non ?

— Euh… oui. Au pire je dormirai mieux.

Gabriel sert deux fonds dans des gobelets en étain et en tend un à la jeune femme. Siobhan s'en saisit et le porte à ses lèvres.

Je ne te laisserai pas sortir pour autant.

Nous verrons ça…

*

Riley respire profondément, assis sur son lit, la tête dans les mains. L'Illusionniste tente de se concentrer une dernière fois tandis que Dave fait virevolter son couteau dans sa main droite. Le Traqueur a bien récupéré de ses blessures. Habitué à la douleur, il ne sent pas les restes des méfaits de Meredith.

— On y va ou tu as encore besoin de temps ?

— Je prendrais moins de temps pour me préparer si tu ne t'amusais pas à jongler avec le flingue qui te sert de substitut de pénis.

— Allez Riley, en route !

Dave avait grincé des dents à la provocation de l'Illusionniste mais ce n'était pas le moment de se chamailler. Ils se préparaient depuis plusieurs semaines, et c'était déjà trop long. Seule avec Gabriel, Siobhan ne bénéficiait que de peu de protection. Ils chargent sur leurs dos leurs sacs et quittent le Terrier au fond des caves. Les trois camarades remontent les escaliers et sortent de l'immeuble. Ils marchent dix minutes pour quitter la cité alors que la nuit tombe. Certains habitants les regardent de travers mais détournent rapidement les yeux en voyant les cicatrices du visage de Dave. Quelques rues plus loin, les trois Hémisphèriens ouvrent une grande benne à ordure et y cachent leurs sacs sous les déchets. Anton fixe Riley, l'Inquisiteur est très inquiet à l'idée que son camarade ne soit pas à la hauteur de ce que Dave lui a demandé. Si l'Illusionniste échoue, tout sera perdu. Ils prennent d'un même pas la direction d'un grand bâtiment aux murs bétonnés et froids. Riley regarde le ciel qui se couvre, cachant les étoiles à ses yeux d'enfant. Il prend une grande inspiration comme le dernier repas d'un condamné, une pensée pour Lila et les voilà qui poussent les grandes portes blindées…

*

Siobhan sent le sol se dérober tout doucement tandis que sa tête tourne moins depuis un petit moment déjà. Elle décide de s'asseoir tout près de l'âtre du feu. Gabriel vient se poser à sa gauche après avoir jeté une bûche dans le feu qui commençait à faiblir. La jeune femme fixe les flammes qui s'agitent et forment des silhouettes dansantes. Elle se tourne vers Gabriel qui la fixe de ses prunelles dorées, dans lesquelles le feu jette quelque chose de démonique. Siobhan détourne le regard rapidement de peur de se perdre encore une fois dans les iris de son Guide, elle ose poser sa tête contre l'épaule de ce dernier.

— Mon petit monstre a froid ?

— Non.

— Les choses vont s'accélérer maintenant, on devrait profiter du calme avant qu'il ne disparaisse.

— C'est pas ce qu'on fait ?

— …

— Raconte-moi, s'il te plaît…

— Te raconter quoi ?

— Ce qui vous a brouillés avec Dave, je sais « ne pas poser de question là-dessus », tu me l'as dit, Anton me l'a dit… Je ne veux pas paraître pessimiste mais vu comment Dave a organisé les choses, vu comment vous me préparez, et ce que l'on va devoir affronter, je vais crever dans ce combat… Alors à qui j'irais raconter ça ?

Gabriel se lève calmement sans un mot. Il remplit les bouilloires sur le feu comme tous les soirs, prend une couverture qu'il jette sur les épaules du Canalyseur, et s'assied sur un tabouret de bois derrière elle. L'Architecte allume une cigarette et en tire une longue bouffée qu'il souffle lentement. Les volutes de fumées s'élèvent vers le plafond et une voix bien sombre résonne dans le Terrier.

— Quand je suis arrivé au Dôme, tu te souviens que je venais d'un orphelinat ? La mère supérieure, ma cicatrice, tout ça… Eh bien, je n'étais pas pour autant sans famille, j'avais une petite sœur. Une enfant adorable, toujours souriante, toujours douce, toute l'innocence du monde avait trouvé refuge dans le cœur de ma petite sœur. Elle s'appelait Dina. Dina était la pureté incarnée. Après mes nombreuses punitions, elle trouvait toujours un moyen de me redonner du courage. Malheureusement, elle ne fut pas Rapatriée en même temps que moi, elle était trop jeune encore, son HEMI ne s'était pas encore révélé. Alors durant un an, je l'ai attendue et je me suis lié avec un jeune Traqueur plus que prometteur. Un Traqueur qui dépassait si bien les attentes de ses formateurs qu'il commençait déjà ses entraînements. Nous rêvions de détruire Milo ensemble, côte à côte, assurant les arrières de l'autre, collés dos à dos dans le combat. Bref nous n'étions encore que des enfants, ignorant tout des réalités de la guerre. C'est à cette époque que Dave a volé, pour moi, une lame de Traqueur. Ensemble, nous allions changer le monde…

Gabriel marque une pause, Siobhan n'ose pas bouger de peur que l'Architecte n'interrompe son récit.

— Un jour, Dave s'est vu confier sa toute première mission : un Rapatriement, très simple *a priori*. Il était très jeune et très fier de pouvoir déjà servir le Cercle. Je me souviens de l'avoir vu me faire signe en montant dans l'ascenseur tandis que Jimbo posait sa main sur mon épaule pour m'indiquer que je devais retourner entraîner mon HEMI avec les autres Architectes. Une semaine a passé, et enfin, Dave est revenu par ce même ascenseur tenant par la main une petite fille maladive et frêle qui avait déjà bien changé : c'était Dina. J'ai voulu me jeter sur ma sœur pour la prendre dans mes bras, mais la large main d'un Traqueur formateur m'arrêta net dans mon élan. Mon ami ne réagit pas. Ma sœur a été emmenée auprès d'un Praticien pour qu'il lui fasse passer les tests que nous avons tous passés à notre arrivée. Je ne m'inquiétais pas, assis à côté de la porte dans le couloir, j'attendais patiemment. Ma sœur était la douceur même et Jimbo avait falsifié mes résultats, je ne m'en faisais donc absolument pas. Jimbo m'avait rejoint alors que cela faisait plus de trois heures que j'attendais en dehors de la salle d'examen. Il avait patienté avec moi deux heures supplémentaires. Tout ce qu'il m'avait dit, c'est que Dina avait un HEMI d'Illusionniste. Au bout de ces cinq heures, la porte d'examen s'est ouverte et un

Traqueur est sorti. Jimbo l'a regardé un instant et m'a entouré de ses immenses bras. À cet instant j'ai compris : elle avait échoué aux tests. Dave est ensuite sorti de la salle, tenant toujours Dina par la main. Je me débattais de toutes mes forces, tenu fermement par l'immense corps de Jimbo qui me susurrait : « Je suis désolé, je suis désolé… » Dave s'est tourné vers moi et il n'a pas hésité un instant en emmenant ma sœur par l'ascenseur vers son Écartement. Jimbo m'a lâché et j'ai couru pour prendre l'ascenseur suivant. Quand je suis arrivé aux salles d'Écartement, ma sœur passait une porte qui s'est refermée sur elle comme un cercueil. J'ai hurlé, j'ai tambouriné, j'ai tenté d'enfoncer la porte, mais elle n'a pas bougé. La première personne à avoir quitté la salle était l'Inquisitrice qui venait de me prendre Dina. Son visage était taché de sang. Elle a posé les yeux sur moi, je me suis enfui jusque dans mon Alcôve. J'ai mis des mois à en sortir, mais le visage d'Hava taché du sang de ma sœur je n'ai jamais pu le chasser de mes souvenirs.

— Jimbo n'y était pour rien.

— Je sais. Longtemps je lui en ai voulu de ne pas avoir fait pour elle ce qu'il avait fait pour moi. Mais ce n'était pas une de ses patientes, il ne pouvait rien faire… Je n'ai jamais pardonné à Dave…

Le feu crépite de plus en plus fort et les bouilloires semblent commencer à chauffer. Les pièces du puzzle s'assemblent une à une dans l'esprit de Siobhan : la relation entre Dave et Gabriel, la haine de ce dernier envers les Inquisiteurs et même les mots de Gabriel à travers elle durant les expérimentations de Jimbo. Elle se retourne et fixe le jeune homme dans les yeux. Toute l'horreur de sa jeunesse semble expliquer cette rage sourde. Elle le scrute, observe sa faiblesse, mais il n'en reste pas moins un guerrier, il n'en reste pas moins son Guide. Dave était-il plus mauvais aux yeux de Siobhan ? Elle se pose la question mais bien vite les règles du Dôme et la dévotion du Traqueur envers le Cercle font taire ses interrogations. Après tout Dave, aussi, n'était qu'un enfant.

— Ne me fixe pas comme ça petit monstre, ce n'est pas une bonne idée…

— Pardon.

— Et ne t'inquiète pas.

— …

— Tu ne mourras pas, je ne le permettrai pas. En tout cas pas d'une autre main que la mienne ! Ne t'inquiète pas !

Charmant…

Siobhan n'ajoute rien et s'empare avec précaution des lourdes bouilloires pour remplir le bain. Sa main n'a pas même le temps de lui signaler qu'elle souffre que déjà le sucre emplit sa gorge. Gabriel ne bouge pas de sa chaise, fixant le chatoiement du feu, les yeux dans le vide. Elle attend quelques minutes dans la salle d'eau alors que son Guide ne la rejoint toujours pas. Sans réfléchir davantage, elle sort, enveloppée dans une serviette éponge, de la pièce pleine de vapeur. Elle saisit délicatement la main de son Guide qui sursaute, surpris par ce geste. Ils se toisent un instant et Siobhan sent qu'elle perd pied, absorbée par les prunelles du jeune homme. L'Architecte se laisse guider par Siobhan jusqu'au bain. Le Canalyseur fait glisser sa serviette le long de son corps tandis qu'elle cherche à savoir si c'est la chaleur ou l'alcool qui lui fait tourner la tête. Les deux compagnons se faufilent dans l'eau sans un mot, seuls leurs visages laissent entrevoir une émotion. Gabriel semble perplexe, quelque peu perdu et méfiant tandis que Siobhan le regarde, un sourire sardonique sur les lèvres.

— Je ne suis pas inquiète, **Architecte...**

*

— Il perd beaucoup de sang ! Il faut qu'on l'emmène à l'hôpital !

— Hors de question ! Il va tenir ! Dans une heure on trouvera une pharmacie, je désinfecte et je recouds !

— Il n'y arrivera pas !

— Ferme-la Riley et appuie plus fort ! Il n'aura aucune chance non plus si je ne mets pas davantage de distance entre nous et ces salopards !

— Allez putain reste avec moi, tiens le coup mon vieux !

La voiture file à toute allure vers l'horizon tandis que le soleil se lève.

*

Siobhan transpire malgré le froid en clouant la dernière planche tenant l'isolation de paille de la grange. Une fois le clou final en place, elle se laisse tomber sur le plancher, harassée par sa tâche. Elle regarde autour d'elle et ressent la satisfaction du travail accompli : elle et Gabriel avaient fini par entièrement rénover cet endroit. Plus de fuite d'eau ou de chaleur, de bestioles mortes dans les coins, plus de toiles d'araignées. La nuit avait été courte pour elle, les aveux de Gabriel l'avaient fait réfléchir jusque tard dans la nuit. La jeune femme s'adosse dans un angle et s'autorise à fermer les yeux quelques minutes. C'est quatre heures plus tard qu'une terrible douleur la réveille. Les Parasites se jettent sur son corps et la dévorent de l'intérieur. Elle rampe jusqu'à l'extérieur de la grange, se tenant la tête dans les mains, ses dents se serrent aussi fort que possible. Elle tombe à terre :

— Gabriel ! Gabriel ! **GABRIEL !**

Le jeune homme arrive en courant et s'arrête devant le Canalyseur. Il ne réagit pas instantanément et se retourne en direction du chemin par lequel ils étaient arrivés il y a déjà plusieurs semaines.

— Merde !

— Gabriel !

L'Architecte Souffle sur Siobhan pour la soulager, puis se dirige vers le chemin, sa lame à la main avant de disparaître derrière les sapins. Siobhan attrape sa propre lame plantée dans sa ceinture et se redresse tant bien que mal. Les Béotiens les auraient-ils trouvés ? Les battements du cœur de la jeune femme s'accélèrent, et malgré son attelle à la main, elle avance en position de combat.

Il n'y aura pas de grande bataille? Nous allons donc crever ici, perdus au milieu de ces montagnes?

Je t'avoue que j'espérais autre chose…

La tension laisse place à la joie lorsqu'elle aperçoit Dave et Riley marchant rapidement côte à côte avec Gabriel. Cette joie est de courte durée lorsqu'elle remarque le corps inanimé d'Anton sur le dos du Traqueur balafré. La douleur d'Anton se jette sur Siobhan mais Gabriel lui oppose immédiatement un Souffle de douceur. Elle range sa lame dans son dos et se précipite aux côtés de ses frères. Dave ne lui adresse pas un regard et lui aboie violemment des ordres :

— Amène un couchage complet devant la cheminée, mets de l'eau à bouillir et nettoie le tisonnier !

— Oui, je…

— Dépêche-toi, bordel !

Dave pénètre dans le Terrier, Riley et Gabriel saisissent le corps de leur ami et le déposent au sol à un mètre de la cheminée.

— Ils ne vous ont pas suivis ?

— Non.

Gabriel jette deux énormes bûches dans le feu, qui rougeoie, et met de l'eau à chauffer. Pendant ce temps

Dave et Riley déshabillent Anton, dont le visage prend des allures de cadavre. Une large plaie s'étend sur son flanc gauche. Lorsque Riley lui ôte sa chemise, le décollement du tissu englué par le sang l'aurait fait grimacer sans le Souffle de Gabriel. Siobhan entre dans la pièce en traînant un lit de camp sur lequel elle a jeté de la paille, deux couvertures et deux oreillers. Elle le traîne jusque devant la cheminée, tandis que Dave et Gabriel transfèrent Anton sur le lit. L'Inquisiteur transpire à grosses gouttes et ses yeux roulent dans ses orbites. La jeune femme attrape le tisonnier et s'apprête à sortir pour le nettoyer lorsque Dave aboie de nouveau :

— Riley retourne à la voiture prendre ce qu'on a laissé !

— Emmène Siobhan avec toi.

— Non Gabriel, elle reste ici !

— Si elle reste ici, elle ne pourra pas gérer la douleur d'Anton !

— Comment ça : « elle ne pourra pas gérer » ?!

— Je ne sais pas, mais ce n'est pas bon pour nous, crois-moi.

— On risque quoi ?

— Je n'en suis pas certain mais je pense que ni toi ni moi n'aimerions le savoir.

— Bon… barrez-vous !

Riley donne une tape sur l'épaule de Siobhan qui tend le tisonnier à Dave et tous deux quittent le refuge d'altitude en fermant la porte. La jeune femme reste un instant devant la porte fermée sans bouger mais la voix de Dave claque comme un fouet pour la rappeler à l'ordre :

— Siobhan, je te sens à dix kilomètres, je ne te le dirai pas deux fois : dégage !

La jeune femme emboîte donc le pas de Riley qui l'attend quelques mètres plus loin. L'Illusionniste a les traits tirés et le teint cireux, il ne pipe mots durant les deux premières heures de marche. Siobhan ose, finalement ouvrir la bouche :

— Riley tu vas rester dans le silence ?

— Je suis désolé Siobhan, je veux juste qu'on revienne le plus vite possible au Terrier.

— Riley, je suis épuisée et j'ai toujours mal aux côtes. Une pause par pitié !

— Très bien…

Les deux amis s'asseyent à bout de souffle sur le sol.

— Merde Riley qu'est-ce qu'il s'est passé ?

— J'ai merdé… Remettons-nous en route !

— Raconte-moi, que je sache pourquoi Dave me gueule dessus.

— OK, mais continue à marcher… On était prêt, on avait un plan ! Dave, Anton et moi, on avait tout planifié pour affronter les Chroniqueurs et les Brouilleurs Béotiens en formation. Nous connaissions les forces de nos adversaires, les Chroniqueurs s'ils nous touchaient, allaient pouvoir anticiper tous nos gestes et les Brouilleurs nous priveraient de nos sens au moment où ils nous verraient…

Siobhan se souvient de Diane qui avait enlevé la vue à Dave et Gabriel dans le Terrier de leur première sortie.

— Dit comme ça, au début je pensais que c'était impossible… Mais comme toujours, Dave avait un plan ! Ce que je ne savais pas, c'était que ce plan reposait en grande partie sur moi. Je devais échanger nos visages. Anton devait prendre l'apparence de Dave, Dave devait prendre la mienne, quant à moi, je devais prendre celle d'Anton. Puisque parmi nous trois, seul Dave était en mesure de localiser nos ennemis tout en étant privé de ses cinq sens. Son HEMI étant un radar, il pourrait se débarrasser rapidement des Brouilleurs. En plus si un Chroniqueur, se connectait à l'un d'entre nous, il se trouverait perturbé de lire dans la tête d'un Traqueur des pensées d'Inquisiteur ou d'Illusionniste. En théorie tout devait bien se passer. Nous sommes allés au centre de formation de ces Béotiens. Nous n'avions même pas encore passé les portes que déjà, j'avais étendu mon Illusion à tout le bâtiment. Au départ tout se passait bien mais un Chroniqueur fut plus malin que les autres. Il comprit la supercherie peu avant que Dave en ait fini avec tous les Brouilleurs. Privé de ma vue, de mon ouïe, de mon odorat, et même de mon toucher, je ne l'ai même pas vu à travers mon Illusion ! Comprenant que le danger ne viendrait pas de moi, il s'est jeté sur Anton. Dave tuant le dernier Brouilleur recouvra la vue et vola au secours d'Anton. Je sortis de ma transe au même moment, ne pouvant que prêter main-forte à Dave, tout en me rendant compte de mon échec ! Depuis que nous avons quitté le Dôme, j'ai vu plus de sang qu'un Illusionniste ne le devrait. Mais ce sang-là, celui qui coulait sur le dos de Dave qui portait Anton agonisant, c'était moi qui l'avais fait couler. Dave est parvenu à venir à bout de tous ces Béotiens mais moi j'ai échoué et c'est Anton qui en paye le prix aujourd'hui. Nous avons quitté le bâtiment avant même d'en avoir éliminé ne serait-ce que la moitié ! Au bout de vingt minutes de course, nous sommes montés dans le pick-up que Dave avait pris soin de charger quelques heures avant. Je me suis mis sur la banquette arrière pour tenter de limiter la perte de sang d'Anton et durant toutes les heures de route jusqu'à vous, je n'ai cessé de me demander pourquoi ce n'était pas moi qui me vidais de mon sang sur ce siège de voiture. Nous sommes parvenus à semer les Béotiens durant le chemin à travers les vallées. Dave ne m'a plus adressé la parole lorsque nous avons abandonné la voiture. Jamais il n'a voulu que je porte sur mon dos Anton, et je sais bien qu'il a refusé de peur qu'Anton ne meure véritablement lorsqu'il serait sur moi. Je crois que Dave ne veut pas me mettre la mort d'Anton sur les épaules. Et pourtant si cela devait arriver, je serais le seul coupable... Comment après toutes ces années de travail et de préparation ai-je pu échouer à ce point ? Oui évidemment, Dave a passé toute sa vie à apprendre à se battre tandis que moi je créais des rêves. Mais tu sais, je pensais, sincèrement, que les Illusionnistes avaient un rôle à jouer dans cette guerre ! Je pensais revenir au Dôme non en paria, mais en héros et peut-être que j'aurais pu avoir tout ce que j'ai toujours voulu si j'avais été Traqueur ou Architecte… je voulais être un héros mais je ne suis qu'un marchand de sable… Qu'est-ce que les autres restés au Dôme doivent bien penser de moi ? Sans doute que je suis déjà mort. Peut-être que si j'avais été, plus sérieux et moins rêveur : elle m'aurait vu autrement que comme un pitoyable bouffon !

— Riley, j'ai du mal à te suivre. De qui parles-tu ?

— Aucune importance. Dis-moi, qu'est-ce que ça fait de savoir que l'on est dangereux, que nos actes peuvent faire prendre un virage décisif à cette guerre ?

— Riley, tu n'y es pour rien, tu as fait de ton mieux ! Regarde cette fois tu ne tombes pas d'épuisement, je suppose que ton HEMI se renforce et que tu progresses.

— Tu crois ?

— En fait, je ne sais rien. J'ignore à quel point un HEMI peut progresser. Gabriel me disait qu'il s'entraînait étant petit. Alors j'imagine qu'on apprend et qu'on progresse toute notre vie. Pour répondre à ta question, savoir que l'on est dangereux est une terreur perpétuelle et continue. Tu ne peux pas fuir face à toi-même. Tout ce que tu peux faire, c'est tenter d'étouffer ce danger pour que jamais plus il ne refasse surface. Je préférerais être le marchand de sable plutôt que le croque-mitaine !

— Tu sais, quand tu as été Rapatriée au Dôme, je m'attendais à autre chose… et pour le moment je n'ai vu aucun croque-mitaine, sauf peut-être celui que Dave a créé.

— Riley, si Dave n'avait pas besoin de toi, il ne t'aurait pas emmené. Regarde, il a bien laissé Lila au Dôme ! C'est à toi de tout faire pour lui montrer qu'il a bien fait de penser que tu serais un atout pour cette bataille. Et puis moi je suis contente que tu sois là, avec moi. Au moins face à Melaine je pourrai mourir aux côtés d'un ami.

— Ces semaines avec Gabriel t'ont rendue plus sombre !

— J'ai seulement pris conscience que si Melaine ne me tue pas, le Cercle s'en chargera.

— Si tu penses que les choses vont se dérouler ainsi, pourquoi te battre à nos côtés ?

— Parce qu'à ce jour vous êtes la seule famille qu'il me reste.

— Si nous battons Melaine et que tu avais raison pour le Cercle, je te promets de faire en sorte qu'Anton ne s'occupe pas de ton Écartement.

— Effectivement, je préférerais éviter.

— C'est un boucher dans son genre.

— Pas autant que Melaine à ce qu'on dit. Si ce jour-là tu as la possibilité de faire une suggestion, je préférerais Hava.

— Pourquoi elle ?

— Gabriel m'a raconté pour Dina, et peut-être que cela redorerait le blason d'Hava.

Riley esquisse un sourire moqueur et secoue la tête de gauche à droite.

— Je ne sais pas si cela redorerait le blason d'Hava aux yeux de Gabriel. Et je ne veux pas parler à sa place mais crois-moi il n'y a pas qu'au Dôme que tu as semé la pagaille, il y a aussi dans la tête de notre Architecte. Allez, arrêtons un peu de parler sinon nous ne serons jamais rentrés avant la nuit et marcher dans ces montagnes dans le noir ne me dit trop rien.

*

Gabriel sort ses doigts couverts de sang de la plaie d'Anton.

— Je crois qu'aucun organe n'a été touché.

— Tu crois ou tu es sûr ?

— Je crois ! Dave, je suis Architecte pas Praticien, donc… je ne peux pas être plus précis ! Le tisonnier doit être prêt, passe-le-moi s'il te plaît.

— Tu ne veux pas que je le fasse ? Comme ça tu peux te concentrer sur sa douleur.

— Dave rappelle-toi que la dernière fois que le Dôme a été attaqué, j'ai bloqué la douleur de plus de cinquante Traqueurs simultanément, alors, même si je sais que c'est difficile : fais-moi confiance !

Dave fronce les sourcils mais ne proteste pas. Il se lève, roule un tee-shirt autour de sa main pour saisir la partie du tisonnier restée à l'extérieur de la cheminée tandis que l'autre côté, lui, rougeoie au milieu des flammes. Gabriel prend le métal chauffé à blanc et l'applique sur la plus large plaie d'Anton. Grâce à son Souffle, l'Inquisiteur ne réagit pas. Ce dernier semble s'éveiller puis replonger dans une sorte de coma. L'odeur de chair brûlée monte au nez de l'Architecte et lui donne bientôt la nausée. Il se couvre le bas du visage avec son autre main. Dave, lui, ne semble pas gêné par les effluves de la cautérisation.

— Remets-le à chauffer, je vais devoir recommencer, la plaie est vraiment large. Demain il faudra que je me rende jusqu'à une pharmacie. La brûlure sera énorme et il faudrait que ça guérisse le plus vite possible. Il nous faudra des pansements, des antiprurigineux et tout un tas d'autres trucs. Tu as toujours le bloc d'ordonnances vierges ?

— Oui elles sont dans la voiture, ils vont les ramener.

— Il faut qu'il dorme. Tu veux un verre d'eau ?

— Pas de refus… Tout s'est bien passé ces dernières semaines ?

— Oui, on a bien avancé. Tout est prêt, il ne nous manque plus que les provisions.

— Ne t'en fais pas pour ça. Ils s'en occupent. De toute façon ils ne devraient plus tarder. Comment vont les côtes de Siobhan ?

— Ses côtes vont bien mieux. Quant à ses doigts, je pense qu'elle pourra recommencer l'entraînement dans deux semaines environ.

— Pas plus tôt ?

— Je ne pense pas…

— Elle fera avec, il faut qu'elle s'entraîne. La douleur, on apprend à la supporter. Tout ceci fait partie de sa formation. Elle reprendra l'entraînement !

— Tu sais, elle ne te servira à rien en petits morceaux. Laisse le temps à ses os cassés de se ressouder, qu'elle soit prête pour le grand combat.

— Ne me dis pas ce que je dois faire, Gabriel !

— Ce n'était qu'une suggestion. Tiens, ton verre d'eau !

— Merci, mais on n'est pas au Palier Sept et il n'y a aucun Praticien, comme tu disais, pour se mettre entre moi et mes guerriers. Il va faire nuit et ils ne sont pas rentrés…

— Je pense qu'Anton va s'en remettre mais que ça va mettre un peu de temps.

— Il aura une superbe cicatrice, je pourrais être jaloux.

— Si tu veux, j'te fous un coup de tisonnier…

— Très drôle, vraiment.

— Qu'est-ce qui a merdé ?

— Ils nous attendaient. En même temps, c'était prévisible. Avec les dégâts qu'on a déjà faits, Melaine ne pouvait pas nous laisser avancer sans réagir. En revanche, ce qui m'inquiète, c'est que nous n'avons pas croisé le moindre Traqueur, il n'en a pas envoyé un seul…

— Il les garde près de lui pour se protéger, bien caché dans son bureau de verre…

— Melaine a un ego aussi gros que le Beffroi, il pense pouvoir nous écraser comme des insectes. Non, Melaine n'a pas peur, je pense plutôt qu'il prépare quelque chose…

— Tu as une idée ?

— Plein, malheureusement ! Nous aurons rapidement des nouvelles de toute manière. J'ai eu une petite idée amusante pour le dernier combat si nous arrivons jusque-là. Tu te souviens des réactions qu'il y a eu au Dôme en sachant qu'un Canalyseur était présent dans les couloirs ?

— De la haine, du dégoût…

— De la peur surtout ! Et nous utiliserons ça contre les Béotiens. Nous allons devoir travailler un peu l'image de Siobhan, nous allons en faire un symbole de puissance dévastatrice ayant prêté allégeance au Cercle.

— Comment comptes-tu faire ça ?

— Nous la placerons en première ligne. Ce sera à elle de faire le plus gros du travail, ne pas trembler, rester digne, il faudra qu'elle y croie. Nous allons la rendre irréelle !

— Eh bien y a du boulot ! Je ne sais pas si tu as remarqué mais elle fait plutôt un mètre soixante, et franchement sans un HEMI de Traqueur, si tu la places à côté de n'importe quelle autre femme, on regarde forcément l'autre.

— Je sais mais j'ai prévu quelque chose pour changer ça. Et ça ne va pas lui plaire !

Gabriel affiche un large sourire amusé. L'idée de voir Siobhan piquer une crise l'enchantait mais, à la réflexion, l'idée qu'elle doive se plier aux ordres de Dave l'agaçait. Anton semble s'être endormi pour de bon cette fois et le tisonnier commence à reprendre une couleur vermillon. Dehors le soleil se couche et toujours aucune trace de Riley ou de Siobhan. Gabriel se demande s'il devrait parler des étranges comportements que la jeune femme a pu avoir mais les quelques instants de complicité qu'ils ont échangés lui font garder le silence. Ce silence s'installe durant une demi-heure jusqu'au moment où le tisonnier est enfin de nouveau chauffé à blanc.

Chapitre 22

Siobhan se redresse dans son lit, réveillée par des bruits sourds de coups de hache contre du bois. La température est de plus en plus glaciale, elle se retourne par habitude et ne trouve personne couché à ses côtés : Gabriel n'a pas dormi avec elle cette nuit. Elle prend une grande bouffée d'air frais et attrape sa polaire avant de l'enfiler. La jeune femme descend l'échelle de bois jusqu'au salon où elle trouve Gabriel et Riley en train de nettoyer les plaies d'Anton qui semble dormir profondément.

— Bonjour Siobhan, bien dormi ? Pas trop froid ?

— Bonjour Riley, ça peut aller, en revanche je suis gelée.

— Dave est parti couper du bois, sinon on risque d'en manquer. Je vais voir comment il s'en sort d'ailleurs.

— Ramène-moi de l'eau s'il te plaît, je vais en avoir encore besoin pour Anton.

Riley aquiesce à la demande de Gabriel, se lève et quitte le refuge en fermant doucement la porte tandis qu'on entend toujours les coups de hache de Dave.

— Excuse-moi de ne pas t'avoir réveillée mais vous êtes rentrés tard hier soir et je voulais que tu te reposes.

— Non, aucun problème. Tu as dormi en bas ?

— On a tous dormi en bas, il fallait que je surveille Anton.

— Tu n'as pas eu peur que je me transforme en bonhomme de neige ?

— Si, je suis monté te remettre une couverture supplémentaire d'ailleurs. Tu devrais manger quelque chose.

— Je n'ai pas très faim… Quelle heure est-il ?

— Environ treize heures.

Gabriel replace une compresse sur la plaie de l'Inquisiteur et s'essuie les mains avec un morceau de tissu. Le jeune homme se relève et vient se placer devant la jeune femme, si près que Siobhan peut distinguer les battements de cœur de l'Architecte dans son cou. Le jeune homme passe sa main sur la joue de Siobhan et attrape une mèche de cheveux tombant sur son visage. Les battements du cœur du Canalyseur s'accélèrent considérablement. Elle se reprend, sachant que le jeune homme lit chacune de ses émotions. Mais d'après le sourire en coin de Gabriel, elle devine que ce contrôle de soi est en vain.

Et merde ! Bravo on dirait une bécasse pré-pubère.

Il faut vraiment que tu réfrènes tout ?

— C'était bien ces quelques jours ensemble, rien que moi et mon petit monstre.

— Des vacances en quelque sorte. Je suppose que maintenant que Dave, Riley et Anton sont revenus, les choses vont être très différentes.

— Hum… peut-être…

Gabriel glisse la main jusque dans le creux des reins de Siobhan et plonge ses yeux dans les siens. La jeune femme se sent défaillir lorsque son Guide Souffle sur elle un plaisir frissonnant et sucré. Elle n'ose bouger de peur que le Souffle se brise, et perçoit que Gabriel intensifie son emprise. Le Canalyseur a l'impression d'être droguée, la tête lui tourne et les bruits extérieurs disparaissent, jusqu'à un terrible fracas. La jeune femme sursaute et sort de sa torpeur.

— C'était quoi ça ?

— Dave a fini par abattre son arbre.

— Je croyais qu'il coupait du bois ?!

— Oui…

Riley rentre à ce moment-là et Siobhan écarte brusquement Gabriel.

— Je dérange peut-être ?

— Oui.

— Non. Tu as l'eau ?

— Ouais, vous auriez dû voir ça ! Il vaut mieux pour les Béotiens que Dave ait son poignard plutôt qu'une hache, je ne vous raconte pas le carnage…

— Je vais voir s'il n'a pas besoin d'aide.

— OK, mais mets un manteau petit monstre !

La jeune femme sourit et sort, laissant les deux amis ensemble.

— Petit monstre ? C'est vraiment adorable.

— Ta gueule Riley, mets l'eau à chauffer !

— Oh ça va, je plaisante ! Sérieusement je suis stupéfait : vous ne vous êtes pas entre-tués durant tout ce temps ? C'est incroyable !

— Et oui comme tu vois, je deviens raisonnable. Je suis un bon Guide qui prend soin du protégé qu'on lui a confié, même si c'est un Canalyseur.

— Et vous avez fait quoi ?

— On a réparé le Terrier, la grange, les lits de camp, les couvertures, on n'a pas chômé…

— Hum. Et plus sérieusement c'était quoi tout à l'heure ?

— Passe-moi une autre compresse au lieu de dire des conneries.

Riley ouvre un des sacs que Siobhan et lui ont transporté la veille et sort d'une des poches un paquet de compresses stériles. Gabriel se rassied à côté d'Anton et l'Illusionniste fait de même.

— Tu penses qu'il va se réveiller quand ?

— Aucune idée, si j'arrêtais de Souffler la douleur le ferait revenir à lui immédiatement. Donc pas avant un petit moment. Ne t'en fais pas, il va s'en sortir, son abdomen est souple, ce qui signifie qu'il n'a pas d'hémorragie interne. Il lui faut juste du temps.

— OK… sérieusement il se passe un truc entre elle et toi ?

— Riley, je vais t'enfoncer les compresses dans la bouche.

L'Illusionniste ouvre grand la bouche et laisse sortir un grand éclat de rire tandis que Gabriel attrape un paquet de compresses un sourire discret sur les lèvres.

*

Siobhan s'oriente au son des coups de hache, elle trouve Dave coupant toutes les branches du sapin abattu les unes après les autres pour ne garder que le tronc.

— Tu es levée ?

— Bonjour. Je venais voir si tu avais besoin d'aide.

— Je croyais que tu avais encore mal à ta main ?

— C'est le cas.

— Alors assieds-toi dans un coin, je préfère que tu gardes tes forces pour la reprise de l'entraînement après-demain.

Siobhan se pose sur un bout de roche et regarde le Traqueur frapper le bois si fort qu'il lui semble être un grand ours marquant l'écorce.

— Dave ? Une fois tu m'as dit que tu m'as Pistée pendant des années mais que jamais tu ne t'étais habitué à mon odeur.

— Je m'en souviens.

— Qu'est-ce que ça fait ? Je veux dire de pouvoir sentir le parfum des HEMI.

— Comment ça qu'est-ce que ça fait ?

— Et bien je ne sais pas, est-ce que tous les HEMI des Illusionnistes ont la même odeur ?

— Pourquoi tu me demandes ça ? Le poste que je te proposais à mes côtés t'intéresse ?

— Possible… En tout cas j'aimerais comprendre.

La hache recommence à frapper le tronc dans un grand craquement.

— En fait, tous les HEMI du même type ont plus ou moins la même odeur, même s'il existe des nuances. Les parfums des HEMI d'Hava et d'Anton sont plus ou moins les mêmes, mais il existe quelques nuances très légères. Il faut des années d'entraînement pour les distinguer et passer énormément de temps avec les gens pour pouvoir les mémoriser. Tout ceci est très complexe et dépend du Traqueur qui les hume. Comme tout le monde, nous avons des goûts personnels. Il est amusant lors des formations de voir que la première odeur d'HEMI que les Traqueurs apprennent à reconnaître est celle qu'ils supportent le moins. Chaque Traqueur sent une odeur différente pour le même type d'HEMI.

— Je ne suis pas sûre de comprendre.

— Bon, tu sens l'odeur de ce sapin ? Toi tu sens une odeur que tu identifies comme celle du sapin, mais Anton sentirait autre chose qu'il identifierait quand même à du sapin vu qu'il l'a toujours associée à cet arbre. Deux Traqueurs ne sentent pas le même HEMI de la même manière.

— Et je suppose que l'odeur que tu supportes le moins c'est celle des Architectes…

— Ne sois pas cynique, d'autant que tu as tort ! Je ne supporte pas le parfum des Chroniqueurs, il est âcre, rance et nauséabond. J'ai tendance à l'associer à l'oignon… Oui c'est ça, pour moi les Chroniqueurs sentent l'oignon.

— Et les Illusionnistes ?

— Le café chaud.

— Les Architectes ?

— Le chèvrefeuille.

— Et les Inquisiteurs ?

— La réglisse.

— La réglisse ? Sans rire… Les Praticiens ?

— La lavande bleue.

— Les Brouilleurs ?

— La lessive. T'as pas bientôt fini avec ton interrogatoire ?

— Et moi ?

— Je ne sais pas trop comme je t'ai dit c'est difficile de s'y habituer parce que c'est difficile à définir. Mais je dirais entre la violette et le jasmin. En bref: les chiottes d'aire d'autoroute. Mais franchement je ne sais pas trop. J'ai senti trop peu de Canalyseur et d'ailleurs moins j'en sens mieux je me porte.

— Ça fait mal ?

— De quoi ? Qu'est-ce qui fait mal ? D'humer un HEMI ? Non ! En revanche certaines odeurs, si on les respire trop souvent, peuvent créer une dépendance. Le Traqueur dépendant aura d'instinct besoin de suivre le parfum de l'HEMI, nous ressemblons alors à des animaux.

— Et quand vous êtes dépendants d'un parfum, ça peut fausser votre odorat ?

— Non, même dépendant on peut distinguer les différents HEMI. Ce n'est pas une science exacte au départ mais, avec de l'entraînement, ça en devient une.

Dave lance la hache au-dessus de sa tête et la plante dans le tronc avant de venir s'asseoir à la droite de Siobhan. Le Traqueur ne semble pas être fatigué de l'effort qu'il vient de produire. Seules les quelques gouttes de transpiration qui perlent sur son front le trahissent. Il essuie rapidement ce signe de faiblesse d'un revers de manche.

— Écoute Siobhan, il va falloir qu'on discute un peu plus sérieusement tous les deux. Je sens que tu ne vas pas aimer ce que je vais te dire, mais il va falloir que tu fasses un effort pour avoir l'air moins… toi !

— Comment ça ?

— Le grand combat approche, même si pour moi il ne vient pas assez vite. Ce jour-là, nous serons bien moins nombreux, bien plus fatigués. Même si toutes ces descentes dans les centres de formation de Melaine ont éliminé de potentiels ennemis, ce ne sera pas suffisant. Tu as remarqué comme les Hémisphèriens te détestent, juste pour ce que tu es, pour ce que tu pourrais leur faire ?

— J'avais bien compris.

— Sauf que ce n'est pas assez ! Tu es petite, commune et tu sembles toujours t'excuser d'être là ! Face aux Béotiens, ce ne sera pas possible. Quand ils te verront en première ligne à mes côtés, il faudra qu'ils sentent leurs jambes se dérober sous leurs pieds.

— Ils ne risqueront rien étant donné que je ne sais pas Projeter et que je n'ai pas le droit de le faire.

— Oui, mais ça ils n'en savent rien ! Tu inspires la peur et ça c'est un atout pour nous. Melaine connaît ton visage, mais montrons-lui un autre visage… Tu apparaîtras comme un soldat au service du Cercle. Le premier

Canalyseur à rentrer dans les rangs des Hémisphèriens depuis des siècles. Tu seras le visage de notre apocalypse.

— Comment comptes-tu accomplir ce miracle ? Je doute que tu aies un conseiller en image dans ton sac à dos ou ton pick-up ?!

— La terreur, je l'inspire depuis des années. Tu as dû remarquer que lorsque j'arrive quelque part, les Béotiens me reconnaissent ? Et je suis certain que Gabriel ressent comme ils ont peur. Tout est dans la tête Siobhan. Commence par marcher autrement qu'avec les bras croisés et la tête basse, redresse-toi et tu seras le visage de ce dernier combat. On ajoutera de nouvelles fringues et peut-être deux ou trois choses. Tu deviendras une créature sortie de notre mythologie. Les Béotiens doivent penser que tu aurais pu vivre aux côtés d'Arthaud et des anciens. Même si l'on ne gagne pas, je te promets que le Beffroi tremblera !

— Tu me vends du rêve.

— De toute façon tu vas mourir, tu le sais… Alors fais en sorte que ce soit avec classe.

Tu n'es toujours pas décidée n'est-ce pas ?

J'ai dit non, tu resteras où tu es.

Tu sais pourtant que je pourrais régler tout ça.

Et combien d'innocents tomberont ?

Dommages collatéraux…

Va te faire foutre !

— Je retourne voir comment va Anton.

— Envoie-moi Riley, je vais avoir besoin d'aide. Il faut qu'on redescende au village chercher les médocs pour Anton et puis il faut que je lui parle.

— Il a bien besoin que tu lui dises que tout ça n'était pas de sa faute.

— C'était sa faute. Mais les Béotiens nous attendaient et ça n'a pas joué en sa faveur.

— Dis-lui ! Vraiment !

La jeune femme remonte la pente jusqu'à la clairière, elle s'arrête un moment pour admirer la vallée en contrebas. Le calme est de mise et le soleil du début d'hiver réchauffe moins la terre qui semble somnoler. Ici, à l'écart du monde, tout semble plus simple à Siobhan. Elle voudrait ne jamais quitter cet exil. En passant la porte, elle voit Riley raviver le feu et Gabriel laver Anton avec une serviette humide. Elle avance vers eux et marche sur une boule humide de compresses.

— C'est dégueu !

— Dis ça à Gabriel ! Au fait, maintenant que tu es là je vais… je ne sais pas… faire un tour, me balader. J'adore ce genre d'endroit et il n'a pas l'air de faire si froid que ça. Je trouverai peut-être des pommes de pin, des cailloux… ou d'autres trucs !

— En fait Riley, Dave t'attend pour aller chercher les médicaments d'Anton.

— Ouais, ou je vais faire ça, c'est bien ! Je prends les ordonnances. Bon bah… je vous laisse !

La porte claque dans un grand fracas.

— Tu veux un coup de main pour Anton ?

— Je ne suis pas contre. Prends une serviette, il y en a plein sur la table.

La jeune femme ôte sa polaire et s'exécute. Elle plonge le morceau de tissu dans un baquet d'eau et commence à nettoyer les jambes de l'Inquisiteur.

— Selon Dave je dois changer mon image…

— C'est une bonne idée.

— Hum.

— Ne te vexe pas petit monstre ! Je ne sais pas si Dave y a mis les formes mais tu ne dois pas être mieux, tu dois juste être différente.

— Je pensais que ton petit monstre te plaisait comme il était.

— C'est le cas.

Siobhan sourit et décide de monter chercher quelque chose à placer sous ses genoux qui, appuyés sur le parquet, commencent à devenir douloureux. Elle grimpe le long de l'échelle et arrive dans la petite pièce. Réfléchissant quelques secondes, elle empoigne un drap et commence à le rouler en boule pour en faire un coussin. La jeune femme se retourne et sursaute en se retrouvant face à Gabriel qu'elle n'a pas entendu monter. Il s'approche d'elle comme un chat, sans même faire craquer le parquet. Elle se fige, le cœur battant de panique et sent ses mains devenir moites. L'Architecte s'arrête tout près d'elle et lui enlève le drap des mains avec beaucoup de délicatesse. Le contact de la peau de l'Architecte déclenche une vague de frissons le long de la colonne vertébrale de la jeune femme. Gabriel penche sa tête et approche sa bouche de celle de Siobhan sans l'embrasser. Il plonge ses yeux dans les siens et concentre son HEMI pour Souffler avec douceur. La respiration de Siobhan s'accélère, sa poitrine monte et descend tandis que Gabriel ne relâche pas son Souffle. Les mains de l'Architecte glissent sur les hanches de la jeune femme qui sent son propre HEMI s'affoler. L'odeur de bois de santal et de chêne de Gabriel emplit peu à peu tout l'air autour de Siobhan. Il glisse ses doigts jusqu'à la ceinture de sa protégée qui glapit de surprise.

— Anton est en bas !

— Tu crois que je ne peux pas Souffler sur vous deux ? Tant que je ne le veux pas, il ne se réveillera pas.

— On n'a pas le droit de faire ça Gabriel !

— Justement…

L'Architecte se penche sur elle et presse ses lèvres contre les siennes tout en la ramenant contre lui. Siobhan perd peu à peu toute capacité de résistance et s'abandonne à l'orage de baisers assoiffés de son Guide. Se mettant sur la pointe des pieds, elle s'agrippe à la chevelure de Gabriel et participe fébrilement à cette étreinte interdite. Oubliant Peter, oubliant les règles, les Béotiens, la guerre, les deux Hémisphèriens se laissent glisser sur le lit de fortune. Gabriel et Siobhan ôtent dans un même geste leurs tee-shirts. Gabriel, au-dessus de Siobhan, interrompt brusquement ses caresses et ses baisers, fixant la jeune femme avec un sourire machiavélique. L'Architecte pousse son HEMI plus fort et plus intensément. Le corps de Siobhan s'arque, submergé par des centaines de sensations et d'émotions : le sucre, le désir, le miel, une chaleur vanillée. Son esprit se brouille et devant ses yeux, des éclats de couleur tournoient et semblent se briser comme du cristal sur le parfait visage de Gabriel. Elle ne résiste pas, c'est inutile, et la jeune femme se fait plus féline et moins indécise. Les gestes précis et l'HEMI de son partenaire l'encouragent. Elle atteint son pantalon et, avec beaucoup d'agilité, lui enlève en le faisant glisser le long des jambes de l'Architecte avec ses pieds. Le jeune homme caresse les lèvres de la jeune femme et enfouit ses doigts dans sa longue chevelure. Les hanches du Canalyseur se balancent tandis qu'elle se retrouve aussi dénudée que son Guide. Les mains de Gabriel parcourent les côtes de Siobhan et remontent jusqu'à faire sauter d'un pincement de doigts les agrafes de son soutien-gorge. Elle gémit tandis que ses seins réagissent instantanément à cette exposition, elle mordille les lèvres de l'Architecte qui intensifie, encore, l'emprise de son Souffle sur Siobhan. La jeune femme perd alors tout contrôle tandis que Gabriel se débarrasse de ses sous-vêtements et retire ceux de sa partenaire d'un coup sec. En une seconde à peine, Gabriel trouve son chemin entre les cuisses de Siobhan qui enfonce la tête dans son cou pour étouffer un cri. Il prend ses mains et les relève au-dessus de sa tête. Les deux Hémisphèriens s'accordent par instinct et bougent ensemble. La jeune femme grogne et le supplie d'accélérer, le jeune homme s'exécute. Les gémissements de Siobhan, totalement incontrôlés, ne font qu'accroître le plaisir et le comportement bestial de l'Architecte. Les deux félins s'unissent sans ménagement. L'instant n'est ni beau, ni romantique et ils le savent.

— Mmmm…

— Putain… murmure-t-il en lui lâchant les mains.

Dans un même mouvement, ils disparaissent dans un orgasme puissant et hors de contrôle. Le sucre dans la gorge de la jeune femme se caramélise jusqu'à ce que Gabriel roule sur le côté tout en diminuant peu à peu son Souffle. Siobhan continue à vibrer jusqu'à ce que l'HEMI de Gabriel cesse totalement de Souffler sur elle. Le Canalyseur n'ose pas ouvrir les yeux de crainte de briser l'instant. Mais c'est Gabriel qui, la respiration saccadée, lui fait ouvrir les yeux en posant une main sur son sein droit.

— J'ai eu peur que tu me tues petit monstre !

Siobhan le fixe et laisse sortir de sa bouche un éclat de rire cristallin sous le regard amusé de son Guide.

— Je suis désolée… ça doit être les nerfs qui lâchent…

— Ne t'inquiète pas, ça fait toujours ça la première fois.

— La première fois ?

— La première fois qu'on s'envoie en l'air avec un Architecte.

— Ah oui ? Je suppose qu'elles l'ont toutes fait ?!

— Hummm.... Oui... mais aucune n'était toi...

— Donc...

— Donc avant de mourir, il faudra qu'on recommence. Et si je pouvais mourir parce que tu perds le contrôle... S'il te plaît fais-moi cet honneur!

— Vous êtes bien étrange monsieur l'Architecte.

— Allez lève-toi et pas un mot à Dave ni à Riley, sinon on va en entendre parler. Pas qu'on soit des gosses mais Riley me bassinerait avec ça.

— Tu crois que je vais m'en vanter? Il y a plus glorieux sur un tableau de chasse!

— Ne me provoque pas petit monstre! Je te signale que tu as les fesses à l'air et il serait délicieux d'y faire claquer ma main...

*

Dave et Riley remontent les dernières centaines de mètres qui les séparent du Terrier. Le vent froid frappe leurs visages comme des milliers d'aiguilles.

— Tu souffles comme un bœuf, Riley!

— Contrairement à toi, j'ai passé plus de temps à développer mon cerveau plutôt que mes triceps!

— Entraîné ou non ça n'empêche pas la transpiration, vivement la douche!

— Effectivement, faute de respirer comme un bœuf tu en as l'odeur.

Dave se retourne et jette un regard sévère à l'Illusionniste qui feint une mine d'excuse. La guerre cause la mort de ses frères, le Traqueur le savait mais il n'aurait pas imaginé qu'un Illusionniste puisse être un frère. Enfin tant qu'il n'est pas un mort. Soudain, le Traqueur s'arrête. Des centaines de vaches viennent d'apparaître devant lui comme sorties de nulle part.

— Qu'est-ce que… Riley !

— Elles ne te plaisent pas ?

— T'es un p'tit merdeux !

— Ha, ha, ha !

Les vaches s'évaporent, laissant apparaître la lueur du feu qui brille à travers les fenêtres du refuge. Les deux compagnons passent enfin les portes et déposent au sol leurs lourds paquets. Siobhan et Gabriel, les cheveux trempés, dressent la table tandis que de l'eau chauffe dans la cheminée. Dave reste dans l'entrée et son regard devient sombre tandis que Riley déplace les sacs jusque dans le simulacre de cuisine.

— On a repris des provisions en plus des médocs. Vous avez fini de laver Anton ?

— Oui.

— Gabriel !

La voix du Traqueur avait fendu l'air et surpris tout le monde.

— Sors, je veux te parler !

Siobhan serre le gobelet en étain entre ses mains tandis que l'Architecte suit Dave à l'extérieur. Les compagnons s'éloignent du refuge de bois, plongeant dans l'obscurité.

— Tu pensais qu'un bain suffirait ? Que je ne sentirais pas le parfum de son HEMI sur toi ?

— On peut toujours rêver. Je ne vois pas où est le problème ?

— Il n'y a aucun problème Gabriel, chacun fait ce qu'il veut de son cul. Mais si tu crèves maintenant il n'y aura personne pour soulager Anton !

— C'est vrai que vu comme ça, ce n'était pas très malin.

— Elle te plaît ?

— Non, pas vraiment. L'interdit peut-être… Tu m'as vraiment fait sortir pour me faire la leçon ?

— Gabriel, je sais que tu penses que je suis un connard. Et je pense que tu es la dernière des merdes. Je donnerais cher pour te refaire la gueule et je suppose que tu as les mêmes ambitions.

— Tu me connais bien…

— Mais cette guerre est plus grosse que nous ! Et même si l'idée que tu aies reçu le titre de Traqueur me file la gerbe, il faudra que tu sois perçu ainsi.

— Qu'est-ce que tu proposes ?

— Un cessez-le-feu. Une fois que tout ceci sera fini, si nous ne sommes pas morts, il sera sans doute temps de régler nos problèmes.

— Je ne te raterai pas cette fois.

Gabriel entame la chair de ses paumes avec ses ongles tant il serre les poings.

— Ne t'attache pas à elle. Tu sais très bien comment tout ça doit finir.

— Je n'oublie pas.

— Tu as prêté serment…

— « Que je sois éparpillé en un millier de morceaux sous le joug d'un Canalyseur si je manque à mon serment. »

Dave lève un sourcil, l'air soupçonneux, tandis que Gabriel le regarde aussi stoïquement que possible.

— Allez rentrons, je dois prendre une douche et il faut que je vous explique un peu la suite. En plus j'aurai une petite surprise pour toi tout à l'heure. Et je pense que ça va foutre un sacré bordel avec ça !

*

Siobhan, une couverture sur les épaules, fixe le feu le regard vide tandis que Dave discute avec Gabriel et Riley en buvant un café noir. La jeune femme ne fait pas attention à ce qu'ils disent.

Le dernier trait sur ta vie d'avant, tu l'as tiré aujourd'hui.

Tu as raison.

Tu auras besoin de moi! Tu le sais, tu ne l'acceptes pas mais tu commences à en avoir conscience. Si tu veux les protéger tu n'auras pas d'autre choix!

C'est trop risqué, tu le sais bien.

Tu as toujours su que tu étais dangereuse sans vraiment savoir d'où ça venait. Tu ne m'as pas enfermée par hasard. Mais tu vas finir par en crever! Alors que si tu me laisses sortir, tu n'auras plus mal.

Moi non, mais eux…

Alors vas-y!

Juste une fois… peut-être…

— Tu m'écoutes ?

Elle est tirée de ses pensées par Dave qui la fixe avec sévérité.

— Désolée.

— Viens t'asseoir ! Donc, avant d'assiéger Melaine et le Beffroi, il nous reste une cible. Cette cible aura forcément une résonance particulière, surtout pour toi Riley. Nous ne pouvons pas nous permettre que les Béotiens placent trop d'Illusionnistes sur notre chemin. Former un Illusionniste au combat est long et complexe, rare sont ceux qui pourraient nous poser problème. Néanmoins, l'un d'eux pourrait représenter un danger.

— Pavel.

Siobhan tourne la tête vers Riley et le jeune homme affiche un visage qu'elle ne lui connaissait pas. Son teint s'est grisé, ses pupilles se sont dilatées et il serre son gobelet de café avec tant de force qu'une simple tasse n'aurait pas résisté. Les Parasites s'échappent de l'Illusionniste et commencent à ronger l'arrière du crâne de la jeune femme. Elle grimace lorsqu'ils attaquent sa boîte crânienne.

— Riley s'il te plaît !

Gabriel avait Soufflé sur Riley avec rapidité, calmant par la même occasion les souffrances de Siobhan. Cette dernière reprend sa respiration et réalise que Dave et Gabriel ont tous deux sortis leur lame. Elle tente alors un coup de bluff :

— Riley, s'il te plaît explique-moi, qui est Pavel ?

— Pavel c'était d'abord mon Guide, puis mon formateur. Tout ce que je sais, c'est lui qui me l'a appris. Il était un des rares Illusionnistes à participer aux batailles et pas seulement pour camoufler les combats aux yeux des Bi-hémisphères. Un été, nous avons perdu une bataille contre les Béotiens, il n'y a eu aucun survivant. Le Cercle nous a appris quelques mois après qu'il était passé chez les Béotiens. Ce bâtard s'est parjuré !

— On m'en a un peu parlé. Les Missionnaires n'ont-ils pas joué un rôle ?

— Foutaise ! Il était trop fort, son esprit était trop solide pour plier face à eux !

Dave, qui n'a toujours pas rangé sa lame, s'adresse alors à Siobhan :

— Qui t'a parlé des Missionnaires ?

— Hava.

— Qu'est-ce qu'elle t'a dit exactement ?

— Que les Missionnaires au Dôme sont tous des Nourrices mais qu'autrefois ils pouvaient être des… Hackers.

— Le Cercle a mis fin à l'existence de la carrière d'Hacker. Ni Gabriel ni moi ne les avons connus. Leurs modifications étaient trop peu fiables.

— Mais le Beffroi les utilise peut-être encore.

— C'est le cas. Mais si le Cercle les a interdits, c'est pour une bonne raison ne l'oublie pas. C'est clair ?

— Oui.

Dave range alors délicatement sa lame à sa ceinture et reprend le déroulé des événements à venir.

— Pavel est donc notre première cible. Il sera difficile à appréhender et difficile à abattre. Notre esprit sera un véritable jouet pour lui. Heureusement, nous avons un Illusionniste avec nous, qui plus est, un Illusionniste qui le connaît très bien. Riley, je ne sais pas vraiment ce que tu peux faire pour balayer ses tours de passe-passe mais fais-le !

— Je peux essayer de lui soumettre une Illusion plus robuste que la sienne.

— Essayer ?

— J'y arriverai.

— Bien. D'après nos informations, un bon nombre d'Illusionnistes en formation sera avec lui. Entre quinze et trente. Sans oublier que, comme la dernière fois, nous serons sans doute attendus. Je ne sais pas ce que Melaine nous réserve mais ça s'annonce mouvementé. Le centre se situe dans une ancienne bergerie, à trois cent trente-neuf kilomètres, soit à un peu plus de quatre heures de route. La bergerie est très isolée et le terrain est vallonné. Ils nous verront forcément arriver. On a eu une information selon laquelle le bâtiment serait entouré par une Illusion constante permettant qu'aucun Bi-hémisphère ne s'en approche. Je suppose qu'il y en aura une pour nous. Riley tu devras me faire confiance et te fier à mon flair.

— On se donnera la main ?

— Riley tu…

Siobhan n'écoute plus, son esprit examine la situation à vive allure.

Il faut que je vienne avec eux. Anton n'est pas en état et Gabriel doit rester auprès de lui.

C'est certain.

Ils sont rentrés en sale état alors qu'ils étaient trois, dont Anton. S'ils partent tous les deux, ils ne reviendront pas.

Alors que si tu me laissais reprendre ma place, tu pourrais même y aller seule.

Je n'ai pas besoin de toi, je m'en suis très bien sortie toute seule jusque-là !

Que tu crois ! Revendique ce qui est à toi.

— C'est des conneries tout ça…

— Tu peux répéter ?

— Tu dis vouloir nous emmener jusqu'à Melaine et tu nous jettes à trois dans cette merde, sois réaliste Dave, on va y passer avant même d'arriver au Beffroi !

— Non, tu ne vas pas crever avant le Beffroi à moins que tu continues avec cette attitude parce que tu ne viens pas avec nous.

— À deux c'est du suicide !

— Attends deux secondes, j'adore la mise en scène. Un… Deux… Trois…

La porte du Terrier s'ouvre et laisse entrevoir un visage familier au Canalyseur. Lila, à la fois transpirante et glacée, se tient sur le pas de la porte, à côté d'elle un Traqueur.

— Dis donc, c'est coquet chez toi Dave !

— Salut Uriel ! Allez vous installer derrière, j'arrive. Lila, je crois qu'on a besoin de toi ici. Quant à toi Canalyseur, n'oublie pas que je suis chef de guerre, je n'envoie pas mes hommes à la mort si je ne pense pas avoir une chance. C'est clair ?

— Oui…

— Viens je vais te présenter tout le monde…

Chapitre 23

Siobhan emboîte le pas de Dave, à la fois curieuse et inquiète. Dans l'obscurité de la nuit, elle distingue des dizaines de torches qui pénètrent dans la grange.

— Tu croyais que Gabriel te faisait réparer l'étable pour t'occuper?

— Bah, euh…

— Tu n'es vraiment pas futée…

— Gabriel était au courant?

— Oui. Sauf pour Lila, ça c'était ma surprise personnelle. Il nous fallait un Architecte de plus au cas où nous aurions des blessés. Elle n'a pas protesté quand elle a su qu'elle pourrait rejoindre Gabriel. Uriel était au courant de tout, il a suivi mes ordres: regrouper les Traqueurs qui étaient plus fidèles au Cercle qu'à Paul, convaincre Lila de les suivre, et nous rejoindre ici avec équipement et nourriture.

— Combien sont-ils ?

— Je ne sais pas. Mais il était préférable qu'ils arrivent de nuit. Il n'y a que des petits villages ici, de jour les Bi-hémisphères auraient trouvé ça étrange.

— C'est sûr, un défilé de Traqueurs, ça attire l'attention.

— Relève la tête Canalyseur, n'oublie pas ce que tu es. En scène !

Dave pénètre dans le bâtiment suivi de Siobhan, ce qui a pour effet de jeter un lourd silence sur l'assistance composée d'une quarantaine d'hommes et d'une dizaine de femmes, tous vêtus de noirs. Certains portent un masque noir montant jusqu'au nez. Ils arborent tous fièrement à la taille leurs lames traditionnelles fixées dans un étui de cuisse passant sur leur treillis noir. Dix lourdes caisses ont été empilées au fond de l'étable.

Ne baisse pas les yeux…

Ne baisse pas les yeux!

Uriel s'avance vers Dave et les deux Traqueurs se donnent une franche accolade. Dave s'avance au milieu d'un cercle que les Traqueurs forment d'instinct.

— Mes frères, vous êtes venus ici et je ne vous en remercierai pas, je ne vous ferai pas cet affront ! Vous êtes venus lames au corps, HEMI en avant, conscients du risque ! Vous êtes venus à nous avec le désir brûlant de débarrasser enfin le monde de l'emprise de Melaine et des Béotiens ! Vous tous avez pris conscience que le Cercle est menacé, non seulement de l'extérieur mais aussi de l'intérieur. Paul et Svetlana manigancent vraisemblablement une action contre notre précieux Conseil. Ce soir, je ne ferai pas de grand discours, profitons d'être en famille. Bienvenue !

— Apatrides ! Apatrides ! Apatrides ! Apatrides !

Le groupe de Traqueurs pousse d'une même voix, avec une fierté non dissimulée, le nom qu'ils ont choisi pour se désigner. Dave s'approche de Siobhan et lui chuchote à l'oreille :

— Prends-en de la graine Canalyseur, un jour ce sera ton tour. Viens ! Uriel tu connais Siobhan ?

— Évidemment, je t'ai Pistée avec Dave durant plus d'un an. Encore désolé pour le bizutage !

Un flash d'amas de sang et de chair envahit l'esprit de Siobhan qui se souvient qu'Uriel se trouvait derrière Dave lorsqu'il lui a fait ramasser les restes liquéfiés d'un Traqueur.

— Que ça ne se reproduise plus.

— Dis donc, Dave ! Elle a pris du caractère !

— Ne fais pas trop le malin Uriel, c'est un Canalyseur, garde ça à l'esprit.

— Évidemment. Madame veuillez excuser mon comportement passé.

Uriel se penche, un bras dans le dos et dépose un baiser sur la main de Siobhan.

— Tu me la laisses, Dave ?

— Prends-en soin et présente-lui les autres, je vais saluer tout le monde et chercher Gabriel.

— Canalyseur, tu vas voir, ils vont t'adorer !

*

— Riley, tu peux nous laisser s'il te plaît ?

Le jeune homme jette un regard vers Lila et quitte le Terrier, laissant les deux Architectes seuls.

— Qu'est-ce que tu fous là ?

— Dave avait besoin de moi.

— Ils t'ont forcée à venir ?

— Non. Je voulais te voir, j'avais peur que…

— … que je sois mort ? Tu vois, je vais très bien.

Lila sent le stress accumulé depuis le départ de Gabriel couler sur ses joues. Le jeune homme se rapproche d'elle.

— Ne pleure pas ! Je suis content de te voir ! C'est juste que c'est dangereux, j'aurais préféré te savoir au Dôme.

— Le Dôme subit des attaques à répétition depuis une semaine je suis sans doute plus en sécurité ici.

— De grosses attaques ?

— Non des petites, ponctuelles.

— Comment va Svetlana ?

— Je ne l'ai presque pas vue, je pense qu'elle va bien. Tia demande après toi tous les jours, elle demande où est son grand frère.

— Et Jimbo ?

— Ton départ l'a profondément choqué. Il est d'accord avec l'idée selon laquelle quelque chose ne tourne pas rond avec Paul et Svetlana, mais il aurait espéré que tu viennes lui en parler. Il a du mal à encaisser que tu ne lui aies pas fait plus confiance.

— Je suis un Traqueur maintenant, je dois faire ce qu'il faut pour la protection du Cercle !

— Que tu aies emmené le Canalyseur loin du Dôme l'inquiète énormément et franchement il y a de quoi !

— C'est lui que ça inquiète ou c'est toi ?!

Gabriel avait lancé son sous-entendu avec un dédain immense tout en s'éloignant de nouveau de son amie. Cette dernière s'arrête instantanément de pleurer et sent une rage muette monter en elle en voyant le regard noir que Gabriel lui lance.

— Jimbo a trouvé quelque chose sur elle. Et je pense que ça devrait changer les choses, Dave sera ravi de le savoir !

— Explique-toi…

— Siobhan souffre de dissociation mentale. Elle est parvenue, sans que je comprenne comment, à fracturer son esprit en deux : d'un côté son HEMI et de l'autre le reste de sa personne. Elle sait Projeter, elle peut le faire ! Elle est dangereuse, c'est un Canalyseur actif !

Gabriel ne réagit pas : il garde la tête baissée et reste silencieux. Le jeune homme jette deux bûches dans le feu et arrange les braises avec le tisonnier, Lila se glace.

— Tu le savais ?

— Ce que tu sais, tu le garderas pour toi, tu ne diras rien aux autres.

— Tu sais très bien que je ne peux pas faire ça.

— Mais tu vas le faire parce que tu as confiance en moi !

Gabriel se tourne vers Lila et Souffle violemment une torsade de confiance aveugle qui s'enroule tout autour du cou et du corps de cette dernière. Le jeune homme Souffle plus fort et la méfiance de Lila cède peu à peu et elle s'enfonce dans une confiance profonde.

— Gabriel, tu n'as pas le droit de faire ça…

— Tu ne dois rien dire. Tu me fais confiance ?

— Ou… oui.

— Nous avons besoin d'elle. Sans son HEMI, nous ne gagnerons pas cette guerre. Il faut que tu comprennes, nous serons moins nombreux et, même en sous-effectif, nous devons les faire trembler. Jimbo sait pourquoi elle ne Projette pas ?

— Selon lui, elle retient son HEMI. C'est ce qui lui cause des douleurs. On ne peut pas séparer son esprit sans souffrir ou perdre la boule.

— Écoute Lila, si elle n'a pas Projeté jusqu'à maintenant, c'est qu'elle ne nous veut pas de mal. Essaie de l'observer, tu verras qu'elle n'est pas mauvaise. Allez sérieusement, fais pas la gueule ! En plus, j'ai besoin d'un coup de main. Tu peux prendre le relais pour Anton ?

— Bien sûr, mais on en reparlera… Je le laisse dormir ?

— Oui, je vais aller voir les autres. Au fait, ils ne t'ont pas trop emmerdée pendant le trajet ?

— Certains ont plus d'éducation que Dave, mais ils restent dans l'ensemble des sauvages insensibles.

— Je t'envoie de la compagnie ?

— Non ne t'inquiète pas, vas-y !

— Je t'envoie quand même de la compagnie.

Gabriel ferme la porte derrière lui. Des flocons de neige commencent à tomber et le jeune homme prend une grande bouffée d'air glacé. Son expiration se matérialise en un nuage de vapeur d'eau tandis que des rires sonores se font entendre plus loin dans la grange. L'Architecte sent qu'il n'est pas passé loin d'une véritable catastrophe. Il espère que son Souffle aura suffisamment influencé Lila pour qu'elle se tienne tranquille. Il marche sous les épais flocons jusqu'à la bâtisse de bois. Riley se tient à l'entrée, hésitant et mal à l'aise à l'idée de se mêler à cette foule de Traqueurs. Gabriel repère immédiatement Siobhan assise sur une malle en compagnie de trois Traqueurs. Elle est bien trop tendue et se tient raide comme une planche.

— Alors Riley, le videur t'a refoulé ?

— Je ne sais pas pourquoi, je pense que je ne suis pas dans le thème de la soirée.

— Il va pourtant falloir t'y faire, on va traîner avec eux un moment.

— Jusqu'à la fin.

— C'est ça. Mais ne rentre pas dans cet état de nervosité parmi eux. Ce serait comme descendre dans la fosse aux lions.

— Tu peux m'aider un peu pour ça ? Un petit Souffle pour qu'il m'en pousse des plus grosses ?

— Je pense qu'il y a quelqu'un de mieux placé pour ça…

— Je n'en suis pas sûr.

— Vas-y ! Les remords valent mieux que les regrets. Vas-y bordel !

Riley sourit à Gabriel et part rejoindre Lila, le laissant seul. Gabriel traverse la grange sous les chuchotements et les rires des Traqueurs pour rejoindre Siobhan. Cette dernière ne le lâche pas des yeux.

— Gabriel !

— Bonsoir, Uriel. Tout va bien Siobhan ?

— On faisait connaissance avec elle. On parlait des futurs combats, des héros passés, des morts héroïques… Te joindrais-tu à nous ?

— Oui, mais je vais m'en griller une d'abord. Siobhan ?

La jeune femme se lève, bien droite et s'élance à la suite de Gabriel. Les deux amis s'isolent à l'extérieur, davantage pour parler que pour satisfaire leur envie de tabac.

— Ils ne t'ont pas dévorée ?

— Pas pour le moment.

— Détends-toi, ce sont tous des brutes mais certains ont un peu d'éducation. Uriel en est un très bon exemple.

— Tu le connais ?

— Siobhan, au Dôme, tout le monde se connaît. Il est devenu le grand ami de Dave quand nous avons cessé de nous parler. Et il est le seul autre Traqueur du Dôme à pouvoir Traquer un Canalyseur.

— Et donc lui ce n'est pas un tueur sauvage ?

— Si ! Mais avec quelque chose dans la tête. Et bientôt tu seras comme eux, enfin presque. Dave compte faire de toi un chef de guerre.

— Il est inconscient, ou alors très bête !

— Peut-être pas tant que ça…

— Tu seras avec moi, jusqu'au bout ?

— Bien sûr, tant que je ne me serai pas lassé, je ne te lâcherai pas.

— Comme pour Lila ?

— Petit monstre, je serai tout près. Et ne fais pas attention à Lila, tu es le Canalyseur, reste dans ce rôle que tu dois endosser.

— Elle va essayer de me tuer dans mon sommeil.

— Non, Lila n'est pas une tueuse. Mais tout de même ne laisse pas traîner de coussin près de ton visage!

— Pourquoi tu souris comme ça?

— Tu es au milieu d'une foule de Traqueurs avides d'entrer dans la bataille, tu dois parvenir à devenir une icône pour eux et ce qui te fait peur, c'est Lila?!

— Ne te moque pas.

— Je ne me moque pas.

Siobhan devine dans l'obscurité les yeux de Gabriel. Le souvenir de leurs corps mêlés lui revient en mémoire et elle serre les jambes.

— Je dors avec toi ce soir!

— Petit monstre, tu pourras donner des ordres à tout le monde mais pas à moi.

La jeune femme se rapproche de Gabriel, passe sa main dans les cheveux de son Guide et lui dit d'une voix suave:

— Je te parle de dormir Gabriel. Pas d'autre chose. C'était très bien, mais ce n'est pas indispensable. En revanche, je me suis habituée à dormir avec toi, j'ai peur d'avoir froid cette nuit. Sinon tant pis, je dormirai avec Uriel, Dave ou un autre, peu importe…

— Tu ne dormiras avec personne d'autre…

— **Reste avec moi alors.**

— Pas d'amour?!

— Non pas d'amour. Il n'y a pas de place pour l'amour en temps de guerre.

— Tu es d'une surprenante lucidité, à croire que tu as toujours été faite pour cette vie.

— Je me sens à ma place ici. Même si ce rôle que Dave veut me faire endosser m'angoisse quelque peu, c'est grisant.

— Les Traqueurs qui sont là ont tout perdu pour suivre Dave, ils ont tourné le dos aux ordres du Cercle dans l'espoir de mieux le protéger en en finissant avec Melaine.

— Et on va y arriver d'après toi ?

— Sans doute que non.

— Donc on va crever.

— Mais si seulement tu savais Projeter… on pourrait crever en emmenant Melaine avec nous.

— Je croyais que même si je savais le faire c'était interdit ?

Une jeune femme interrompt la conversation des deux amis. Elle semble être sortie de nulle part et son arrivée silencieuse fait sursauter Siobhan. Son visage aux teintes ocre est encadré d'une capuche de laquelle dépasse une longue masse de cheveux noirs. Sa peau est finement ornée de plusieurs tatouages Moko. Sur son menton, de fines lignes soulignent ses lèvres et, de ses tempes à ses joues, on peut voir une ligne de pointes de lance et une ligne d'Enatas la tête en bas. Sa petite taille n'enlève rien à la puissance et la confiance qui émanent d'elle.

— On va boire un coup et manger un morceau, vous venez ?

— On arrive.

Sans ajouter un mot et sans un bruit, la femme s'éloigne.

— Qui c'est ?

— Ruhaine.

— Quel genre de Traqueur ?

— Le genre qui n'a peur que d'une chose : le déshonneur.

— Qu'est-ce que je dois faire ?

— Y retourner, et écouter leurs histoires, leurs combats, leurs envies. Imprègne-toi de leur état d'esprit, de leurs odeurs, de leurs émotions. Si tu dois un jour combattre à leurs côtés en tant que chef de guerre, tu dois les connaître mieux que toi-même… Allez viens j'ai la dalle !

L'Architecte et le Canalyseur retournent dans la grange. Les Traqueurs parlent fort et un petit cercle s'est formé. Sans hésiter, Siobhan s'assied, Gabriel toujours à ses côtés alors que des Traqueurs s'écartent pour leur laisser une place. Uriel leur tend deux assiettes de légumes froids qu'ils prennent en le remerciant.

— Vous êtes vraiment des Hémisphèriens très étranges vous les Architectes ! D'abord toi, qui passe

Traqueur par on ne sait quel moyen, avant de suivre Dave emmenant avec vous le Canalyseur. Ensuite la jeune Lila avec qui nous avons voyagé…

— Si tu as un problème avec les Architectes dis-le tout de suite Uriel.

— Ne sois pas si sanguin Gabriel et laisse-moi finir ! Cette petite Architecte nous poussait littéralement au cul pour que l'on arrive le plus vite possible. Je disais donc que vous êtes étranges, vous avez un HEMI paisible, plutôt pacifique et pourtant vous êtes capables de vous jeter dans la merde les deux pieds en avant sans aucune hésitation. Pour certains de mes compagnons d'armes, c'est de la stupidité, pour moi c'est du courage. Et puis lors de ta première bataille au Dôme, il n'y a pas si longtemps, tu nous as démontré qu'avoir un Architecte dans les rangs avait ses avantages.

— Je me débrouillerai pour que tes frères, qui sont maintenant les miens, aient la même opinion que toi.

— Tu as autour de toi ceux qui sont persuadés que tu as ta place parmi nous. Je veux bien admettre que cinq personnes, c'est peu, mais un frère est un frère.

Siobhan n'écoute pas. Elle mange mécaniquement le contenu de son assiette. Les regards tournés vers elle la mettent mal à l'aise et des picotements commencent à lui brûler la peau. En quelques secondes, les picotements deviennent gênes, puis douleurs. Gabriel se tourne vers Siobhan et Souffle discrètement sur elle plus intensément. Siobhan se redresse lorsqu'une silhouette apparaît derrière elle. Elle se glace en entendant la voix de Lila, tandis que Gabriel se lève brusquement en se retournant.

— Vous nous faites une place ?

— Lila qu'est-ce que tu fous ? Anton va se réveiller ! Tu es devenue complètement stupide ?

— Juste plus expérimentée Gabriel ! Je Souffle très bien de là où je suis. Tandis que tu partais avec ton Canalyseur à la chasse aux Béotiens, il a bien fallu que quelqu'un prenne le relais auprès de Jimbo. Bonne nouvelle Gabriel, tu n'es plus le seul Architecte du Dôme à être capable de Souffler plus loin que ne portent ses yeux !

Gabriel lève le menton, légèrement vexé par l'attitude de Lila. Il pose sa main sur l'épaule de Siobhan tout en fixant la belle Architecte dans les yeux. Siobhan n'ose pas bouger, sentant la haine de Lila frapper contre le Souffle de Gabriel qui forme un bouclier autour d'elle.

— Tu ne me salues pas, Canalyseur ?

Siobhan lève la tête, croisant le regard de plusieurs Traqueurs à l'affût de sa réaction. Elle se redresse sur ses jambes et se retourne, faisant face à Lila à côté de laquelle se tient Riley. Elle tente de ne pas laisser trembler sa voix et repense aux paroles de Dave.

Je suis Siobhan.

Nous sommes le Canalyseur.

— Siobhan !

— Pardon ?

— Tout comme toi, j'ai un nom, Lila, un nom que tu n'ignores pas. Je ne te saluerai que si ton salut est celui d'une sœur.

— Et que devrais-je faire d'autre, une révérence pour Siobhan le Canalyseur ?!

— Non mais si tu le demandes, je pourrais te mettre à terre…

Le Canalyseur fait un pas en avant, menaçante et poings serrés. Avant même que Gabriel n'ait pu stopper Siobhan, le son d'une lame heurtant du bois résonne dans la grange, apportant le silence. Un immense Traqueur aux cheveux longs et roux vient de lancer une petite hache à doubles tranchants, la plantant dans une des grosses poutres de la grange. Il rit bruyamment tout en faisant signe à un autre Traqueur de surpasser ce lancer. Avant même que le second combattant n'ait pu attraper sa lame, la voix de Dave résonne :

— Mes frères ! Plutôt que détruire notre abri en fissurant ses fondations, que diriez-vous de faire découvrir à Siobhan comment les Traqueurs s'amusent ?

L'assistance lui répond par des cris de joie et des bras levés. Ils s'emparent des grosses lanternes solaires qui éclairaient le bâtiment et sortent tandis que Dave se dirige vers Siobhan, toujours suivie par Gabriel.

— Tu vas voir, c'est une petite tradition issue des Alcôves dortoirs. Reste à côté de moi, je vais tout t'expliquer. Gabriel, tu joues ?

— Bien sûr !

— Emmène Riley et Lila se trouver une place confortable.

Gabriel s'exécute et les trois Hémisphèriens quittent la grange à leur tour. Dave sourit à Siobhan. Comme toujours, voir les dents de Dave avait quelque chose d'anxiogène.

— Tradition d'Alcôves dortoirs ?

— Au cas où tu ne le saurais, pas nous les Traqueurs dormons par groupe de vingt-cinq dans de grandes Alcôves. Le soir, quand on veut passer le temps, on organise de petits combats. Ça soude les frères.

— Est-ce une bonne idée de prendre le risque de se blesser alors qu'on affronte les Béotiens dans quelques jours ?

— Pas de coupures, pas d'armes, pas de fractures, c'est la règle. À condition bien sûr que le Contremaître stoppe le combat suffisamment tôt. Je t'explique, lorsque deux Traqueurs s'affrontent, ils vont jusqu'à leurs limites, sauf si celui que l'on appelle le Contremaître met fin au duel. Sachant que la limite des Traqueurs est la mort, la vie des joueurs est entre les mains de ce dernier. En revanche, si les deux joueurs jugent que le duel a été stoppé trop tôt, ils considèrent ceci comme une insulte et le Contremaître entre dans le jeu, combattant les deux Traqueurs offensés. Un nouveau Contremaître est alors désigné. Viens, tu constateras par toi-même !

Siobhan suit Dave. À l'extérieur, les Traqueurs ont formé un grand cercle à l'aide des lanternes. Ils se tiennent tout autour alors que la neige continue de tomber, recouvrant leurs épaules et les montagnes aux alentours. Gabriel se tient entre Uriel et Ruhaine. Les Traqueurs sont agités. Ils parlent fort et rient aux éclats. Le cercle se fend avec une grande harmonie pour y laisser entrer Dave et Siobhan. Le chef des Traqueurs projette sa voix pour couvrir celles de ses frères :

— Lila, veux-tu bien nous faire le plaisir de désigner le Contremaître ?

— Gabriel !

La belle Architecte n'avait pas hésité une seconde, empêchant ainsi son ami de faire ses preuves dans le jeu mais aussi le protégeant d'éventuelles blessures. Gabriel fronce les sourcils à cette annonce et jette un regard assassin à Lila avant de prendre place au centre du cercle, suivi de près par le grand Traqueur roux de tout à l'heure. Ce dernier fait le tour du cercle et s'arrête devant Uriel, qui incline la tête en signe d'approbation. Les deux Hémisphèriens se placent au centre et Gabriel recule jusqu'à se mêler de nouveau à la foule. Il frappe alors le dos des doigts de sa main droite dans la paume de sa main gauche tenue bien à plat. Les deux Traqueurs réagissent instantanément au son de claquement presque inaudible et changent d'expression : leurs visages s'éclairent tandis que leurs regards deviennent torves. Le grand Traqueur tourne comme un ours autour d'Uriel qui se tient bien droit, ne lâchant pas son adversaire des yeux. Brusquement, le premier charge de toute sa puissance comme pour s'abattre sur

Uriel. Ce dernier tournoie sur lui-même, évite l'assaut et donne un puissant coup de poing dans les reins de son frère d'armes, le jetant au sol. Ainsi, pendant cinq longues minutes, Uriel et le Traqueur aux airs gaéliques s'échangent coups et esquives. Uriel ne se laisse que peu toucher, virevoltant comme un oiseau, si vite que la neige tournoie autour de lui. Gabriel frappe dans ses paumes et, instantanément les Traqueurs cessent leur combat. Les deux amis se tiennent les épaules et Uriel reste seul au centre du cercle. Il tourne à son tour et s'arrête devant Ruhaine qui avance sans faire le moindre signe. Le manège recommence et Gabriel donne le signal du début du combat. Encore une fois, Uriel se place au centre, mais Ruhaine est bien plus légère et plus rapide. Elle tourne sur elle-même et lance un coup de pied qui atteint Uriel au plexus. Le Traqueur recule, le souffle coupé. La jeune combattante en profite pour balayer ses jambes d'un grand coup de pied circulaire, faisant voleter un peu plus de neige. Le combat est alors arrêté par Gabriel tandis qu'Uriel se relève en crachant un peu de sang rougissant le blanc pur de la neige. Dave se tourne fièrement, la tête haute, vers Siobhan :

— Elle est douée, non ?

— Très…

— Je l'ai formée moi-même. Si tu travaillais plus sérieusement, peut-être que tu aurais pu atteindre son niveau un jour.

— Si j'avais vécu plus longtemps ça aurait aidé…

— Aussi !

En entendant la conversation de Dave et Siobhan, la Traqueuse fait le tour du Cercle et s'arrête devant l'homme avec un air très agressif. Le chef Traqueur affiche un grand sourire carnassier, visiblement ravi et très excité à l'idée d'affronter ce redoutable petit bout de femme. Il entre dans le cercle de combat comme un félin et les deux adversaires se tournent autour. La neige, qui se fait de plus en plus épaisse, absorbe tous les sons exceptés ceux des pas des Traqueurs qui sonnent en craquements. Au signal de Gabriel, ils s'élancent et Siobhan a l'impression d'assister à un ballet à la fois gracieux et violent. Durant plusieurs minutes, des coups pleuvent sans jamais atteindre leur cible. Mais brusquement, Dave saisit à la gorge son ancienne disciple et la soulève de terre avant de la projeter au sol. Elle se relève instantanément et retourne à l'assaut, en vain. Dave lui attrape le bras gauche et le lui plaque dans le dos, l'immobilisant sous peine de le lui briser. Il se tourne vers Gabriel, l'air calme, attendant l'arrêt du combat. L'Architecte laisse s'écouler quelques secondes pour laisser à Ruhaine le temps d'essayer de se dégager. Voyant qu'elle n'y parvient pas, l'Architecte frappe ses paumes l'une contre l'autre et Dave relâche son étreinte. Les deux adversaires se font face et se donnent une accolade étrangement tendre. Ruhaine retourne à sa place et Dave commence à tourner dans le cercle.

Tout de même étrange cette façon de s'amuser.

Ce sont des guerriers, c'est ce qu'ils font le mieux! En fait, pour certains c'est sans doute tout ce qu'ils connaissent.

Siobhan sent ses muscles se tendre et les battements de son cœur s'accélérer lorsque Dave s'arrête devant elle. Elle veut faire signe de la tête pour lui signaler qu'elle ne veut pas participer, mais comment donner un jour l'image d'un Canalyseur chef de guerre si un simple jeu lui fait peur ! Elle avance alors, tentant de dissimuler son angoisse. Sans doute pour respecter les règles : le Souffle de Gabriel disparaît et Siobhan sent sa main l'élancer légèrement et la haine de Lila courir sur elle.

Pas d'armes… ça ne va pas être beau à voir.

Gabriel claque dans ses mains et la tension autour d'eux est palpable. Les Traqueurs sont avides de savoir pour qui ils se sont parjurés. Le temps semble presque s'être arrêté, la neige tombe de plus en plus fort et les flocons délicats sont brusquement projetés par une charge de Dave. Siobhan roule et plonge en avant évitant l'attaque de son entraîneur. La neige glacée lui coule dans le dos par le col de sa veste. Dave ne fait que se donner en spectacle pour le moment, elle le sait. Il s'approche d'elle et tente de lui donner un coup de poing mais Siobhan parvient à le stopper avec son avant-bras. Le Traqueur envoie coup sur coup et se heurte aux parades de Siobhan qui se dit que son cubitus ne va pas tarder à se disloquer sous les rafales d'attaques de Dave. Le Canalyseur lance son poing à son tour. Dave l'arrête et profite de cette baisse de garde pour lui donner un coup de pied dans la cage thoracique. La jeune femme tombe face contre terre dans la neige. Elle se relève, tremblante et épuisée, et sent une rage trop longtemps muselée remonter lentement. Elle se remet en garde et frappe le Traqueur au visage sans atteindre ce dernier qui lui décoche un coup sec dans l'estomac. Elle lance encore et encore ses attaques, obtenant à chaque fois un échec et en récompense un coup de poing ou de pied dans le ventre ou les côtes. Elle se laisse tomber sur le sol pour vomir son repas pris peu de temps avant le combat. Gabriel lève les mains, prêt à donner le signal mais le Canalyseur se lève, au bord de l'évanouissement et revient à la charge. Au moment où elle tente de lancer son poing vers le ventre de Dave, le Traqueur saisit son bras et l'immobilise. Il lance un crochet du gauche qui s'enfonce dans l'aisselle de son élève. Brusquement, le Canalyseur se redresse et donne un violent coup de tête contre le nez de Dave. La douleur est fulgurante et le Traqueur, le nez en sang, ne sourcille pas. Siobhan a les oreilles qui sifflent tellement qu'elle n'a pas entendu le signal de la fin du combat. Dave glisse sa main dans celle du Canalyseur avant de lever le bras en l'air sous les cris guerriers des Hémisphèriens. Siobhan sourit tandis que des Traqueurs brisent le cercle pour venir les féliciter. Le jeu semble fini, tous rentrent petit à petit dans la grange. Dehors, il ne reste que Gabriel, Lila, Riley, Dave et Siobhan. Cette dernière sait pertinemment que Gabriel a mis fin au combat bien plus tard qu'il n'aurait dû le faire, mais elle commence à saisir qu'elle doit faire ses preuves.

— Tu t'es bien défendue Siobhan, mais pour ce qui est de l'attaque…

Siobhan ne répond même pas à Dave, elle ne parvient pas à reprendre son souffle et des points noirs volent devant ses yeux, se mêlant aux flocons. Dave, la tenant toujours par le bras, la jette dans ceux de Gabriel qui la rattrape avant qu'elle ne s'écroule une nouvelle fois.

— Emmène-la Gabriel, ils ne doivent pas la voir s'effondrer. Vous dormirez près d'Anton cette nuit. Moi je reste avec mes frères. Riley, viens, j'ai à te parler !

Riley emboîte le pas de Dave. Lila hésite un instant mais, voyant que Gabriel ne lui jette même pas un regard, elle suit l'Illusionniste. Gabriel conduit Siobhan dans le Terrier et la fait asseoir sur une chaise. Elle tremble de tout son corps et soupire de soulagement quand la saveur sucrée du Souffle de l'Architecte se met à couler dans sa gorge. Gabriel sort avec un linge et décroche une petite stalactite de glace qu'il enrobe avant de la poser sur le front de la jeune femme.

— Relève la tête petit monstre ! C'était courageux ce coup de boule. Complètement stupide, débile et irréfléchi mais courageux…

— Désolée que tu n'aies pas pu prendre ma place.

— Lila va me mener la vie dure, c'est ta faute mon petit monstre ! Arrête de bouger, tu auras une sacrée bosse. Essayons de limiter le gonflement si tu veux bien !

— Tu ne dors pas avec eux ?

— Non je dors avec mon petit monstre, comme prévu. Tu devrais remanger quelque chose, tu as tout rendu. D'ailleurs, tu aurais pu viser Dave !

— Non, non, non je n'avale plus rien ce soir ! Cigarette s'il te plaît, je vais fumer à la gloire du Canalyseur le plus faible de l'histoire !

Gabriel ne dit pas un mot et laisse Siobhan tenir elle-même la glace sur son front. Il sort de sa poche un paquet, allume deux cigarettes et en place une entre les lèvres de la jeune femme avec beaucoup de délicatesse.

— Que fera Lila quand nous irons au combat ?

— Elle retournera au Dôme pour tenter de préparer les blocs opératoires je suppose.

— Ils la laisseront rentrer ?

— Je n'en sais rien.

— Elle t'aime vraiment…

— Je sais. Mais je m'ennuyais, j'ai cru un instant que c'était le genre de personne dont j'aurais besoin à mes côtés et puis j'ai réalisé qu'elle était trop parfaite.

— Que cherches-tu alors ?

— Personne. Le couple est une chose essentielle pour les Bi-hémisphères mais pas chez nous. Je préfère m'amuser, profiter du temps que j'ai.

— Si on s'en sort…

— On ne s'en sortira pas.

— Si on s'en sort, que vas-tu faire ?

— Tenter de me refaire une place au Dôme.

— **Si on s'en sort, tu les laisseras me tuer ?**

Les yeux de Gabriel s'assombrissent et il se penche sur Siobhan.

— Tu as peur ?

— Non.

— Je pourrais te tuer maintenant.

— Tu ne le feras pas.

— Pourquoi ?

— Parce que tu as encore envie de t'amuser…

Gabriel sourit et Souffle si fort que des jets de couleurs dansent devant les yeux de Siobhan. Après être montée dans le grenier, il lui semble que son corps se transforme en sucre tandis que Gabriel lui arrache son pantalon.

Chapitre 24

Siobhan soupire et bougonne en balayant le sol déjà impeccable de la grange, seul le bruissement des tiges de son balai frottant la terre résonne. Le calme est revenu, les Traqueurs sont partis pour combattre Pavel, l'ancien formateur de Riley. Dave l'avait encore mise à l'écart, prétextant qu'il lui confiait la protection de Lila et d'Anton. Elle se sentait insultée, reniée et, depuis leur départ il y a quatre jours, sa colère montait lentement. Les Parasites l'envahissaient de nouveau et elle sentait que le Souffle de Gabriel lui manquait. Elle n'était pas retournée dans le Terrier auprès d'Anton ou de Lila, pas même pour manger. La présence de l'Architecte attisait les douleurs dans son crâne. Le Canalyseur regarde autour d'elle, tout est impeccablement rangé : elle ne trouve pas d'occupation pour pallier son ennui. Le lendemain de leur venue, les Traqueurs étaient redescendus jusqu'à leurs véhicules plusieurs fois : pour remonter avec des caisses d'armes, de nourritures et d'équipements en tout genre. Elle avait exploré, le lendemain de leur départ, le contenu des caisses et y avait découvert des lames très variées mais aucune arme à feu.

Sans doute encore une question d'honneur et de tradition.

Elle pose son balai dans un angle et s'assied à même le sol. La solitude l'envahit de nouveau. Elle avait oublié cette sensation si souvent éprouvée avant son Rapatriement au Dôme. Gabriel est loin, Dave est loin, Riley est loin… Quant à Anton, il est toujours endormi… Les heures s'éternisent…

Comment les occuper, ces heures ?

*

Uriel regarde ses frères autour de lui : ils sont tous calmes, fiers et donnent l'impression de respirer dans un seul et même souffle. Les visages de Gabriel et de Riley contrastent avec le reste des Traqueurs. Le premier s'est placé au centre du groupe, il semble compter chacun des Hémisphèriens présents et se prépare à étirer son Souffle au plus loin pour leur éviter les possibles faiblesses de la douleur. Le second, à la gauche de Dave, se balance légèrement de gauche à droite. Il regarde le sol à deux ou trois mètres devant lui, les sourcils légèrement froncés. Uriel se demande si ses deux nouveaux compagnons dénotent réellement ou si c'est lui qui, à cause de la nouveauté, est obnubilé par les expressions de leurs visages. Devant eux, un bras de mer s'étend à l'intérieur des terres entourées de falaise, puis de sable. Ce bras de mer se transforme en rivière. Plus loin encore, les yeux d'Uriel distinguent le Moulin entouré de bois tandis que son HEMI flaire des Illusionnistes. Cette région verte et sublime regorge encore de légendes et de superstitions sur bon nombre de créatures et d'êtres mystiques. Uriel sourit sachant que ces histoires sont toutes plus ou moins inspirées de rencontres entre des Hémisphèriens et des Bi-hémisphères. Ce folklore avait modelé la région et amenait aujourd'hui une délicate ambiance, plaçant ces bois et ces plages comme hors du monde. Lentement, Dave se retourne, faisant face à ses troupes.

— Vous savez tous ce que nous allons trouver là-bas, la cible principale c'est Pavel. Nous avons la chance d'avoir Riley avec nous mais il n'y arrivera pas tout seul, il aura besoin de nous tous pour éliminer un maximum d'Illusionnistes afin de contrer Pavel. Si certains ont connu Pavel autrefois dans le Dôme, n'oubliez pas que c'est un traître. Ne vous fiez en aucun cas à ce que vous verrez là-bas, ne faites confiance à aucun de vos sens. Ne croyez en rien : Traquez !

Le groupe se lance vers la forêt d'un seul et même pas.

*

Lila jette un coup d'œil par la fenêtre, alertée par des sons qu'elle ne parvient pas à identifier. Dehors, l'après-midi est déjà bien avancé et la neige s'est remise à tomber. Au milieu de la poudre blanche, Siobhan s'entraîne au couteau face à un grand sapin, répétant inlassablement les mêmes mouvements. Lila se tend voyant le Canalyseur afficher un comportement de Traqueur, tournoyant, bondissant, frappant, lacérant profondément l'écorce de l'arbre.

— Tu lui as dit que j'étais réveillé ?

— Non.

— Que fait-elle ?

— Elle frappe un arbre… Ne bouge pas, tu ne dois pas te lever avant deux ou trois jours et même après tu devras y aller doucement.

— Tu la détestes parce qu'elle pourrait être dangereuse ?

— Je vois très bien où tu veux en venir Anton, je n'ai pas besoin du couplet « moi aussi je pourrais être dangereux bla-bla-bla ». Ce n'est pas ça ! C'est un tout. C'est ce qu'elle est, c'est Gabriel, c'est ce vers quoi elle nous mène. C'est une garce, voilà tout. Je ne laisserai pas un Canalyseur approcher de toi tant que tu seras sous ma responsabilité. Bon Dieu elle va finir par abattre cet arbre !

— Tu exagères, j'en suis certain ! Mais c'est vrai qu'elle a beaucoup appris de ses entraînements avec Dave… Toi, Dave et moi on est au Dôme depuis tellement d'années, nous y avons appris le courage, la fidélité. Nous avons eu une enfance entière pour apprendre à être de bons soldats, de bons infirmiers, de bons exécuteurs, elle n'a pas eu tout ce temps pour devenir tout cela. Alors tu as peut-être raison, peut-être qu'elle est dangereuse, peut-être que c'est une garce, mais elle ne manque pas de courage et ça tu ne peux pas le lui enlever.

— Melaine le fera !

*

Le vent puissant fait danser les arbres et le froid de l'hiver mord le cou des Hémisphèriens qui marchent sans hésitation, les uns derrière les autres le long d'un sentier étroit. Dave lève la main :

— Pas besoin d'être discrets. Ils savent que nous sommes là !

Ils se remettent en marche et sortent de la forêt, atterrissant immédiatement dans la cour du Moulin et des maisons attenantes. Rien ne bouge, aucune activité ne transparaît, l'endroit semble désert. Les Traqueurs prennent peu à peu des postures plus animales, Traquant partout autour d'eux des HEMI d'Illusionnistes. Brusquement, le ciel s'obscurcit et, en quelques secondes, la pluie détrempe les guerriers tandis que de grands éclairs déchirent le ciel. Derrière la pluie, une soixantaine de grands yeux verts brillent. Une meute de trente immenses chiens apparaît. Certains Traqueurs écarquillent les yeux en voyant l'aspect des créatures grognant dans leur direction. Leurs corps de pierre sont parsemés de mousse et de plantes grimpantes par endroit. Leurs énormes têtes se terminent par un long museau. L'un d'eux lance un grognement plus puissant, laissant apparaître une vision terrifiante : la mâchoire du chien s'ouvre et se désaxe latéralement, se déployant et laissant voir plusieurs rangées de petites dents tranchantes pointant dans toutes les directions et deux langues bifides. Les chiens de pierre se jettent sur des Traqueurs, enfonçant profondément leurs griffes dans la chair, mordant et leur arrachant même des membres. Chez certains, la panique s'installe et ils hurlent en voyant leurs jambes partir dans la gueule de ces chiens de pierre. Ruhaine s'élance et enfonce sa lame dans le vide, créant un geyser de sang. À cet instant, un Illusionniste apparaît et l'un des chiens se volatilise. Mais rares sont les Traqueurs qui parviennent à faire de même. La plupart d'entre eux sont trop occupés à combattre les terribles créatures. Un nouveau grondement, comme une multitude de tambours, résonne et donne l'impression de se rapprocher. L'eau de la rivière s'agite et des chevaux noirs aux crinières mêlées de vase et d'algues, dont les arrière-trains finissent en écume, surgissent de l'eau et se jettent sur les chiens de pierre. Ils les saisissent dans leur immense mâchoire et les entraînent sous l'eau. L'orage disparaît instamment. Riley avait opposé sa propre Illusion à celles des Illusionnistes Béotiens. Dave se tourne vers les guerriers sortant de leur torpeur et se rendant compte que leurs jambes sont toujours là.

— Ne vous fiez qu'à vos HEMI ! Ne croyez rien de ce que vous verrez !

Le sol tremble maintenant sous les pieds des Hémisphèriens. Certains hésitent et se tournent vers Dave qui arbore un regard noir et furieux. Le chef Traqueur fait craquer les quatrième et cinquième vertèbres de son cou et s'élance en avant tandis que le sol s'effondre sous ses pieds, engloutissant le Moulin et les maisons dans un gigantesque trou sans fond. Des bras s'extirpent de ce vide saisissant les chevilles du groupe et des visages de Béotiens abattus durant les batailles se dessinent dans l'obscurité. Certains Pistent les HEMI des Illusionnistes autour d'eux, d'autres sont comme paralysés par cette vision. Riley hurle à ses compagnons :

— Fermez les yeux ! Ne vous laissez pas distraire ! Gabriel !

L'Architecte est figé, tenant une toute petite main dans la sienne tentant de l'extirper du vide. Il n'entend pas l'avertissement de Riley. Gabriel a le Souffle coupé en voyant le visage de sa sœur dans l'obscurité. Il verse une larme en sentant la chaleur de sa main dans la sienne. C'est elle, c'est bien elle ! Elle n'a pas vieilli, elle n'a pas changé. Il lui semble que son cœur s'arrête quand sa voix cristalline lui brise les tympans.

— Gabriel ne me lâche pas s'il te plaît ! Gabriel je ne veux pas y retourner !

— Je te tiens, je te tiens n'aie pas peur.

— Gabriel pourquoi tu les as laissés me tuer ? J'étais si petite, je n'étais qu'une enfant !

— Je suis désolé Dina, je suis désolé !

L'Architecte sanglote et tombe à genoux sans lâcher la main de sa sœur. Le visage de Dina s'extirpe un peu plus du vide jusqu'à se trouver à quelques centimètres de celui de son frère. La vision du jeune homme se trouble et il ne parvient pas à retrouver son Souffle. Le visage de Dina se déforme, ses yeux deviennent noirs et s'agrandissent. Sa peau bleuit tandis que sa mâchoire tombe, se plaquant contre la bouche de Gabriel et le privant d'air. Riley se jette lourdement sur son camarade, effaçant l'image de Dina et libérant Gabriel qui tousse bruyamment, cherchant de l'air. Riley frappe violemment contre le sol le crâne de l'Illusionniste qui avait créé l'image de Dina. Il frappe jusqu'à ce que l'arrière du crâne du Béotien ne soit plus qu'une épaisse bouillie chaude. Gabriel arrache le morceau de corde relâchée autour de sa gorge et comprend peu à peu le subterfuge, alors même qu'il cherche encore à reprendre son Souffle. Riley se relève, les mains couvertes de sang et place ses doigts crispés sur le crâne de son ennemi. Un craquement profond résonne et une épaisse brume se forme au-dessus de ses compagnons d'arme. L'épais nuage gris se déverse brusquement dans le gouffre, emportant les corps décharnés et les images d'horreur. Il gomme l'Illusion des Béotiens et laisse entrevoir deux victimes chez les Traqueurs. Deux Hémisphèriens gisent au sol, le visage bleu et la langue gonflée. À leurs cous, les cordes ont profondément mordu les chairs et leurs yeux écarquillés de terreur semblent fixer quelque chose qui n'est désormais plus là. Riley sent les battements de son cœur s'accélérer davantage: les coups d'une multitude de tambours et de pas emplissent ses oreilles. Et tandis qu'une nouvelle Illusion se présente devant eux, l'Illusionniste perd toute conscience de lui-même. Il s'enfonce dans son HEMI, d'abord lentement, puis de plus en plus vite, s'enfouissant plus loin, plus profondément. Les yeux du jeune homme roulent jusqu'à devenir blanc alors qu'il s'ensevelit complètement dans son HEMI jusqu'à se confondre totalement avec lui. L'air claque et vibre, le ciel semble s'être déchiré en deux tandis que chacun perd toute notion de temps et d'espace. Riley tombe à genoux, toujours dans un état de transe. Plus rien ne peut bouger, plus rien ne peut respirer, l'existence même semble ne jamais avoir été qu'une notion, le vide, le néant, le chaos, un son de cristal brisé… Riley reprend conscience de son corps tout entier, du décor, de ses compagnons. Jamais encore ses paupières ne lui avaient semblé si lourdes. Il tente de se relever sans y parvenir. Le bras de Gabriel se glisse sous le sien le remettant sur ses pieds. Un silence lugubre règne dans la cour du Moulin. Les Illusionnistes Béotiens sont tous visibles, projetés au sol par la déflagration produite par l'HEMI de Riley. Gabriel chuchote à l'oreille de son frère d'armes :

— Tu as réussi ! Tu leur as opposé une Illusion plus puissante, tu as brisé les leurs !

— Je ne vois pas Pavel…

Dave s'avance et agrippe sans ménagement une Illusionniste et la décapite d'un simple geste de la main. Il envoie rouler la tête entre les jambes d'un autre Béotien puis rompt le silence d'une voix puissante, faisant sursauter la plupart des vaincus.

— Où est Pavel ?

Tous gardent le silence, ils se contentent de fixer les Traqueurs avides de venger leurs frères étranglés. Dave s'empare d'un autre Illusionniste qu'il ouvre de haut en bas faisant jaillir ses intestins. La victime s'écroule et agonise lentement dans un infâme gargouillis de sang et de douleur.

— OÙ EST PAVEL ?

— Ne hurle pas Dave, nous t'avions entendu la première fois.

La femme qui se lève dénote des autres Béotiens présents. Elle semble avoir plus de soixante ans, ses longs cheveux gris tombent en vagues jusqu'à sa taille. Elle fixe calmement Dave de ses grands yeux bleus en se relevant.

— Niobé, où est Pavel ?

— Je ne sais pas de qui tu parles.

— Dis-moi où est Pavel ou j'éventre lentement un autre de tes frères.

— Mes enfants te diront la même chose que moi. Qui est ce Pavel ?

— TON FORMATEUR !

— Tu peux hurler aussi fort que tu le veux mais je n'ai pas de réponse à te donner. Il semblerait que tes informations soient fausses, Dave. C'est moi qui forme ces Illusionnistes depuis des années.

— Tu as été renvoyée au Beffroi lorsque Pavel a pris ta place !

— Personne n'a pris mon poste. Je forme les Illusionnistes du Beffroi depuis maintenant trente-cinq ans.

Dave bouillonne. Les choses prenaient une étrange tournure. Le chef Traqueur balaye des yeux les Illusionnistes terrifiés. Il se retourne vers Riley et Gabriel, le jeune Illusionniste est à demi-conscient et s'effondre peu à peu dans les bras de l'Architecte. Dave marche dans leur direction, rangeant sa lame à sa ceinture. Le Traqueur fait signe à Gabriel de lui amener Riley. L'Architecte s'exécute et Dave monte l'Illusionniste sur son épaule. Il tend son couteau à Gabriel qui s'en empare solennellement. Dave avance encore et s'arrête à la hauteur d'Uriel.

— Massacrez-les !

Les Traqueurs s'accroupissent dans un seul mouvement, découvrant leurs dents, tandis que Dave s'éloigne du Moulin ignorant les hurlements et les supplications dans son dos.

*

Jimbo ferme délicatement la porte de son bureau et prend la direction d'un ascenseur. Celui-ci est plein d'Hémisphèriens tendus et nerveux. L'ascenseur s'enfonce lentement dans le Dôme, dans lequel des bruits de pas pressés résonnent de tous les côtés, pour enfin s'arrêter au Palier Un. Tous sortent dans le calme et avancent les uns derrière les autres. Jimbo arrive finalement dans le Théâtre. Celui-ci, conçu sur le modèle grec, est immense, taillé à même la roche, formant un demi-cercle parfait, entouré de gradins déjà bien remplis. Les parois de calcaire lutétien, nues, ne présentent aucune décoration. Seul le sol de l'Orchestra est orné d'une immense gravure de l'arbre Yggdrasil finement représenté dans la roche. Jimbo monte et trouve une place aux côtés d'une Nourrice qui tient dans ses bras un petit garçon roux aux cheveux ébouriffés. La tension se fait plus palpable dans ce lieu presque sacré. Voilà des années que le Cercle n'avait plus convoqué l'ensemble des Hémisphèriens du Dôme. Jimbo ne se souvient pas s'être déjà trouvé dans ce Théâtre pour autre chose que pour des unions. Toutes les sections sont mélangées, emplissant peu à peu la totalité des gradins. Le Praticien cherche des visages familiers dans la foule. Rapidement, il repère la petite Tia assise sagement, les mains sur ses genoux, au milieu d'autres enfants. Les petits semblent amusés par cette situation exceptionnelle. Ils ouvrent de grands yeux étonnés qu'ils posent partout autour d'eux. Ils pointent du doigt tout ce qu'ils voient et Jimbo affiche un air triste. Aucune de ces jeunes âmes ne réalise la gravité de l'instant qu'elles vivent. Certains regards se posent sur le Praticien, Jimbo tente de ne pas y prêter attention. Depuis que deux de ses amis et protégés avaient quitté le Dôme et contesté les directives du Cercle, sa réputation et son image d'éminent Hémisphèrien en avait pris un sacré coup. Le souffle de Jimbo se coupe lorsqu'il devine, derrière des retardataires qui rentrent, la longue chevelure dorée de Svetlana. Elle est appuyée contre l'entrée et fixe le Proskenion l'air nerveux et sévère. Une longue série de rides d'expression plisse son front. Le regard noir de la jeune femme indique à Jimbo qu'elle est en train de Traquer. Il n'a pas le temps de se demander pourquoi son amie use des facultés de son HEMI au sein du Dôme qu'un silence pesant s'abat sur toute l'assistance. Les onze membres du Cercle gravissent les quelques marches qui les mènent au Proskenion. Se déplaçant d'un seul et même pas, ils semblent ne former qu'une seule et même personne. Ils s'arrêtent, bien alignés les uns à côté des autres, parfaitement placés de façon à ce que tous puissent les voir. Jimbo ne les regarde pas, il continue de fixer Svetlana qui s'agite nerveusement quelques secondes. Elle lance un regard interrogatif à Paul qui se tient de l'autre côté de la foule. Le Traqueur ne réagit pas. L'Inquisitrice du Cercle sort du rang et s'avance jusqu'au bord de la scène.

— Mes sœurs, mes frères, nous vous remercions d'avoir pris du temps sur vos tâches, particulièrement en ces temps difficiles où vos missions se font plus nombreuses et plus sombres qu'à l'accoutumée. Comme vous le savez, il y a maintenant plusieurs semaines que certains de nos frères ont rompu leurs serments et emmenant dans un même temps le Canalyseur nouvellement Rapatrié au sein du Dôme. La perdition de nos frères a été suivie d'une seconde vague de parjures, nous rendant un peu plus vulnérables. Après de longues concertations, le Cercle en est venu à prendre les mesures imposées par une telle situation. Dans le cas où les parjurés reviendraient au Dôme s'appliquerait alors la peine suivante…

Jimbo n'ose plus respirer. Le temps semble s'être figé pour la première fois depuis de très longues années. Il ne prête pas attention à Svetlana.

— … Le Canalyseur sera abattu à vue, sans sommation tel que nous aurions dû le faire il y a de ça des années ! Les Traqueurs s'étant parjurés sont condamnés à l'Écartement ! L'Inquisiteur s'étant parjuré est condamné à l'Écartement ! L'Illusionniste s'étant parjuré est condamné à l'Écartement ! Les Architectes s'étant parjurés sont condamnés à l'Écartement ! Merci de votre attention, portez-vous bien mes frères.

Le Cercle sort du Théâtre et les Hémisphèriens se lèvent dans un épouvantable vacarme pour retourner à leurs postes respectifs. Jimbo ne bouge pas, il sent qu'il va tourner de l'œil. L'air se fait rare et son cœur se tord dans sa poitrine. Il se sent basculer vers l'avant. Une main ferme et douce le saisit, l'empêchant de s'écrouler face contre terre. Il relève des yeux rougis vers Svetlana qui le maintient impassiblement. La femme se penche à l'oreille du Praticien :

— Viens avec moi !

*

Malgré la neige épaisse qui tombe, Gabriel transpire comme un bœuf. Il gravit les derniers mètres qui le rapprochent du Terrier sans quitter des yeux la cime des sapins, éclairés par une lune timide. Il s'accroche fermement à la poignée de la malle en métal qu'il porte, aidé par un Riley épuisé. Son ami a dormi durant les trois jours de retour au Terrier, il a toujours du mal à récupérer du combat face aux Béotiens Illusionnistes. Gabriel Souffle sur lui en continu car son frère souffre de violentes hallucinations depuis l'affrontement. Les pas du groupe d'Apatrides font craquer la neige qui rend la marche plus ardue. La différence thermique entre les corps des combattants et les températures hivernales forme un nuage de fumée blanche au-dessus d'eux. Dave ferme la marche, s'arrêtant par moments, scrutant l'obscurité derrière eux. Son visage balafré est marqué par le mystère de l'absence de Pavel, il se fend le crâne en tentant de trouver une explication. Les Illusionnistes Béotiens ont-ils menti ? Dave était pourtant certain de ses informations. Bientôt la pente se fait plus douce et le Traqueur remarque plusieurs sapins dont l'écorce est entaillée très profondément. Un effluve qu'il connaît bien se fait plus fort jusqu'à emplir totalement son HEMI. Il s'arrête et lève les yeux en direction de la cime des arbres :

— Descends de là ! Je peux te sentir à des kilomètres !

Sans un mot, une petite silhouette sombre se déplace le long du tronc en direction du sol avant d'atterrir dans un bruit sourd sur l'épais manteau blanc.

— Qu'est-ce que tu foutais là-haut ?

— Je montais la garde.

— Depuis combien de temps tu es perchée comme un oiseau ? Tes lèvres sont bleues !

— Depuis ce matin…

Dave regarde attentivement Siobhan de haut en bas. Toute vêtue de noir, capuche sur la tête, de fines mèches de cheveux enneigés tombent sur son visage et ses cils sont gelés, formant de petits paquets blancs. Ils se mettent à marcher côte à côte.

— Anton est réveillé.

— Comment va-t-il ?

— Aucune idée : Lila ne me laisse pas approcher. Elle pense que je vais les tuer.

— Tu ne l'as pas fait ?

— Il manque deux frères ?

— Oui. Tout ne s'est pas passé exactement comme prévu.

Siobhan ne pose pas plus de question. Elle baisse la tête, essayant de se remémorer les visages manquants sans y parvenir. Elle se fustige intérieurement de ne pas avoir prêté davantage attention à l'ensemble de ses compagnons d'armes et se jure qu'on ne l'y reprendra plus. Le Terrier apparaît enfin et, tandis que le groupe se rend dans la grange, Dave prend la direction du chalet. Siobhan s'arrête :

— Tu ne viens pas voir Anton ?

— Non merci, plus je suis loin de Lila, mieux je me porte.

— Comme tu veux ! Gabriel sera content de te voir.

Siobhan ne réagit pas et, tandis que Dave s'éloigne et pénètre dans le chalet, elle marche vers ses compagnons le cœur battant. Elle passe la grande porte de bois en la fermant derrière elle. Les Traqueurs posent leur matériel et ôtent leurs vêtements trempés. Un jeune Traqueur dispose déjà des chauffages alimentés par plusieurs groupes électrogènes. Le Canalyseur cherche du regard Riley et Gabriel et aperçoit ce dernier penché sur son compagnon, l'allongeant dans un sac de couchage sur un lit de camp. Gabriel saisit un autre sac de couchage, le roule en boule et le pose sous la tête de Riley qui ferme ses yeux rougis tandis que Gabriel Souffle sur lui, le plongeant presque instantanément dans un sommeil profond. L'Architecte se relève, les yeux sombres et se retourne, avançant droit vers Siobhan. Il l'attrape par la taille, l'attirant vers lui et plaquant ses lèvres contre les siennes si rapidement et intensément que la jeune femme n'a pas le temps de prendre son souffle. Les lèvres du Canalyseur sont si gelées que ce baiser lui brûle la peau. Gabriel recule son visage sans pour autant relâcher son étreinte.

— Comment tu vas petit monstre ? Tu es gelée.

— Je vais bien, j'ai soigneusement évité ta collègue Architecte !

Gabriel attrape Siobhan par la main et l'entraîne à l'extérieur du bâtiment. Les deux compagnons se retrouvent de nouveau dans la nuit glacée et Gabriel tend une cigarette brune à Siobhan. Elle la saisit sans quitter des yeux son Guide.

— Comment ça s'est passé ?

— Pas aussi bien que prévu. Dave te dirait que ça s'est mal passé. Pavel n'était pas là.

— Pas là ? Il est au Beffroi ?

— Possible. Les Illusionnistes ont dit ne pas le connaître.

— Ils mentent ?

— Sans doute. Pavel hors d'atteinte, il sera un obstacle supplémentaire entre Melaine et nous. Je t'ai manqué ?

— Ton Souffle m'a manqué.

Elle glisse sa main dans les cheveux de Gabriel, redescendant jusqu'à sa nuque, puis écarte le col en polaire noir révélant la large marque bleu-noir de strangulation.

— Tu commences une collection ?

— Ça te plaît ?

— Non. Riley est épuisé ?

— Ouais, il a assuré notre petit Riley. Il a fait un truc que je n'avais jamais vu, il a brisé toutes les Illusions créées par les Béotiens. Il a littéralement court-circuité leur HEMI mais on dirait qu'il s'est cramé la cervelle. Il a des épisodes hallucinatoires, il délire… Ça passe progressivement mais ce n'est pas encore ça. Il n'arrive pas à récupérer, je ne comprends pas pourquoi. Ni Dave, ni les autres, ni moi n'avons déjà vu ça.

Gabriel est inquiet sans parvenir à le cacher, Siobhan le devine dans sa voix. Elle se blottit contre l'Architecte pour se réchauffer.

— Non pas ce soir petit monstre, j'ai la migraine.

Elle sourit en expirant un nuage de fumée. Le Canalyseur sent sa rage s'apaiser quelque peu. La jeune femme est largement rassurée de retrouver ses compagnons de galère. Tout est paisible, tout semble tranquille lorsque la neige recouvre tout. L'instant est interrompu par le son rauque de l'estomac de Siobhan. Gabriel la regarde en levant un sourcil sévère.

— Lila t'a mise au pain sec?

— La faim ça va, ça vient…

— Et maintenant?

Elle regarde les iris pailletés d'or du jeune homme jusqu'à y perdre pied, se laissant submerger par une douce chaleur qui remonte dans son dos. Une odeur de sucre chaud emplit ses narines et sa gorge, la faisant saliver.

— Maintenant j'ai faim.

Les deux compagnons retournent au chaud et enlèvent enfin leurs vêtements trempés. À l'intérieur, la plupart des Traqueurs dorment déjà, les autres se réchauffent en silence. Siobhan attrape un sac de couchage et se joint aux autres. Elle a guetté le retour des Hémisphèriens toute la journée et il lui semble qu'elle ne parviendra jamais à se réchauffer. Une ou deux minutes plus tard,

Gabriel la rejoint, lui tendant une boîte de légumes froids et un gobelet d'étain rempli d'eau chaude. Elle le remercie tandis qu'il s'assied à côté d'elle. Autour du chauffage, personne ne parle, chacun scrute le vide, comme absorbé. Siobhan tremble et jette un regard en direction de Riley qui dort profondément avec l'aide de Gabriel. Elle avale sans conviction le contenu de sa boîte de conserve et son eau chaude. Elle rompt le silence presque en chuchotant :

— Gabriel ? On part quand ?

— Dans une semaine. Avant la période des fêtes la capitale est moins bondée et il fait suffisamment froid pour que les Bi-hémisphères soient moins nombreux dans les rues. Ça facilitera le travail de Riley et celui des autres Illusionnistes du Beffroi.

— Pourquoi on leur faciliterait la tâche ?

— Parce qu'il y a deux règles qui doivent être respectées à la fois par le Dôme et par le Beffroi : premièrement les armes à feu sont interdites, elles laissent trop de traces. La seconde, et la plus importante : les Bi-hémisphères ne doivent jamais apprendre notre existence. L'histoire nous l'a prouvé de nombreuses fois. L'être humain déteste ce qu'il ne peut avoir, détruit ce qu'il ne peut dominer et tue ce qu'il ne peut contrôler. Ce fut le cas partout dans le monde au cours de l'histoire : des Hémisphèriens tués, lapidés, torturés, utilisés pour des tests afin de comprendre ce qu'ils étaient ou tout simplement parce qu'ils étaient différents. Nous ne sommes que de multiples légendes éparpillées partout aux quatre coins du globe. Jamais réels, toujours cités dans les superstitions et les croyances d'obscurantistes stupides. Imagine si le monde découvrait qu'il y a des êtres capables de faire exploser le crâne d'autres personnes par la pensée. La panique que cette idée engendrerait !

— Moi je n'ai pas paniqué quand j'ai su.

— Oui mais toi tu voulais mourir…

— Je…

— Me raconte pas d'histoire Siobhan, pas à nous, pas à un Architecte. Quand je t'ai observée cette nuit-là, avant de te Rapatrier, mon HEMI a tout capté. Ta douleur, ta colère, ta tristesse, ton abandon progressif de toute chose. Le désespoir laisse un voile particulier derrière lui. Tu allais te foutre en l'air…

La jeune femme baisse la tête, très gênée, ne souhaitant que disparaître dans un trou de souris. Elle passe le sac de couchage de ses épaules à sa tête, se dissimulant sous cette capuche improvisée.

— N'aie pas honte, nombreux sont les Canalyseurs qui se suicident avant même que nous n'ayons pu intervenir. Même les Bi-hémisphères font parfois ce choix. Certains te diront que c'est lâche, d'autres que c'est courageux. Nous les Hémisphèriens voyons plutôt ça comme un choix. Juste un choix.

— Cette fois j'ai l'occasion de faire quelque chose de ma vie, c'est différent.

— Certains Bi-hémisphères ont la même conviction et s'engagent alors dans des causes qu'ils pensent être justes. Et en faisant cela, ils emportent des vies innocentes, ils pensent défendre le bien et ils se trompent sans en avoir jamais conscience.

— Je ne suis pas une Bi-hémisphère.

— Non mais n'oublie pas : nous avons les mêmes faiblesses.

*

Anton marche non sans douleur mais avec beaucoup d'aisance. Dave regarde Lila qui semble exténuée.

— Tu as bien bossé Lila. Tu te sens d'attaque, Anton ?

— Dès qu'il le faudra.

— Parfait. Bien joué Lila !

— Merci. Tu penses que Gabriel pourrait prendre le relais cette nuit ?

— Il le fera, tu dormiras dans la grange avec nous. Anton, tu restes ici. Je vais demander à Gabriel de rappliquer avec Siobhan et de ramener Riley. Mon frère tu penses être en état dans une semaine ?

— Je serai prêt, ne t'inquiète pas.

— Très bien. Demain je reprends les entraînements avec Siobhan. Elle a l'air d'avoir besoin de se défouler. Tout s'est bien passé avec elle, Lila ?

— Elle est restée à distance.

— Vous allez devoir vous supporter encore quelque temps. Je vais avoir besoin de toi pour opérer la transformation de Siobhan.

*

Siobhan déambule comme perdue dans un désert de jaspe rouge. Sous ses pieds nus, les pierres glissent et s'entrechoquent dans un tintement sourd. Un bourdonnement résonne dans ce désert sans ciel ni fin. La jeune femme pose son pied plus en avant et glisse dans un éboulement de pierres jusqu'en bas de la dune. Sa tête cogne et ricoche contre ce sol dur. Sa chute se termine dans un gémissement de douleur. Elle se relève, glissant plusieurs fois sur un liquide poisseux. Siobhan porte ses mains à sa tête et se fige, horrifiée. Son cuir chevelu est balafré et la moitié de son crâne gauche a disparu, ses doigts s'enfoncent dans le vide. Elle se retourne, alertée par un son de caillou en mouvement.

— **Siobhan!**

Derrière elle se tient un double d'elle-même avec la partie droite du crâne manquant.

— **Siobhan, il faut que tu arrêtes…**

— Non!

— **Sans moi tu sais bien que tu n'y arriveras pas.**

— Je sais ce que je risque! Ce n'est rien à côté du danger que représenterait ton retour! Tu n'es qu'une voix ! Tu n'es qu'une voix sombre dans ma tête ! Une voix que j'ai créée de toute pièce !

— **De quoi as-tu peur ?**

— Je n'ai pas peur.

— **De quoi as-tu peur ?**

— Je n'ai pas peur !

— **Tu crains que je ne te prenne tes nouveaux frères ?**

— Tais-toi, je t'en prie !

— **Tu as peur que je te les prenne comme j'ai pris ton bébé ?**

— Stop !

La jeune femme se laisse tomber sur le sol. Son double se rapproche, lui posant la main sur l'épaule.

— **Nous étions fragiles, jeunes et surtout totalement inconscientes de ce que nous étions, de ce que nous étions capables de faire. Aujourd'hui nous ne sommes plus seules, nous avons nos frères Hémisphèriens. Libère-moi ! Libère-toi… Sinon nous pourrions tous les perdre !**

— Va-t'en !

— **Siobhan !**

— Va-t'en !

— **Siobhan !**

La jeune femme ouvre les yeux, tombant nez à nez avec le visage inquiet de Gabriel qui la secoue pour la réveiller.

— Siobhan ! Putain tu ne vas pas recommencer !

La jeune femme ne répond pas et se jette au cou de l'Architecte en sueur et tremblante. Il enroule ses bras autour d'elle et Siobhan le serre. Elle le serre si fort que ses bras lui font mal. Elle s'accroche à lui comme si sa vie en dépendait. Elle le serre, pour continuer à croire, elle le serre.

Chapitre 25

— Ne fais pas la gueule ! C'est très bien comme ça.

— Pourquoi gris ?

— Je n'en sais rien il faudra demander à Dave.

Tous les Hémisphèriens sont réunis dans la neige, bien alignés, face à Dave. Ce dernier s'adresse à ses compagnons, un ensemble de cantine en métal derrière lui. Plus aucun flocon ne tombe du ciel blanc. L'air est d'un froid mordant et la lèvre encore ouverte de Siobhan la tiraille. Les entraînements étaient maintenant terminés, le vrai combat commençait.

— Voilà des années que le Dôme vous forme, vous entraîne, vous prépare à cet instant ! Toute votre vie, vous l'avez consacrée à cette bataille ! Pour ce grand moment, j'ai pensé qu'il serait bon de faire les choses différemment. Vous irez au combat, vous ferez face à

Melaine, à ses Béotiens et aux parjures ! Et vous irez en tenue d'apparat.

Dave ouvre alors une des caisses métalliques et en sort des lames, des armes blanches de toutes sortes et commence à les distribuer. Un naginata japonais avec un manche en bois d'ébène, deux glaives d'environ quatre-vingt-dix centimètres de long, une shashka cosaque au pommeau sculpté, trois imposants khépesh égyptiens en bronze, des cimeterres de plusieurs tailles, une sica de Dacie et un fauchard. Chacun des Traqueurs réceptionne son arme supplémentaire avec beaucoup d'aisance et de satisfaction. D'une seconde caisse, Dave sort encore d'autres armes et Siobhan se dit que l'espèce humaine n'a jamais été aussi créative que dans l'intention de détruire. Un grand Traqueur reçoit un gigantesque marteau d'armes, une claymore. Dave envoie à Ruhaine une guisarme, sorte de hallebarde à double tranchant composée d'une serpe et d'une pointe. Gabriel reçut un fauchard et Uriel une spatha grecque. Dave fouille au fond de la malle et en sort deux petites pièces de métal qu'il donne à Siobhan. La jeune femme en saisit une, il s'agit d'une pièce d'acier longue sur laquelle sont fixées cinq griffes recourbées d'environ dix centimètres. Aux extrémités, deux anneaux permettent de l'enfiler sur ses doigts le plaçant dans la paume de la main.

— Ce sont des bagh nakhs, un Canalyseur n'aura pas besoin de plus face aux Béotiens !

La jeune femme fixe Dave droit dans les yeux, contenant sa rage. Dave fait d'elle un spectacle, une motivation pour ses troupes. La désarmer et la sacrifier n'est pas un problème pour lui. Le chef Traqueur fait demi-tour et arme alors ses propres bras de deux lames étranges, des jamdhar. Une barre transversale permet de tenir l'arme dans l'alignement du bras. Dave exerce une pression sur cette dernière et instantanément l'immense lame à son extrémité s'ouvre, laissant apparaître une autre lame plus petite.

Une sorte de paire de ciseaux géants pour découper les chairs de l'intérieur en somme.

Ingénieux...

— On termine son équipement, on remballe, on fait les valises. Départ demain matin !

En un éclair, le groupe de Traqueurs s'éparpille aux quatre coins du domaine. Siobhan et Gabriel n'ont pas le temps de suivre le mouvement que Dave est déjà devant eux.

— Lila a bien géré, c'est bien. C'est même très bien.

— Les cheveux gris vraiment ?

— C'est mieux qu'avant, non ?

— Pourquoi changer de couleur de cheveux? Pourquoi gris ?

— Tu le fais exprès? Siobhan, quand tu avanceras à mes côtés, face à Melaine et à ses guerriers, tu seras visible. Tu es un être d'une autre époque, une créature mythologique et c'est avec cette image que tu apparaîtras.

Tu dois être irréelle, presque sortie d'un conte. Je ferai de toi une valkyrie aux yeux de nos ennemis.

— Avec des petites griffes de chat…

— Ne sois pas médisante : tu n'es pas prête à recevoir une autre arme que tu ne sauras pas maîtriser. Tu auras le poignard que je t'ai offert, ce sera suffisant. Peux-tu seulement soulever le fauchard de Gabriel ? Regroupe tes affaires, profite de la fin de la journée, c'est une de nos dernières !

Le chef Traqueur tourne son visage balafré en direction de la grange, tout en ôtant les lames de ses bras. Gabriel soupire et pose sa main sur l'épaule de la jeune femme.

— Viens on va faire un tour !

La jeune femme suit son Guide entre les sapins et des ruisseaux gelés en direction du sommet. Les deux Hémisphèriens marchent en silence, avec juste autour d'eux, le bruit sourd de la neige qui craque sous leurs pas. Gabriel s'arrête sur un surplomb rocheux. Sous leurs pieds une mer de nuages s'étend jusqu'à la prochaine montagne, qui domine une autre mer de nuages cachant une vallée. Ils s'asseyent sur un tronc de sapin couché en travers.

— Un de nos derniers jour, hein…

— Le dernier de libre petit monstre. Le dernier qui peut nous appartenir tout entier.

— Alors qu'est-ce qu'on fait ?

— Hum… En me baladant hier, j'ai trouvé une chèvrerie vide un peu plus haut. C'est spartiate mais vu ce que je compte y faire, ce n'est pas très important…

— Gabriel, tu sais… je ne veux pas crever. J'ai une famille maintenant, ça aura pris du temps mais je me sens à ma place.

— Tu as peur ?

— Ouais. Un peu, je ne sais pas qui me tuera, et je ne sais pas par qui je préférerais être tuée.

— Pas par Melaine crois-moi, ni par aucun Inquisiteur !

— Melaine ne me tuera pas, il me veut vivante. C'est l'un d'entre vous qui me tuera si les choses tournent mal, et toi tu m'en as fait la promesse…

— Je sais.

— Aujourd'hui tu tiendrais le même discours ?

— Je ne laisserais pas Anton le faire. Et Riley en serait incapable.

— Il y a Dave…

— Non pas lui ! Ce serait rapide et sans douleur je te l'accorde. Mais il le ferait pour d'autres raisons que les miennes.

— Et ça compte ?

— Pour la légende oui, pour ceux qui restent oui. Il te tuerait pour t'empêcher de devenir une arme braquée sur le Dôme. Je le ferais pour t'éviter de passer sous la torture de Melaine, sous le joug de ses Missionnaires Hackers qui tortureraient ton esprit, lui imposant leur vérité. Mon petit monstre se déformerait, jour après jour, séance après séance jusqu'à disparaître totalement. Il ne résulterait qu'une créature de fer et d'acier.

— Ce sera toi alors…

Siobhan se blottit contre Gabriel, un sourire paisible sur les lèvres, elle admire l'immensité du monde sous ses pieds. L'Architecte, lui, a les traits fermés. Il en a bien conscience : les choses ne peuvent que mal finir pour elle, pour lui, pour eux. Il le sait depuis le début : c'est une histoire sans avenir, Siobhan est condamnée à mourir de sa main ou de celle d'un autre.

— Tu me le montres cet abri que tu as trouvé…

*

Anton regarde Riley qui fixe le feu de la cheminée depuis des heures. L'Illusionniste semble avoir récupéré mais quelque chose en lui semble différent.

— Riley ? Encore des hallucinations ?

— Non, pas d'hallucination.

— Veux-tu en parler ?

— Non.

— Je sais que je suis resté drogué sous le Souffle de Gabriel et de Lila pendant un long moment mais je dois bien dire que tu m'inquiètes. Je ne te reconnais pas.

— Pourtant c'est moi. Je suis concentré c'est tout.

— Bien. Comme tu voudras.

— Où est Siobhan ?

— Avec Gabriel je suppose.

— J'ai besoin de lui parler.

— Je vais voir s'ils ne sont pas dans la grange.

— Merci Anton.

L'Inquisiteur se couvre d'un grand manteau blanc et sort dans la neige. Il marche jusqu'à la grange en cherchant du regard le Canalyseur. L'Inquisiteur entièrement vêtu de blanc pourrait presque disparaître dans la neige si son charisme ne projetait pas toute la lumière environnante sur lui.

— Uriel ?

— Anton ! Tu sembles aller mieux !

— Bien mieux, je te remercie de ta sollicitude. Je cherche Siobhan, tu saurais où elle se trouve ?

— Aucune idée, j'essaie de ne pas trop Pister son HEMI. Demande à Dave, il est à l'intérieur, il planche sur notre itinéraire.

— Merci.

Anton poursuit jusqu'à la grange dans laquelle de nombreux Traqueurs s'agitent pour finir les bagages et préparer le repas. Dave se tient à l'écart, penché sur des photos de la capitale vue du ciel sur lesquelles il griffonne des cercles et des flèches avec des marqueurs rouges et noirs. Avant même que l'Inquisiteur n'ait pu ouvrir la bouche, le Traqueur se relève.

— Tu as besoin de quelque chose Anton ?

— Je cherche Siobhan.

— Pour ?

— Riley voudrait lui parler.

— C'est nécessaire ?

— Je pense.

Dave soupire et fait signe à Anton de le suivre à l'extérieur. Dave s'arrête et hume profondément l'air environnant, son HEMI Traque l'odeur du Canalyseur, dilatant ses pupilles. Les deux hommes prennent la direction de la forêt de sapins qui s'étend vers le sommet.

— Tu t'en remets ?

— De quoi ?

— Pour Pavel ?

— Non, je ne comprends pas bien. La plupart de ces Illusionnistes étaient terrifiés et ils n'avaient aucune raison de mentir s'il était au Beffroi.

— Il serait mort ?

— Possible, mais personne ne semblait le connaître.

— Une explication ?

— Aucune pour l'instant. Mais crois-moi je trouverai !

— Je n'en doute pas. Tu sais si notre retour à la capitale parvient aux oreilles d'Hava, elle nous enverra toute l'aide qu'elle pourra. Face à l'armée de Melaine, quelques Inquisiteurs supplémentaires ne seront pas de trop.

— Sans vouloir te vexer, je ne suis pas certain que cela fasse la différence. Aucun d'entre vous n'égale Melaine et très peu atteignent ton niveau. Je préfère les savoir au Dôme pour protéger le Cercle et nos frères.

— Je ne suis pas vexé.

— On va à notre perte, tu le sais parfaitement, entraînons le moins de monde possible avec nous. Le seul qui doit nous suivre dans la mort, c'est cet enfoiré de Melaine.

— Tu sous-estimes nos forces.

— Nos frères sont forts mais tout de même.

— Je ne parlais pas de tes frères Traqueurs…

— De qui parlais-tu alors ?

— De Siobhan. Tu peux lui apprendre à se battre, lui faire porter du noir et des armes mais elle ne sera jamais un Traqueur !

— Un Canalyseur qui ne Projette pas, je ne pouvais pas la laisser sans arme dans la bataille.

— Sans arme ou avec ce que tu lui as donné, c'est presque la même chose.

— Elle mourra de toute manière. Et je ne tirerai aucune satisfaction, ni aucun plaisir à le faire, ni toi il me semble. Mieux vaut qu'elle meure en héros sur le champ de bataille plutôt qu'en ennemie, tuée par ceux qui lui ont dit être ses frères.

— C'est ta façon de te montrer charitable.

— Tout à fait. Bon Dieu ils ont vraiment besoin d'aller si loin pour faire ça ?!

Dave pousse la porte de la bergerie sans prendre la peine de frapper. Siobhan est allongée sur le ventre à moitié endormie tandis que Gabriel s'amuse à Souffler diverses sensations sur elle. Siobhan se retourne vers Gabriel :

— Comment tu as su qu'ils arrivaient ?

— Les mauvaises pensées de Dave et l'esprit sombre d'un Inquisiteur, ça fait pas mal de raffut dans l'HEMI de n'importe quel Architecte.

— Si vous avez fini de vous amuser, vous pourriez accompagner Anton voir Riley, il te réclame Siobhan !

Gabriel se lève entièrement nu, sans la moindre gêne, et tend la main à la jeune femme qui sort difficilement de son état de transe. Avant, elle aurait hésité à se lever, mais la pudeur lui semble bien superficielle dans un cadre comme celui-ci. Un corps n'est qu'un corps et ses frères d'armes ne le voient pas autrement, pourquoi le cacher. Elle se dresse sur ses jambes, attrapant au passage ses vêtements. Dave quitte la bergerie pour retourner au plus vite à ses occupations, tandis qu'Anton attend patiemment que ses compagnons le suivent. Siobhan sort à son tour, suivie de Gabriel.

— Qu'est-ce qu'il veut Riley ?

— Aucune idée. Je le trouve vraiment changé depuis qu'ils sont rentrés. Gabriel, tu penses que c'est dû aux hallucinations ?

— Je pense que les hallucinations sont un symptôme et pas la cause de tout ça. C'est l'Illusion qu'il a dessinée qui l'a secoué. Je ne sais pas ce qu'il s'est passé, je ne suis pas très documenté en ce qui concerne les Illusionnistes, mais les choses progressent, il n'a plus d'hallucinations pas vrai ?

— D'après ce qu'il dit, non.

Siobhan fronce les sourcils, se remémorant le peu d'informations détenues par les Hémisphèriens sur les Canalyseurs :

— Sur les Illusionnistes vous savez peu de choses, sur les Canalyseurs *idem*. Gabriel, tu disais qu'on existait depuis que l'humanité existe, j'imagine que depuis on a dû archiver des centaines d'informations sur chaque type d'HEMI au cours des siècles. Où sont toutes ces données ?

— Au Dôme nous en avons quelques-unes, mais trop peu je te l'accorde, petit monstre. La plupart de celles-ci sont au Beffroi. Durant des années, des Physionomes Béotiens nous les ont dérobées, livre par livre, carton par carton. Quand on s'en est rendu compte, les archives ont été mises sous clef et inaccessibles. C'est la mémoire de notre communauté, le Cercle a décidé de protéger ce qu'il en restait.

— Nous récupérerons le reste après avoir vaincu Melaine.

— Pas nous petit monstre, mais les autres pourront le faire. Pars devant Siobhan, je voudrais parler à Anton seul à seul si tu le permets.

Le Canalyseur hésite un instant mais son corps est si détendu et lavé de tout mauvais sentiment qu'elle préfère ne pas discuter pour rester dans cet état de calme. Elle redescend un semblant de piste à travers bois et rochers. À son arrivée, de nombreuses malles ont déjà été faites et ont été empilées par ses frères Traqueurs contre un mur du Terrier. Personne ne traîne à l'extérieur, elle entend des rires et des voix provenant de la grange. Elle ne se détourne pas de son chemin. Anton a raison, l'état de Riley est préoccupant. Même s'il ne souffre d'aucune blessure, il se remet très difficilement de son affrontement avec les autres Illusionnistes. Riley ne s'agite plus inutilement, il ne réagit plus aux taquineries de Gabriel, il ne rit plus. Siobhan passe la porte en bois sans prendre la peine de frapper. Riley est assis en face du foyer de cheminée exactement à l'endroit où Anton l'avait laissé.

— Tu as besoin de moi ?

Il ne répond pas, ne réagit pas. Comme un coup de poing en plein visage, des Parasites voletant autour de l'Illusionniste se plaquent contre les tempes de Siobhan, commençant à entamer ses chairs, se frayant un passage jusqu'à l'intérieur de son crâne. Elle s'agrippe à une chaise pour ne pas tomber. Son sang chauffe et frappe furieusement derrière ses yeux. La jeune femme n'hésite pas, se redresse et court vers Riley, l'attrapant par le bras, le sortant de sa torpeur. Instantanément la douleur cesse. Le jeune homme se tourne vers son amie : elle respire de façon saccadée.

— Merde Riley, qu'est-ce qu'il t'arrive ?

— Je ne vais pas y arriver.

— Qu'est-ce que tu racontes ?

— Je n'y arrive plus ! Je ne comprends pas pourquoi mais je n'y arrive plus !

Le jeune homme s'adosse au jambage de pierre de la cheminée et se laisse glisser tout du long jusqu'au sol. Siobhan s'agenouille à ses côtés.

— Riley explique-toi.

— Pendant cette bataille, rien ne s'est passé comme prévu. Quand nous sommes arrivés, les Béotiens nous attendaient, ils savaient que nous venions et ils étaient bien renseignés. Melaine a fait mener sa petite enquête. Les choses se sont mal passées, très mal passées. Ils étaient plus nombreux et il est rare d'affronter des Illusionnistes lors des batailles. C'est encore plus rare d'affronter des Illusionnistes qui s'accordent à former une seule et même Illusion. Nous perdions des frères, les Béotiens ont alors soustrait le monde tout autour et ont matérialisé Helheim. Gabriel lui-même se perdait dans les profondeurs de cette terrifiante chimère. J'ai alors perdu conscience de toute chose. Je ne sais pas comment, je ne sais pas ce qu'il s'est passé ! Je sais juste que les autres Illusions ont disparu.

— Tu as été héroïque, Gabriel me l'a dit.

— Je ne contrôle plus rien depuis. Rien ! Les Illusions se mêlent à la réalité ! Ce ne sont pas des hallucinations comme j'ai pu le dire aux autres. C'est autre chose. Et je pense que c'est dangereux. J'ai passé des années à maîtriser les capacités que me procure mon HEMI et aujourd'hui il est hors de contrôle !

— De quoi as-tu peur ?

Le jeune homme rapproche son visage marqué par la fatigue de celui de son amie :

— Je ne sais pas ce que j'ai fait, je ne sais pas comment je l'ai fait, mais je sais que c'est dangereux ! Et je ne le contrôle pas !

— Parles-en à Gabriel…

— C'est à toi que j'en parle ! À toi ! Toi qui possèdes un HEMI incontrôlable !

— Calme-toi, je t'en prie.

— Qu'est-ce qu'il m'arrive ?

— Je ne sais pas Riley, mais je te promets qu'on trouvera…

*

Anton soupire d'agacement :

— Tu n'as donc rien compris Gabriel ?

— Ma demande est pourtant simple et claire, pourquoi y répondre par une question ?

— Mais parce que je suis surpris que tu n'aies pas appréhendé le sens de ma présence ici. Gabriel, je sais que tu ne portes pas les Inquisiteurs en haute estime. Je ne te blâme pas pour cela, je ne peux qu'imaginer la haine que tu ressens à notre égard, tout particulièrement envers Hava. Lorsqu'elle m'a laissé partir, elle avait un but. Mon départ avait un sens pour tous les miens, un espoir. Pour la première fois depuis des années, l'un d'entre nous a la possibilité de faire des choix. Des choix propres à sa conscience.

— Les Inquisiteurs sont dotés d'une conscience ?

— Je l'ignore, mais si c'est le cas, la mienne m'empêcherait d'Écarter Siobhan. Cela répond à ta question ?

— Oui. Dave compte-t-il Écarter Siobhan, quoi qu'il se produise face à Melaine ?

— Pourquoi ne pas lui poser la question ? Il n'en fait pas un secret.

— Dave n'est pas sincère sur ce point, mon HEMI le sait. D'autant que lui et moi avons établi une sorte de trêve. Je ne peux pas prendre le risque de la briser maintenant.

— Retourne la voir Gabriel…

L'Architecte lève un sourcil mécontent en direction d'Anton dont le visage n'affiche aucune expression.

— Je ne suis pas Architecte, je ne suis pas un spécialiste en émotions ou en sentiments. J'ai en revanche réalisé de très nombreux Écartements. Lorsqu'un être va mourir, peu importe son HEMI, il laisse transparaître tout ce qu'il est. Parfois même il adresse quelques mots à quelqu'un qui n'est pas présent sans pour autant avoir un Chroniqueur accroché à son cerveau. Cette émotion sur ton visage, je l'ai vue sur celui d'autres personnes. Si tu ne veux pas appeler ça des sentiments, c'est ton choix, peu importe ce qu'ils sont, réponds-leur !

Gabriel baisse la tête et ne dit mot, laissant Anton repartir seul en direction de leurs compagnons. Il chasse bien vite de sa tête les paroles d'Anton, Siobhan n'a aucun avenir, pas la peine de se torturer la tête des heures durant. Il décide donc de redescendre à son tour au Terrier avant que la nuit ne tombe. À son arrivée, les Traqueurs ont empilé des morceaux de bois pour constituer un immense feu de joie qu'ils allumeront une fois la nuit bien avancée. Chacun s'affaire à préparer les bagages. Gabriel pousse la porte du petit chalet, Riley est assis seul près de l'âtre du feu.

— Tu sais que tu es presque flippant assis comme ça tout seul.

— Désolé…

— Écoute, si tu te sens vraiment mal, tu pourras repartir directement avec Lila au Dôme. Personne ne t'en voudra, personne ne te traitera de lâche. Tu sais que nul ne peut te conduire plus loin que là où tu te sens d'aller.

— Je serai là.

— C’est toi qui décides. Où est… ?

— Dans la grange. Elle prépare vos affaires.

— Tu veux venir ?

— Non.

— Je t’envoie quelqu’un ? Lila ?

— Non.

Gabriel quitte la pièce l’air grave, Riley n’était plus que l’ombre de lui-même. Mais la décision de participer au combat lui appartenait. L’Architecte croise Uriel qui rajoute du bois sur le futur brasier.

— Gabriel, tu es prêt pour ta première grande soirée de Traqueurs ?

— Je n’ai jamais été aussi prêt.

— Tu verras ce sera très sympa et puis, vous les Architectes, vous êtes du genre à pas mal lire. Tu en auras des choses à raconter à la veillée. C’est une soirée essentielle pour la cohésion du groupe. Tu es satisfait de ton fauchard ?

— Ce n’est qu’un outil.

— C’est une réponse de Traqueur, pas d’Architecte.

— Un Architecte ne combat pas.

— Pourtant tu es là…

*

La nuit tombe sur l'esplanade du quartier d'affaires de la capitale mais le Hacker n'en sait rien, il marche dans le long couloir du troisième sous-sol. Les néons du plafond qui ne s'éteignent jamais laissent le cerveau perdre toute notion de repères jour-nuit. Le temps est suspendu dans un état de tension perpétuelle. Il salue poliment un groupe de trois Inquisiteurs qu'il croise et continue son chemin toujours dans le couloir de béton. Un hurlement étouffé derrière une porte, encore des Traqueurs, il bifurque à un croisement, des Physionomes discutant en arc de cercle, affichant tous le même visage d'un homme roux, l'inspectent longuement, un autre couloir, une porte d'acier. Le Hacker n'a pas peur, il est prêt, son besoin de contrôle permanent de l'esprit des autres va être enfin nourri. Il arrive dans une grande pièce remplie de portants, une Nourrice arrive et lui sourit. Sans un mot, elle lui tend une tenue renforcée de plaques de Kevlar en plusieurs endroits. Il s'en saisit, la remercie d'un geste de tête et ressort, toujours en silence. Le cœur du Hacker bat, il bat si fort, il fantasme, il rêve de l'instant où il laissera son HEMI planter ses crocs dans l'esprit de tous ces Hémisphèriens. Il fantasme, se mord la lèvre, il saigne. Il essuie sa bouche d'un revers de la main et le Hacker sourit, il sourit toujours.

*

— Allez Uriel, ne te fais pas prier! Siobhan serait ravie d'entendre des légendes!

Le Traqueur sourit à la demande de Dave. Tous assis en cercle autour du grand brasier regardent Uriel, les dents découvertes. Siobhan se blottit sous sa couverture et attend, impatiente, d'entendre le récit de son frère d'armes.

— Fort bien ! C'est un classique mais je pense que Siobhan ne la connaît pas. Le *Crépuscule du Peson*… C'est notre plus vieille histoire. Pour certains elle sonne même comme une prophétie. Il est dit que lorsque les Bi-hémisphères mèneront des guerres sans honneur, quand l'infamie de leur charge se portera en direction des plus chétifs, ainsi viendra l'heure du Crépuscule de notre civilisation. L'hiver s'installera pour des années lorsque le soleil cessera de briller, avalé par un Illusionniste. La bête libérée de ses chaînes prendra l'HEMI glorieux dans ses crocs avant d'être Écartée à son tour par l'HEMI exalté du célicole. Les colosses affronteront les agneaux et leurs frères, brisant les observances. Alors le monde s'embrasera avant de se noyer dans les abîmes silencieux. Ce sera là le Crépuscule du Peson, ce sera là la fin de notre civilisation. Du néant émergera une lumière et deux créateurs réfugiés dans le ventre de notre monde persisteront et fonderont un nouvel ordre.

Une bûche craque et Siobhan sursaute, Uriel sourit. Gabriel passe son bras autour des épaules de la jeune femme :

— Ne t'inquiète donc pas, ce ne sont que des histoires.

— Les histoires n'ont donc aucune valeur à tes yeux Gabriel ?

La voix de Ruhaine est sombre, elle semble tout droit sortie d'un autre temps.

— Ces histoires que tu traites comme des contes pour enfants font partie de notre destin à tous. Ces histoires nous ont forgés dans l'enfance, elles nous indiquent le chemin que nous devons suivre. Mes ancêtres respectaient les histoires et les légendes car elles sont le visage de notre passé mais aussi de notre avenir. Nous en avons écouté un bon nombre ce soir et aucune ne t'apparaît comme un message ou un avertissement ! Un jour tu pourrais être surpris Gabriel…

Nul n'ose contredire Ruhaine, tous savent à quel point dans son pays d'origine les gens sont attachés à cette tradition orale. D'ailleurs, plus personne n'ose parler. Riley semble aller un peu mieux, il regarde de nouveau Lila qui ne s'en rend pas compte. Heureusement, Dave ne laisse pas s'installer le moindre malaise et jette du bois dans le brasier.

— Mis à part cet enfoiré de Melaine, qui voulez-vous rencontrer sur le champ de bataille ?

Les noms se mettent à fuser, chacun suivi d'une anecdote ou d'une justification de la part du Traqueur qui l'a nommé. Mais Siobhan n'écoute déjà plus, Gabriel Souffle sur elle depuis déjà quelques minutes. Le sucre qui a déjà bien envahi ses sens lui fait tourner la tête comme après une soirée trop arrosée. L'Architecte, lui, s'amuse de la situation que le Canalyseur tente de cacher à tous. Il stoppe son Souffle lorsqu'il croise le regard assassin de Lila. Gabriel plisse les yeux, irrité par les émotions de son amie Architecte.

— Ça suffit… Viens !

Il attrape Siobhan par la main et la relève. Il l'entraîne hors du groupe pour l'emmener à l'écart, sous la joute moqueuse de Dave :

— Pas besoin d'aller aussi loin que tout à l'heure !

Elle ne résiste pas. Gabriel lui sert la main si fort que la douleur des anciennes fractures se réveille.

— Où tu m'emmènes ?

— Dans le chalet. Mais ce soir, je te veux autrement.

— Je ne comprends pas tout Gabriel.

Ils franchissent la porte en bois et grimpent l'échelle jusqu'à l'étage. Gabriel fait s'asseoir Siobhan sur le lit de paille, il lui ôte doucement ses chaussures pleines de neige, ainsi que son anorak, son jean et le reste de ses vêtements. Il se déshabille à son tour et se glisse dans le lit derrière Siobhan, toujours assise, lui chuchotant à l'oreille :

— Tu te souviens petit monstre ? Tu te souviens de nos quelques jours passés seuls ici ? Je voudrais revivre ça encore une fois.

— Pas de sentiments…

— Pas de sentiments, juste une sorte de fascination. Tu es ce qui est arrivé de plus surprenant jusqu'à aujourd'hui dans mon existence. Ce que j'ai connu sans doute de plus dangereux. Ne réfléchis pas, je ne le fais pas. Lorsque je dors contre toi, il m'arrive de somnoler. Alors j'ouvre les yeux, je te vois et je me rendors paisiblement. Tu n'es pas faite pour moi, je ne suis pas fait pour toi petit monstre. Mais je n'y peux rien, c'est physique. Nous allons mourir et si je ne réponds pas à ce besoin, je serais bien con. Je veux bien partir avec des remords mais je me refuse à partir avec des regrets !

— Gabriel, arrête de parler…

Lentement, en prenant soin de faire le moins de bruit possible, les deux compagnons s'allongent dans le lit face à face. La lumière du grand feu à l'extérieur entre par la petite lucarne et leur rappelle la violence qui les a emportés. Siobhan repense à son ancienne vie, ses dizaines de boîtes de médicaments, elle revoit Peter. En passant ses doigts sur les lèvres de Gabriel, elle ne souhaiterait rien d'autre que d'être étendue sur cet inconfortable lit. Le rire cristallin d'Uriel monte jusqu'à eux. Une musique rythmique vraisemblablement faite à l'aide des caisses de voyage, de bois et de couverts emplit la montagne mais ils ne l'entendent pas. Ils voudraient se convaincre que la rage, la haine et la violence restent à l'extérieur, mais cet instant en est empli. Et ce soir, cette révolte leur fait comme une couverture, bientôt elle prendra la forme d'un linceul. La jeune femme plonge ses yeux dans ceux de son Guide, elle sourit et finit par s'endormir, noyée dans les iris de Gabriel. Le jeune homme regarde le Canalyseur couchée sans défense à ses côtés. Lui aussi plonge dans sa mémoire.

Il se souvient de ces nuits où il la regardait dormir par crainte, aujourd'hui il la regarde dormir de peur qu'elle ne soit pas là à son réveil. Cette créature aux cheveux gris qui dort juste là, face à lui, est devenue une obsession. Gabriel est prêt à mourir depuis des années, il est prêt à tuer depuis autant de temps, mais il y avait longtemps qu'il n'avait plus eu auprès de lui quelque chose qu'il pourrait craindre de perdre.

Chapitre 26

La capitale n'est plus qu'à quelques kilomètres. Assise à l'arrière d'un camion de l'armée, Siobhan se fait malmener par la route. Les trois véhicules en ruine se suivent sur une autoroute déserte. Il y a une heure maintenant qu'ils ont passé un barrage de Bi-hémisphères et appris qu'une tempête de neige sans précédent s'était abattue sur la capitale depuis trois jours, la paralysant totalement. Heureusement, Riley avait façonné avec une impressionnante rapidité l'Illusion qu'ils étaient tous en tenue militaire et Dave avait présenté des papiers tout aussi inexistants pour passer. Riley avait réalisé l'exercice sans aucune hésitation, sans la moindre difficulté, presque sans y penser. La neige avait commencé à apparaître peu de temps après. Maintenant, elle formait une épaisseur d'au moins un mètre et elle continuait de tomber.

— C'est une Illusion. Une Illusion gigantesque peinte par un grand nombre d'Illusionnistes !

— Riley, tu peux la briser ?

— Je te l'ai dit, c'est une Illusion gigantesque Gabriel ! Je n'ai pas cette capacité, et puis elle nous sera utile pour la bataille. Il n'y aura aucun Bi-hémisphère dans les rues. La capitale a été évacuée en grande partie et les autres ont pour directive de rester chez eux.

— Melaine pense nous empêcher de passer avec une manœuvre aussi ridicule ! Ce connard perd pied !

Personne ne répond à Gabriel, Siobhan lui sourit du coin de la bouche. Il a fière allure son Architecte encapuchonné dans son long manteau noir façon redingote, couvert de boucles en laiton, son fauchard à la main. C'est une Illusion, la jeune fille le sait, mais le froid la saisit tout de même : ses vêtements, moins chauds, ne lui permettent pas de se mettre à l'abri de la fausse température. Son pantalon moulant noir et sa veste large sans fermeture tombant jusqu'à ses genoux ne la protège en rien. Elle enfonce sa tête dans l'immense capuche pour tenter de se réchauffer. L'air pollué de la capitale qui emplit ses poumons lui fait espérer de n'humer aucune autre odeur que celle des gaz d'échappement.

Plutôt cette odeur que celle du sang ?

Siobhan ne répond pas à cette voix sombre, elle ne bouge plus tandis que le camion ralentit, arrêté par un nouveau barrage. L'Illusion de Riley est parfaite tandis qu'un soldat braque une torche sous les bâches des camions ne révélant que des militaires. Dave discute trois minutes tout au plus et les camions repartent. Lila regarde Siobhan à la fois terrifiée et en colère :

— Nous y sommes Canalyseur, nous voilà dans la capitale !

Le camion tourne et s'arrête à un carrefour habituellement bondé de voitures. Lila se lève et prend Riley dans ses bras. L'Illusionniste frissonne à son contact, la jolie Architecte ne remarque rien. Elle regarde Gabriel et, instantanément, ses yeux deviennent humides jusqu'à se remplir de larmes.

— Je ne t'insulterai pas en te demandant de revenir au Dôme avec moi, mais putain Gabriel tu nous as mis dans une sacrée merde !

— Toi aussi tu vas me manquer, Lila.

— Non je ne vais pas te manquer ! Ce sont les morts qui manquent aux vivants ! Les morts eux, ne manquent de personne… C'est donc bien toi qui vas me manquer.

De grosses larmes roulent maintenant sur ses joues, elle se tourne vers Siobhan avec violence.

— Et toi Canalyseur ! Maudit soit le jour où tu es apparue ! Si tu es si puissante que Gabriel le prétend : ramène-le-moi, ramène-le à Jimbo !

Lila saute hors du camion où Dave l'attend déjà.

— Tu n'en as pas pour plus d'une heure pour retourner au Dôme.

— Je vais voir Hava pour qu'elle t'envoie ses Inquisiteurs, et je préviens Jimbo pour qu'il prépare les brancards.

— Essaie déjà de ne croiser aucun Béotien sur ton chemin. Merci encore Lila.

L'Architecte jette un dernier regard vers l'intérieur du camion et part en courant en direction de l'entrée des Catacombes. Elle disparaît, avalée par la tempête de neige. Dave referme proprement la bâche arrière et se rassied à côté du conducteur. Le cortège reprend sa route, croisant de-ci de-là des barrages que Dave fait évacuer sur l'ordre d'un état-major créé de toute pièce par Riley, repoussant un peu plus les Bi-hémisphères en dehors de la ville. Le blizzard qui souffle empêche tout point de repère, seule la connaissance parfaite de la cartographie des lieux permet aux Traqueurs de se frayer un chemin entre les avenues et les grands boulevards. L'llusion ne prend pas sur les camions qui, eux, roulent sans encombre sur un sol blanc. Soudain, les moteurs s'éteignent, Siobhan retient son souffle : ils sont arrivés. Les combattants sautent chacun leur tour des véhicules, et Siobhan prend la suite d'Anton. Vêtu de blanc, comme à son habitude, il disparaît presque dans l'immensité duveteuse de la neige.

La mort invisible…

Tout comme le sera Melaine.

Ne pas trembler, ne pas chanceler : Siobhan se souvient des consignes de Dave. Elle prend place à la droite de ce dernier tandis que les derniers Traqueurs les rejoignent.

Sans un regard les uns pour les autres, ils se mettent en marche dans la neige qui leur arrive jusqu'aux genoux. Seul Riley se déplace comme si de rien n'était, l'Illusion ne l'atteint plus, son HEMI est en éveil. Le Canalyseur veut se retourner pour jeter un dernier regard à Gabriel comme Lila a pu le faire, mais elle reste impassible. Les Apatrides marchent encore une heure pour arriver sur le grand parvis du quartier d'affaires. En découvrant de nouveau le Beffroi derrière les épais flocons qui tombent, Siobhan sent son cœur exploser. Elle s'apprête à se tourner vers ses compagnons mais la main de Dave lui saisit le bras. Le Traqueur respire fort et ses pupilles sont dilatées : il Piste. Un malaise s'empare de la horde et Dave se tourne vers Gabriel :

— Il n'est pas là.

— Comment ça pas là ?

— Ni lui ni aucun Traqueur, le Beffroi a été vidé. Il ne reste aucun guerrier.

— Qu'est-ce que c'est que cette merde ? Pourquoi déclencher une telle Illusion si ce n'est pas pour nous empêcher d'arriver jusqu'ici, ou pour un combat ?

— C'est bien pour un combat.

— …

— Ils sont au Dôme !

Tous se figent d'effroi, comprenant qu'ils sont arrivés trop tard. Tandis que l'image d'une Lila ensanglantée s'impose à lui, Riley est le premier à partir en courant en direction du sud-est. Les autres le rattrapent tandis qu'il pousse un peu son HEMI pour les protéger de l'Illusion des Béotiens, leur permettant d'avancer sans encombre. Dave attrape Riley par le col et l'arrête net. Tout le monde suit le mouvement.

— Riley, on retourne aux camions ! On arrivera plus vite.

Après de longues minutes de course pendant lesquelles Siobhan peine à suivre, ils retrouvent les véhicules garés entourés de deux Traqueurs visiblement très amochés. Du sang coule de la tête de l'un d'eux tandis que l'autre ne semble pas pouvoir se déplacer sans l'aide de son compagnon. Dave s'approche lentement des Béotiens. Ces derniers ne prononcent pas un mot et Dave fait signe à Anton de les achever sans plus de cérémonie. Les corps sont chargés pour ne laisser aucune trace et le cortège reprend la route, roulant à tombeau ouvert pour dévorer la distance qui les sépare du Dôme. Le trajet semble interminable et les images de Jimbo, Svetlana et Tia jaillissent dans l'esprit du Canalyseur. Ses poings se resserrent sur ses bagh nakhs. Quand ils se retrouvent de nouveau les pieds dans la neige, ils ne sont plus qu'à quelques rues du Dôme. À la manière d'un automate, Siobhan se replace à côté de Dave. Tous en formation attendent qu'elle fasse le premier pas. Elle jette un regard au chef des Traqueurs qui lui confirme que, cette fois, elle peut parler. Elle se retourne pour faire face aux Apatrides tous lourdement armés :

— Apatrides ! Je n'ai pas face à moi des Traqueurs, des Illusionnistes, des Architectes ou même des Inquisiteurs ! Non, ici je ne vois que des frères ! Des frères qui sont le cœur et les crocs du Dôme ! Je sais que vous ne tremblerez pas, je sais que peu importe ce que nous trouverons là-bas, vous ne reculerez pas ! Parce que là-bas, c'est votre foyer, votre maison, le Dôme est notre mère à tous ! Oui, ici je ne vois que des frères qui font face à la mort sans crainte ! Et je serai fière de tomber à vos côtés ! Bientôt les Béotiens mettront un genou à terre alors que nous répandrons le sang de Melaine dans les caniveaux de la capitale ! Vous êtes les Apatrides ! Vous avez choisi votre nom, portez-le fièrement ! Portez-le le plus longtemps possible et enfoncez-le dans les entrailles des Béotiens ! Pour que jamais aucun HEMI n'oublie ce jour ! Et qu'ainsi dans les contes que les Traqueurs aiment se raconter on puisse parler de cet hiver où les Apatrides ont terrassé les Béotiens ! Car c'est le jour où nous égorgerons Melaine !

Siobhan se tait et se tourne de nouveau sous les cris de rage et les grognements furieux de ses compagnons. Dave lui sourit, ses pupilles sont totalement ouvertes, le Traqueur a faim et un profond désire l'anime. Dans un même élan, tous se jettent en avant et s'arrêtent sur le boulevard de l'entrée des Catacombes. La neige et les pavés sont jonchés de corps démembrés et sans vie de Béotiens et d'Hémisphèriens. Ils se précipitent vers les souterrains. Un Inquisiteur Béotien en sort. Avant qu'il n'ait pu réaliser quoi que ce soit, Dave se jette sur lui. Dans un bond, le grand Traqueur croise ses bras armés de ses immenses lames pour ensuite les ouvrir et décapiter net le Béotien. La tête sanglante roule le long des marches qui s'enfoncent dans l'obscurité, suivie par les Apatrides. Des bruits sourds, des hurlements se précisent à mesure que la porte du Dôme s'approche. Dave s'arrête dans ce couloir exigu et inspire bruyamment l'air autour de lui.

— Vous sentez mes frères ? Ce sera la plus belle chasse de notre vie !

Le groupe arrive à la porte. Sans même l'avoir passée, l'horreur et l'enfer du combat sautent à la gorge de Siobhan. Les pierres et le sol de l'entrée sont couverts d'une épaisse couche de sang et de chair. Les Illusionnistes qui protégeaient la porte du Dôme tapissent maintenant ses murs. Le Palier Neuf a de nouveau revêtu l'habit du champ de bataille. De bien trop jeunes Inquisiteurs tentent d'abattre leurs ennemis tandis que les Traqueurs s'écroulent couverts de sueur et de sang.

— Canalyseur !

La voix de Melaine avait rebondi contre les parois du Palier comme un coup de tonnerre. L'Inquisiteur s'approche, écartant d'un coup de pied la tête d'un Traqueur d'environ douze ans gisant à terre.

— Siobhan, enfin te voilà ! Regarde ma belle ! C'est ton monde, tout ceci c'est pour nous ! Nous attendions un Canalyseur depuis si longtemps !

La jeune femme fixe le visage de ce monstre dont on lui a tant parlé, les Parasites qui lui sautent à la gorge manquent de la faire vomir. Dave s'adresse alors au chef Béotien tandis que la grande salle de pierre se fait silencieuse.

— Ne t'adresse pas à l'une de mes sœurs ! Je me souviens Melaine ! Je me souviens de ce jour où tu t'es élevé par la mort d'un autre !

— C'est simpliste comme analyse mais je m'y retrouve. Dave, tu n'as pas l'air en forme ! C'est bien toi ?

— Tu ne reconnais pas la mort quand tu la vois ?!

L'Inquisiteur ne répond pas et regarde Siobhan en affichant un sourire enjôleur. Prise de terreur, elle manque de reculer mais une épaule vient s'appuyer contre la sienne, détournant l'attention de Melaine qui se met à siffler entre ses dents.

— Gabriel ! L'Architecte guerrier, enfin… Sais-tu combien d'Architectes j'ai massacré par substitut ? Tout peut s'arrêter maintenant si Siobhan vient avec nous !

Gabriel regarde Dave et les deux amis s'adressent un sourire sincère. Ils s'élancent en direction du titan qui leur fait face. Melaine, quant à lui, reprend sa place, bien protégé par ses troupes. Les Apatrides se jettent dans la bataille dans un même mouvement. Nul ne remarque Siobhan qui tombe à genoux sur le sol, la tête dans les mains.

Riley disparaît de la vue des autres et part à la recherche de Lila ou de son corps. Dave semble possédé, il bondit d'ennemi en ennemi, les blessant aux jambes et aux bras lorsque ses lames jumelles n'éventrent pas les Béotiens. L'animal qu'il est tourne autour de ses proies tout en gardant les yeux fermés. Dave ne se laisse guider que par son HEMI, le décor disparaît et les différents effluves des Béotiens dessinent un autre monde. Une jolie Inquisitrice lui brise deux côtes mais le Traqueur ne s'en rend pas compte car Gabriel Souffle aussi fort qu'il le peut sur ses compagnons. Anton fait office de garde du corps, tournant autour de l'Architecte, tuant tous ceux qui tentent d'approcher, permettant ainsi à Gabriel d'exploiter ses capacités au maximum. Ruhaine s'élance sans peur, presque accroupie, tandis qu'Uriel virevolte, évitant chaque coup. Dave trouve celle qu'il cherchait face à lui. Harper est là. Elle avance sans aucune hésitation vers le jeune homme, l'attaquant à l'aide de son poignard. Dave laisse tomber ses deux lames et saute en arrière. Elle attaque de nouveau, rapidement, et touche Dave à la cuisse. Malheureusement, Harper est trop confiante. Dave profite de la proximité pour attraper la Traqueuse et la jeter au sol. Il abat sa main sur son visage et frappe encore, encore, encore, et encore. Il frappe jusqu'à ce qu'il ne frappe plus qu'un tas d'os et de chair humide. Siobhan se concentre autant qu'elle le peut. Elle voudrait appeler à l'aide mais Gabriel est trop loin. Un Traqueur Béotien l'attrape et la relève pour la sortir du Dôme. Elle réagit et plante ses bagh nakhs dans la gorge de l'homme qui chute avec elle sur le sol. Le Traqueur perd beaucoup de sang mais parvient à enfoncer sa lame dans le bras de Siobhan juste avant qu'elle ne redonne un coup, cette fois, fatal. La douleur n'arrive pas jusqu'à elle, Gabriel y veille, mais l'HEMI de l'Architecte est dispersé et il ne parvient pas à bloquer les Parasites. Comme un coup de tonnerre, un hurlement de Dave semble couvrir la bataille, attirant l'attention des Apatrides sur Melaine. Uriel était parvenu à se faufiler jusqu'au chef Béotien, le voilà maintenant à genoux face à l'Inquisiteur. Gabriel s'élance, concentrant davantage son HEMI sur Uriel. Mais l'Architecte s'écroule de douleur lorsque Melaine fait littéralement exploser trois doigts de sa main droite. La douleur resurgit. Uriel hurle à pleins poumons tandis que Melaine fait sauter les yeux du Traqueur hors de ses orbites. Dave tente de passer le mur d'ennemis qui le sépare de son compagnon, mais déjà du sang coule de la bouche d'Uriel et Melaine s'empresse de répandre le contenu de l'Apatride sur les murs. Siobhan s'évanouit de douleur tandis que Riley réapparaît près des ascenseurs. L'Illusionniste occulte toute lumière plongeant les deux divisions dans l'obscurité.

*

Le refuge de la montagne fait face à Siobhan. La neige semble tenter de l'ensevelir totalement. Le soleil brille à l'ouest et la lune à l'est. La jeune femme ne bouge pas tandis que les bruits de pas de son double approchent jusqu'à se placer à sa droite.

— Je n'ai plus d'autre option c'est ça ?

— C'est ça.

— Je vais lâcher prise à mon réveil ?

— Oui. Mais les choses peuvent se passer différemment cette fois.

— Je ne pense pas en être capable !

— Si tu laisses les Parasites s'emparer de toi, ce sera un bain de sang je te l'accorde.

— C'est déjà un bain de sang.

— Mais si tu choisis de les intégrer tu pourras, peut-être, les domestiquer.

— C'est plus complexe que ça en a l'air. Je n'ai pas le courage de Dave, je n'ai pas l'audace de Gabriel. Mes chances ne tiennent qu'à mon HEMI de Canalyseur.

— Je le sais mais c'est ce que tu es. Tu es un Canalyseur, tu as choisi de mettre cette part de toi de côté par rage, par haine et par amour ! Ce faisant tu t'es littéralement coupée en deux et tu es devenue un esprit malade.

— Gabriel me tuera si je Projette.

— Pas forcément, c'est ton choix.

— Si je ne le fais pas, il mourra et moi aussi.

— Et il y a la petite Tia…

Siobhan sourit en revoyant le visage joyeux et innocent de la petite fille.

— C'est à toi de choisir si tu franchis encore cette porte toute seule ou si nous la passons ensemble.

— Je n'aurai plus mal ?

— C'est exact, tu as accumulé tellement de douleur, de rage, de peine sans jamais les laisser sortir qu'ils te rongent de l'intérieur.

— Et « nous » deviendra « je » ?

— Et « nous » deviendra « je ».

*

Hava pénètre dans la pièce par l'un des ascenseurs. Elle est suivie de trois Inquisiteurs tandis que d'autres Béotiens, partis nettoyer les tunnels des Catacombes où s'étaient réfugiées quelques Nourrices avec leurs jeunes protégés, entrent dans le Palier Neuf. La pièce est toujours plongée dans le noir jusqu'à ce que le dernier Brouilleur de Melaine parvienne à cibler Riley. L'Illusionniste perd alors tous ses sens : la vue, l'ouïe, l'odorat et le toucher. Le Brouilleur laisse alors Riley dans un néant total avec pour seul et unique repère la conscience de soi. La lumière éclaire alors de nouveau le Palier Neuf et son sol ensanglanté. Hava et ses élèves se tournent vers Melaine mais, avant même qu'elle n'ait pu glisser son HEMI jusqu'à lui, les trois jeunes Inquisiteurs s'écroulent. Le Béotien est rapide, sans doute l'Inquisiteur le plus vif connu de mémoire d'HEMI. Heureusement pour les Hémisphèriens, il est aussi le plus arrogant, sans quoi ils seraient tous déjà morts. Mais Melaine, dans sa folie, s'amuse du spectacle qui se joue sous ses yeux. Gabriel se relève, sa main amputée de trois doigts saigne abondamment. Il ferme les yeux si fort que des couleurs apparaissent derrière ses paupières. Il dépose de nouveau le voile de son HEMI sur ses compagnons et ouvre les yeux, cherchant Anton. L'Inquisiteur ne l'a pas quitté, protégeant toujours ses arrières :

— Anton, trouve ce qui bloque Riley ! J'ai besoin de lui !

Anton se concentre et laisse son HEMI glisser et serpenter jusqu'à Riley. Il le trouve et perçoit une autre trace de vie avec lui. Anton remonte le fil de cette chape jusqu'à un jeune garçon d'environ onze ans. Anton se glisse alors à l'intérieur de sa chair remontant le système sanguin, migrant dans le système nerveux avant d'appliquer son HEMI sur chaque centimètre de l'intérieur de la boîte crânienne du garçon. En une seconde il brise le crâne du Brouilleur qui se mêle à la masse des victimes. Riley reprend conscience et disparaît de nouveau.

— Merde ! Où il est passé ?

— Je ne sais pas Gabriel, je ne suis pas Traqueur !

— RILEY !

Mais Riley est déjà à l'entrée du Palier, soulevant un corps couché sur un autre. Lila est là, cachée sous le corps d'un Traqueur. Elle est inconsciente mais vivante. L'Illusionniste tremble de rage et, la prenant dans ses bras, il l'intègre à son Illusion. Gabriel regarde autour de lui sans trouver Riley. Dave, encerclé par de nombreux Traqueurs, se bat avec frénésie. L'Architecte a beau chercher, il ne voit Siobhan nulle part. D'autres Béotiens, de plus en plus jeunes, pénètrent dans le Dôme. Les battements de son cœur s'accélèrent jusqu'à lui faire mal. L'Architecte ramasse son fauchard tombé sur le sol tandis qu'Anton abat un Inquisiteur Béotien qui pénètre dans le Dôme. Gabriel place sa main blessée sur la poignée de son arme, non sans mal. Il cherche encore une fois le Canalyseur, sans succès. Il inspire un grand coup :

— MELAINE !

*

— **C'est ce que nous sommes ! L'énergie que les autres laissent échapper en douleur, en colère, en haine, en peine : nous l'absorbons. Nous la canalisons ! Mais lorsque cette énergie est contenue en trop grande quantité, elle s'attaque à toi. Projette ! Laisse-la sortir ! Laisse-moi entrer ! Et mettons fin à ce carnage. Tuer tous ces gens n'est pas obligatoirement ton destin ! Tu peux diriger ta Projection, tu peux doser. Tu dois juste garder le contrôle.**

— Je n'ai jamais cru au destin.

— **Nous n'y avons jamais cru.**

— Pourtant, aujourd'hui, il me plaît de penser que tout m'a conduit là.

Siobhan regarde son double et avance vers le Terrier, elle regarde en arrière, elle est de nouveau seule. Le Canalyseur pose sa main sur la poignée tandis qu'une seconde main parfaitement identique vient se coller à la sienne. Elle pousse la porte.

*

— MELAINE !

Siobhan ouvre les yeux, la douleur est toujours là. La voix de Gabriel lui fait relever la tête. Son Guide se tient aussi droit qu'il le peut, appelant la mort de tout son souffle. Melaine se tourne vers l'Architecte et, tandis qu'il avance, ses guerriers forment un rempart devant lui pour le protéger. Hava se glisse derrière Anton aussi vite que possible, lui intimant l'ordre de reculer. L'Inquisiteur s'exécute, effrayé par la puissance de l'HEMI qui rampe jusqu'à eux.

— Que vas-tu faire de ça ?

Gabriel lève son fauchard et le lâche brusquement, ce qui lui restait de doigts vient d'être minutieusement cassé. L'Inquisiteur fait face à l'Architecte, lui offrant un sourire carnassier.

— Gabriel… Tu es surprenant. Je me dois de te féliciter. Il est rare pour un Architecte de se retrouver au milieu de toute la violence du Peson ! Quel courage !

— J'y étais déjà…

— Je te demande pardon ?

— J'y étais déjà, dans la violence du Peson ! J'y étais quand je tentais avec les Praticiens de soulager la douleur et l'horreur que tu semais derrière toi.

— Pourtant, tu as choisi une autre voie. Il m'a tant été rapporté que tu voulais ma tête! Mes Physionomes m'ont conté ton parcours, ta sœur… Au Beffroi, je t'aurais accueilli comme un frère. Mais emmener mon Canalyseur loin de la capitale, ça c'est un acte que je ne peux pardonner. Quel dommage Gabriel, quelle tristesse!

Dave tranche autant de Béotiens qu'il le peut, le Traqueur se déchaîne mais Gabriel est inaccessible. Le Traqueur hurle de rage tandis que Ruhaine lui prête main-forte, ils arriveront trop tard.

— Dave m'a demandé si je reconnaissais la mort quand je la voyais. Et toi Gabriel, la reconnais-tu?

Brusquement l'air vibre et un bourdonnement sourd résonne dans le Palier Neuf. Melaine tourne son regard vers l'entrée du Dôme où Siobhan se tient debout, le bras couvert de sang. Les pupilles de la jeune femme sont dilatées. Sur son passage, les enfants Béotiens s'écartent. Un grand Traqueur lui barre la route. Elle le fixe et le bourdonnement se fait plus fort. Soudain, l'air autour d'elle se met à vibrer, faisant comme un halo d'air chaud, et le Béotien tombe face contre terre. Le silence s'installe et tous les combats cessent instantanément. Chacun fixe le monstre aux cheveux d'argent qu'ils viennent de réveiller. Dave retient son souffle et réfléchit à toute vitesse au moyen le plus court d'atteindre Siobhan pour l'arrêter. Le silence est brisé par le rire hystérique de Melaine:

— Te voilà ! Enfin te voilà toi ! Recommence je t'en prie, c'est si beau !

— Va-t'en Melaine !

— Non, non, non tu n'es pas encore au maximum de ce que tu peux être ! Et c'est mon devoir de t'aider à percer toutes les capacités de ton HEMI ! Nous en aurons besoin ! Mes frères, notre sœur Siobhan a besoin d'un coup de main !

Plusieurs Béotiens s'élancent alors en direction de la jeune femme. Elle laisse alors tomber ses armes de poing et son couteau de Traqueur au sol. L'air devient chaud, presque intolérable, tandis que les Traqueurs qui l'attaquent tombent à genoux en hurlant de douleur. Elle fixe leurs visages déformés par la souffrance tandis qu'elle Projette sur eux. Leur peau se fend par endroits jusqu'à l'os, tandis qu'aucun sang ne coule. L'énergie dégagée par la Projection cautérise les plaies qu'elle cause presque immédiatement. La jeune femme respire lentement et reste concentrée. Les Béotiens finissent par s'écrouler, raides morts. Elle veut se prendre la tête dans les mains tant les Parasites la dévorent, elle voudrait hurler de douleur, mais elle tient bon. Seule la transpiration qui coule dans sa nuque pourrait la trahir. Siobhan reste droite et regarde son Architecte qui la fixe de ses yeux inquiets. Melaine lui semble devenu fou, il tremble d'excitation et ses yeux sont révulsés. Oubliant Gabriel, il fait quelques pas en direction de la jeune femme :

— Te voilà c'est vraiment toi… Mon Canalyseur ! Viens, rentrons chez nous, rentrons au Beffroi ! Libérons ce monde !

— Que crois-tu Melaine ? Tu oses t'insinuer dans notre foyer pour y faire couler le sang. Tu viens et tu tues mes frères, mes sœurs. Tu souilles le sol du Dôme ! Et tu voudrais que je te suive ? Je te suivrai Melaine. Je te suivrai jusqu'au Beffroi ! Oui je suivrai ton corps pour le déposer au pied de ta maudite tour de verre après avoir mis fin à ton existence !

L'Inquisiteur soupire bruyamment. Il redoutait une telle réaction. Mais Melaine n'est pas prêt à abandonner son bureau de verre.

— Il n'y a rien que je puisse faire pour te convaincre ? Je me vois obligé de me débarrasser de toi, tu m'en vois désolé. Après, je m'occuperai de ton précieux Guide et je laisserai le choix à tes frères. Nous trouverons un autre Canalyseur. Au revoir Siobhan…

L'Inquisiteur glisse son HEMI jusqu'au pied de la jeune femme. Brusquement il se fige, le visage crispé et rougi : son HEMI vient de heurter un mur tandis que celui du Canalyseur le saisit. Siobhan se concentre pour ne toucher que le chef Béotien. Guidée par l'HEMI de Melaine, elle Projette une énergie immense et le corps de Melaine se met à bouillir. La peau de l'Inquisiteur se rétracte et se sèche laissant la chair de son visage apparente. Le Béotien, hurlant de douleur, pousse son HEMI plus loin, sans succès. Un filet de sang coule de la narine gauche de Siobhan jusqu'à son menton. En un instant, tout est fini. Melaine chute lourdement sur le sol ensanglanté du Palier Neuf. Siobhan suit des yeux le corps qui s'écroule. Les choses s'étaient déroulées si vite. La jeune femme n'y croyait pas: Melaine était mort. Elle se rend compte qu'elle tremble lorsque la main ensanglantée de Gabriel se pose sur sa joue.

— C'est fini petit monstre! C'est fini…

L'Architecte tourne la tête vers Dave qui lui jette un regard sombre. Le Traqueur donne l'ordre de réunir tous les Béotiens vivants dans un angle du Palier. Hava et Anton se placent tout autour du groupe des vaincus. Quelques minutes plus tard, les ascenseurs s'ouvrent et des lits médicalisés en surgissent, poussés par des Architectes et des Praticiens. Cette armée de soignants s'active autour des Hémisphèriens qui peuvent être encore sauvés. Siobhan regarde son Architecte, qui, lui, surveille Dave l'air mauvais, prenant soin de placer Siobhan derrière lui. La jeune femme, le regard perdu, fixe les Béotiens recroquevillés dans un angle. Le plus âgé doit avoir trente ans, le plus jeune pas plus de six ans. Sorti de nulle part, Riley réapparaît juste devant Gabriel:

— Riley! Putain tu étais où? Tu nous as laissés dans la merde!

— J'ai retrouvé Lila.

— Comment va-t-elle?

— Traumatisme crânien, mais d'après Jimbo, elle va s'en remettre. Je ne savais pas si vous étiez vivants. Il arrive. C'est terminé?

— Terminé.

— Melaine est mort ?

— Elle a Projeté.

— Qu'est-ce qu'il va se passer maintenant ?

Gabriel ne répond pas alors que Jimbo, les yeux trempés de larmes, se jette sur lui, bousculant Riley au passage. Le Praticien enserre de ses grands bras le corps meurtri de Gabriel.

— Plus jamais tu ne me quittes de la sorte ! Plus jamais !

— Jimbo, calme-toi.

— Jure-le !

— C'est promis !

— Comment va Lila ?

— Elle va s'en sortir. Tes mains ! On va soigner tout ça, ne t'inquiète pas.

— Ce n'est pas ce qui m'inquiète pour le moment.

— Je sais, on a pu le sentir jusqu'au Palier Un... Siobhan ? Ton bras saigne, je vais chercher ce qu'il faut pour vous deux. Gabriel appuie sur ta main !

Jimbo s'éloigne en courant. Svetlana et Paul sortent des ascenseurs et arrivent dans le chaos du Palier Neuf. La jeune femme marche vers Gabriel tandis que Paul, lui, avance vers un Dave sur ses gardes. La jolie blonde semble épuisée, de larges cernes bleutés habillent ses yeux et elle doit avoir perdu au moins cinq kilos.

— Gabriel, il faut qu'on parle !

— Ce n'est pas le moment Svetlana !

— Gabriel…

— … si tu permets, j'aimerais bien me faire soigner. Siobhan également.

— Écoute-moi, on a un problème plus important…

Elle ne termine pas sa phrase car le Cercle au complet entre alors dans le Palier Neuf, suivi de nombreux Traqueurs et de plusieurs Inquisiteurs et Brouilleurs. Les Apatrides et les autres Hémisphèriens s'inclinent poliment, à l'exception de Paul, Svetlana, Jimbo et Siobhan. Cette dernière regarde toujours les prisonniers Béotiens. Les plus jeunes pleurent en silence la perte de Melaine tandis que les autres les serrent contre eux. Ils se blottissent, terrifiés, se consolant comme une famille. L'Illusionniste du Cercle s'avance et brise le silence, tandis que les Praticiens continuent de s'activer.

— Mes frères ! Aujourd'hui, Melaine est mort entraînant avec lui le Beffroi dans sa chute. Ce jour n'est pas un jour de victoire, c'est un jour de deuil. Par la faute de frères qui ont jugé bon de quitter le Dôme en emmenant avec eux le Canalyseur, nombreux sont les Hémisphèriens qui sont tombés ! Leur trahison a amené la mort dans notre maison !

Gabriel se raidit, plaçant Siobhan entièrement derrière lui. Dave ne bouge pas, il sait déjà ce qui va suivre.

— Vous avez été condamnés à l'Écartement ! Vous serez conduits dans les salles du Palier Trois par vos anciens frères Inquisiteurs. Je vous demande de faire preuve de dignité et de n'opposer aucune résistance pendant que vos anciens frères s'occupent des Béotiens restants.

— Condamnés à l'Écartement ? Nous avons éliminé Melaine ! Oui il y a eu des pertes, mais combien de vies ont été sauvées ?

— Gabriel, c'est notre décision. Elle est indiscutable, tu le sais.

Le Cercle recule tandis que les Inquisiteurs et les Brouilleurs s'avancent. Hava reste près d'Anton, interrogeant Dave des yeux. Mais le Traqueur est fidèle au Cercle en toutes circonstances, il a déjà accepté la sentence. Des Inquisiteurs s'arrêtent devant le groupe de Béotiens, prêts à tous les exécuter sans attendre.

— ARRÊTEZ !

Le hurlement de Siobhan résonne et perce les tympans de Gabriel. Le Cercle la regarde tandis qu'elle sort de l'ombre de l'Architecte. Son crâne semble prendre feu à la vue des regards terrifiés des enfants Béotiens.

— Canalyseur, tu n'es pas familière avec les lois de notre communauté. Mais on ne sauve pas un Béotien ! Maintenant, si tu as décidé de nous causer des problèmes, nos frères devront s'occuper de toi ici même.

— La plupart sont des enfants !

La jeune femme marche en direction du groupe de survivants Béotiens jusqu'à se placer debout devant eux, faisant face aux Inquisiteurs. Jimbo court jusqu'à elle, devançant Gabriel. Le Praticien chuchote :

— Siobhan, viens, tu ne peux rien faire pour eux. Allez, viens !

— Désolée, Jimbo, je ne les abandonnerai pas !

Le Traqueur du Cercle avance jusqu'aux Inquisiteurs.

— Rentre dans le rang, Canalyseur !

— Ils sont à moi !

— Écartez-les !

— **NON !**

— Siobhan arrête !

Mais la jeune femme n'entend pas la voix de Gabriel qui lui ordonne d'arrêter. Le premier enfant Béotien tombe visage contre terre, puis c'est au tour d'un adulte. La suite, Siobhan s'en souviendra si bien qu'il lui semble que le temps avait ralenti. Dave s'est écarté d'un bond, courant jusqu'à l'autre bout du Palier Neuf. L'air autour de la jeune femme s'est remis à vibrer. Deux autres Béotiens tombent. Gabriel est encore à dix mètres d'elle, l'Architecte court aussi vite qu'il le peut. Jimbo, qui reste aux côtés de la jeune femme, lui crie quelque chose. Elle n'entend pas. Un puissant vrombissement emplit les oreilles de chacun et le Canalyseur relâche sa Projection en direction des Inquisiteurs et du

Cercle. L'énergie déployée donne l'impression d'une explosion invisible qui semble durer une éternité. Les Inquisiteurs tombent à genoux hurlant tandis que leur HEMI, cherchant à se défendre, se heurte au mur de fer du Canalyseur. La puissance de l'action projette Jimbo quinze mètres plus loin. Le Praticien retombe sur le sol comme une poupée de chiffon. Gabriel, arrivé à six mètres de la jeune femme, subit le même sort et perd connaissance. Mais le Canalyseur ne voit rien, elle ne voit que le Cercle qui semble de pas subir les effets de son HEMI. Elle sent la douleur la quitter, elle sent son esprit se vider de tous les Parasites accumulés au fils des années. Le Canalyseur ne résiste pas et relâche tout sur le Cercle. Un silence de mort s'abat sur le Palier Neuf et Siobhan manque de tomber à la renverse tandis que deux Béotiens la retiennent. Elle n'a plus rien à Projeter, son HEMI est vide. Pour la première fois de sa vie, le Canalyseur ne souffre plus. Les Parasites ne sont plus là. Elle regarde devant elle, prenant conscience des conséquences. Jimbo gît sur le sol tandis que Svetlana court dans sa direction. Gabriel tente de reprendre connaissance, sans succès. Il replonge sans cesse dans l'inconscience. Les Inquisiteurs qui lui faisaient face sont tous morts. Paul, qui se tenait trop près du Cercle, est allongé face contre terre. Il ne respire plus. Le Cercle, lui, n'est plus là. Les aurait-elle anéantis au point de les faire totalement disparaître ? À la place où se tenait le Conseil, le corps d'un seul homme est étendu. Un visage que Siobhan n'avait jamais vu auparavant. Les Hémisphèriens se mettent à chuchoter. Riley avance jusqu'au corps inconnu et l'identifie instantanément :

— C'est Pavel !

Siobhan sent la main d'un enfant Béotien se glisser dans la sienne. Elle dirige les vaincus vers la porte. Ils sortent sans poser de questions, trop sonnés pour réagir. Le Canalyseur ferme la marche et regarde derrière elle avant de franchir la porte du Dôme. Svetlana tente de réanimer Jimbo, tandis que deux autres Praticiens viennent lui prêter main-forte. Hava et Anton avancent vers Siobhan. Ils marquent une pause puis emboîtent le pas des Béotiens. Elle se tourne alors vers Riley, l'interrogeant du regard. Non, il ne la suivra pas. La jeune femme parcourt la salle du regard à la recherche de Dave, elle ne le voit nulle part. Gabriel semble reprendre conscience, aidé par Ruhaine. Le Canalyseur regarde Gabriel. Dans ses yeux, elle ne voit plus que de la rage et de la haine. Siobhan comprend que plus rien ne l'attend ici. Elle quitte le Dôme sous les rugissements d'un Architecte qui crie vengeance, il hurle qu'il tiendra sa promesse. Mais Siobhan suit les longs couloirs de crânes et de fémurs empilés contre la roche. Elle sort des Catacombes face à des Béotiens perdus et exténués, debout dans la neige. Hava prend la parole et pose à Siobhan la question que tous se posent :

— Que faisons-nous maintenant ?

— Nous allons au Beffroi !

Remerciements

Merci :

À mon Traqueur : Alexandre mon amour, qui m'a suivie dans cette épopée à chaque mot, pour que je ne trébuche sur aucun,

À mon Inquisiteur : Florian qui a corrigé mes erreurs des heures durant,

À mon Architecte : Adrien qui a mis de la rage dans ma plume,

À mon Démiurge : Dzuy qui me supporte et m'aime après tant d'années,

À mon Architecte : Gaëlle qui a allégé mon cœur de nombreuses fois,

À mon Illusionniste : Rémi qui a su mettre un sourire sur mon visage,

À mes Hémisphèriens: mon papou et ma mamou et leur amour des livres, Léa, Alix, Jérôme, Élia, Maxime, Pipo, Xavier, Melody, Chatuni, mes grands-pères, Reim, Kevin, Christiane, Laure et Régis, Carlos,

À mes Béotiens: ma sœur, Loïc, Émy, Céline, Aurore, Lara, Rebecca, César, Véronique, Éric, mes grands-mères, Quentin, Julien, Claire, Christophe, Yves, Maëlle et Laëtitia, Candida, Nicolas,

À mes idéaux: Edmond Rostand, Bernard Lenteric, J.R.R. Tolkien, Maupassant, Sade, Homère, Baudelaire, Loisel, Jean-Pierre Jeunet et Gustave Doré,

À mon éditeur qui n'a pas craint de prendre part au Peson,

À Laurent mon professeur de théâtre,

À Jean-Michel Dupuis qui m'a laissée interpréter Cyrano malgré mon sexe,

À Madame Amorfini ma professeure qui m'a inscrite à mon premier concours d'écriture,

À mon arrière-grand-mère mon héroïne,

À Siobhan qui ne quittera plus jamais mon cœur ni mon esprit.

Table des matières

@nishaEtcaetera est sur les réseaux sociaux :

RDV sur nos pages pour du fun, des cadeaux, des promos et pour découvrir tes auteur.e.s en off !

On a hâte de papoter avec toi :)

Vous avez un manuscrit de fiction à nous proposer ?

Foncez !

Envoyez-le-nous à cette adresse :

manuscrit@editionsopportun.com

ISBN : 978-2-38015-080-3

Dépôt légal : août 2020

Imprimé en France par EPAC Technologies
N° d'impression : 4550414321620
Dépôt légal : août 2020